Companhia Das Letras

Triste fim de Policarpo Quaresma

AFONSO HENRIQUES DE LIMA BARRETO nasceu no Rio de Janeiro em 13 de maio de 1881, filho do tipógrafo João Henriques e da professora Amália Augusta, ambos mulatos. Seu padrinho era o Visconde de Ouro Preto, senador do Império. A mãe, escrava liberta, morreu precocemente, quando o filho tinha seis anos. A abolição da escravatura ocorreu em 1888, no dia de seu aniversário de sete anos, mas as marcas desse período, o preconceito racial e a difícil inserção de negros e mulatos na sociedade brasileira, no entanto, nunca deixaram de ocupar o centro de sua obra literária.

Em 1900, o escritor deu início aos registros do *Diário íntimo*, com impressões sobre a cidade e a vida urbana do Rio de Janeiro. Sua colaboração mais regular na imprensa começou em 1905, ao escrever reportagens, publicadas no *Correio da Manhã*, sobre a demolição do Morro do Castelo, no centro do Rio, consideradas um dos marcos inaugurais do jornalismo literário brasileiro. Na mesma época, começou a escrever a primeira versão de *Clara dos Anjos*, livro que só seria publicado postumamente, em 1948, e elaborou os prefácios de dois romances: *Recordações do escrivão Isaías Caminha* e *Vida e morte de M. J. Gonzaga de Sá*, livros que terminaria de redigir quase que simultaneamente, ainda que este último tenha sido publicado apenas em 1919.

Recordações do escrivão Isaías Caminha saiu em folhetim na revista *Floreal*, em 1907, e em livro em 1909. Em 1911, escreveu e publicou *Triste fim de Policarpo Quaresma* em folhetim do *Jornal do Commercio*. Publicou ainda *Numa e a Ninfa* (1915), *Vida e morte de M. J. Gonzaga de Sá* (1919) e *Histórias e sonhos* (1920). Postumamente saíram, entre outros, *Os bruzundangas* (1922) e as crônicas de *Bagatelas* (1923) e *Feiras e mafuás* (1953).

Morreu no Rio de Janeiro, em 1º de novembro de 1922, aos 41 anos.

MANUEL DE OLIVEIRA LIMA foi um jornalista, escritor, historiador e diplomata brasileiro. Nascido no Recife em 1867, começou a trabalhar como jornalista aos catorze anos de idade, tendo colaborado mais tarde com *O Estado de S.Paulo*, o *Jornal do Recife* e o *Jornal do Commercio*, entre outros. Fez também carreira como diplomata, que o levou a países como Estados Unidos, Portugal, Japão e Inglaterra. Durante sua passagem por Londres, conviveu com Graça Aranha e Joaquim Nabuco.

Autor das obras históricas *Aspectos da literatura colonial brasileira*, *Pernambuco, seu desenvolvimento histórico* e *Dom João VI*, fundou a cadeira 39 da Academia Brasileira de Letras, em 1897. Doou sua biblioteca, a terceira maior do Brasil na época, com cerca de 58 mil livros, para a Universidade Católica de Washington, dando origem à Biblioteca Oliveira Lima. Morreu em Washington, Estados Unidos, em 1928.

LILIA MORITZ SCHWARCZ nasceu em 1957 em São Paulo. É antropóloga, escritora, tradutora e editora. Professora titular do Departamento de Antropologia da Universidade de São Paulo (USP), trabalha com temas relativos à questão racial no Brasil, aos marcadores sociais da diferença, à história da arte e à história do Império e da República Velha. Foi *visiting professor* nas Universidades de Oxford, Leiden, Brown, Columbia e Princeton. Integra o Comitê Brasileiro da Universidade de Harvard.

Escreveu, entre outros trabalhos, *Retrato em branco e negro* (Companhia das Letras, 1987), *O espetáculo das raças* (Companhia das Letras, 1993; publicado pela Farrar Strauss & Giroux, Nova York, 1999), *O livro dos livros da Real Biblioteca* (Biblioteca Nacional/ Odebrecht, 2003) e *Registros escravos* (Biblioteca Nacional, 2006).

Em 1999, recebeu o prêmio Jabuti de Livro do Ano por *As barbas do imperador*: *D. Pedro II, um monarca nos trópicos* (Companhia das Letras, 1998), também publicado pela Farrar Strauss & Giroux. Em 2009, recebeu o Jabuti de melhor biografia por O *sol do Brasil: Nicolas-Antoine Taunay e seus trópicos difíceis* (Companhia das Letras, 2008). Organizou, entre outras obras, *8 × fotografia* (Companhia das Letras, 2008), com Lorenzo Mammì, a edição comemorativa de setenta anos de publicação de *Raízes do Brasil* (Companhia das Letras, 2006), de Sérgio Buarque de Holanda, com Ricardo Benzaquen de Araújo, e *Um enigma chamado Brasil: 29 intérpretes e um país* (Companhia das Letras, 2009), com André Botelho. Coordena, com Alberto da Costa e Silva, a coleção das obras completas de Jorge Amado para a Companhia das Letras.

LUCIA GARCIA nasceu em 1979, no Rio de Janeiro. É mestra e doutoranda em História Política pela Universidade do Estado do Rio de Janeiro, mesma instituição onde se graduou. Nos últimos dez anos participou de projetos de pesquisa histórica e editoração envolvendo acervos públicos e privados do Rio de Janeiro, São Paulo e Lisboa. Foi consultora da comissão para as comemorações do bicentenário da chegada de D. João ao Rio de Janeiro. Publicou *Euclides da Cunha: escritor por acidente e repórter do sertão* (Claro Enigma, 2009), entre outros livros.

PEDRO GALDINO DA SILVA NETO é formado em História pela Universidade Estadual do Rio de Janeiro (UERJ), graduando em Arquivologia na Universidade Federal do Estado do Rio de Janeiro (UNIRIO) e mestrando no Programa de Pós-Graduação da UERJ. Bolsista de iniciação científica do projeto temático 2010-11 da Fapesp. Trabalha, desde 2005, com organização de acervos arquivísticos.

Lima Barreto

Triste fim de Policarpo Quaresma

Introdução de
LILIA MORITZ SCHWARCZ

Prefácio de
OLIVEIRA LIMA

Pesquisa e notas de
LILIA MORITZ SCHWARCZ
LÚCIA GARCIA
PEDRO GALDINO

7ª reimpressão

COMPANHIA DAS LETRAS

Cronologia original feita por Lilia Moritz Schwarcz para
Contos completos, de Lima Barreto (Companhia das Letras, 2010).

*Grafia atualizada segundo o Acordo Ortográfico da Língua Portuguesa
de 1990, que entrou em vigor no Brasil em 2009.*

Published by Companhia das Letras in association
with Penguin Group (USA) Inc.

CAPA E PROJETO GRÁFICO PENGUIN-COMPANHIA
Raul Loureiro, Claudia Warrak

PREPARAÇÃO
Isabel Jorge Cury

REVISÃO
Huendel Viana
Ana Maria Barbosa

Dados Internacionais de Catalogação na Publicação (CIP)
(Câmara Brasileira do Livro, SP, Brasil)

Barreto, Lima, 1881-1922.
Triste fim de Policarpo Quaresma / Lima Barreto.
— 1ª ed. — São Paulo: Penguin, 2011.

ISBN 978-85-63560-17-9

1. Romance brasileiro I. Título.

11-00258 CDD-869.93

Índice para catálogo sistemático:
1. Romances: Literatura brasileira 869.93

[2022]

EDITORA SCHWARCZ S.A.
Rua Bandeira Paulista, 702, cj. 32
04532-002 — São Paulo — SP
Telefone: (11) 3707-3500
www.penguincompanhia.com.br
www.companhiadasletras.com.br
www.blogdacompanhia.com.br

Sumário

Notas sobre o texto

Como texto-base, utilizamos a primeira edição da *Revista dos Tribunais*, de 1915, mais os 52 folhetins do *Jornal do Commercio*, do Rio de Janeiro, e por fim a quinta edição em livro, da Editora Brasiliense, de 1956, dirigida por Francisco de Assis Barbosa e com colaboração de Antônio Houaiss e M. Cavalcanti Proença.

Triste fim de Policarpo Quaresma: Um romance em notas

Lima Barreto é autor de escrita considerada militante, realista e muitas vezes autobiográfica. Por essas e por outras, seus relatos vêm sendo utilizados, também, como importantes documentos e registros acerca do começo do século no Brasil, da época em que a nova capital da República — o Rio de Janeiro — modernizava-se sob o olhar crítico do escritor. A tensa vida literária da cidade, a atividade na imprensa periódica e as discussões sobre raça e mestiçagem, por exemplo, são deprcendidas a partir de sua vasta obra. Historiadores de ofício e de profissão que somos, elaboramos as notas para *Triste fim de Policarpo Quaresma* atentos às informações presentes na obra e a tudo que pudesse ajudar o leitor a melhor compreender as remissões circunstanciais que estão por toda parte no romance. Por outro lado, fazendo jus às características centrais que tornaram Policarpo Quaresma um personagem famoso entre nós, recuperamos citações, textos, autores e personalidades históricas constantes no romance, sempre no sentido de melhor definir a maneira como Lima Barreto construía seu enredo, usando dados retirados da bibliografia ou do cenário político e cultural. A erudição e a citação da mesma eram traços marcantes de Policarpo, assim como a manifestação de um nacionalismo aferrado, e na arquitetura de seu protagonista principal a referência a esses elementos é da maior relevância.

Por outro lado, na mesma medida em que elaborava sua ficção, Lima Barreto fazia ensaio de não ficção, e muitas vezes definia a si mesmo: suas pretensões, sua ironia, sua visão do Brasil e de seu contexto.

Assim, sem serem exaustivas, as notas desta edição pretendem iluminar a maneira como o escritor se servia de uma série de obras, de vultos do passado, de pensadores, de filósofos, mas também de eventos e locais do passado ou diretamente referidos a seu presente. São, dessa maneira, notas de historiadores, que não descuram da ideia de que a literatura não é reflexo de sua realidade, mas que, ao contrário, produz e cria novas realidades com a força de sua representação. Nesse sentido, recomendamos os excelentes trabalhos realizados por críticos literários acerca da obra, como os de Francisco de Assis Barbosa, Antonio Arnoni Prado, Beatriz Resende, entre tantos outros, e constantes na bibliografia anexa.

LILIA MORITZ SCHWARCZ, LÚCIA GARCIA, PEDRO GALDINO

Introdução

Numa "encruzilhada de talvezes"
Um grande romance aos pedaços

LILIA MORITZ SCHWARCZ

Triste fim de Policarpo Quaresma foi publicado, pela primeira vez, na edição vespertina do *Jornal do Commercio*, e durante dois meses: de 11 de agosto a 19 de outubro de 1911, estando a história completa após 52 folhetins. O *Jornal do Commercio*[1] era considerado o periódico mais importante em circulação no Rio de Janeiro e contava com duas edições diárias: uma da manhã e outra da tarde. Seu preço era razoável: custava 100 réis o exemplar;[2] 30 mil-réis as assinaturas para o interior e 16 mil por semestre. A edição da tarde era menor que a da manhã — apresentando apenas quatro páginas, contra as quinze do período matutino —, mas mantinha o mesmo prestígio.

O folhetim de Lima saiu diariamente; só deixou de circular nos dias 6 e 16 de novembro — uma sexta e uma segunda-feira, respectivamente. Publicado na seção intitulada "Folhetim do *Jornal do Commercio*", logo na parte inferior da quarta página, o romance era ladeado por anúncios diversos: remédios, loterias, aluguel de ama-seca, de imóveis... O nome do autor aparecia em destaque e por extenso, abaixo da abertura, seguido do título da obra: *Triste fim de Policarpo Quaresma*. Esse era um espaço especial, reservado à publicação de folhetins, que representavam — com suas histórias de suspense, amor e aventura, a depender do escritor selecionado — uma verdadeira coqueluche nessa cidade que, a despeito da queda da monarquia, ainda se comportava como uma verdadeira corte, difundindo vogas e costumes. Só para se ter uma ideia, o folhetim de Lima foi sucedido por um romance inglês, *O mistério da torre*. Escrito por Arthur Conan Doyle.

A edição da manhã também trazia folhetins, em sua primeira parte, o que mais uma vez prova o sucesso do gênero. Na mesma época em que no jornal da tarde se publicava *Triste fim*, de manhã poderia ser lido *Traição de J. de Coulomb*, relato de um escândalo de época envolvendo o casal Coulomb e uma antiga amiga, todos cientistas acusados de serem farsantes e de copiarem teorias alheias. Em geral bastante escandalosos, os folhetins adicionavam novos elementos a cada dia, e traziam tramas rocambolescas e repletas de episódios muitas vezes escabrosos. Chamado de "frutinha do nosso tempo" por Machado de Assis, "folhetim-colibri" por José de Alencar, o gênero era originário da França e havia sido adotado por autores de renome como Balzac, Eugène Sue ou Alexandre Dumas. Como mostra Marlyse Meyer, *le feuilleton* teria surgido em meados do século XIX e designava um lugar preciso no jornal: o *rez-de-chaussée* — rés do chão, rodapé —, em geral da primeira página. Preenchia função igualmente delimitada: ocupava um espaço destinado ao entretenimento. Era assim o local mais frívolo, do vale-tudo, em que se contavam piadas, comentava-se sobre crimes, ou eram apresentadas receitas e charadas. Além do mais, e como nessa época a ficção andava em voga, o folhetim acabou representando também o território dos escritores iniciantes, que tinham nos jornais um espaço dileto de divulgação dos seus trabalhos, o que muitas vezes contribuía para o início de uma carreira literária promissora. Quando viravam sucesso, esses romances em fatias eram prontamente transformados em livros, perdendo, então, sua forma original.

O gênero devia muito aos *faits divers*, notícias com um quê de extraordinárias, que eram anteriormente divulgadas nos jornais de forma romanceada ou com um registro melodramático. Os folhetins, da mesma maneira, alimentavam a imaginação dos leitores, sedentos por fatos picantes. No Brasil, o famoso *Mistères de Paris*, de Eugène Sue, apareceu no *Jornal do Commercio* em 26 de setembro de 1843 e foi acompanhado avidamente pelos leitores, elevando as vendas do jornal até 15 de outubro do mesmo ano, quando se editou o episódio final. Processo semelhante se repetiria com *O judeu errante*, folhetim do mesmo autor, publicado em 1867. O famoso personagem Rocambole, de Ponson du Terrail, faria inúmeros seguidores na década de 1870 e no mesmo jornal. Peri, de José de Alencar, herói de *O guarani*, surgiria em pedaços durante os anos de 1856-7, e seu autor deve muito ao gênero, assim como *O mulato*, de Aluísio Azevedo, que escreveu vários romances como folhetins: *Memórias de um condenado*; *A mortalha de Alzira* e *Mattos, Malta ou Matta?*[3]

A penetração do gênero foi tal que a prosperidade dos jornais muitas vezes dependia dele. Controlado, de certa maneira, pelo público e pelo próprio editor dos periódicos, que muitas vezes financiavam a obra, o folhetim significava prazer de leitura, e uma revelação parcelada e cotidiana.

Triste fim não fugiria ao estilo, com suas três partes que anunciavam alguns desfechos "tristes": primeiro, o final da carreira como funcionário público — por causa de uma petição mal compreendida em que Policarpo requeria que o tupi fosse transformado em língua nacional; segundo, devido à falência do sítio do herói, que pretendera provar as maravilhas de nossa agricultura tropical; e terceiro, quando o personagem se voluntaria ao Exército de Floriano e acaba preso, desiludido. Aventura não faltava, mas crítica também.

A obra apareceu como livro só em 1915, publicada pela *Revista dos Tribunais*; única edição que o autor acompanhou em vida. Apesar de ter pagado por ela, Lima alegava ter sido obrigado a se conformar com uma edição pobre e cheia de "gatos", por causa da falta de verba pessoal e consequente ausência de maior cuidado na preparação. Um documento datado de 1915 testemunha o valor gasto pelo escritor para o financiamento de sua obra.

TIPOGRAFIA
"REVISTA DOS TRIBUNAIS"
Executa qualquer trabalho tipográfico para o comércio, indústria e repartições públicas
PRONTIDÃO, NITIDEZ E PREÇOS MÓDICOS

O Illmo Sr. *Afonso Lima Barreto* Deve

Rio de Janeiro, 29 de *Outubro* de 1915.

Recebi a quantia de quinhentos mil-réis Rs 500$ como o primeiro sinal da impressão de seu livro.

Recebi, 29 de Outubro de 1915
Por [Celeste] Teixeira Lima
Benedicto de Sousa

Benedicto de Sousa era, junto com Teixeira Lima, dono da pequena tipografia que se localizava na rua do Carmo. No *Diário íntimo*, em março de 1917, diz o autor: "Devo unicamente ao Lima, pela impressão do *Policarpo*, a quantia de quatrocentos e quarenta e dois mil-réis".[4] O escritor tentara, em vão, encontrar um editor, mas acabara tendo de custear a publicação de seus manuscritos. Em seu diário, no ano de 1916, assim se referia à publicação: "O *Policarpo Quaresma* foi escrito em dois meses e pouco, depois publicado em folhetins no *Jornal do Commercio* da tarde, em 1911. Quem o publicou foi o José Félix Pacheco.[5] Emendei-o como pude e nunca encontrei quem o quisesse editar em livro. Em fins de 1915, devido a circunstâncias e motivos obscuros, cismei em publicá-lo. Tomei dinheiro daqui e dali, inclusive do Santos,[6] que me emprestou trezentos mil-réis, e o Benedito[7] imprimiu-o... *Audaces fortuna juvat*".

O autor queixava-se, ainda, não só do dinheiro que despendeu publicando seu livro como daquele que teve de usar para dar publicidade à obra, assim como das poucas críticas que recebeu. Em determinado momento, na mesma caderneta de anotações, registrou: "O *Policarpo Quaresma* apareceu em 26 de fevereiro de 1916. A entrevista comigo na *Época* saiu em fins de fevereiro". Mais tarde anotaria: "Notícia da *Época* sobre *Policarpo*: 28-2-16". E continuava o regime de lamúrias: "Meu livro, o *Policarpo*, saiu há quase um mês. Só um jornal falou sobre ele três vezes (de sobra). Em uma delas, Fábio Luz[8] assinou um artigo bem agradável. Ele saiu nas vésperas do Carnaval. Ninguém pensava em outra coisa. Passou-se o Carnaval e Portugal teve a cisma de provocar guerra com a Alemanha. As folhas não se importavam com outra coisa senão com o gesto comicamente davidinesco de Portugal [...]. E não têm tempo de falar no meu livro, os jornais, esses jornais do Rio de Janeiro".

Apesar das queixas constantes, que já começavam a se colar à própria imagem pública de Lima, a crítica de *A Época* que apareceu numa sexta-feira (18 de fevereiro de 1916), na seção de novos livros, logo na primeira página, era bastante favorável. Entre outros destacava o lado "marginal" do autor, e a notoriedade conquistada a partir de certo agenciamento de sua postura e personalidade avessas aos formalismos da Academia Brasileira de Letras.

> O NOVO LIVRO DE LIMA BARRETO. O autor de *Escrivão Isaías Caminha* vai dar à luz *Policarpo Quaresma*. "É um livro comum em que pretendo mostrar a pluralidade de muitas das nossas pretensões brasileiras", diz-nos ele.

Sabendo que, dentro de dias, Lima Barreto publicaria um livro fomos procurá-lo. No Rio de Janeiro, não há quem não o conhece. Ele vive em todos os bairros, arrabaldes, subúrbios, e é visto em toda parte. Pergunta-se a qualquer pessoa: "Tu viste o Lima?". Ela responderá imediatamente: "Vi-o, em Campo Grande, hoje, pela manhã, jogando bilhar". Pouco vive em casa, que só tem para dormir, de forma que é motivo de curiosidade em toda parte saber onde, quando ele escreve e lê. Ninguém lhe contesta a leitura, e é suposição de todos que ele a faz nos bondes, nas barcas, nos trens... A rua é o seu elemento. Todos os seus livros, contos, pequenos escritos, reçumam[9] esse seu amor pela rua. Lima Barreto não é jovem, já passou dos trinta, mas continua cheio de mocidade e ardor. Nasceu no Rio de Janeiro; é carioca da gema, e admira a beleza estonteante da sua cidade. Estudou engenharia e abandonou o curso. Escapou de ser doutor, diz ele. Fez-se empregado público. Oficial da Secretaria de Guerra e, parece, é o desespero dos chefes. Procuramo-lo. Andamos de botequim em botequim, de confeitaria em confeitaria, e fomos encontrá-lo em uma brasserie da rua Sete de Setembro.

Após ter destacado o lado público do escritor, que sem ser jovem de idade era relacionado ao surgimento de uma nova geração, o jornalista começa então a entrevista:

— Então, Barreto, vais publicar?

— Vou.

Lima estava cercado de amigos, como é seu hábito, e os amigos cercavam as garrafas de cerveja que repousavam na mesa.

— Que livro é?

— Pelo que vejo tu queres uma entrevista, à jeito daquela que Jules Huret teve com Verlaine?

— Não se trata de coisa parecida. Nem eu sou Huret, nem tu és Verlaine. Queria informar aos leitores d'A ÉPOCA os propósitos do teu livro, o pensamento diretor dele, o alcance que ele pode ter, enfim, completar o teu pensamento contido no livro. Dize lá qualquer coisa sobre ele.

— Meu livro não é novo. Consta do *Policarpo Quaresma*...

— ... Aquele que foi publicado no *Jornal do Commercio*?

— Esse mesmo e graças à generosidade e boa vontade do dr. Félix Pacheco. É, portanto, conhecido. Não achas?

— Não. É um folhetim, poços seguem. Perde-se um, perde-se outro... Tu sabes?

— Pois é o *Policarpo* que vou publicar, seguido de alguns contos.[10]

— É um livro de humor?

— Humor! Deus me livre! Aqui há humoristas ingleses, hindus e até tupinambás, por isso, não desejo absolutamente me enfeitar com semelhante qualificativo.

Lima Barreto, numa caricatura anônima publicada na imprensa carioca, ainda em vida do escritor.

O criador de *Recordações do escrivão Isaías Caminha*.[11]

— Então, o *Policarpo*?...

— É um livro comum, em que pretendo mostrar a puerilidade de muitas das nossas pretensões brasileiras. Terei errado? Não sei. Terei acertado? Não sei.

— Em que meio se passa?

— Na classe média. Não posso sair dela. Tinha mesmo vontade de sair, mas não me é possível. Por exemplo: eu desejava fazer um livro em que entrasse um presidente da República, como o sr. W. Braz, que tem uma sala de cinematógrafo e um gramofone em palácio. Não era bem que eu comparasse a Luiz II, de Baviera, com o seu teatro para ele só, a ouvir Wagner? Hein? Mas, como te dizia... desde o meu *Isaías Caminha*, que só trato de obedecer à regra do meu Taine: a obra de arte tem por fim dizer o que os simples fatos não dizem. É este o meu escopo. Vim para a literatura com todo o desinteresse e com toda a coragem. O fim da minha vida é as letras. Eu não peço delas senão aquilo que elas me podem dar: Glória. Não quero ser deputado, não quero ser senador, não quero ser mais nada senão literato.

Não peço às letras conquistas fáceis; não lhes peço gloriolas, peço-lhes coisa sólida e duradoura. E posso falar de cadeira, as teria feito de sobra.

Eu abandonei tudo por elas; e a minha esperança é que elas me vão dar muita coisa. É o que me faz viver mergulhado nos meus desgostos, nas minhas mágoas, nos meus arrependimentos...

— Barreto, estás entusiasmado, estás queimado.

— Vamos beber cerveja.

Cultivando uma certa aura de "escritor malcomportado", Lima Barreto vai esculpindo, junto com sua obra, uma nova feição para nossa literatura. Dez dias depois, em 28 de fevereiro, o mesmo jornal volta a mencionar elogiosamente o *Triste fim*:

> Lima Barreto acaba de dar à publicidade esse livro. Que se poderia dizer de um livro de autor de *Isaías Caminha*? Lima Barreto há dias nos deu uma entrevista sobre essa nova criação do seu espírito privilegiado. Com esse amargo sorriso que ilumina a sua obra estranha, ele nos disse apenas que ela ainda era uma fiel reprodução literária dos nossos homens e da nossa vida. Mas será isso só? Lima Barreto é mais que um escritor. Nem os seus personagens se distinguem por isto ou por aquilo, mas por serem tão somente o que são psicologicamente, malgrado hábitos e costumes que poderiam dar deles mesmos uma ideia falsa ao observador incauto. Por isso a obra desse esquisito inquisidor da alma humana é mais uma obra de análise do que de arte. Mas análise livre, sem *parti pris*, revelando ao correr da pena as nossas intenções, tendências, qualidades e defeitos irresistíveis, irredutíveis, fundamentais. Não se procure aqui o artifício da frase de efeito. Esse lado estético, que é quase sempre o menos humano, Lima Barreto o deixa à parte, porque não interessa a visão imediata, que tem, do caráter dos indivíduos. O que para os "artistas" é um fim, para esse detalhista de caracteres humanos é um "documento", uma circunstância probante, um meio necessário para mais acentuada evidência. É vezo nosso comparar valores intelectuais; pois bem: Lima Barreto pode ser comparado, no seu "processus literario", a Dostoiévski, cuja análise subterrânea é até hoje fonte inesgotável para muito psicologista pernóstico. *Triste fim de Policarpo Quaresma* é um romance? É um estudo? É um ensaio de psicologia? O leitor que responda, após a inteligente crítica que sugerirem as palavras, os gestos, as atitudes desse brasileiro genuíno. Uma vez lido, "fica", como os de Poe, os de Gorby, os dos homens realmente criadores.

Lima ganhava certa fama, transformava-se num "criador de almas", na feliz expressão do crítico Arnoni Prado, mas mantinha a lamúria.[12] Em março de 1917, no seu *Diário*, o mesmo tom queixoso: "Devo unicamente ao Lima, pela impressão do *Policarpo*". O fato é que não só Lima Barreto tratara de financiar a obra, como era ele que cuidava da distribuição: "Eu vendi ao Jacinto quatrocentos *Policarpos* por duzentos mil-réis. Vendi ao Garnier[13] a mil-réis cem, por cem mil-réis. Vendi ao Alves[14] setecentos a oitocentos réis, quinhentos e sessenta mil-réis 1200 = 860 mil-réis. Devo ter recebido uns seiscentos mil-réis de consignações. 860 + 600 + 1.460$000. Dei cerca de mil e duzentos exemplares. Tenho ainda a receber cem mil-réis, se tanto". Sistemático em suas anotações, o escritor detidamente discriminava o movimento do livro, assim como apresentava a conta que havia obtido da livraria local.

> O Ilmo Sr Lima Barreto em conta corrente com Francisco Alves & C.ª – Livreiros Editores; Rua do Ouvidor 160 — Rio de Janeiro.
>
> Fechada em 8 de Maio de 1916.

Datas[15]	Débito	Crédito
Conta de venda de [s/] consignação		
Triste fim de Policarpo Quaresma		
Vieram 50		
Retirou 1 49		
Existem 36		
Vendidos 13 a 3/2,400		31,200
Trinta um mil e duzentos réis		
a s. dispor		

Em um caderninho de anotações, de oito páginas, Lima Barreto acompanhava cuidadosamente a saída de exemplares do livro, anotando, detidamente, cada remessa, dentre as quais estavam amigos, livreiros como Garnier e Francisco Alves — grandes agentes culturais à época —, instituições culturais e órgãos oficiais. Ao final da anotação, depois de riscar várias contas, conclui ter dado 52 livros.[16]

Ao que tudo indica, o escritor tentava não apenas recuperar parte do dinheiro gasto como se preocupava igualmente com a recepção da obra, e parecia indignar-se com o que julgava ser a falta de repercussão da mesma; ao menos aquela que esperava após tanto tempo de urdidura da obra. Afinal, se o livro fora escrito em poucos meses, já o tempo de amadurecimento foi maior. Nos seus diários, desde o ano de 1916 aparecem referências a *Policarpo Quaresma* em anotações dispersas. Por outro lado, Lima guardou o manuscrito que deu origem à obra, e que se encontra hoje depositado na Fundação Biblioteca Nacional do Rio de Janeiro. São 254 fólios escritos à tinta, com a famosa má letra de Lima Barreto, a despeito da mão firme, contradita apenas por algumas emendas.[17]

No texto manuscrito, logo na primeira capa, o autor escreveu na parte superior esquerda da página seu próprio nome — Lima Barreto —, para depois riscá-lo. Incluiu também o título da obra ao centro da página: "Episódios da vida do major P. Quaresma e outras histórias", com a epígrafe do crítico, jornalista e romancista Jean-Baptiste Alphonse Karr (1808-90) — "*Qui est content n'a rien à dire*" [Aquele que está contente não tem nada a dizer].[18] Dono de frases de impacto — "O homem, seja qual for o glorioso nome com que se adorna, é, em minha opinião, um animal infeliz"; "Aliás estou plenamente de acordo com o filósofo que afirma ser o homem o parasita do boi" —, Karr era um combatente dos valores de sua época e tinha uma série de romances, todos críticos aos costumes de então, e vários deles traduzidos para o português. Há, pois, ironia na primeira epígrafe selecionada por Lima, que parece denunciar o otimismo fácil e a "alienação dos contentes". Mas o escritor alteraria essa primeira versão, assim como riscaria o seu nome e o primeiro título que imaginou para sua obra. No mesmo manuscrito aparece uma segunda página, em que Lima reintroduz seu nome (dessa vez sem riscá-lo) e apresenta o título "Episódios da vida do major Quaresma e outras histórias" (sem o P.), agora sem a epígrafe original.

Foi no *Jornal do Commercio* que apareceu o título pelo qual hoje conhecemos o romance, assim como nova epígrafe repetida diariamente; dessa vez de Renan e de seu livro sobre o imperador Marco Aurélio. O documento é escrito, como de costume, no papel da Secretaria da Guerra; local em que Lima Barreto trabalhava como amanuense. Seu ofício seria redigir atas e petições, mas, ao que tudo indica, o escritor preferia usar o tempo (ocioso ou não) para dedicar-se a seu mundo literário, o que só espelha uma posição cética com relação ao funcionalismo público, manifestada explicitamente em crônicas, novelas e contos de sua autoria. Lima considerava esse um serviço menor, e sem prurido algum comprova, com tal tipo de registro, que trabalhava enquanto escritor durante seu cotidiano monótono na repartição.

Cotejando o manuscrito original é fácil notar como ele é mais curto, assim como vários de seus personagens apresentam nomes distintos dos da versão atual.[19] O material original parece ter funcionado, porém, como uma espécie de roteiro para o futuro livro. Finalmente, foi na primeira edição de 1915 que o autor dedicou a obra "a João Luís Ferreira, engenheiro civil". Lima tinha por costume dedicar contos e obras a amigos próximos e de confiança. Nesse caso, o homenageado era João Luís Ferreira, que, oriundo da elite piauiense, estudou com Lima Barreto na Escola Politécnica do Rio de Janeiro. Foi companheiro dileto do escritor nesse período, junto com Bastos Tigre, Nicolao Ciancio, José Oiticica e Antônio Noronha Santos. Diferentemente de Lima, porém, concluiu o curso preparatório e o de engenharia civil, retornando então para o Piauí, onde se elegeu governador. Ele era também irmão de José Félix Alves Pacheco, diretor-proprietário do *Jornal do Commercio*, deputado federal, senador e ministro do Exterior no governo de Artur Bernardes. Como se nota, o escritor estava cercado de amigos de certa proeminência e contou com eles para a publicação.

Nas pequenas oscilações, revelam-se, ainda, características da obra de Lima Barreto e de seu processo de escrita. Acusado, não poucas vezes, de praticar uma literatura mais relaxada e sem tanto acabamento, percebe-se, entretanto, nas diferentes versões que o autor deu à história, a maneira como ele burilava argumentos, alterava contextos, desenvolvia personagens. Interessante é pensar também nas mudanças de título. O primeiro, mais leve à primeira vista, segue a lógica da organização de um livro em fascículos. Seriam, assim, episódios e histórias, que o leitor iria acompanhando diariamente, sendo que nada denuncia o desfecho mais melancólico e dramático. O título sugere, também, um desenrolar leve como deviam ser, de fato, as novelas publicadas sob a forma de folhetins, em jornais da época.

No entanto, conforme mostra Marlise Meyer,[20] os folhetins acabaram cumprindo papel fundamental na lógica dos periódicos, introduzindo notícias e situações muitas vezes mais próximas e homólogas ao cotidiano do leitor do que o próprio noticiário. No caso de Lima Barreto, sua literatura realista deveria provocar, e muito. Na crônica "Velhos apelidos e velhos anúncios", publicada no jornal *Brás Cubas* de 22 de agosto de 1918, assim definia a importância do gênero:

> Não há nada que envelheça tão depressa como o que chamamos ainda nos jornais — humorismo, leveza, graça etc. Não sei o que tem o tal gênero folhetim de tão estritamente atual, do momento, do minuto em que é escrito que, passado esse fugaz instante, rançam logo

> e perdem todo o sabor. Considerem que eu já fiz, faço e farei folhetins... Mas... É gênero que procura sempre o fato ou o acontecimento mais em voga, aquele que mais interessa à futilidade de todos e deve ser cheio de alusões às pessoas e coisas efêmeras, para que o sucesso o bafeje. Não podem os rodapés prescindir do vulgar dia a dia, não se podem alçar para mais adiante, nem para mais atrás.

E Lima Barreto não prescindiria do "vulgar dia a dia". Ele já havia publicado, a essa altura, *Recordações do escrivão Isaías Caminha* (1909), que lhe conferiu certa notoriedade, mas lhe custou caro, por causa das críticas que fazia ao racismo velado vigente no Brasil e, sobretudo, por causa das denúncias ao *lobby* da imprensa: segundo ele, o quarto poder da República. Em *Isaías Caminha* o escritor desnudava os bastidores do jornal *Correio da Manhã* e sem um pingo de ingenuidade teria afirmado na ocasião: "Eu não tenho inimigos, mas meu livro os terá". Basta lembrar que o escritor teria dificuldades em publicar sua próxima obra, assim como para se afirmar no ambiente literário da época.

Mas Lima não alteraria apenas o título; também a epígrafe teria o mesmo destino: sai Karr e entra Renan, talvez o mais famoso pensador do contexto; um cético, crítico da ciência e do seu tempo. A comparação agora se concretiza entre o imperador Marco Aurélio e Policarpo; ambos "homens superiores" e (até por isso) incompreendidos por sua geração. Assim, o final de Policarpo só poderia ser "triste", se não melancólico. Leitor voraz da literatura de viajantes, cultor do tupi, dado a modas científicas e depois seguidor de manuais de agricultura, nosso herói é, sobretudo, um "patriota", no sentido de defender sua nação a todo custo. Mas sua cultura letrada lhe traria também malefícios, a ponto de um vizinho afirmar que seu mal era "ler e saber demais".

A obra de 1915 estava pronta e composta, mas geraria, em sua época, recepção moderada. A mais importante, entre aquelas que o escritor ainda teve oportunidade de apreciar antes de falecer, em 1922, é sem dúvida a de Oliveira Lima. O embaixador chamou Policarpo de nosso dom Quixote. Ambos eram tristes: uma triste figura; um triste destino.

Um momento nervoso e agitado

Escrito em dois meses e meio, o romance revela pressa e angústia. A literatura de Lima era urgente,[21] assim como a narrativa adquire um "tom impaciente", como se o livro tivesse sido redigido em "estado de transe".[22] Coincidência ou não, *Triste fim* marca, simbolicamente, o término de um momento e o início de outro: antes dele, e a despeito de já ter pedido algumas licenças, alegando problemas de saúde, o escritor trabalhara de maneira fecunda e começava a angariar um círculo de admiradores; depois, passa a tornar-se frequente uma série de adversidades que o levariam primeiro à bebida e depois às diferentes internações.

Mas se o romance pretendia escandalizar, ao descrever a futilidade da elite carioca e a falta de densidade do positivismo militar no país — expresso por sua figura máxima, o marechal Floriano —, o resultado primeiro é pífio: além das duas referências em *A Época*, só apareceriam críticas no jornal carioca *A Imprensa*, em 20 de agosto de 1916, na coluna "O dia", de Alcindo Guanabara. Aliás, essa coluna, que não era diária, foi na época das mais polêmicas, com seu autor usando o pseudônimo de Pangloss — famoso personagem de Voltaire, que representava um filósofo dogmático. No artigo em referência, Alcindo defendia a criação da Academia dos Novos e alegava que o público crescia e pedia, pois, uma nova geração de escritores. Denuncia piratarias, a impossível concorrência com os estrangeiros, a exploração dos editores e ao final introduz Lima Barreto, como caso exemplar dessa nova era da literatura nacional:

> É claro que a consequência disso é que o sr. Lima Barreto, que poderia vir a ser um profissional e viver comodamente dos seus romances, está condenado a passar a sua vida escrevendo-os por desfastio, nas horas de ócio que lhe sobraram das que for obrigado a empregar no seu ganha-pão a sério. Transformaremos a situação. Reconhecemos que a propriedade literária é uma propriedade tão legítima como a do prédio, a dos títulos ou das máquinas [...].

O fato é que Lima não era, a essas alturas, um desconhecido, e passava a assumir papel de liderança nesse grupo jovem, apartado (intencionalmente ou não) da Academia Brasileira de Letras.[23] Praticando uma literatura realista e engajada, muito inspirada em autores como Tolstói, Dostoiévski, Flaubert, Balzac, Taine, Bouglé, Stendhal, Voltaire, Eça de Queirós e, como já sabemos, Renan, Lima Barreto pretendia se diferenciar das obras literárias de seu tempo, mas acabou caindo na vala comum daqueles que viam na referência à realidade um recurso menor, a diminuir a imaginação do leitor.

Como mostra Lúcia Miguel Pereira,[24] o primeiro decênio do século oferecera apenas dois romances de peso: *Canaã*, de Graça Aranha, e *Luzia-Homem*, de Domingos Olímpio. Mas Olímpio, que faleceria logo em 1906, não confirmaria, com seu segundo romance, *O almirante*, as expectativas geradas por seu livro de estreia, e Graça Aranha, após a entrada na Academia Brasileira de Letras, em 1897, nada mais publicara. Segundo a mesma crítica, Aluísio Azevedo afogara-se no naturalismo, a essas alturas gasto, e condenara-se ao silêncio; Inglês de Sousa andava afastado da literatura; Coelho Neto imobilizava-se com seu verbalismo; e os simbolistas, "faiscadores de preciosidades estéticas", andavam pouco produtivos.

Se o terreno da literatura parecia terra arrasada e seca, já em outros setores a produção ia de vento em popa. Sílvio Romero e José Veríssimo animavam o ambiente da crítica; Euclides da Cunha como que inaugurava um misto de relato jornalístico etnográfico, pintado com história social e sociologia da época; Joaquim Nabuco convertia-se em grande nome no discurso político; Oliveira Lima dava nova luz a análises de cunho histórico; Rui Barbosa inflamava com seus discursos, e na poesia Alphonsus de Guimaraens, Raimundo Correia, Alberto Oliveira e Olavo Bilac jogavam colírio nos olhos e corações das moças e rapazes casadouros. No entanto, já na literatura, desde a morte de Machado de Assis, em 1908, a crítica parecia não encontrar nenhum nome que com ele rivalizasse ou mostrasse a mesma originalidade. Fórmulas importadas, romances com receita francesa, repletos de pequenos dramas, sem maior densidade ou profundidade, eram os que faziam sucesso de público. O momento estava, pois, mais inclinado para as leitoras apaixonadas, que buscavam na literatura frivolidades; nenhuma perturbação. “A literatura é o sorriso da sociedade”, disse Afrânio Peixoto à época, sinalizando bem o espírito imperante. Também nesse contexto fazia sucesso o livro de Afonso Celso *Por que me ufano do meu país*, obra publicada em 1900, que elevava a natureza e a política brasileiras aos píncaros da glória e da predestinação.

Na contramão dessa pasmaceira, parte da intelectualidade nacional vivia, porém, da agitação política e cultural que marcou a Primeira República. Passada a comoção da Abolição e vivenciada a certeza de que não viriam novas reescravizações; após a proclamação da República e a revelação de suas primeiras fragilidades; depois das promessas das primeiras constituições e projetos de lei — que vendiam a ideia de um país moderno e igualitário, mas entregavam um Estado restritivo e impopular —, sobravam insegurança e insatisfação perante essa “república que não foi".[25] O fato é que os anos que vão de 1906 a 1911 conheceriam uma crescente reação de boa parte da população, expressa por intelectuais — jornalistas, políticos e doutores (saídos das faculdades de medicina, direito ou da politécnica), sobretudo aqueles oriundos das classes médias urbanas, mas também provenientes das camadas mais baixas e populares —, igualmente frustrados com o incipiente processo de democratização experimentado no país. O governo era controlado com a mão forte dos grupos militares, que mantinham a nação em estado de sítio, enquanto Floriano Peixoto impunha o seu positivismo pragmático, suficiente apenas para sustentar sua própria legitimidade e de seu governo.

Tal tipo de sensibilidade deu lugar a sentimentos díspares, que foram da revolta (como a da Armada em 1891-3, a da Vacina em 1904, a da Chibata em 1910 — as quais, apesar de partirem de setores muito diferentes, revelavam o desacordo com a política da época, fosse ela sanitária, social ou militar) ao moralismo contra os políticos, à melancolia ou ao mero saudosismo. Não poucos reconheciam nas falcatruas e na corrupção as moedas de troca de nossos deputados e os acusavam de pensar mais em seus bolsos do que na nação. Outros, ainda, voltavam seus olhos novamente para a monarquia; mas não uma monarquia real: antes aquela idealizada por um pensamento milenarista, que via na figura do rei divino a solução para qualquer problema na Terra. Sobrou um grande sentimento de descrédito, que não pousava em nenhum regime específico e muito menos numa fórmula importada. A noção que parecia imperar era de que algo havia dado errado e que a única saída era o ceticismo.[26]

Esse novo cenário incluía agora a industrialização e a urbanização crescentes, assim como a entrada de imigrantes, tornando ainda mais complexo esse que já era um cenário dos mais complicados. Essa é igualmente a época da Reforma Pereira Passos, prefeito do Rio de Janeiro entre

1903 e 1906; responsável por expulsar a pobreza para as áreas mais suburbanas e transformar o Rio de Janeiro num cartão-postal, eternizado por sua natureza edenizada. O suposto era que a jovem República representava a modernidade que se instalava no país, tirando-o da "letargia da monarquia" ou da "barbárie da escravidão".

Uma verdadeira batalha simbólica é então travada, quando nomes, hinos, bandeira, heróis e modelos são substituídos, com o intuito de impor uma diferença que não encontrava respaldo maior na realidade. Símbolo maior foi a "nova avenida Central" — atual avenida Rio Branco —, exemplo do projeto urbanístico da cidade do Rio de Janeiro, com suas fachadas *art nouveau*, feitas de mármore e cristal, seus modernos lampiões elétricos, lojas de produtos importados e transeuntes à francesa; tudo devidamente caricaturado por Lima. Marco paralelo e complementar seria a expulsão da população pobre que habitava os casarões da região central e a criação dos famosos "cortiços". Era a ditadura do "bota-abaixo", que demolia residências e disseminava as favelas, cortiços e hotéis baratos — as "zungas", ou os "caixotins humanos", na expressão de Lima Barreto —, e que fez com que famílias inteiras deitassem no chão e habitassem casas naquelas que seriam consideradas as "periferias" das novas urbes.

Andávamos nos tempos do presidente Rodrigues Alves (1902-6), que montou uma equipe a quem concedeu poderes ilimitados. Na verdade, com o intuito de fazer da capital uma vitrine para a captação dos interesses estrangeiros, idealizou um plano em três direções: a modernização do porto ficaria a cargo do engenheiro Lauro Muller; o saneamento da cidade — acometida, segundo as autoridades, por epidemias infecciosas — seria responsabilidade do médico sanitarista Oswaldo Cruz; e a reforma urbana restaria a cargo do engenheiro Pereira Passos, que havia conhecido de perto a reformulação de Paris, empreendida pelo barão de Haussmann.

Mas tanta modernidade passava a ser entendida, por esses intelectuais excluídos do processo decisório, não como um ganho universal, mas antes a partir de suas falácias e incompletudes: a urbanização seria para poucos e a democracia escolhia novos critérios de inclusão e, sobretudo, de exclusão. Não só a população pobre seria jogada para os subúrbios que rodeavam a capital carioca e seguiam os trilhos da Central do Brasil, como vastas partes deste país permaneciam desconhecidas e isoladas. Os distantes sertões, o mundo dos caipiras, as festas populares que invadiam o cotidiano à europeia da cidade do Rio de Janeiro revelavam a existência não de um só, mas de vários Brasis, espalhados em seu vasto território.

A inquietação ficaria ainda mais aguda à medida que chegamos perto do momento de publicação do livro de Lima Barreto. Em 1909, com a morte de Afonso Pena, o presidente em exercício, Hermes da Fonseca, apresenta-se como candidato à presidência, representando o retorno dos militares à frente da República. Nos cafés, onde se concentrava boa parte da discussão e da fofoca política, a reação é imediata. Lima Barreto — que a essas alturas já havia escrito *Recordações do escrivão Isaías Caminha* e tido relativo sucesso; editado os quatro únicos números da revista *Floreal* (1907), em que anunciava a formação de um novo grupo literário, e participado como jornalista da imprensa regular e da nanica — emite carta de apoio ao candidato de oposição, Rui Barbosa, "em nome da liberdade, da cultura e da tolerância", e assina com o pseudônimo de Isaías Caminha, protagonista de seu primeiro romance, que continha, como vimos, uma crítica forte ao jornalismo brasileiro e a seus mandarins, na linha de *As ilusões perdidas* (1843), de Balzac; por sinal, um dos autores prediletos de Lima Barreto.

Vida e obra começavam a se misturar na atuação do escritor, que, a essas alturas, constituíra seu quartel-general no Café Papagaio, à rua do Ouvidor, local em que conhecera um de seus maiores amigos: Antonio Noronha Santos (1883-1970), historiador com quem manteve farta correspondência por toda a vida. Com ele Lima publicara a revista *Floreal*, assim como seria também Noronha o responsável por entregar os originais de *Recordações do escrivão Isaías Caminha* nas mãos do editor A. M. Teixeira, em Lisboa. Não se encontravam editores no Brasil, e veio de Noronha a ideia de procurar uma casa em Portugal. Por fim, ainda em 1909, Lima e Noronha editaram juntos *O Papão — Semanário dos bastidores da política, das artes e... das candidaturas*, panfleto contra a candidatura de Hermes da Fonseca à presidência da República. Começavam por constituir um grupo de oposição ao que consideravam ser os circuitos literários conservadores, congregados na Academia Brasileira de Letras, e à política mais convencional. Do circuito faziam parte, também, Bastos Tigre[27] (jornalista que convidou Lima a integrar a equipe de *A Lanterna*), Domingos Ribeiro Filho,[28] Curvelo de Mendonça[29] e Fábio Luz.

A disputa se acirra, ainda mais diante da repressão sistemática e do afastamento crescente das classes médias intelectuais e urbanas do poder. A campanha torna-se, então, polarizada: Hermes representaria o antigo poder do marechal de ferro, por contraposição a Rui Barbosa, o intelectual brilhante e dono de conhecida oratória. Os distúrbios populares se sucedem, tornando mais claras as diferenças entre civis e militares; e é nesse ambiente conturbado que Lima Barreto, ativo no debate político, escreve seu *Triste fim de Policarpo Quaresma*.

À época, Lima estudava a produção de folcloristas, e em especial as lendas brasileiras. Em seu "caderno de anotações", hoje parte de seu *Diário íntimo*, anota as histórias de macacos, e não por coincidência em seu futuro livro introduziria um "colecionador" como personagem. Já na sua caderneta, logo acima do conto "O macaco e a raposa", anotou: "ilusões que morrem, ilusões e fatos; desenganos". Após compilar cerca de doze lendas, expõe o esquema para o novo livro. Nesse caso, em vez de Hermes, o vilão é Floriano, descrito como um bobalhão, mais preocupado com seu uniforme do que com a realidade.

Mas o problema da sucessão presidencial não ficaria restrito ao exercício da retórica e do romance histórico. Uma passeata de estudantes, que comemorava a chegada da primavera, acabou por gerar conflito com militares da polícia. Visando reclamar das atitudes dos soldados, estudantes recorreram ao general Sousa Aguiar, que nem ao menos os atendeu, e fez por merecer um "enterro simbólico".[30] Diante do ato, considerado insultuoso, militares intervêm nas ruas, fazendo dois mortos e vários feridos entre os estudantes. O evento comove a capital e, entre os discursos inflamados, o de Rui Barbosa é dos mais mencionados. Lima Barreto, por sua vez, com o retorno de Portugal do amigo Noronha, propõe um combate público à candidatura de Hermes da Fonseca. É nesse ambiente que criam O *Papão* e distribuem seu único número nas ruas do Rio de Janeiro. Rui é, porém, derrotado nas urnas, em março de 1910, e Hermes da Fonseca eleito presidente, em clima de tensão. Desolado, Lima escreve ao amigo: "Está aí ao que foi reduzido o Brasil".[31]

A frustração diante do resultado da eleição não abafa o clamor público por maior participação política. O fato é que em setembro daquele ano foi marcada a realização do julgamento dos responsáveis pela morte dos estudantes. Lima Barreto fez parte do júri e foi logo alçado à condição de protagonista. Mais ainda, tomou parte ativa no evento ao secretariar o Conselho e redigir a sentença que condenou o tenente Wanderley e seus soldados. Isso tudo diante das pressões que sofria dentro do Ministério da Guerra — local em que Lima trabalhava como amanuense —, que pagava os salários dos advogados dos militares.

O importante é que o contexto é marcado por sentimentos mistos, que vão da desilusão à tentativa de se buscar justiça e solidariedade, e Lima Barreto parece jogar todas essas cartas. No seu caderno de anotações, ao lado do esquema para *Triste fim*, anotou: "Policarpo Quaresma, ideia que mata; a decepção; o pessimismo". O clima da obra, se não se resume a refletir de forma mecânica o momento que a viu nascer, anuncia um diálogo promissor em que realidade e ficção se fecundam mutuamente: conhecimento e ignorância; alegria e tristeza; esperança e melancolia; sucesso e fracasso; são polos de tensão que organizam a obra e anunciam seu desfecho. É nesse momento que Lima anotaria em seu caderno: "olhos cheios d'água".[32]

Da eleição de Hermes à Revolta da Armada: história ao revés

Lima traduziria o ambiente imperante em seu contexto, recuando, porém, aos idos de 1891, momento em que começa a Revolta da Armada. O contexto não lhe poderia ser mais significativo. Em 1890 seu pai, João Henrique, é demitido da imprensa nacional, sob alegação de ser conivente com a monarquia. Por ingerências de seu antigo padrinho, Ouro Preto, acaba nomeado escriturário das Colônias de Alienados na Ilha do Governador. No ano seguinte, diante do ambiente conturbado, Deodoro da Fonseca fecha o Congresso Nacional e, ante a intensa pressão política, pede demissão. Floriano Peixoto, em contragolpe, assume o poder com o objetivo de reconstituir a ordem constitucional.

Nesse meio-tempo, Lima Barreto é matriculado como aluno interno no Liceu Popular Niteroiense, e passa a visitar o pai e a família apenas nos finais de semana. Nota, porém, a agitação que toma conta da cidade e que resultaria na Revolta da Armada, assim como percebe o desconforto do pai, que constantemente se queixa da presença de revoltosos no local:

> Ilha do Governador, 25 de outubro de 1893. Sr. Dr. Araujo.
>
> Até agora não tenho notícias de providência alguma. Foram invadidas hoje as Colônias e apoderadas pelos revoltosos que levaram tudo o que quiseram. Não tenho gêneros para os alienados. Não tenho confiança nos empregados porque não há uma providência que eu tome que não se divulgue na Ilha, é por isso que me sirvo de D. Thereza para chegar às suas mãos esta carta. Espero resposta sua para abandonar a Ilha com minha família que já não tem de que viver. Não vou pessoalmente porque é preciso conter a gente do Asilo, que sem cigarros e sem comida está impossível. Imagino 213 pessoas em S. Bento! Os empregados falam em se retirar. Se até o dia 27 não tiver notícias abandono tudo. Providência!!! Barreto.
>
> Ou em outra carta:
>
> A minha posição é horrível e não sei o que fazer. Vou retirar os alienados e empregados para São Bento, e me esconder porque eles querem me pegar ou ao Sr. Não posso ir para a Cidade com minha família pois não conto recursos. Quanto à repartição peço providências. Agora não é mais possível trazer gêneros para aqui pois é o mesmo que entregar a eles. O que há de ser de mim! Vou para o mato assim que os avistar. Barreto.[33]

Em março de 1892 estourara a segunda Revolta da Armada, com o objetivo de reagir à indicação ilegal de Floriano Peixoto como presidente do país, mas, enquanto o Exército se mantinha impopular, com os líderes da Revolta ocorria o oposto. Lima Barreto escreveria uma série de crônicas, anos depois, sobre o episódio. Em "Homem ou boi de canga?", publicada na *ABC* de 1920, o escritor assim se refere à sua percepção, quando vivia na Ilha do Governador:

> Um belo dia, os revoltosos, capitaneados por um oficial de Marinha, [...] lá desembaraçaram, mataram bois, carregaram gêneros, medicamentos e roupas e se foram em paz. Assisti tudo. Uma manhã, quando estávamos à beira da praia, conversando meu pai com o comandante do destacamento, apareceu uma lancha revoltosa. Logo se viu que ela disparava o seu canhão-revólver contra nós. Abrigamo-nos; os soldados apanharam as carabinas e entrincheiraram-se no casebre que lhes servia de quartel. Fosse por que fosse, após dois ou três disparos, a pequena embarcação armada voltou para donde viera e o sossego tornou de novo ao local em que estávamos.

Segundo documentos deixados pelo escritor, o episódio apavorara a todos, em especial ao pai, que, logo após o desfecho, apresentara os primeiros sinais de alienação.

Na crônica "O estrela", publicada no *Almanaque d'A Noite* de 23 de maio de 1916, Lima descreve sua própria vida e como a revolta entrou nela: o escritor tinha doze anos, era pequeno demais para lidar com situação que beirava o dramático, mas, na memória tardia, parecia ainda mais desamparado. O trecho é longo, porém vale a pena reproduzi-lo, uma vez que aqui temos não só relatos do episódio, como do local que inspirou parte do romance:

> Dentre os acontecimentos da revolta de 93, assistidos por mim, o que mais me impressionou foi sem dúvida o desembarque dos revoltosos no Galeão, Ilha do Governador, onde na minha infância morava, em virtude do cargo que meu pai exercia por aquele tempo. [...] Eu tinha doze anos e acabava de chegar do colégio onde era interno, depois de uma longa viagem de trem, pois começava naquele ano os meus preparatórios no Liceu Popular, em Niterói. É da memória dos contemporâneos que as comunicações por mar entre o Rio e aquela cidade ficaram logo interrompidas no começo do levante,

de forma que, para ir buscar-me, meu pai teve que dar uma imensa volta, saltando de trem em trem, vendo rios e cidadezinhas sem conta. Com meu pai, depois de uma fatigante viagem de vinte e quatro horas, desembarquei na Central às nove horas da noite, dormi na cidade; e, para chegar em casa, ainda tive que ir da estrada de ferro até a parada da Olaria, da Estrada de Ferro Leopoldina, nas proximidades da Penha, andar a pé cerca de um quilômetro, tomar um bote no chamado porto de Maria Angu, desembarcar na ponta do Galeão, montar a cavalo e a cavalo percorrer três quilômetros, para chegar afinal na residência de minha família. Cheguei em casa, como lhes contava, e logo tratei dos meus pássaros, dos meus laços, pouco se me dando com o duelo que se fazia de terra para o mar e do mar para terra, a tiros de canhão e de carabina. Meu pai, meu grande e infeliz pai, era dos funcionários da administração superior o único que tinha permanecido na Ilha. O diretor, o médico, o escriturário se haviam retirado para cidade. A minha casa era uma velha habitação roceira, vasta e cômoda, com grandes salas e amplos quartos, de um plano simples e tosco [...]. Mas o encanto maior da habitação estava no sítio que cercava. Tinha de frente cerca de quatrocentos metros de um bambuzal cerrado e verde que suspirava quando de tarde a viração soprava do mar. [...] Não houve, porém, nenhuma violência. [...] Meu pai apresentou-me a ambos e eu estive ali, no meio dos marinheiros, a olhar curioso as carabinas sombrias e as baionetas reluzentes. Desceram, meu pai e o comandante. De repente, eu vejo ser tirado do curral o "Estrela", um velho boi de carro, negro, com uma mancha branca na testa. O "Estrela" fazia junta com o "Moreno", um outro boi negro; e ambos, além de carreiros, lavraram também. Foi o boi conduzido para junto da estrebaria e vi que um marinheiro, de machado em punho, o enfrentava e ia desfechar-lhe um golpe na

> cabeça. [...] Quando vi que o iam matar, não me despedi de ninguém. Corri para casa, sem olhar para trás.

Muitos elementos aqui se destacam: a figura fraca do pai ("meu pai, meu grande e infeliz pai"); a mudança de Lima para o Rio para estudar e seu retorno nos finais de semana; o ambiente da Ilha; a propriedade; e a supressão da calma com a chegada dos revoltados. Se a história de *Triste fim* não se limita a esse episódio, ele toma parte relevante no enredo e a própria Ilha do Governador é descrita no romance. Afinal, o Curuzu, local para onde Policarpo se muda e inaugura seu "sítio do Sossego", apresenta paralelos evidentes com a imagem que Lima deixou do local de infância: o Sítio do Carico. Não obstante, a ficção vai mais longe, pois Sossego é também uma metáfora de tudo de que nosso herói andava à procura: um cenário paradisíaco, uma natureza dadivosa, uma terra fértil. Nada daria certo: a República, o destino de Policarpo e de seu sítio. Mas a "encruzilhada de talvezes",[34] expressão retirada do próprio livro de Lima Barreto, se desenhava na realidade e na ficção.

O movimento seria contido em março de 1894; Prudente de Morais assumiria a presidência da República em novembro, em meio a clima tenso e com a promessa de reorganizar o país; em especial a capital. Lima, por sua vez, passa a estudar no Ginásio Nacional (antigo colégio Pedro II) e, após concluir a instrução primária, ingressa na Politécnica, em 1907. O estudante não concluiria, porém, seus estudos, uma vez que o pai, a propósito de um erro nos balanços financeiros em seus registros mensais como escriturário, enlouquece, obrigando Lima a trazê-lo de volta ao Rio, sair da faculdade e ingressar como amanuense na Secretaria da Guerra. A partir daí nossas duas pontas da história se aproximam, com o autor trabalhando como funcionário público e atuando na qualidade de arrimo de família — mas pretendendo viver de sua pena, tal qual Policarpo, que tinha título de major, mas nunca fora à guerra. Policarpo era, pois, um quase major. A patente lhe fora conferida por um amigo, e o major, "homem pequeno e magro, que olhava para baixo quando fitava alguma coisa", acabou burocrata, chegando a subsecretário do Arsenal da Guerra. Se não cresceu na hierarquia do Exército, escolheu o ramo da administração militar. Mas Quaresma merecia a patente, pois era um "patriota", daqueles que só defendem produtos da terra: da comida à língua, passando pelo esporte. Nota-se, mais uma vez, que Policarpo, não sendo exatamente Lima, é, de alguma maneira, um pastiche de Lima, adversário do futebol, dos edifícios e de tudo que lembrasse "macaquice do estrangeiro".

Mas por que recuar à Revolta da Armada e retomar o tema da loucura? Veremos que na obra do autor a revolução assume papel quase simbólico, uma vez que significa a entrada na vida adulta. Lima percebe como seu pai é inseguro, e precisa dele, o menino moço, para "conter" os militares. Não assume que daí viria a demência paterna, mas já a anuncia. A morada da família Lima Barreto, em "Todos os Santos",[35] subúrbio carioca, ficaria conhecida como a casa do louco, tal a quantidade de uivos que o pai emitia em seus momentos de total alienação. Não por coincidência, era também nesse bairro que Lima imaginou a morada do menestrel do romance, Ricardo Coração dos Outros, assim como é nessa vizinhança que se desenvolvem as ações mais bonitas do livro. Se Botafogo representa a aspiração de elite, já o centro estabelece espécie de fronteira simbólica entre a região sul e a norte do Rio de Janeiro — entre o subúrbio e os bairros bem aquinhoados. Mas a identificação do escritor parece estar nesses bairros afastados, com seus tipos peculiares:

> A tarde se aproximava e as *toilettes* domingueiras já apareciam nas janelas. Pretos com roupas claras e grandes charutos, grupos de caixeiros com flores estardalhantes; meninas em cassas bem engomadas; cartolas antediluvianas ao lado de vestidos pesados de cetim negro, envergados em corpos fartos de matronas sedentárias; e o pobre domingo aparecia assim decorado com a simplicidade dos humildes, com a riqueza dos pobres e a ostentação dos tolos.

Por outro lado, se o próprio Lima, até a ocasião do livro, ainda não apresentara problemas mentais, nota-se como a loucura paira solta por entre os personagens e as ações do romance. A pobre Ismênia diante da fuga do noivo cairá demente, e Policarpo será internado durante alguns meses, já que sua atuação extremada, a favor da imposição do tupi, é considerada ato insano. Mas a loucura também está presente no quartel de Floriano e que Policarpo tenta frequentar, ou na impossibilidade de o sítio do Sossego vingar. A loucura constrói a narrativa e confere a ela a melancolia do folhetim.

Personagens e tipos ou seria o contrário

Segundo Sérgio Buarque de Holanda, faz parte das convenções do realismo criar "caracteres" individuais convincentes e reproduzir com plausível fidelidade as circunstâncias em que este se move.[36] Por outro lado, na confecção dos personagens e eventos destaca-se a conformação de "tipos"[37] representativos de determinadas situações, assim como o recurso à caricatura (com humor ou não) com o objetivo de extremar situações retiradas do cotidiano. E a galeria de Lima Barreto é, nesse sentido, impagável. Escrito em boa parte na terceira pessoa, com um narrador onisciente, a história oscila do humor ao drama. Não há por que resumir os diferentes atores que aparecem na narrativa; vale mais destacar como, também na construção dos personagens, prima uma "encruzilhada de talvezes". De um lado temos Policarpo, "um visionário", um defensor das "coisas do Brasil"; tão pontual que servia de "relógio da vizinhança". De outro, Floriano com seu "bigode caído; traços flácidos e grosseiros [...] pobre de expressões, a não ser a da tristeza que não lhe era individual, mas nativa, de raça [...]". De um lado, o patriotismo leal de Policarpo, de outro o positivismo de encomenda dos militares, "nefasto e hipócrita positivismo, tirânico, limitado e estreito". Mas é o positivismo que vence nesse "Santo Ofício republicano", e Policarpo é quem revela perseguir o "destino errado".

Seria possível opor ainda Ismênia a Olga. A primeira, frágil como o pai de Lima, e que logo sucumbe à loucura; loucura não menor do que a do contexto em que vive e da imposição do casamento burguês, que em vez de libertar as moçoilas acaba por oprimi-las em função da sua exigência social. De outro lado estaria Olga, a afilhada querida de Policarpo, a qual, junto com Ricardo, é a única a permanecer fiel a ele, até o final de sua saga. Casou-se sem convicção, seguiu a convenção, mas não se limita ao papel de esposa. Ela é a voz crítica de Policarpo, é a ética do major inscrita no corpo de uma mulher. Há também a contraposição entre Ricardo Coração dos Outros, famoso por cantar modinhas ao violão, morar no subúrbio, mas almejar a glória em Botafogo, e descrito de maneira quase cômica: a blusa era curtíssima; os punhos lhe apareciam inteiramente; as calças compridíssimas arrastando no chão. Mas esse mesmo menestrel é capaz de defender o major, ao contrário de Genelício, empregado do Tesouro, no meio da carreira, um "artista na bajulação". Representava ele tudo o que Lima menos prezava e era, ademais, escriturário.

Mas salvo um ou outro caso, o fato é que não existem personagens maus ou verdadeiros vilões no livro. São todos uns, como já se destacou, "talvezes". Tanto o general Albernaz como o contra-almirante Caldas nunca haviam embarcado em navio da Marinha, ou participado de batalha. Albernaz adoecera antes de partir; Caldas recebeu o comando de um navio inexistente e, apresentando-se às autoridades, foi preso por insubordinação. Doutor Florêncio, apesar do título, "era mais guarda de encanamentos que mesmo um engenheiro". Dona Maricota, "de cabeça pequena e corpo grande", era mestre em fazer render o dinheiro do marido. E assim vamos, com cada figurante expressando os dilemas dessa nossa modernidade aos pedaços. Ceticismo ou otimismo; honestidade ou contravenção; sanidade ou loucura; progresso ou decadência são oposições retomadas ou superadas em diferentes momentos da obra. Mais do que tudo, destaca-se a ambivalência dos atores, que parece corresponder às ambivalências do próprio contexto que oscilava entre a mais profunda crença no futuro, o olhar saudoso para o passado, a descrença e a melancolia diante do porvir.

Momento particularmente significativo, nesse sentido, é o episódio das formigas, que destroem de vez o sítio e as plantações de Policarpo. Não sem humor, Lima Barreto retomaria a famosa frase de Saint-Hilaire, que entre 1816 e 1822 percorreu o país e arrematou: "'Ou o Brasil acaba com as saúvas ou elas acabam com ele". Já nosso Policarpo sofreria uma verdadeira invasão:

> Eram formigas que, por um buraco no assoalho, lhe tinham invadido a despensa e carregavam as suas reservas de milho e feijão, cujos recipientes tinham sido deixados abertos por inadvertência. O chão estava negro e, carregadas com os grãos, elas, em pelotões cerrados, mergulhavam no solo em busca da sua cidade subterrânea.
>
> Quis afugentá-las. Matou uma, duas, dez, vinte, cem; mas eram milhares e cada vez mais o exército aumentava. Veio uma, mordeu-o, depois outra, e o foram mor-

dendo pelas pernas, pelos pés, subindo pelo seu corpo. Não pôde aguentar, gritou, sapateou e deixou a vela cair.

O "infame inimigo" não sairia da cabeça do escritor, que em crônica mais tardia ("As formigas e o prefeito", *Lanterna*, 4 de maio de 1918) assim se referia às pequenas inimigas:

> Esse negócio de saúvas preocupa-me desde menino, quando o meu velho amigo Policarpo Quaresma narrou à minha infância curiosa os suplícios que elas o fizeram sofrer, ao tempo em que se improvisou agricultor. Já narrei alguns dos episódios da sua luta com elas, em um modesto livro onde expus grande parte de sua vida e descrevi o seu triste fim. De uns tempos a esta parte, toda gente, especialmente os agricultores da administração, deu em se preocupar com tão daninhos e inteligentes insetos; e, se Policarpo vivesse, ficaria exuberantemente satisfeito com isso.

O fato é que os tais insetos viravam obstáculo e metáfora, ficção e realidade. Paulo Prado, em seu livro *Retrato do Brasil*, as inclui na lista de obstáculos à nossa civilização, e Mário de Andrade, na boca de seu personagem mais emblemático, declinou: "Muita saúva e pouca saúde os males do Brasil são".

Uma crítica indignada: silêncio e construção do silêncio

O livro mais comentado e conhecido de Lima Barreto é sem dúvida *Triste fim de Policarpo Quaresma*. Essa foi também a obra em que o autor mais se apoiou para construir sua carreira, ou mesmo para tentar entrar na Academia Brasileira de Letras (sem sucesso) em 1917.[38] Como vimos, a resenha mais importante que Lima Barreto pôde ler em vida foi a de Oliveira Lima, diplomata e historiador influente, que escreveu belo comentário para o jornal *O Estado de S. Paulo*, no dia 13 de novembro de 1916, por ocasião do aparecimento da primeira edição do livro. O diplomata chamava o major Quaresma de um "dom Quixote nacional" e fechava: "Ambos são tipos de otimistas incuráveis, porque acreditam que os males sociais e sofrimentos humanos podem ser curados pela mais simples e ao mesmo tempo mais difícil das terapêuticas, que é a aplicação da justiça da qual um e outro se arvoram paladinos". Elogiou ainda a linguagem, chamando-a de "propositadamente desativada"; assim como a caracterização dos personagens: a figura vulgar e desoladora do ditador; o humanismo do trovador Ricardo Coração dos Outros; o sentimento de Policarpo; seu "pitoresco senso social".

Se a primeira reação não elevou o autor e seu livro aos píncaros da glória nacional (como Lima Barreto esperava), com o tempo a obra foi se estabelecendo como um clássico nacional, assim como recebeu inúmeras resenhas, contemporâneas a ele ou não: Jackson de Figueiredo, Monteiro Lobato, Coelho Neto, Jorge Amado, José Lins do Rego, Di Cavalcanti, Caio Prado, Lúcia Miguel Pereira; mas também da turma autointitulada, merecidamente, de "limistas": Francisco de Assis Barbosa (que também foi o primeiro a reestabelecer o texto em publicação póstuma para a Brasiliense, em 1956), Antonio Arnoni Prado, Nicolau Sevcenko, Beatriz Resende, Alfredo Bosi, Carmem Lúcia Negreiros de Figueiredo, Silviano Santiago, Ronaldo Lima Lins, Afonso Carlos Marques dos Santos, entre tantos outros, que, cada um à sua maneira, analisaram esse livro em particular como tomaram para si a responsabilidade de retirar a obra desse escritor de uma espécie de silêncio constrangedor.

Faz tempo que os livros de Lima Barreto saíram do limbo e da obscuridade. Mas obras como esta acabam por merecer várias redescobertas e releituras, muitas vezes iluminadas pelas indagações do presente. Pensar nas ciladas do patriotismo, olhar com ceticismo para os projetos de nacionalidade, pode ser uma das muitas inspirações desta obra de leitura rápida, mas de possibilidades variadas. Por outro lado, o humor presente no texto não permite que ele se torne prisioneiro de interpretação fácil ou de uma rubrica qualquer que o inclua como romance regional ou folclórico. Há ironia até no nome escolhido para o herói da narrativa.[39] Policarpo, segundo o dicionário, significa aquele "que tem e produz muitos frutos". Por outro lado, o verbo "carpo" (de carpir, chorar, lamentar) parece introduzir, como bem mostra Silviano Santiago, uma dupla referência ao título da obra: "o triste fim". A vida de Policarpo não reserva fruto algum, e nada do que fez ou a que se dedicou resultou em produto digno de elogio. Assim, o nome refaz ironicamente a situação paradoxal que o livro ao fim e ao cabo apresenta e vice-versa: desilusão e melancolia, tristeza e desistência. Mas Quaresma é também palavra de muitos sentidos. De uma parte, significa o período de quarenta dias de jejum, que se segue ao sacrifício de Cristo. Sacrifício é ato de consagração, pois se indica um desenlace triste, não poucas vezes, como no ato religioso, sinaliza um pacto que funda uma nova sociedade. Policarpo seria assim uma espécie de Cristo dessa nacionalidade tropical, um líder frustrado de um novo porvir. Por outro lado, Quaresma é também um tipo de coqueiro, essa árvore presente na representação do Brasil desde as primeiras imagens e mapas seiscentistas. Ambiguidade e ambivalência percorrem assim o livro, de seu título à epígrafe de Renan, chegando a seu desenlace mais cético.

Não há como ter certeza se Lima leu *Bouvard e Pécuchet*, livro inacabado de Flaubert e publicado postumamente em 1881. O fato é que era cultor manifesto do escritor francês, e salta aos olhos o paralelo entre a dupla de escriturários, amantes da ciência que, tendo em mãos uma pequena herança, tentam de tudo um pouco — da agricultura à ginástica, passando pela teologia, pela química e pela pedagogia —, mas falham em todas as suas "artes". E a sina de Policarpo Quaresma seria de certa maneira parecida: num primeiro momento, um crédulo nas promessas do país; um profundo descrente ao seu final. Além do mais, ambas as obras são pautadas por boas doses de humor; um humor que pressupõe a convenção: o riso só tem graça, pois, se se refere às mazelas da própria nacionalidade. A dupla de Flaubert acabaria numa "casa de loucos" e "sem nenhum interesse pela vida". Já nosso Policarpo, tal qual coqueiro sem frutos, morreria nas mãos de "seus algozes"; os mesmos aos quais voluntariamente se juntara. Levaria, porém, para o túmulo "inteiramente intacto o seu orgulho, a sua doçura, a sua personalidade moral".

Livro inundado de sentimento e de esperança muda, *Triste fim* é também obra que perturba na sua profunda melancolia, na sua indefectível desilusão, na sua "tibieza de ânimo". Como disse certa vez o antropólogo Clifford Geertz: "Se quiséssemos verdades caseiras deveríamos ter ficado em casa".

NOTAS

1 Com enfoque econômico, o *Jornal do Commercio* — considerado um dos maiores jornais brasileiros do século XIX, ao lado da *Gazeta de Notícias* — teve origem no *Diário Mercantil* (1824), de Manuel Ferreira & Cia., editado no Rio de Janeiro. Em 1827, foi adquirido por Pierre Plancher e seu nome foi alterado para *Jornal do Commercio*.

2 Para se chegar a uma noção do valor pago por um exemplar do jornal, vale dizer que o número de 2 de julho de 1911 trazia o seguinte anúncio: "Precisa-se de uma rapariga de cor para ajudar nos serviços da casa. Paga-se 20$. Na rua Torres Sobrinho, nº 50, Meyer".

O valor era, pois, bastante elevado, a despeito de hoje sabermos que naquela época, recém-saída dos dias da escravidão, ainda se pagava pouco por atividades domésticas.

3 Para uma visão mais abrangente do gênero folhetim, ver o excelente livro de Marlyse Meyer, de onde tiramos, também, as informações desse parágrafo: *Folhetim: uma história*. São Paulo: Companhia das Letras, 1996.

4 Para se ter uma ideia da ordem de grandeza desse valor, cabe mencionar que em 11 de março de 1917 o *Jornal do Commercio*, no Rio de Janeiro, alugava "a casa moderna da rua D. Mariana nº 123 no bairro de Botafogo, zona sul do Rio de Janeiro [uma vizinhança bastante nobre] com excelentes acomodações para família de tratamento, com duas salas, seis quartos, banheira com aquecedor e mais comodidades, jardim na frente, entrada ao lado etc." pela quantia de 253$900. Lima morava em local bem mais barato, no subúrbio, e tal quantia deve ter representado um esforço financeiro de grande importância.

5 José Félix Alves Pacheco (Teresina, 1879 — Rio de Janeiro, 1935), irmão de João Luís Ferreira, a quem Lima Barreto dedicou o *Triste fim de Policarpo Quaresma*. Trabalhou 36 anos no *Jornal do Commercio*, Rio de Janeiro, do qual tornou-se, inclusive, diretor-proprietário. Também na imprensa integrou o grupo da publicação simbolista *Rosa Cruz*. Na política, foi deputado federal, desde 1909, pelo Piauí, seu estado natal, pelo qual foi reeleito várias vezes. Foi senador, pelo mesmo estado, em 1921, mas renunciou ao cargo para assumir a pasta do Exterior, no governo de Artur Bernardes. Fundou e dirigiu, em 1902, o Gabinete de Identificação e Estatística da Polícia do Distrito Federal, o atual Instituto Félix Pacheco. Em 1912, ingressou na Academia Brasileira de Letras.

6 Trata-se de Antonio Noronha Santos, amigo de Lima Barreto, responsável pela publicação de outro livro seu — *Recordações do escrivão Isaías Caminha* — por uma editora portuguesa.

7 Lima se refere a Benedito de Sousa, o "China", seu compadre e dono de uma tipografia na rua do Carmo. Francisco de Assis Barbosa comenta que o escritor conseguiu ainda empréstimo de dois fornecedores do Ministério da Guerra, a juros altos, que seriam descontados do seu salário.

8 Fábio Lopes dos Santos Luz (Valença, 1864 — Rio de Janeiro, 1938), médico, escritor e professor, envolvido com a propaganda abolicionista e republicana, também afeito às ideias anarquistas. Foi membro da Academia Carioca de Letras.

9 Conforme a definição de Antonio de Morais Silva (*Dicionário da língua portuguesa*. Lisboa: Impressão Régia, 1831, tomo II, p. 592), reçumar teria o significado de "deixar-se ver fora", em outras palavras, transparecer.

10 O apêndice da 1ª edição da obra *Triste fim de Policarpo Quaresma*, lançada em 1915 no Rio de Janeiro, pela Tipografia Revista dos Tribunais, trazia um conjunto de dezenove contos selecionados por Lima Barreto para aquela edição. Organizada e paga pelo autor, foi a primeira ocasião em que Lima Barreto resolveu publicar seus contos, mesmo que sob a forma de apêndice ao romance, sobre o qual guardava grandes pretensões. Os contos publicados nessa edição foram: "A nova Califórnia"; "O homem que sabia javanês"; "Um e outro"; "Um especialista"; "O filho da Gabriela"; "Miss Edith e seu tio"; e, finalmente, "Como o 'homem' chegou".

11 Essa caricatura saiu nessa edição e nesse exato momento da entrevista.

12 Vide importante crítica de Arnoni Prado (nas páginas 524-9), em edição crítica de *Triste fim de Policarpo Quaresma* (Madri/ Paris/ México/ Buenos Aires/ São Paulo/ Lima/ Guatemala/ San José/ Santiago: AALLCA XX, coleção Archivos, 1997), coordenada por Antônio Houaiss e Carmem Lúcia Negreiros de Figueiredo.

13 Lima Barreto se refere a François-Hyppolyte Garnier (1816-1911), livreiro francês que herdou a Livraria Garnier, negócio do seu irmão Baptiste Louis Garnier (1823-93). Este último chegou ao Rio de Janeiro

em 1844 e estabeleceu sua livraria, dois anos depois, na rua do Ouvidor. Nesse período, em que o que fosse francês era associado ao progresso e modernidade, proliferavam na cidade obras francesas e filiais de livrarias de origem francesa, como Didot, Aillaud, Bossange e Mongie. Baptiste Louis trabalhou até sua vinda para o Brasil na firma Garnier Frères, de propriedade de dois dos seus irmãos (François-Hyppolyte e Auguste Garnier). A inserção da família nesse comércio se originou com o pai, Jean-Baptiste, fundador da firma. Em seu negócio na rua do Ouvidor (onde competia com outra livraria de origem francesa, a E. & H. Laemmert) vendia livros que editava, além de produtos importados. Apesar da alcunha de "bom ladrão", Baptiste Louis publicou muitos autores brasileiros, entre eles Joaquim Nabuco, José de Alencar, Tavares Bastos e Visconde de Taunay. Dedicou-se à tradução de livros estrangeiros, essencialmente franceses. Ficou famosa a sua relação com Machado de Assis, que editou, em 1864, sua obra *Crisálidas*. Com a morte do livreiro, em 1893, o mesmo Machado escreveu a crônica "O livreiro Garnier", na qual se demonstra preocupado com o fim a ser dado à livraria. Escrevia: "Quem a vê agora, fechadas as portas, trancados os mostradores, à espera da justiça, do inventário e dos herdeiros, há de sentir que falta alguma coisa à rua". François-Hyppolyte estabeleceu a livraria da rua do Ouvidor, já a principal casa editorial brasileira no período, como filial da Garnier Frères parisiense, sendo reinaugurada em 1901. Em 1903 era publicado o primeiro *Almanaque brasileiro Garnier*. A livraria fixa-se como ponto de convergência de escritores, na formação de rodas literárias, mas mantinha pendor por escritores de nome já estabelecidos no meio social e literário. Apresentava severas restrições na aposta por novos escritores — o que desagradava seriamente a Lima Barreto. Com a morte, em Paris, de Hyppolyte Garnier, no ano de 1911, Lima publicou na *Gazeta da Tarde*, em 7 de agosto de 1911, a crônica "O Garnier morreu". Nela esboçou toda a sua crítica à tendência editorial adotada pela livraria desde a gerência de Baptiste Louis. Com a morte de Hyppolyte, Lima esboçava esperanças para si e para o mercado editorial: "A morte de Garnier e a dispersão de sua fortuna podem bem trazer uma melhoria para esse estado de coisas. Ficando livre o campo de tão poderoso concorrente, talvez outros se animem e tenhamos uma floração de obras e autores". A Livraria Garnier manteve-se ativa até 1934.

14 Francisco Alves de Oliveira (Portugal, 1848 — Rio de Janeiro, 1917), livreiro e editor que chegou ao Rio de Janeiro em 1863. No ano de 1873, Francisco Alves retorna a Portugal, com o dinheiro apurado com a venda do sebo que havia criado um ano antes. Em 1882, retorna para o Brasil, a convite do tio, Nicolau Antônio Alves. Este estava no Rio de Janeiro desde 1839 e havia fundado, em 1855, a Livraria Clássica. Francisco Alves entra para os negócios da Livraria Clássica, tendo como sócios o tio e Antônio Joaquim Ribeiro de Magalhães. A firma passa a ser Livraria Alves & Companhia. Nicolau Alves afasta-se da gerência da sociedade, passando o cargo para Francisco Alves. Em 1897, torna-se o único dono das propriedades literárias e contratos de edição da livraria. Estabelecida na rua do Ouvidor, data de 1903 a criação da firma Francisco Alves & Cia. Como demonstração do seu sucesso comercial, o livreiro entrou em sociedade com o editor luso-francês Júlio Monteiro Aillaud para participar da exploração da livraria, tipografia e editora Aillaud. Francisco Alves dedicou-se a edições literárias, mas manteve especial atenção ao trabalho com livros didáticos, uma linha editorial com demanda garantida, que passou a amparar seu negócio. Falecendo em 1917, Francisco Alves deixou a Academia Brasileira de Letras como sua herdeira universal.

15 *Papéis pessoais de Afonso Henriques de Lima Barreto. Recibos diversos, faturas de livrarias, notas de pagamentos à editora para impressão de livros, cartas circulares de periódicos e instituições diversas etc. 1889-1919*. 17 documentos. Fundação Biblioteca Nacional. Seção de Manuscritos I-06, 033, 881.

16 *Papéis pessoais de Afonso Henriques de Lima Barreto. Caderno de notas de Lima Barreto sobre a distribuição do livro* Triste fim de Policarpo Quaresma. Fundação Biblioteca Nacional. Seção de Manuscritos I-6, 33, 885.

17 O manuscrito entrou na instituição junto com toda uma coleção de fontes deixadas pelo escritor, na ocasião em que Rubens Borba de Morais dirigia a Biblioteca. Trata-se de coleção extensa, formada por artigos, contos, crônicas, documentos pessoais e anotações de Lima Barreto; acervo devidamente analisado por comissão designada pelo então diretor e formada por Gastão Cruls (médico sanitarista, editor da revista *Ariel* e literato), pela crítica Lúcia Miguel Pereira e por Francisco de Assis Barbosa, jornalista que se converteria no maior pesquisador e biógrafo da obra de Lima Barreto. Cf. *Catálogo da exposição comemorativa do centenário de nascimento de Lima Barreto organizado pela Seção de Promoções Culturais.* Prefácio de Francisco de Assis Barbosa. Rio de Janeiro, 1981, p. 11. Sobre o conjunto de documentos que compõem a coleção Lima Barreto da Seção de Manuscritos da Biblioteca Nacional, consultar Darcy Damasceno. "Arquivo Lima Barreto". In: *Anais da Biblioteca Nacional*, vol. 105, 1985, pp. 3-87.

18 Só nesse caso discordamos da edição crítica de *Triste fim de Policarpo Quaresma* coordenada por Antônio Houaiss e Carmem Lúcia Negreiros de Figueiredo (op. cit.). Nela os autores atribuem a citação a Kan (autor não referenciado) e apresentam a frase em francês com "*Il* [Na nota explicativa eles usam o LUI] *est content n'a rien à dire*". É fato que a letra de Lima Barreto era difícil e seus riscos pouco ajudam na tarefa de decifrá-la. Mas após leitura acurada chegamos a nova interpretação, que mantemos nesta edição.

19 Para uma análise mais cuidadosa e documentada dessas variações sugiro a excelente edição crítica de *Triste fim de Policarpo Quaresma* coordenada por Antônio Houaiss e Carmem Lúcia Negreiros de Figueiredo (op. cit.).

20 Marlise Meyer, op. cit.

21 Luciana Hidalgo, em seu livro *Literatura da urgência: Lima Barreto no domínio da loucura* (São Paulo: Annablume, 2008), analisa o trabalho de Lima Barreto usando essa categoria.

22 A primeira expressão é de Carmem Lúcia Negreiros de Figueiredo (1997: 275); a segunda é de Francisco de Assis Barbosa em sua biografia *A vida de Lima Barreto* (Rio de Janeiro: José Olympio, 2002).

23 É sabido que Lima Barreto concorreu três vezes a uma vaga na Academia de Letras. Perdeu duas vezes e na terceira acabou retirando a candidatura. Para uma visão aprofundada, vide excelente biografia de Francisco de Assis Barbosa (op. cit.).

24 Lúcia Miguel Pereira, "Lima Barreto" (1997: 438). Ver também, da mesma autora, *Prosa de ficção (De 1870 a 1920) — História da literatura brasileira*. Belo Horizonte/ São Paulo: Itatiaia/ Edusp, 1988.

25 Frase de época, usada pelo historiador José Murilo de Carvalho. Ver José Murilo de Carvalho. *Os bestializados: O Rio de Janeiro e a República que não foi*. São Paulo: Companhia das Letras, 1987, p. 31.

26 José Murilo de Carvalho (op. cit.).

27 Manuel Bastos Tigre (Recife, 1882 — Rio de Janeiro, 1957). Escritor de longa atuação na imprensa carioca. Foi também autor de várias revistas, operetas e *vaudevilles*. Bastos Tigre foi amigo de Lima Barreto desde o período da Escola Politécnica.

28 Domingos Ribeiro Filho (1875-1942) foi autor de vários romances, entre eles *O cravo vermelho*, de 1907. Como jornalista, foi secretário do semanário *A Avenida*, que apareceu em 1903, no qual também colaborava Bastos Tigre. Também foi um dos fundadores da revista *Floreal*, em 1907, ao lado de Lima Barreto, Curvelo de Mendonça e Elísio de Carvalho. Trabalhava na Secretaria da Guerra, onde conheceu Lima Barreto. Possivelmente, ingressou antes deste no funcionalismo público, aposentando-se no início da década de 1930. Conhecido por suas defesas libertárias e simpatia declarada pelo anarquismo, Ribeiro Filho era um misto

de boêmio e revolucionário, informa Francisco de Assis Barbosa (p. 142).

29 Manuel Curvelo de Mendonça (Sergipe, 1870-1914) era advogado, professor, romancista e jornalista. Ao lado de Fábio Luz, Antonio Noronha Santos e Domingos Ribeiro Filho, formava o grupo "libertário", segundo Francisco de Assis Barbosa (p. 175), que, capitaneado por Lima Barreto, preparou a revista *Floreal*, em 1907. Tornou-se chefe de Seção da Intendência Municipal do Distrito Federal. Em 1910, participou da comissão da diretoria da Instrução Pública do Distrito Federal, para anos depois ser nomeado membro do Conselho de Instrução Pública do Rio de Janeiro.

30 Francisco de Assis Barbosa e Carmem Lúcia Negreiros de Figueiredo (op. cit.) descrevem com vagar esse episódio.

31 In: Francisco de Assis Barbosa (2004: 190).

32 Carmem Figueiredo (op. cit.) reproduz em seu ensaio essa mesma frase.

33 *Papéis pessoais de João Henriques de Lima Barreto. Relatórios, memorandos e cartas ao Serviço de Assistência Médico-Legal da Colônia de Alienados, pertencentes a João Henriques de Lima Barreto.* 26 docs. 20/1/1891 a 28/5/1898. Biblioteca Nacional. Seção de Manuscritos I-6, 33, 875.

34 A expressão é também destacada por Oliveira Lima em seu ensaio famoso sobre o romance, reproduzido aqui como prefácio.

35 Bairro do subúrbio da cidade do Rio de Janeiro.

36 Sérgio Buarque de Holanda. *Clara dos Anjos*, publicado no *Diário de Notícias*, Rio de Janeiro, 23 e 30 de 1949.

37 Alfredo Bosi. *História concisa da literatura brasileira.* São Paulo: Cultrix, 1970.

38 O formulário de candidatura à ABL, presente na Seção de Manuscritos da Fundação Biblioteca Nacional, sob a localização I-6,33,877, apesar de não datado, provavelmente se refere à terceira tentativa de ingresso do escritor na instituição. Lima Barreto, em julho de 1921, apresentou-se à cadeira 26, vaga com a morte de Paulo Barreto

(João do Rio). Em 28 de setembro retira a candidatura "por motivos completamente particulares e íntimos" (Assis Barbosa, 2002, p. 409). A primeira tentativa de Lima deu-se em agosto de 1917, em carta dirigida a Rui Barbosa, então presidente da Academia, candidatando-se à cadeira de Sousa Bandeira. No entanto, sua inscrição foi desconsiderada. Em fevereiro de 1919, investe na cadeira deixada por seu amigo Emilio de Menezes. Sua segunda tentativa não obteve êxito — o romancista e jornalista Humberto de Campos fora eleito.

39 Essas informações que se seguem foram retiradas da inspirada crítica de Silviano Santiago, incluída na edição de *Triste fim* organizada por Antônio Houaiss e Carmem Lúcia Negreiros.

Prefácio*

OLIVEIRA LIMA

O "triste" fim do major Quaresma, coroando uma triste vida, constitui o entrecho de uma novela à qual a imprensa do país não fez ainda a devida justiça, porventura pela simples razão de ser a imprensa quem menos lê. Já lhe basta, dirá ela, ter que fornecer o que ler. Entretanto nessa imprensa houve, há quinze anos passados, mais de um crítico que saudasse como uma revelação genial a aparição do *Canaã*. O que dizer então do romance do senhor Lima Barreto, que lhe é em todos os sentidos cem vezes superior? Querem a prova? Qual dos tipos desenhados pelo senhor Graça Aranha perdurará na memória mesmo dos intelectuais, como acontece com o Conselheiro Acácio, o João da Ega, o Dâmaso, o poeta Alencar? Em Milkau e em Lentz pretendeu o autor do *Canaã* simbolizar as tendências opostas da alma alemã, o idealismo e a força, mas representará isso um pensamento original, ou será antes o chavão batido por todo aspirante a observador das psicologias estranhas? O que faz a superioridade olímpica de Goethe, senão a combinação perfeita daqueles dois elementos?

Entretanto o major Quaresma viverá na tradição, como um dom Quixote nacional. Ambos são tipos de

* Publicado pela primeira vez no jornal *O Estado de S.Paulo* de 13 de novembro de 1916, quando do lançamento da primeira edição de *Triste fim de Policarpo Quaresma*.

otimistas incuráveis, porque acreditam que os males sociais e sofrimentos humanos podem ser curados pela mais simples e ao mesmo tempo mais difícil das terapêuticas, que é a aplicação da justiça da qual um e outro se arvoraram paladinos. Um levou sovas por querer proteger os fracos; o outro foi fuzilado por querer na sua bondade salvar inocentes. Visionários ambos: assim tratou o marechal de ferro o seu amigo Quaresma e trataria dom Quixote, se houvesse lido Cervantes.

O romance do senhor Lima Barreto, se não alvorotou a imprensa, impressionou fortemente quantos o leram. Não tenho ouvido a tal respeito uma opinião discrepante. É um grande livro, por consenso comum. A única pecha de que o tenho ouvido culpar não me parece absolutamente justa. Refere-se à linguagem, ou melhor, ao estilo, julgado menos cuidado e por vezes incorreto, por ser a linguagem simples e propositalmente desataviada. Por idêntico motivo era Eça de Queirós no começo tachado de escrever mal. O senhor Lima Barreto procura felizmente não escrever bonito: antes, mil vezes antes, singelo, familiar mesmo, do que pernóstico.

O fato porém é que o autor conta até felizes achados de expressão traduzindo felicíssimos conceitos, como por exemplo a oradora da delegação patriótica a Floriano; de busto curto, agitando o leque, "sem se poder dizer bem qual sua cor ou sua raça, tantas nela andavam que uma escondia a outra", desafiando a classificação; ou o almirante Caldas, que achava difícil manobrar com um navio mas fácil comandar uma esquadra, porque para isso bastava bravura; ou ainda o tenente Fontes, que, quando o major Quaresma queria regular os tiros cientificamente, pela distância, pela alça, pelo ângulo, exclamava que o seu superior pensava estar num polígono, quando a questão era de "fogo para diante".

O senhor Lima Barreto não se dá ao luxo, por vezes espaventoso, de rebuscadas psicologias. Ao leitor deixa ele reconstituir o caráter de seus personagens: o leitor porém o pode fazer sem fadiga, naturalmente, quase instintivamente, com os elementos postos à sua disposição — observações passageiras, fragmentos de diálogos, notações rápidas de sentimentos. De tudo isso se deriva uma psicologia completa, que melhor se grava no nosso espírito do que se fosse feita por meio de sutil e detalhada análise. Alguém comparou um dia um romance de Bourget com um retrato de Velázquez, psicólogos ambos de rara penetração, mas eu sempre prefiro o retrato de Velázquez.

No romance do senhor Lima Barreto há figuras inolvidáveis, a do protagonista, por exemplo, ou a do trovador Ricardo Coração dos Outros, um visionário também, poeta do violão. Com nenhum gasta o autor muitas pinceladas: a pintura ressalta da própria ação. Ele reserva o mais das suas tintas para o perfil que se tem querido fazer enigmático de Floriano (enigmático para os que não querem traçá-lo à luz da verdade) e de que ele conseguiu um desenho impressivo. Fisicamente, a figura do ditador "era vulgar e desoladora. O bigode caído; o lábio inferior pendente e mole a que se agarrava uma grande 'mosca'; os traços flácidos e grosseiros; não havia nem o desenho do queixo ou olhar que fosse próprio, que revelasse algum dote superior. Era um olhar mortiço, redondo, pobre de expressões, a não ser de tristeza que não lhe era individual, mas nativa, de raça; e todo ele era gelatinoso — parecia não ter nervos".

No moral, os traços predominantes eram a probidade pessoal, que no Império era ou tinha de ser um predicado geral; o amor da família, mais forte nas civilizações patriarcais, como era a da sua formação moral; uma indolência orgânica, "preguiça de pensar e de agir, [da qual] vinha o seu mutismo, os seus misteriosos monossílabos, levados à altura de ditos sibilinos, as famosas 'encruzilhadas dos talvezes', que tanto reagiram sobre a inteligência e imaginação nacionais, mendigas de heróis e grandes homens"; a calma de chinelos e palito na boca que ali se originava e que era antes "tibieza de ânimo", responsável pelas condescendências e intimidades que autorizava e que tornaram esse governo um governo de prepotências cometidas pelos irresponsáveis.

Em que se firmava tal governo, se lhe faltava o elemento essencial da fortaleza do "homem", homem-César? De um concurso de circunstâncias geradoras de um "entusiasmo contagioso" por uma figura "plácida e triste", incapaz de realizar qualquer grande reforma e apenas capaz de exercer uma tirania doméstica. Policarpo Quaresma imaginara nele um Henrique IV desdobrando-se num Sully. A atmosfera exaltada, nativista da época, dera-lhe uns reflexos trágicos de Richelieu embebido na ideia da unidade da França e da supremacia dos interesses do Estado. O "homem" valia menos. Os que tinham vindo a ele faziam-no "ou com pueris pensamentos políticos ou por interesse: nada de superior os animava. Mesmo entre os moços, que eram muitos, se não havia baixo interesse, existia uma adoração fetíchica pela forma republicana, um exagero das virtudes dela, um pensador para o despotismo, que os seus estudos e meditações não podiam achar justo".

A mocidade de hoje pensa diversamente com relação a processos de governo. Há mais ceticismo e também mais tolerância. Eu não penso, felizmente para o Brasil, que fosse "hoje" possível renovar aquele período do Boqueirão e do famoso quilômetro. É verdade que temos perto de nós a ilha das Cobras, o "Satélite" e o Contestado... Mas eu "quero" crer que assim será, que a bondade famosa da alma brasileira se tornará uma realidade, e para isso me fio no que sentem e como sentem os escritores que vão surgindo, a exemplo do senhor Lima Barreto.

Veja-se que ele descreve o pessoal onde se iam recrutar os fuzilados do Boqueirão: "Brancos, pretos, mulatos, caboclos, gente de todas as cores e de todos os sentimentos, gente que se tinha metido em tal aventura pelo hábito de obedecer, gente inteiramente estranha à questão em debate, gente arrancada à força aos lares ou à calaçaria das ruas, pequeninos, tenros, ou que se haviam alistado por miséria, gente ignara, simples, às vezes cruel e perversa como crianças inconscientes, às vezes, boa e dócil como um cordeiro, mas, enfim gente sem responsabilidade, sem anseio político, sem vontade própria, simples autômatos nas mãos dos chefes e superiores que a tinham abandonado à mercê do vencedor".

Este... "O tempo estava de morte, de carnificina; todos tinham sede de matar, para afirmar mais a vitória e senti-la bem na consciência coisa sua, própria, e altamente honrosa." Pobre Policarpo Quaresma, preso por haver protestado, no uso de um direito constitucional, contra os horrores da matança a sangue-frio, e levado para a mesma masmorra onde tinham penado, no tempo colonial, alguns formosos espíritos ávidos de independência... "Aqueles homens, acusados de crime tão nefando em face da legislação da época, tinham levado dois anos a ser julgados; e ele, que não tinha crime algum, nem era ouvido, nem era julgado: seria simplesmente executado!"

Não é um dos menores méritos deste romance o poder ser posto em todas as mãos sem constituir uma ofensa à moral. Nos contos mesmo que lhe servem de apêndice, há reserva, e grande, todas as vezes que se toca a nota sensual e brejeira. Nos tipos femininos, Ismênia e Olga sobretudo, a delicadeza do desenho é notável, lembrando algumas das criações de Machado de Assis. Nada de certas cenas de *Canaã*, dignas de um gabinete de parteira. Em *Policarpo Quaresma* predomina o sentimento: banha o livro um sopro de compaixão, uma vibração misteriosa de piedade que resgata qualquer defeito de composição que ainda possa apresentar essa segunda tentativa, no gênero romance, da mais prometedora vocação da geração nova, espírito no qual se alia ao senso do pitoresco o senso social.

É preciso remontar até *O mulato* para se lhe encontrar termo de comparação, talvez mesmo mais longe, às *Memórias de um sargento de milícias*, porque em Aluísio Azevedo era forte a preocupação da escola naturalista e sensível a influência de Zola e de Eça de Queirós, ao passo que o senhor Lima Barreto, como Manuel de Almeida, se contenta, sem esforços de originalidade, em ser ele próprio.

Triste fim de Policarpo Quaresma

A João Luís Ferreira,[1]
Engenheiro civil

1 João Luís Ferreira, oriundo da elite piauiense, foi, como vimos, colega de Lima Barreto na Escola Politécnica do Rio de Janeiro. Irmão de Félix Pacheco, foi companheiro de Lima Barreto nos anos de mocidade, junto com Bastos Tigre, Nicolao Ciancio, José Oiticica e Antônio Noronha Santos. Diferente de Lima, porém, concluiu o curso de engenharia civil, retornando então para o Piauí. Quando João Luís Ferreira foi eleito governador do estado, em 1920, convidou o antigo colega para ocupar o cargo de diretor da Imprensa Oficial. Lima, no entanto, recusou o convite.

Le grand inconvénient de la vie réelle et ce qui la rend insupportable à l'homme supérieur, c'est que, si l'on y transporte les principes de l'idéal, les qualités deviennent des défauts, si bien que fort souvent l'homme accompli y réussit moins bien que celui qui a pour mobiles l'égoïsme ou la routine vulgaire.[2]

RENAN, *Marc-Aurèle*[3]

2 "O grande inconveniente da vida real e o que a torna insustentável ao homem superior é que, se introduzimos nela os princípios de ideal, as qualidades se transformam em defeitos, de modo que frequentemente o homem de valor consegue menos sucesso do que aquele movido pelo egoísmo ou pela rotina vulgar."

3 Renan foi um dos pensadores mais influentes de sua geração. Seminarista de formação, rompeu com a igreja em 1885 e se transformou num "combatente das certezas". Combinando ceticismo com sentimentalismo, Renan analisou a vida do imperador Marco Aurélio em *Marc-Aurèle: Histoire et parole* (Paris: Robert Laffont, 1892). Segundo o autor, foram as convicções moralizantes de Marco Aurélio que lhe permitiram permanecer firme na prática de seus deveres. Renan vê no imperador um crítico da ciência de sua época, o que fez com que restasse sozinho perante uma geração que não o compreendia. Além do mais, Marco Aurélio seria um herói trágico que se sacrificou por uma empresa que, de antemão, sabia que estava fadada ao fracasso. Percebe-se assim parte da intenção da epígrafe: ceticismo e crítica à ciência são fundamentais ao romance, enquanto Policarpo se espelha em Marco Aurélio e nos homens considerados "superiores" porque críticos a seu tempo.

PRIMEIRA PARTE

I
A lição de violão

Como de hábito, Policarpo Quaresma, mais conhecido por major Quaresma,[4] bateu em casa às quatro e quinze da tarde. Havia mais de vinte anos que isso acontecia. Saindo do Arsenal de Guerra,[5] onde era subsecretário,

4 Na denominação regular do Exército brasileiro, major é um oficial elevado na hierarquia, de patente inferior à de tenente--coronel e superior à de capitão. Na época havia também o cargo de major na Guarda Nacional, que fazia parte do serviço ativo e do estado-maior de cada batalhão. Já o "Arsenal de Guerra", termo que Lima Barreto introduz logo a seguir no texto, era uma instalação militar que, na época, correspondia ao principal depósito de armas e munições do exército, no Rio de Janeiro. Como subsecretário do Arsenal, Policarpo era major do Exército, e não da Guarda Nacional. Subsecretário era um cargo abaixo de secretário e ministro. Mais para a frente, o próprio Policarpo explica o cargo assumido: "Um amigo, influência no Ministério do Interior, lhe tinha metido o nome numa lista de guardas nacionais, com esse posto. Nunca tendo pago os emolumentos, viu-se, entretanto, sempre tratado major, e a coisa pegou. A princípio, protestou, mas como teimassem deixou". Major era, pois, um cargo honorífico e que driblava a hierarquia militar.

5 Referência ao Arsenal de Guerra localizado no bairro do Caju, zona portuária do Rio de Janeiro, que em fins do século XIX pertencia ao bairro de São Cristóvão. O antigo Arsenal de Guerra funcionava na Ponta do Calabouço, no conjunto arquitetônico que constitui hoje o Museu Histórico Nacional. O novo Arsenal foi

bongava[6] pelas confeitarias algumas frutas, comprava um queijo, às vezes, e sempre o pão da padaria francesa.

Não gastava nesses passos nem mesmo uma hora, de forma que, às três e quarenta, por aí assim, tomava o bonde, sem erro de um minuto, ia pisar a soleira da porta de sua casa, numa rua afastada de São Januário,[7] bem exatamente às quatro e quinze, como se fosse a aparição de um astro, um eclipse, enfim um fenômeno matematicamente determinado, previsto e predito.

A vizinhança já lhe conhecia os hábitos e tanto que, na casa do Capitão Cláudio, onde era costume jantar-se aí pelas quatro e meia,[8] logo que o viam passar, a dona gritava à criada: "Alice, olha que são horas; o major Quaresma já passou".

E era assim todos os dias, há quase trinta anos. Vivendo em casa própria e tendo outros rendimentos além

---

inaugurado em 11 de novembro de 1892 pelo presidente Campos Sales e até hoje permanece em funcionamento, sendo uma organização militar do Exército brasileiro.

6 O mesmo que "procurava", "buscava".

7 Referência ao trajeto de bonde, com duração aproximada de 25 minutos, que percorria da Ponta do Caju a São Januário, localizado em São Cristóvão.

8 Luís da Câmara Cascudo na obra clássica *História da alimentação no Brasil* (São Paulo: Global, 2004) afirma que "no Brasil velho o café ocorria às seis, almoço às nove, jantar às três e meia ou quatro horas, ceia às seis". Cabe observar que, nesse período, o termo "jantar" corresponde ao "almoço" tal como denominado atualmente. Jean-Baptiste Debret, na primeira metade do século XIX, ao tratar do jantar no Brasil em sua *Viagem pitoresca* afirmou: "subordinada às exigências da vida, a hora do jantar variava no Rio de Janeiro, de acordo com a profissão do dono da casa. O empregado jantava às duas horas, depois da saída do escritório; o negociante inglês deixava a sua loja na cidade ali pelas cinco horas da tarde, para não mais voltar [...] e chegando a sua residência [...] jantava às seis horas da tarde" (Luís da Câmara Cascudo. *Antologia da alimentação no Brasil*. Rio de Janeiro/São Paulo: Livros Técnicos e Científicos, 1977, p. 143).

do seu ordenado, o major Quaresma podia levar um trem de vida superior aos seus recursos burocráticos, gozando, por parte da vizinhança, da consideração e respeito de homem abastado.

Não recebia ninguém, vivia num isolamento monacal, embora fosse cortês com os vizinhos que o julgavam esquisito e misantropo. Se não tinha amigos na redondeza, não tinha inimigos, e a única desafeição que merecera fora a do doutor Segadas, um clínico afamado no lugar, que não podia admitir que Quaresma tivesse livros: "Se não era formado, para quê? Pedantismo!".

O subsecretário não mostrava os livros a ninguém, mas acontecia que, quando se abriam as janelas da sala de sua livraria, da rua poder-se-iam ver as estantes pejadas de cima a baixo.

Eram esses os seus hábitos; ultimamente, porém, mudara um pouco; e isso provocava comentários no bairro. Além do compadre e da filha, as únicas pessoas que o visitavam até então, nos últimos dias, era visto entrar em sua casa, três vezes por semana e em dias certos, um senhor baixo, magro, pálido, com um violão agasalhado numa bolsa de camurça. Logo pela primeira vez o caso intrigou a vizinhança. Um violão em casa tão respeitável! Que seria?

E, na mesma tarde, uma das mais lindas vizinhas do major convidou uma amiga, e ambas levaram um tempo perdido, de cá pra lá, a palmilhar o passeio, esticando a cabeça, quando passavam diante da janela aberta do esquisito subsecretário.

Não foi inútil a espionagem. Sentado no sofá, tendo ao lado o tal sujeito, empunhando o "pinho" na posição de tocar, o major, atentamente, ouvia: "Olhe, major, assim". E as cordas vibravam vagarosamente a nota ferida; em seguida, o mestre aduzia: "É 'ré', aprendeu?".

Mas não foi preciso pôr na carta; a vizinhança concluiu logo que o major aprendia a tocar violão. Mas que coisa? Um homem tão sério metido nessas malandragens!

Uma tarde de sol — sol de março, forte e implacável —, aí pelas cercanias das quatro horas, as janelas de uma erma rua de São Januário povoaram-se rápida e repentinamente, de um e de outro lado. Até da casa do general vieram moças à janela! Que era? Um batalhão? Um incêndio? Nada disso: o major Quaresma, de cabeça baixa, com pequenos passos de boi de carro, subia a rua, tendo debaixo do braço um violão impudico.

É verdade que a guitarra vinha decentemente embrulhada em papel, mas o vestuário não lhe escondia inteiramente as formas. À vista de tão escandaloso fato, a consideração e o respeito que o major Policarpo Quaresma merecia nos arredores de sua casa diminuíram um pouco. Estava perdido, maluco, diziam. Ele, porém, continuou serenamente nos seus estudos, mesmo porque não percebeu essa diminuição.

Quaresma era um homem pequeno, magro, que usava *pince-nez*,[9] olhava sempre baixo, mas, quando fixava alguém ou alguma coisa, os seus olhos tomavam, por detrás das lentes, um forte brilho de penetração, e era como se ele quisesse ir à alma da pessoa ou da coisa que fixava. Contudo, sempre os trazia baixos, como se se guiasse pela ponta do cavanhaque que lhe enfeitava o queixo. Vestia-se sempre de fraque, preto, azul, ou de cinza, de pano listrado, mas sempre de fraque, e era raro que não se cobrisse com uma cartola de abas curtas e muito alta, feita segundo um figurino antigo de que ele sabia com precisão a época.

Quando entrou em casa, naquele dia, foi a irmã quem lhe abriu a porta, perguntando:

— Janta já?

— Ainda não. Espere um pouco o Ricardo, que vem jantar hoje conosco.

9 Modelo de óculos usado do século XV ao início do XX, cuja fixação era feita apenas apoiando-o sobre o nariz, uma vez que sua estrutura era desprovida de hastes.

— Policarpo, você precisa tomar juízo. Um homem de idade, com posição, respeitável, como você é, andar metido com esse seresteiro, um quase capadócio[10] — não é bonito!

O major descansou o chapéu de sol — um antigo chapéu de sol, com a haste inteiramente de madeira, e um cabo de volta, incrustado de pequenos losangos de madrepérola — e respondeu:

— Mas você está muito enganada, mana. É preconceito supor-se que todo homem que toca violão é um desclassificado. A modinha[11] é a mais genuína expres-

10 Indivíduo que, de noite, vai tocar e cantar sob a janela da namorada. Tipo pernóstico e maneiroso, indivíduo do povo que se dá ares de importância. Sujeito de maneiras acanalhadas. Charlatão, parlapatão, trapaceiro.

11 Ironia de Lima Barreto que indicava a voga nacional da modinha, em detrimento da polca, por exemplo. Machado de Assis criou no conto "Um homem célebre" o personagem Pestana, que queria a todo custo compor uma obra clássica, mas sempre acabava por inventar uma polca e assim ficava cada vez mais famoso. Ambos deveriam estar fazendo uma alusão ao embate de época entre popular (nacional) e erudito (estrangeiro). Apesar da influência erudita portuguesa, a música produzida no Brasil colonial foi adquirindo características próprias, se afastando do termo genérico de moda e do caráter lírico das árias, oriundos da Europa, a partir do final do século XVIII. Acompanhada da viola, abandonava a companhia do cravo e do piano. A minoria branca da colônia admitia a presença dessa música no ambiente privado, mas foi com o poeta, compositor e cantor Domingos Caldas Barbosa que a modinha ganhou maior notoriedade até mesmo no além-mar. Com ele, essa música mais vinculada ao vocabulário mestiço da colônia ganhou os salões de Lisboa. Durante o Segundo Reinado, a modinha popularizou-se, já com o acompanhamento do violão, instrumento cuja imagem ficou ligada, nesse contexto, à vida mundana. A modinha permaneceu em alta até a década de 1920, quando outras músicas ganharam notoriedade, como o lundu (dança e canto de caráter picaresco e de origem africana), que fundiu-se a outras danças, como a polca e o tango, originando, entre outros, o maxixe.

são da poesia nacional e o violão é o instrumento que ela pede. Nós é que temos abandonado o gênero, mas ele já esteve em honra, em Lisboa, no século passado, com o padre Caldas,[12] que teve um auditório de fidalgas. Beckford,[13] um inglês notável, muito o elogia.

— Mas isso foi em outro tempo; agora...

— Que tem isso, Adelaide? Convém que nós não deixemos morrer as nossas tradições, os usos genuinamente nacionais...

— Bem, Policarpo, eu não quero contrariar você; continue lá com as suas manias.

O major entrou para um aposento próximo, enquanto sua irmã seguia em direitura ao interior da casa. Quaresma despiu-se, lavou-se, enfiou a roupa de casa, veio para a biblioteca, sentou-se a uma cadeira de balanço, descansando.

Estava num aposento vasto, com janelas para uma rua lateral, e todo ele era forrado de estantes de ferro.

12 Domingos Caldas Barbosa (Rio de Janeiro, *c.* 1739 — Lisboa, 1800). Poeta e violeiro a quem se deve a popularidade da modinha brasileira em Portugal. Compunha e cantava modinhas e fazia versos satíricos, além de ser um hábil tocador de viola. Forçado pelo capitão-general Gomes Freire de Andrade a assentar praça na Colônia do Sacramento, no extremo sul do país (1762), voltou ao Rio de Janeiro quando a Colônia foi ocupada pelos espanhóis, obteve baixa e, por intermédio do conde de Pombeiros, transferiu-se para Portugal. Ali continuou seus estudos e foi ordenado padre, tornando-se capelão da Casa da Suplicação. Foi recebido como membro da Arcádia lusitana, adotando o nome de *Lereno Selenuntino*. Famoso como violeiro no Brasil, também se tornou muito popular no reino por conta de suas modinhas e lundus, que o fizeram frequentar saraus das casas mais abonadas.

13 William Thomas Beckford (1760-1844). Aristocrata inglês e romancista. É autor, entre outras obras, de *Memoirs of extraordinary painters* (1783) e *Vathek* (1786). Quando em 1787 esteve presente na corte da rainha de Portugal, d. Maria I, Beckford registrou a admiração cortesã pelas modinhas oriundas do Brasil.

Havia perto de dez, com quatro prateleiras, fora as pequenas com os livros de maior tomo. Quem examinasse vagarosamente aquela grande coleção de livros havia de espantar-se ao perceber o espírito que presidia a sua reunião.

Na ficção, havia unicamente autores nacionais ou tidos como tais: o Bento Teixeira, da *Prosopopeia*;[14] o Gregório de Matos,[15] o Basílio da Gama,[16] o Santa Rita Durão,[17] o

14 Bento Teixeira (Porto, *c.* 1560 [ou 1561]-[Pernambuco ou Lisboa] — 1600 [ou 1618]) — Lisboa 1600). Veio ainda criança para o Brasil e transformou-se em professor das primeiras letras, de latim e de aritmética. Em 1594 assassinou sua esposa, provavelmente motivado por adultério, refugiando-se no mosteiro de São Bento, em Olinda (PE). Seu principal trabalho foi a *Prosopopeia*, um poema épico considerado por muitos a primeira obra de literatura brasileira. Teria sido ofertado ao terceiro donatário de Pernambuco, Jorge de Albuquerque Coelho, em 1593, conforme Capistrano de Abreu. O poema foi publicado em Lisboa, no ano de 1601.

15 Gregório de Matos Guerra (Salvador, *c.* 1623 — Recife, 1696). Autor de poemas líricos que abordavam temas morais, religiosos, de costumes e amorosos. Seu pendor satírico valeu-lhe a alcunha de "Boca do Inferno". Retratou a vida na Bahia seiscentista e apresentou pioneiramente um sentimento nativista.

16 José Basílio da Gama (Minas Gerais, 1740 — Lisboa, 1795). Como noviço da Companhia de Jesus, em Lisboa, foi transferido para Roma, onde ingressou na *Arcádia Romana*, aos 23 anos. Voltou por algum tempo à Lisboa, e passou um período no Brasil. Retornou então a Lisboa, quando foi condenado de jesuitismo e mandado para o exílio em Angola. A produção de um poema por ocasião do casamento da filha do Marquês de Pombal o salvou do degredo e fez com que recebesse ainda o posto de secretário do Marquês. Sua obra principal é o poema *O Uraguai*, além de *Epitalâmio*, *Quitúbia* e *Os campos elíseos*.

17 Frei José de Santa Rita Durão (Minas Gerais, 1722 — Lisboa, 1784). Após iniciar seus estudos no Rio de Janeiro, transferiu-se aos nove anos para Portugal, ingressando aos dezesseis na Ordem dos Eremitas de Santo Agostinho. Doutorou-se em teologia, em Coimbra, e lecionou a disciplina na cidade de Braga. Após estadia em Roma, regressou como bibliotecário a Portugal, passando a lecionar em Coimbra. Sua principal obra é o poema épico *Caramuru*, em que narra o descobrimento da Bahia.

José de Alencar (todo),[18] o Macedo,[19] o Gonçalves Dias (todo),[20] além de muitos outros. Podia-se afiançar que nem um dos autores nacionais ou nacionalizados de oitenta pra lá faltava nas estantes do major.

18 José Martiniano de Alencar (Ceará, 1829 — Rio de Janeiro, 1877). Em sua obra *Como e por que sou romancista*, Alencar revela sua inserção no universo literário e pendor para a escrita de romances. Mesmo formado em direito, escrevia folhetins para jornais nacionais. Manteve ativa carreira na imprensa e no parlamento, não deixando de lado a profissão de escritor. Sua extensa obra compreende *Cinco minutos*, *O guarani*, *A viuvinha*, *Lucíola*, *As minas de prata*, *Diva*, *Iracema*, *O tronco do ipê*, *Sonhos d'ouro*, *Ubirajara*, *Senhora*, *O sertanejo*, entre outros romances, além de peças de teatro, crítica, crônicas e discursos parlamentares.

19 Joaquim Manuel de Macedo (Rio de Janeiro, 1820 — Rio de Janeiro, 1882). Formado pela faculdade de medicina do Rio de Janeiro, tornou-se, em 1845, membro do Instituto Histórico e Geográfico Brasileiro e depois seu secretário. Na imprensa, fundou, com Gonçalves Dias e Araújo Porto Alegre, *A Guanabara*, e na tribuna manteve ativa participação como deputado na Assembleia Provincial do Rio de Janeiro. Também destacou-se como professor do Colégio Pedro II. Suas principais obras são *A moreninha*, *O moço louro*, *Os dois amores*, *A luneta mágica* e *Memórias da rua do Ouvidor*, além de muitas crônicas, obras didáticas, dramas, comédias e uma ópera.

20 Antônio Gonçalves Dias (Maranhão, 1823 — Maranhão, 1864). Poeta romântico que ficou conhecido como um dos cultores do indigenismo romântico na literatura nacional. Formado bacharel em Coimbra, onde iniciou sua produção literária, retornou para o Brasil em 1845. No ano seguinte, chegou ao Rio de Janeiro e passou a se dedicar ao jornalismo e ao magistério. De 1854 a 1858, viveu na Europa, como oficial da Secretaria dos Negócios Estrangeiros. Novamente no Brasil, organizou a Comissão Científica de Exploração (chamada "Comissão das Borboletas"), que percorreria o Norte do país, e para a qual desenvolveu trabalhos etnográficos. Dedicou-se à poesia, ao teatro, à filologia, à etnografia e à história. Suas principais obras são *Primeiros cantos*, onde aparece a famosa "Canção do exílio", *Segundos cantos e sextilhos de frei Antão*, *Últimos cantos*, *Os timbiras*, o drama *Leonor de Mendonça* e o *Dicionário da língua tupi*.

De história do Brasil, era farta a messe: os cronistas, Gabriel Soares,[21] Gândavo;[22] e Rocha Pita,[23] Frei Vicente do Salvador,[24] Armitage,[25] Aires do Casal,[26] Pereira da Silva,[27] Handelmann (*Geschich-*

21 Gabriel Soares de Sousa (Ribatejo, *c.* 1540 — Bahia, 1592). Chegou ao Brasil em 1569 e viveu como fazendeiro, chegando a capitão-mor governador da conquista do rio São Francisco. Escreveu o *Tratado descritivo do Brasil*, em 1587.

22 Pedro de Magalhães Gândavo (Braga, ? — Portugal, após 1576). Viajante e humanista, residiu no Brasil e escreveu *Regras que ensinam a maneira de escrever a ortografia da língua portuguesa, com um diálogo que adiante se segue em defensão da mesma língua* (Lisboa, 1574), *História da província de Santa Cruz* (Lisboa, 1576) e *Tratado da terra do Brasil* (1826). Ficou famosa a sua observação que diz que a língua dos índios não tem F, nem L, nem R, "cousa digna de espanto, porque assim não tem Fé, nem Lei, nem Rei".

23 Sebastião da Rocha Pita (1660-1738). Historiador e poeta brasileiro cuja obra *História da América Portuguesa desde o ano de mil e quinhentos do seu descobrimento até o de mil e setecentos e vinte e quatro* foi publicada em 1730, logo se transformando numa referência para a compreensão de uma região praticamente desconhecida.

24 Frei Vicente do Salvador, nome religioso de Vicente Rodrigues Palha (Salvador, 1564 — Salvador, 1636 ou 39). Religioso que atou em diversos cargos da Igreja na Bahia, Paraíba e Rio de Janeiro. Em 1627 escreveu sua *História do Brasil*. A primeira edição completa foi publicada nos *Anais da Biblioteca Nacional*, vol. XIII, de 1889, acompanhada de estudo de Capistrano de Abreu.

25 John Armitage (Inglaterra, 1806 — Inglaterra, 1856). Historiador inglês que viveu no Rio de Janeiro de 1828 a 1835, onde se estabeleceu como comerciante. Escreveu a *História do Brasil da chegada da família de Bragança em 1808 até a abdicação de d. Pedro I em 1831*.

26 Manuel Aires do Casal (Portugal, 1754 — Portugal, 1821). Geógrafo português que viveu no Brasil, tendo sido capelão da igreja da Misericórdia no Rio de Janeiro. Publicou em 1817 a *Corografia brazílica*.

27 João Manuel Pereira da Silva (Rio de Janeiro, 1817 — Paris, 1898). Foi um dos fundadores da Academia Brasileira de

te von Brasilien),[28] Melo Morais,[29] Capistrano de Abreu,[30] Southey,[31] Varnhagen,[32] além de outros mais raros ou menos famosos. Então no tocante a viagens e explorações, que riqueza! Lá estavam Hans Staden,[33] o

---

Letras. Mesmo dedicando-se à vida política, teve intensa produção literária em vários gêneros, publicando *História da fundação do Império* (1864-8), *Memórias do meu tempo* (1897) e *Nacionalidade da língua e literatura de Portugal e do Brasil* (1884).

28 Heinrich Handelmann (Altona, 1827 — Kiel, 1891). Professor alemão de história e diretor do Museu de Antiguidades de Kiel. Compôs uma *História do Brasil* (Berlim, 1860).

29 Alexandre José de Melo Morais (Alagoas, 1826 — Rio de Janeiro, 1882). Formado em medicina na Bahia, mudou-se tempos depois para o Rio de Janeiro, tornando-se um dos pioneiros na divulgação da homeopatia no Brasil. Além de vida política, dedicou-se ao estudo da história nacional. Entre suas obras encontram-se O *Brasil histórico*, *História do Brasil-Reino e do Brasil-Império*, *A Independência e o Império do Brasil* e *Genealogia de algumas famílias do Brasil*.

30 João Capistrano Honório de Abreu (Ceará, 1853 — Rio de Janeiro, 1927). Professor de corografia e história do Colégio Pedro II, dedicou-se ao realismo histórico. Publicou O *Brasil no século XVI*, *Caminhos antigos e povoamento do Brasil* e *Capítulos da história colonial*, entre outras obras fundamentais para a historiografia brasileira.

31 Robert Southey (Bristol, 1774 — Keswick, 1843). Poeta e historiador inglês que escreveu a primeira grande obra documentada sobre a história brasileira, *A história do Brasil* (*1800-1822*), traduzida e publicada no Brasil apenas em 1862.

32 Francisco Adolfo de Varnhagen (São Paulo, 1816 — Viena, 1878). Engenheiro de formação, abdicou da profissão para dedicar-se à carreira diplomática. Membro do Instituto Histórico Geográfico Brasileiro, publicou perto de cem títulos, destacando-se *História geral do Brasil*.

33 Hans Staden (século XVI). Viajante e cronista alemão que empreendeu duas viagens ao Brasil. Em 1557 publicou uma obra sobre sua estada aventuresca no país, como refém de grupos indígenas, cuja primeira aparição em português deu-se em 1892, na *Revista do Instituto Histórico e Geográfico Brasileiro*, vol. IV.

Jean de Léry,[34] o Saint-Hilaire,[35] o Martius,[36] o príncipe de Neuwied,[37] o John Mawe,[38] o Von Eschwege,[39]

34 Jean de Léry (1534-1611). Pastor calvinista e viajante seiscentista que esteve no Brasil em 1557, junto com Villegangnon na França Antártica (Rio de Janeiro), com quem rompeu relações. De volta à França, escreveu a famosa *Narrativa de uma viagem feita à terra do Brasil também dita América*, que nas traduções recebeu o título de *Viagem à terra do Brasil*. Diferente de outros relatos que viam com descaso os costumes dos nativos locais, Léry foi o primeiro a mostrar os pontos positivos dessas populações em harmonia com a natureza local.

35 Augustin François César Prouvençal de Saint-Hilaire (1779--1853). Viajante francês, naturalista e botânico. Chegou ao Brasil em 1816 com o intento de estudar a flora local. Percorreu grande extensão do país, descrevendo com minúcias diversas províncias e levando consigo muitos espécimes. Retornou para França e, em 1830, substituiu Lamarck como membro efetivo da Academia de Ciências de Paris, da qual já era correspondente desde 1819. Foi também professor da Sorbonne. Seus livros sobre o Brasil tornaram-se documentos importantes não apenas sobre a natureza, como acerca das condições de vida e dos costumes do Brasil durante a primeira metade do século XIX.

36 Karl Friedrich Philipp von Martius (Baviera, 1794 — Munique, 1868). Na companhia do zoólogo Johan Baptist von Spix, veio para o Brasil estudar sua botânica, enviado pelo rei da Baviera. Permaneceu no Brasil de 1817 a 1820, pesquisando não só sua natureza, mas também hábitos e costumes em suas viagens pelo interior. Autor de *Viagem pelo Brasil*.

37 Maximilian Alexander Philipp zu Wied-Neuwied (1782--1867). Príncipe renano que esteve no Brasil em princípios do século XIX para estudos naturalistas. Sua viagem resultou na obra *Viagem ao Brasil*, publicada em 1820.

38 John Mawe (1764-1829). Mineralogista inglês que percorreu o Brasil, com permissão de d. João VI, e escreveu a obra *Viagem pelo interior do Brasil, particularmente nos distritos de ouro e diamante daquele país*, publicada em 1812.

39 Wilhelm Ludwig von Eschwege (Eschwege, 1777 — Wolfsanger, 1855). Militar, engenheiro e naturalista alemão. Esteve no Brasil na época de d. João. Publicou sobre o Brasil obras que tratavam da riqueza natural do país, como *Contribuição para a orografia do Brasil* e *Pluto brasiliensis ou a riqueza do Brasil em ouro*.

o Agassiz,[40] Couto de Magalhães,[41] e se se encontravam também Darwin,[42] Freycinet,[43] Cook,[44] Bougainville[45] e até o famoso Pigafetta,[46] cronista da viagem de Magalhães,[47] é porque todos esses últimos viajantes tocavam no Brasil, resumida ou amplamente.

40 Jean Louis Rodolphe Agassiz (Suíça, 1807 — Estados Unidos, 1873). Médico e naturalista, executou excursões científicas no Brasil entre 1865 e 1866, que resultaram na publicação de sua *Viagem pelo Brasil*. Grande amigo de d. Pedro II, condenou veementemente o cruzamento racial.
41 José Vieira Couto de Magalhães (Diamantina, 1837 — Rio de Janeiro, 1898). Foi um político e militar, que, entre outros livros, escreveu *Um episódio da história pátria* (1862).
42 Charles Darwin (Shropshire, 1809 — Kent, 1882). Famoso naturalista inglês que, após uma viagem exploratória — que incluiu o Brasil e a coleta de imensa documentação —, publicou sua grande obra: *Da origem das espécies através da seleção natural* (1859). Sucesso de crítica científica e de público, o livro se converteu em grande paradigma.
43 Lima não especifica a qual dos irmãos faz referência — Louis Claude de Saulces Freycinet (1779-1842) ou Louis Henri Freycinet (1777-1840), ambos marinheiros franceses que participaram de expedição ao Pacífico, tendo o último sido encarregado de estudar o magnetismo e a meteorologia.
44 James Cook (1728-79). Navegador inglês que, em 1768, à frente de uma expedição científica, explorou regiões como a Nova Zelândia e a Austrália, descobrindo novas ilhas e iniciando o período de viagens de cunho científico, e não exclusivamente dedicadas à exploração econômica.
45 Louis Antoine, dito conde de Bougainville (Paris, 1729 — Paris, 1811). Navegador que registrou em sua obra *Viagem ao redor do mundo*, publicada em 1711, sua passagem pelo Rio de Janeiro no período do vice-rei conde da Cunha.
46 Francisco Antônio Pigafetta (Itália, 1491 — Vicenza, 1524). Viajante italiano que recebeu permissão de Carlos V para acompanhar a frota de Fernão de Magalhães.
47 Fernão de Magalhães (1480-1521). Navegador português, comandante da expedição que realizou a primeira volta ao mundo.

Além desses, havia livros subsidiários: dicionários, manuais, enciclopédias, compêndios, em vários idiomas.[48]

Vê-se assim que a sua predileção pela poética de Porto Alegre[49] e Magalhães[50] não lhe vinha de uma irremediável ignorância das línguas literárias da Europa; ao contrário, o major conhecia bem sofrivelmente francês, inglês e alemão;[51] e se não falava tais idiomas, lia-os e traduzia-os

48 A descrição da biblioteca do major Quaresma suscita uma alusão à própria biblioteca de Lima Barreto, nomeada pelo escritor de Limana. Conferindo o seu inventário, produzido por Lima e transcrito na biografia composta por Francisco de Assis Barbosa (*A vida de Lima Barreto*. Rio de Janeiro: José Olympio, 2002, p. 375), percebe-se que a grande maioria dos autores citados acima não aparece na Limana. Constatam-se ainda alguns dicionários e livros de história do Brasil.
49 Manuel de Araújo Porto Alegre (Rio Grande do Sul, 1806 — Lisboa, 1879). Escritor, pintor e diplomata. Aluno de Debret na Academia Imperial de Belas Artes, viajou com seu mestre, em 1831, para a Europa, onde fundou em parceria com Gonçalves de Magalhães a revista *Niterói*. De volta, fundou o Conservatório Dramático e a Academia de Ópera Lírica, e foi diretor da Academia Imperial de Belas Artes (de 1853 a 1857). Dedicou-se ainda ao jornalismo, à pintura e à poesia. Entre suas obras literárias figuram *As brasilianas* (1863) e *Colombo* (1866).
50 Domingos José Gonçalves de Magalhães (Rio de Janeiro, 1811 — Rio de Janeiro, 1882). Formado em medicina no ano de 1833, parte para Paris como adido da Legação Brasileira. Junto com Araújo Porto Alegre e Sales Torres Homem, funda nessa cidade a revista *Niterói*. Também foi professor do Colégio Pedro II, assumindo os cargos de deputado e de cônsul-geral. Suas principais obras são: *Poesias*, *Suspiros poéticos*, *Antônio José ou O poeta e a inquisição* e *A confederação dos tamoios*.
51 Lima Barreto dominava o inglês e o francês, conforme informação presente à página 317 do Livro de Observações Clínicas de 25 de junho a 1º de setembro de 1914, pertencente à Biblioteca do Instituto de Psiquiatria da Universidade Federal do Rio de Janeiro, que traz à data de 18 de agosto de 1814 o prontuário de internação do escritor. Em sua biblioteca, havia obras em língua inglesa, poucas em italiano, ocorrendo uma preponderância de obras em francês. No inventário da Limana não se encontram livros em alemão.

correntemente. A razão tinha que ser encontrada numa disposição particular de seu espírito, no forte sentimento que guiava sua vida. Policarpo era patriota. Desde moço, aí pelos vinte anos, o amor da pátria tomou-o todo inteiro. Não fora o amor comum, palrador[52] e vazio; fora um sentimento sério, grave e absorvente. Nada de ambições políticas ou administrativas; o que Quaresma pensou, ou melhor: o que o patriotismo o fez pensar foi num conhecimento inteiro do Brasil, levando-o a meditações sobre os seus recursos, para depois então apontar os remédios, as medidas progressivas, com pleno conhecimento de causa.

Não se sabia bem onde nascera, mas não fora decerto em São Paulo, nem no Rio Grande do Sul, nem no Pará. Errava quem quisesse encontrar nele qualquer regionalismo; Quaresma era antes de tudo brasileiro. Não tinha predileção por esta ou aquela parte de seu país, tanto assim que aquilo que o fazia vibrar de paixão não eram só os pampas do Sul com o seu gado, não era o café de São Paulo, não eram o ouro e os diamantes de Minas, não era a beleza da Guanabara, não era a altura da Paulo Afonso,[53] não era o estro[54] de Gonçalves Dias ou o ímpeto de Andrade Neves[55] — era tudo

52 Aquele que fala demais, tagarela, falador.

53 Referência à cachoeira de Paulo Afonso, presente no curso inferior do rio São Francisco, entre Alagoas e Bahia. Recebeu esse nome devido ao bandeirante que explorou a região, Paulo de Viveiros Afonso.

54 O mesmo que "engenho poético", "imaginação artística", "inspiração".

55 Existiram dois personagens homônimos: Joaquim de Andrade Neves (Rio Grande Sul, 1807 — Paraguai, 1869) e Joaquim de Andrade Neves Filho (1842-?), ambos militares brasileiros. O pai foi nomeado "barão do Triunfo"; após dezenove anos de carreira militar, afastou-se durante um período do Exército e retornou durante a Revolução Farroupilha; destacou-se na invasão do Uruguai e na Guerra do Paraguai, na qual realizou diversos feitos, como a derrota de setecentos cavaleiros em Arroio

isso junto, fundido, reunido, sob a bandeira estrelada do Cruzeiro.

Logo aos dezoito anos quis fazer-se militar; mas a junta de saúde julgou-o incapaz. Desgostou-se, sofreu, mas não maldisse a pátria. O ministério era liberal, ele se fez conservador e continuou mais do que nunca a amar a "terra que o viu nascer". Impossibilitado de evoluir-se sob os dourados do Exército, procurou a administração e dos seus ramos escolheu o militar.

Era onde estava bem. No meio de soldados, de canhões, de veteranos, de papelada inçada de quilos de pólvora, de nomes de fuzis e termos técnicos de artilharia, aspirava diariamente aquele hálito de guerra, de bravura, de vitória, de triunfo, que é bem o hálito da pátria.

Durante os lazeres burocráticos, estudou, mas estudou a pátria, nas suas riquezas naturais, na sua história, na sua geografia, na sua literatura e na sua política. Quaresma sabia as espécies de minerais, vegetais e animais que o Brasil continha; sabia o valor do ouro, dos diamantes exportados por Minas, as guerras holandesas, as batalhas do Paraguai, as nascentes e o curso de todos os rios. Defendia com azedume e paixão a proeminência do Amazonas sobre todos os demais rios do mundo. Para isso ia até ao crime de amputar alguns quilômetros ao Nilo e era com esse rival do "seu" rio que ele mais implicava. Ai de quem o citasse na sua frente! Em geral, calmo e delicado, o major ficava agitado e malcriado, quando se discutia a extensão do Amazonas em face da do Nilo.

Havia um ano a esta parte que se dedicava ao tupi-

Hondo. Já o filho participou igualmente da Guerra do Paraguai, da retomada de Uruguaiana, da Batalha do Tuiuti e do Avaí, entre outros combates. Impossível, pois, ter certeza de a qual dos dois Lima se refere.

-guarani.[56] Todas as manhãs, antes que a "Aurora, com seus dedos rosados, abrisse caminho ao louro Febo",[57] ele se atracava até ao almoço com o Montoya, *Arte y diccionario de la lengua guaraní*[58] *ó más bien tupí*, e estudava o jargão caboclo com afinco e paixão. Na repartição, os pequenos empregados, amanuenses[59] e escreventes, tendo notícia desse seu estudo do idioma tupiniquim, deram não se sabe por que em chamá-lo — Ubirajara. Certa vez, o escrevente Azevedo, ao assinar o ponto, distraído, sem reparar quem lhe estava às costas, disse em tom chocarreiro: "Você já viu que hoje o Ubirajara está tardando?".

Quaresma era considerado no arsenal: a sua idade, a sua ilustração, a modéstia e honestidade do seu viver impunham-no ao respeito de todos. Sentindo que a

56 Essa é a primeira vez que Lima se refere ao tupi-guarani como uma das preocupações de Policarpo Quaresma. Mais à frente, o personagem tentará fazer com que o tupi se transforme em idioma nacional. A ironia deve ter sido dirigida a Deolinda Daltro, líder do Partido Republicano Feminino, que queria justamente que o tupi fosse parte do ensino obrigatório. O escritor tinha várias tertúlias públicas com o movimento feminista da época e Deolinda era uma das muitas "vítimas" de sua pena combativa. Ele dizia que a mulher andava se "degradando" e combatia sem tréguas "as borra-botas feministas que há por aí" e seus "partidos de cavação".

57 Febo, "o brilhante", cognome grego dado ao deus do Sol, e em geral atribuído a Hélio ou Apolo, divindades solares.

58 Antonio Ruiz Montoya, padre jesuíta, escreveu o primeiro dicionário da língua guarani, em 1634, o qual recebeu em castelhano o título de *Vocabulario de la lengua guarani.*

59 Amanuense era em geral um copista, um funcionário escrevente em instituição pública. Lima Barreto era amanuense concursado no Ministério da Guerra, profissão a qual sempre se referia com ironia e escárnio. O escritor foi classificado em segundo lugar, em 3 de julho de 1903, sendo nomeado, em 27 de outubro do mesmo ano, amanuense da Diretoria do Expediente da Secretaria de Guerra.

alcunha lhe era dirigida, não perdeu a dignidade, não prorrompeu em doestos[60] e insultos. Endireitou-se, concertou o *pince-nez*, levantou o dedo indicador no ar e respondeu:

— Senhor Azevedo, não seja leviano. Não queira levar ao ridículo aqueles que trabalham em silêncio, para a grandeza e a emancipação da pátria.

Nesse dia, o major pouco conversou. Era costume seu, assim pela hora do café, quando os empregados deixavam as bancas, transmitir aos companheiros o fruto de seus estudos, as descobertas que fazia, no seu gabinete de trabalho, de riquezas nacionais. Um dia era o petróleo que lera em qualquer parte, como sendo encontrado na Bahia; outra vez, era um novo exemplar de árvore de borracha que crescia no rio Pardo, em Mato Grosso; outra, era um sábio, uma notabilidade, cuja bisavó era brasileira; e quando não tinha descoberta a trazer, entrava pela corografia, contava o curso dos rios, a sua extensão navegável, os melhoramentos insignificantes de que careciam para se prestarem a um franco percurso da foz às nascentes. Ele amava sobremodo os rios; as montanhas lhe eram indiferentes. Pequenas talvez...

Os colegas ouviam-no respeitosos e ninguém, a não ser esse tal Azevedo, se animava na sua frente a lhe fazer a menor objeção, a avançar uma pilhéria, um dito. Ao voltar as costas, porém, vingavam-se da cacetada, cobrindo-o de troças: "Esse Quaresma! Que cacete! Pensa que somos meninos de tico-tico... Arre! Não tem outra conversa".

E desse modo ele ia levando a vida, metade na repartição, sem ser compreendido, e a outra metade em casa, também sem ser compreendido. No dia em que o chamaram de Ubirajara, Quaresma ficou reservado,

60 Insulto, injúria, descompostura.

taciturno, mudo, e só veio a falar porque, quando lavavam as mãos num aposento próximo à secretaria e se preparavam para sair, alguém suspirando, disse: "Ah! Meu Deus! Quando poderei ir à Europa!". O major não se conteve: levantou o olhar, concertou o *pince-nez* e falou fraternal e persuasivo: "Ingrato! Tens uma terra tão bela, tão rica, e queres visitar a dos outros! Eu, se algum dia puder, hei de percorrer a minha de princípio ao fim!".

O outro objetou-lhe que por aqui só havia febres e mosquitos; o major contestou-lhe com estatísticas e até provou exuberantemente que o Amazonas tinha um dos melhores climas da terra. Era um clima caluniado pelos viciosos que de lá vinham doentes...

Era assim o major Policarpo Quaresma que acabava de chegar à sua residência, às quatro e quinze da tarde, sem erro de um minuto, como todas as tardes, exceto aos domingos, exatamente, ao jeito da aparição de um astro ou de um eclipse.

No mais, era um homem como todos os outros, a não ser aqueles que têm ambições políticas ou de fortuna, porque Quaresma não as tinha no mínimo grau.

Sentado na cadeira de balanço, bem ao centro de sua biblioteca, o major abriu um livro e pôs-se a lê-lo à espera do conviva. Era o velho Rocha Pita, o entusiástico e gongórico Rocha Pita da *História da América Portuguesa*. Quaresma estava lendo aquele famoso período: "Em nenhuma outra região se mostra o céu mais sereno, nem madrugada mais bela a aurora; o sol em nenhum outro hemisfério tem os raios mais dourados...", mas não pôde ir ao fim. Batiam à porta. Foi abri-la em pessoa.

— Tardei, major? — perguntou o visitante.

— Não. Chegaste à hora.

Acabava de entrar em casa do major Quaresma o

senhor Ricardo Coração dos Outros,[61] homem célebre pela sua habilidade em cantar modinhas e tocar violão. Em começo, a sua fama estivera limitada a um pequeno subúrbio da cidade, em cujos "saraus" ele e seu violão figuravam como Paganini[62] e a sua rabeca em festas de duques; mas, aos poucos, com o tempo, foi tomando toda a extensão dos subúrbios, crescendo, solidificando-se, até ser considerada como cousa própria a eles. Não se julgue, entretanto, que Ricardo fosse um cantor de modinhas aí qualquer, um capadócio. Não; Ricardo Coração dos Outros era um artista a frequentar e a honrar as melhores famílias do Méier, Piedade e Riachuelo.[63]

61 Não poucos analistas fizeram a relação entre Ricardo Coração dos Outros e Ricardo Coração de Leão. Maria Zila Cury (*Um mulato no Reino de Jambon: As classes sociais na obra de Lima Barreto*. São Paulo: Cortez, 1981) contrapõe o "coração de leão" a um coração "acessível", como o do Ricardo de Lima. Sobre Ricardo I, Coração de Leão (1157-99), sabe-se que foi o terceiro filho de Henrique II. O duque de Aquitânia juntou-se ao rei da França, Filipe II Augusto, contra seu pai. Derrotando-o, tornou-se rei da Inglaterra, durante 1189-99, mas logo se lançou nos preparativos do que seria a terceira cruzada. Dos dez anos de seu reinado, passou nove fora da Inglaterra, envolvido com a cruzada, conquistando Chipre e São João do Acre. Retornando à Inglaterra empreendeu a retomada dos territórios tomados por Filipe II Augusto, quando demonstrou superioridade militar. Morreu durante um cerco militar. Ricardo Coração de Leão figurou entre os heróis lendários da Idade Média, ora aparecendo como personagem generoso, ora como sanguinário. Ficou imortalizado no romance histórico de Walter Scott, *Ivanhoé*, de 1819. No caso do personagem de Lima, parece ter vingado apenas um lado: o "dos outros", o generoso.

62 Niccolò Paganini (1782-1840). Violonista e compositor italiano. Portador de técnica até hoje muito reconhecida, introduziu recursos que levaram a novas possibilidades expressivas do violino. Lima claramente ironiza a proeza do modista, que era Paganini só nos subúrbios.

63 Bairros do subúrbio do Rio de Janeiro, geograficamente próximos um do outro, frequentados por Lima Barreto.

Rara era a noite em que não recebesse um convite. Fosse na casa do tenente Marques, do doutor Bulhões ou do "seu" Castro, a sua presença era sempre requerida, instada e apreciada. O doutor Bulhões, até, tinha pelo Ricardo uma admiração especial, um delírio, um frenesi e, quando o trovador cantava, ficava em êxtase. "Gosto muito de canto", dizia o doutor no trem certa vez, "mas só duas pessoas me enchem as medidas: o Tamagno[64] e o Ricardo." Esse doutor tinha uma grande reputação nos subúrbios, não como médico, pois que nem óleo de rícino receitava, mas como entendido em legislação telegráfica, por ser chefe de seção da Secretaria dos Telégrafos.

Dessa maneira, Ricardo Coração dos Outros gozava da estima geral da alta sociedade suburbana.[65] É uma alta sociedade muito especial e que só é alta nos subúrbios. Compõe-se em geral de funcionários públicos, de pequenos negociantes, de médicos com alguma clínica, de tenentes de diferentes milícias, nata essa que impa[66] pelas ruas esburacadas daquelas distantes regiões, assim como nas festas e nos bailes, com mais força que a burguesia de Petrópolis e

64 Francesco Tamagno (1850-1905). Tenor italiano que se destacou na estreia da ópera *Otelo*, de Giuseppe Verdi, em 1887.
65 Lima Barreto em vários contos e histórias demonstra especial predileção pelo subúrbio carioca. Nesse caso, faz uma comparação com a Corte do Rio de Janeiro (termo ainda utilizado apesar do final da Monarquia). O subúrbio surge na obra do escritor sempre como o local que guarda bons costumes de tempos passados. Seria também uma região mais pura, uma vez que conservava hábitos e arquiteturas tradicionais. Lima fazia questão de trazer ao conhecimento do público o encanto e a perplexidade que a região do subúrbio lhe provocava, seja quando vagava por pontos longínquos, em suas viagens de bonde, seja quando escutava a conversa de desconhecidos.
66 O verbo "impar" tem vários significados: respirar com dificuldade; soluçar convulsamente; ficar abarrotado por ter comido ou bebido muito; mostrar orgulho, desprezo, impaciência. Essa última definição é a que corresponde ao uso de Lima Barreto.

Botafogo.[67] Isso é só lá, nos bailes, nas festas e nas ruas, onde se algum dos seus representantes vê um tipo mais ou menos, olha-o da cabeça aos pés, demoradamente, assim como quem diz: aparece lá em casa que te dou um prato de comida. Porque o orgulho da aristocracia suburbana está em ter todo dia jantar e almoço, muito feijão, muita carne--seca, muito ensopado — aí, julga ela, é que está a pedra de toque da nobreza, da alta linha, da distinção.

Fora dos subúrbios, na rua do Ouvidor[68] nos teatros, nas grandes festas centrais, essa gente míngua, apaga-

67 De novo a comparação entre a elite "por merecimento" do subúrbio, e a nova burguesia de outras regiões mais abonadas.
68 Referência à rua que se transformou em símbolo das novas vogas e costumes, no Império e também na República. Seu nome provém da residência, em fins do século XVIII, de um ourives do reino que habitava nessa extensa rua. Figurava como centro social do Rio de Janeiro, congregando pessoas e irradiando novidades. A influência francesa, e depois estrangeira de uma maneira geral, teve a rua do Ouvidor como porta de entrada. Ela era marcada por uma grande diversidade comercial, sendo muitos negócios e entretenimentos pertencentes a estrangeiros. Ali estavam as famosas confeitarias, cafés, cinematógrafos, livrarias e lojas aparelhadas com toda sorte de novidades europeias. Era a "via dolorosa dos maridos pobres", conforme definição jocosa de Machado de Assis. Apesar da abertura da avenida Central (atual avenida Rio Branco), no início do século XX, a Ouvidor permaneceu como ícone. Lima Barreto ironizava as modas artificiais que imperariam no local, mantendo uma relação tensa com a rua e suas modas. Frequentador da região desde os dezesseis anos, quando ingressou na Escola Politécnica (situada no largo de São Francisco, muito próximo da Ouvidor) em 1897, tecia críticas à importância que essa via ganhava no imaginário carioca. "O Rio de Janeiro não era a rua do Ouvidor!", defendia o escritor. Em suas crônicas Lima acusava os cariocas de conhecerem apenas seu bairro de moradia, a avenida Central e a rua do Ouvidor, desprezando todo o restante da cidade; sobretudo os subúrbios que ele conhecia e valorizava tanto. Talvez por isso referia-se com frequência e grande dose de saudosismo aos subúrbios cariocas, atravessados pelos trilhos do bonde que o conduziam até o centro da cidade: "onde toda a gente se encontra no Rio, isto é, a Ouvidor".

-se, desaparece, chegando até as suas mulheres e filhas a perder a beleza com que deslumbram, quase diariamente, os lindos cavalheiros dos intermináveis bailes diários daquelas redondezas.

Ricardo, depois de ser poeta e o cantor dessa curiosa aristocracia, extravasou e passou à cidade, propriamente. A sua fama já chegava a São Cristóvão[69] e em breve (ele o esperava) Botafogo convidá-lo-ia, pois os jornais já falavam no seu nome e discutiam o alcance de sua obra e da sua poética...

Mas que vinha ele fazer ali, na casa de pessoa de propósitos tão altos e tão severos hábitos? Não é difícil atinar. Decerto, não vinha auxiliar o major nos seus estudos de geologia, de poética, de mineralogia e história brasileiras.

Como bem supôs a vizinhança, o Coração dos Outros vinha ali tão somente ensinar o major a cantar modinhas e a tocar violão. Nada mais, e é simples.

De acordo com a sua paixão dominante, Quaresma estivera muito tempo a meditar qual seria a expressão poético-musical característica da alma nacional. Consultou historiadores, cronistas e filósofos e adquiriu certeza de que era a modinha acompanhada pelo violão. Seguro dessa verdade, não teve dúvidas: tratou de aprender o instrumento genuinamente brasileiro e entrar nos segredos da modinha. Estava nisso tudo *a quo*, mas procurou saber quem era o primeiro executor e cantor da cidade e tomou lições com ele. O seu fim era disciplinar a modinha e tirar dela um forte motivo original de arte.

Ricardo vinha justamente dar-lhe lição, mas, antes disso, por convite especial do discípulo, ia compartilhar

69 Bairro da zona norte do Rio de Janeiro, famoso por nele se localizar uma das moradias imperiais, a Quinta da Boa Vista, dada de presente por Elias Antônio Alves para d. João logo após sua chegada no Brasil. Com o advento da República, a Quinta se transformou no Museu Nacional.

o seu jantar; e fora por isso que o famoso trovador chegou mais cedo à casa do subsecretário.

— Já sabe dar o "ré" sustenido, major? — perguntou Ricardo logo ao sentar-se.

— Já.

— Vamos ver.

Dizendo isso, foi desencapotar o seu sagrado violão; mas não houve tempo. Dona Adelaide, a irmã de Quaresma, entrou e convidou-os a irem jantar. A sopa[70] já esfriava na mesa, que fossem!

— O senhor Ricardo há de nos desculpar — disse a velha senhora — a pobreza do nosso jantar. Eu lhe quis fazer um frango com *petit-pois*, mas Policarpo não deixou. Disse-me que esse tal *petit-pois* é estrangeiro e que eu o substituísse por guando.[71] Onde é que se viu frango com guando?

Coração dos Outros aventou que talvez fosse bom, seria uma novidade e não fazia mal experimentar.

— É uma mania de seu amigo, senhor Ricardo, essa de só querer cousas nacionais, e a gente tem que ingerir cada droga, chi!

— Qual, Adelaide, você tem certas ojerizas! A nossa terra, que tem todos os climas do mundo, é capaz de produzir tudo que é necessário para o estômago mais exigente. Você é que deu para implicar.

— Exemplo: a manteiga que fica logo rançosa.

— É porque é de leite, se fosse como essas estrangeiras aí, fabricadas com gorduras de esgotos, talvez não se estragasse... É isso, Ricardo! Não querem nada da nossa terra...

— Em geral é assim — disse Ricardo.

70 Nas refeições da época, a sopa constituía uma espécie de entrada ao prato principal.

71 Erva da família das leguminosas, também chamada de andu e feijão andu.

— Mas é um erro... Não protegem as indústrias nacionais... Comigo não há disso: de tudo que há nacional, eu não uso estrangeiro. Visto-me com pano nacional, calço botas nacionais, e assim por diante.

Sentaram-se à mesa. Quaresma agarrou uma pequena garrafa de cristal e serviu dois cálices de parati.[72]

— É do programa nacional — fez a irmã, sorrindo.

— Decerto, e é um magnífico aperitivo. Esses vermutes por aí, drogas; isto é álcool puro, bom, de cana, não é de batatas ou milho...

Ricardo agarrou o cálice com delicadeza e respeito, levou-o aos lábios e foi como se todo ele bebesse o licor nacional.

— Está bom, hein? — indagou o major.

— Magnífico — fez Ricardo, estalando os lábios.

— É de Angra. Agora tu vais ver que magnífico vinho do Rio Grande temos... Qual Borgonha! Qual Bordeaux! Temos no Sul muito melhores...

E o jantar correu assim, nesse tom. Quaresma exaltando os produtos nacionais: a banha, o toucinho e o arroz; a irmã fazia pequenas objeções e Ricardo dizia: "É, é, não há dúvida" — rolando nas órbitas os olhos pequenos, franzindo a testa diminuta que se sumia no cabelo áspero, forçando muito a sua fisionomia miúda e dura a adquirir uma expressão sincera de delicadeza e satisfação.

Acabado o jantar foram ver o jardim. Era uma maravilha; não tinha nem uma flor... Certamente não se podia tomar por tal míseros beijos-de-frade, palmas-de-santa-rita, quaresmas lutulentas,[73] manacás melancólicos e outros belos exemplares dos nossos campos e prados. Como em tudo o mais, o major era em jardinagem essencialmente nacional. Nada de rosas, de crisântemos,

72 Já no século XIX, a aguardente fabricada em Paraty levava o nome da cidade.

73 Lamacentas, que contêm lodo.

de magnólias — flores exóticas; as nossas terras tinham outras mais belas, mais expressivas, mais olentes, como aquelas que ele tinha ali.

Ricardo ainda uma vez concordou e os dois entraram na sala, quando o crepúsculo vinha devagar, muito vagaroso e lento, como se fosse um longo adeus saudoso do sol ao deixar a terra, pondo nas coisas a sua poesia dolente e a sua deliquescência.

Mal foi aceso o gás, o mestre de violão empunhou o instrumento, apertou as cravelhas, correu a escala, abaixando-se sobre ele como se o quisesse beijar. Tirou alguns acordes, para experimentar; e dirigiu-se ao discípulo, que já tinha o seu em posição:

— Vamos ver. Tire a escala, major.

Quaresma preparou os dedos, afinou a viola, mas não havia na sua execução nem a firmeza nem o dengue com que o mestre fazia a mesma operação.

— Olhe, major, é assim.

E mostrava a posição do instrumento, indo do colo ao braço esquerdo estendido, seguro levemente pelo direito; e em seguida acrescentou:

— Major, o violão é o instrumento da paixão. Precisa de peito para falar... É preciso encostá-lo, mas encostá-lo com macieza e amor, como se fosse a amada, a noiva, para que diga o que sentimos...

Diante do violão, Ricardo ficava loquaz, cheio de sentenças, todo ele fremindo de paixão pelo instrumento desprezado.

A lição durou uns cinquenta minutos. O major sentiu-se cansado e pediu que o mestre cantasse. Era a primeira vez que Quaresma lhe fazia esse pedido; embora lisonjeado, quis a vaidade profissional que ele, a princípio, se negasse.

— Oh! Não tenho nada novo, uma composição minha.

Dona Adelaide obtemperou[74] então:

74 O mesmo que "ponderar".

— Cante uma de outro.

— Oh! Por Deus, minha senhora! Eu só canto as minhas. O Bilac[75] — conhecem? — quis fazer-me uma modinha, eu não aceitei; você não entende de violão, "seu" Bilac. A questão não está em escrever uns versos certos que digam coisas bonitas; o essencial é achar-se as palavras que o violão pede e deseja. Por exemplo: se eu dissesse, como em começo quis, n'"O pé", uma modinha minha: "O teu pé é uma folha de trevo" — não ia com o violão. Querem ver?

E ensaiou em voz baixa, acompanhado pelo instrumento: o — teu — pé — é — uma — fo — lha — de — tre — vo.

75 Ricardo Luiz de Souza assim define as relações de Lima Barreto e Olavo Bilac: "Bilac e Barreto pertenceram a uma boemia intelectual carioca que teve na figura de Emílio de Meneses — poeta pouco relevante e uma figura folclórica, acima de tudo — um representante típico e, dessa boemia dos cafés e restaurantes Bilac foi o representante bem-sucedido e Lima Barreto o *outsider* [...]" ("Olavo Bilac e Lima Barreto, jornalistas". In: *Projeto História*, São Paulo, nº 35, pp. 201-19, dezembro de 2007, p. 202). As relações entre ambos, contudo, eram cordiais, como prova um bilhete enviado por Bilac a Barreto, no qual o primeiro — buscando usar a influência que sua posição de intelectual bem-sucedido lhe confere para ajudar o colega marginalizado — narra seus esforços para auxiliar a publicação de um livro de Barreto pela Editora Francisco Alves: "Falei hoje ao Alves, que me disse: 'Em princípio, a coisa está feita; mas não pode ser feita já, senão daqui a alguns meses'. Insisti mas em vão. Desculpe o fracasso da boa vontade do seu muito admirador" (*Correspondência*, Lima Barreto. São Paulo: Brasiliense, 1956, v. 1, p. 129). Talvez a brincadeira se devesse a certa notoriedade que Bilac exerceu na intelectualidade da época. Por outro lado, Nicolau Sevcenko afirma que Lima "menosprezava Bilac pois ele sempre cedia à supremacia da retórica em detrimento da rigorosa descrição da realidade" (1997, p. 347). Em todo caso, vale destacar que, conforme se pode observar na leitura do *Caderno de notas de Lima Barreto sobre a distribuição do livro Triste fim de Policarpo Quaresma* (Fundação Biblioteca Nacional, Seção de Manuscritos 1-6, 33, p. 885), Lima ofereceu um exemplar desse livro a Olavo Bilac.

— Vejam — continuou ele — como não dá. Agora reparem: o — teu — pé — é — uma — ro — sa — de — mir — ra. É outra coisa, não acham?

— Não há dúvida — disse a irmã de Quaresma.

— Cante essa — convidou o major.

— Não — objetou Ricardo. — Está velha, vou cantar a "Promessa",[76] conhecem?

— Não — disseram os dois irmãos.

— Oh! Anda por aí como as "Pombas"[77] do Raimundo.

76 Os dois versos que Ricardo canta foram identificados por Guimarães Martins (*A música popular no romance brasileiro: Século XX (1ª parte)*, de José Ramos Tinhorão. Rio de Janeiro: Editora 34, 2002) como sendo de Catulo da Paixão Cearense (Maranhão, 1863 — Rio de Janeiro, 1946). O título "Promessa", porém, não foi localizado. Guimarães Martins organizou minuciosa coletânea intitulada *Modinhas: Catulo da Paixão Cearense*. José Ramos Tinhorão, no seu livro, situa a coincidência entre a personalidade de Catulo e de Ricardo. A extrema vaidade dos músicos seria um traço preciso dessa relação. Tinhorão estranha, ainda, o fato de Lima ter oposto o seu Ricardo (personificado no trovador branco e cortejador, Catulo) ao cantor negro Eduardo das Neves. Lima era amigo de Catulo, a quem atribuía grande consideração — "O violão e a modinha que Catulo, com sua tenacidade, com o seu talento e a sua obediência cega a um grande ideal, dignificou e tornou capaz da atenção dos intelectuais", escrevia na crônica "Bailes e divertimentos suburbanos" (*Gazeta de Notícias*, 7 de fevereiro de 1922). No romance, o personagem Ricardo chega a se referir a Eduardo das Neves como "preto" e "crioulo". Eduardo (1874-1910) foi um notório cantor. Negro, já havia trabalhado como palhaço, e fez modinhas e lundus inspirados em fatos históricos e temas contemporâneos. Tornou-se famoso o verso de sua autoria, criado para o retorno de Santos Dumont ao Brasil, em 1903, "A Europa curvou-se ante o Brasil", motivo pelo qual Lima o chamou de "popular palhaço brasileiro" ("Que fim levou". In: *Gazeta da Tarde*, 10 de julho de 1911).

77 "As pombas" é de autoria de Raimundo Correia (1859-1911), um dos fundadores da Academia Brasileira de Letras. Magistrado, professor, diplomata e poeta, foi um dos grandes nomes do parnasianismo. Com Olavo Bilac e Alberto de Oliveira integrava a chamada "tríade parnasiana".

— Cante lá, senhor Ricardo — pediu dona Adelaide.

Ricardo Coração dos Outros por fim afinou ainda uma vez o violão e começou em voz fraca:

Prometo pelo Santíssimo Sacramento
Que serei tua paixão...

— Vão vendo — disse ele num intervalo — quanta imagem, quanta imagem!

E continuou. As janelas estavam abertas. Moças e rapazes começaram a se amontoar na calçada para ouvir o menestrel. Sentindo que a rua se interessava, Coração dos Outros foi apurando a dicção, tomando um ar feroz que ele supunha ser de ternura e entusiasmo; e, quando acabou, as palmas soaram do lado de fora e uma moça entrou procurando dona Adelaide.

— Senta-te, Ismênia — disse ela.

— A demora é pouca.

Ricardo aprumou-se na cadeira, olhou um pouco a moça e continuou a dissertar sobre a modinha. Aproveitando uma pausa, a irmã de Quaresma perguntou à moça:

— Então quando te casas?

Era a pergunta que se lhe fazia sempre. Ela então curvava do lado direito a sua triste cabecinha, coroada de magníficos cabelos castanhos, com tons de ouro, e respondia:

— Não sei... Cavalcanti forma-se no fim do ano e então marcaremos.

Isso era dito arrastado, com uma preguiça de impressionar.

Não era feia a menina, a filha do general, vizinho de Quaresma. Era até bem simpática, com a sua fisionomia de pequenos traços mal desenhados e cobertos de umas tintas de bondade.

Aquele seu noivado durava há anos; o noivo, o tal Cavalcanti, estudava para dentista, um curso de dois anos, mas que ele arrastava há quatro, e Ismênia tinha sempre que responder à famosa pergunta: "Então quando se casa?". "Não sei... Cavalcanti forma-se para o ano e..."

Intimamente ela não se incomodava. Na vida, para ela, só havia uma coisa importante: casar-se; mas pressa não tinha, nada nela a pedia. Já agarrara um noivo, o resto era questão de tempo...

Após responder a dona Adelaide, explicou o motivo da visita.

Viera, em nome do pai, convidar Ricardo Coração dos Outros a cantar em casa dela.

— Papai — disse dona Ismênia — gosta muito de modinhas... É do Norte; a senhora sabe, dona Adelaide, que gente do Norte aprecia muito. Venham.

E para lá foram.

II

Reformas radicais

Havia bem dez dias que o major Quaresma não saía de casa. Na sua meiga e sossegada casa de São Cristóvão, enchia os dias da forma mais útil e agradável às necessidades do seu espírito e do seu temperamento. De manhã, depois da *toilette*, e do café, sentava-se no divã da sala principal e lia os jornais. Lia diversos, porque sempre esperava encontrar num ou noutro uma notícia curiosa, a sugestão de uma ideia útil à sua cara pátria. Os seus hábitos burocráticos faziam-no almoçar cedo; e, embora estivesse de férias, para os não perder, continuava a tomar a primeira refeição de garfo às nove e meia da manhã.[78]

Acabado o almoço, dava umas voltas pela chácara, chácara em que predominavam as fruteiras nacionais, recebendo a pitanga e o cambuí[79] os mais cuidadosos tratamentos aconselhados pela pomologia,[80] como se fossem bem cerejas ou figos.

78 A refeição indicada por Lima Barreto sugere que o personagem estaria almoçando às nove e meia da manhã. Na ocasião essa "primeira refeição de garfo" podia ser denominada *jantar*. O almoço seria uma espécie de "colação" feita algumas horas após a primeira refeição do dia. Talvez seja por isso que, até hoje, em Portugal, o café da manhã é chamado de "pequeno almoço".
79 Árvore de folhas grossas, rígidas, que apresentam glândulas transparentes, cujos frutos conformam pequenas bagas redondas.
80 Ramo da botânica que estuda os frutos.

O passeio era demorado e filosófico. Conversando com o preto Anastácio, que lhe servia há trinta anos, sobre coisas antigas — o casamento das princesas, a quebra do Souto[81] e outras —, o major continuava com o pensamento preso aos problemas que o preocupavam ultimamente. Após uma hora ou menos, voltava à biblioteca e mergulhava nas revistas do Instituto Histórico,[82] no Fernão Cardim,[83] nas cartas de Nóbrega,[84] nos anais da Biblioteca,[85] no Von den Stein[86] e tomava notas sobre notas, guardando-as numa pequena pasta ao lado. Estudava os índios. Não fica bem dizer estudava, porque já o fizera há tempos, não só no tocante à língua, que já quase falava, como também nos simples aspectos etnográficos e antropológicos. Recordava (é melhor dizer assim), afirmava certas noções dos seus estudos anteriores, visto estar organizando um sistema de cerimônias e festas que se baseasse nos costumes dos nossos silvícolas e abrangesse todas as relações sociais.

81 Em 1864, a casa bancária do visconde de Souto, Antonio José Alves Souto (1813-80), faliu, causando grande impacto devido ao elevado número de credores, quando o passivo da casa bancária equivalia à metade da dívida interna do Brasil.
82 Revista do Instituto Histórico e Geográfico Brasileiro, fundado em 1838 e sediado na cidade do Rio de Janeiro. O IHGB foi fundado com o objetivo de recolher os documentos da história brasileira, exercendo o papel de guardião da memória nacional, sendo a revista do Instituto publicada com a finalidade de divulgar os estudos e pesquisas promovidos sobre a história da pátria. Transformou-se, com o tempo, no grande reduto do mecenato de d. Pedro II. Os papéis pessoais de Lima confirmam que ele era leitor dessa publicação.
83 Missionário jesuíta português nascido em 1549 e falecido no Brasil em 1625.
84 Sacerdote jesuíta português nascido em 1517 e falecido no Rio de Janeiro em 1570.
85 Referência aos *Anais da Biblioteca Nacional do Rio de Janeiro*.
86 Karl von den Steinen (1855-1929). Antropólogo, etnólogo e médico alemão.

Para bem se compreender o motivo disso, é preciso não esquecer que o major, depois de trinta anos de meditação patriótica, de estudos e reflexões, chegava agora ao período da frutificação. A convicção que sempre tivera de ser o Brasil o primeiro país do mundo e o seu grande amor à pátria eram agora ativos e impeliram-no a grandes cometimentos. Ele sentia dentro de si impulsos imperiosos de agir, de obrar e de concretizar suas ideias. Eram pequenos melhoramentos, simples toques, porque em si mesma (era a sua opinião) a grande pátria do Cruzeiro só precisava de tempo para ser superior à Inglaterra.

Tinha todos os climas, todos os frutos, todos os minerais e animais úteis, as melhores terras de cultura, a gente mais valente, mais hospitaleira, mais inteligente e mais doce do mundo — o que precisava mais? Tempo e um pouco de originalidade. Portanto, dúvidas não flutuavam mais no seu espírito, mas no que se referia à originalidade de costumes e usanças, não se tinham elas dissipado, antes se transformaram em certeza após tomar parte na folia do "Tangolomango",[87] numa festa que o general dera em casa.

Caso foi que a visita do Ricardo e do seu violão ao bravo militar veio despertar no general e na família um gosto pelas festanças, cantigas e hábitos genuinamente nacionais, como se diz por aí. Houve em todos um desejo de sentir, de sonhar, de poetar à maneira popular dos velhos tempos. Albernaz, o general, lembrava-se de ter visto tais cerimônias na sua infância; dona Maricota, sua mulher, até ainda se lembrava de uns versos de Reis; e os seus filhos, cinco moças e um rapaz, viram na coisa

87 Tangolomango ou tanglomanglo se refere a doença ou mal atribuído à feitiçaria. No entanto, no contexto da citação o termo remete à brincadeira folclórica na qual os elementos presentes na música vão diminuindo no decorrer da mesma.

um pretexto de festas e, portanto, aplaudiram o entusiasmo dos progenitores. A modinha era pouco; os seus espíritos pediam coisa mais plebeia, mais característica e extravagante.

Quaresma ficou encantado, quando Albernaz falou em organizar uma chegança, à moda do Norte, por ocasião do aniversário de sua praça. Em casa do general era assim: qualquer aniversário tinha a sua festa, de forma que havia bem umas trinta por ano, não contando domingos, dias feriados e santificados em que se dançava também.

O major pensara até ali pouco nessas coisas de festas e danças tradicionais, entretanto viu logo a significação altamente patriótica do intento. Aprovou e animou o vizinho. Mas quem havia de ensaiar, de dar os versos e a música? Alguém lembrou a tia Maria Rita, uma preta velha, que morava em Benfica,[88] antiga lavadeira da família Albernaz. Lá foram os dois, o general Albernaz e o major Quaresma, alegres, apressados, por uma linda e cristalina tarde de abril.

O general nada tinha de marcial, nem mesmo o uniforme que talvez não possuísse. Durante toda a sua carreira militar, não viu uma única batalha, não tivera um comando, nada fizera que tivesse relação com a sua profissão e o seu curso de artilheiro. Fora sempre ajudante de ordens, assistente, encarregado disso ou daquilo, escriturário, almoxarife, e era secretário do Conselho Supremo Militar,[89] quando se reformou em general. Os seus hábitos eram de um bom chefe de seção e a sua inteligência não era muito diferente dos seus hábitos. Nada entendia de guerras, de estratégia, de tática ou de história militar; a sua sabedoria a tal respeito estava reduzida

88 Bairro da zona norte do Rio de Janeiro, próximo a São Cristóvão.

89 Criado em 10 de abril de 1808 por iniciativa do príncipe regente d. João.

às batalhas do Paraguai,[90] para ele a maior e a mais extraordinária guerra de todos os tempos.

O altissonante título de general, que lembrava coisas sobre-humanas dos Césares, dos Turennes e dos Gustavos Adolfos,[91] ficava mal naquele homem plácido, medíocre, bonachão, cuja única preocupação era casar as cinco filhas e arranjar "pistolões" para fazer passar o filho nos exames do Colégio Militar.[92] Contudo, não era conveniente que se duvidasse das suas aptidões guerreiras. Ele mesmo, percebendo o seu ar muito civil, de onde em onde, contava um episódio de guerra, uma anedota militar. "Foi em Lomas Valentinas",[93] dizia ele... Se alguém perguntava: "O general assistiu à batalha?". Ele respondia logo: "Não pude.

90 Referência à famosa Guerra do Paraguai (1865-70), quando o Brasil não só dizimou boa parte da população masculina do território inimigo, como constituiu pela primeira vez o Exército como instituição. Até então, existia apenas a Guarda Nacional, que era um estabelecimento mais honorífico do que voltado às armas. Por isso, os poucos membros da elite que conheciam as "artes da guerra" referiam-se sempre ao evento do Paraguai. Daí decorre a ironia de Lima Barreto.

91 Referência a nomes de generais e guerreiros. Caio Júlio César foi o grande estadista romano (100 ou 101-44 a.C.). Henri de La Tour d'Auvergne, visconde de Turenne (1611-75), ganhou proeminência por sua atuação na Guerra dos Trinta Anos, na Guerra da Devolução (tomada de Charleoi e Tournai) e da Holanda, tendo comandado as invasões dos Países Baixos e da Alsácia. Existem de fato dois "Gustavo Adolfo": Gustavo II Adolfo (1594-1632), rei da Suécia, luterano, que renovou as estruturas econômicas e militares do país e empreendeu ativa participação militar; e Gustavo IV Adolfo (1778-1837), rei da Suécia, que, para se opor à Revolução Francesa, aliou-se à Rússia e à Inglaterra, não aderindo ao Bloqueio Continental.

92 Tradicional escola militar localizada na cidade do Rio de Janeiro, criada por iniciativa do político Tomás Coelho, em 9 de março de 1889, conforme o decreto imperial 10 202.

93 As fortificações Lomas Valentinas localizam-se no afluente do rio Paraguai, que durante a Guerra foi ocupado pelas tropas de Solano López e tomado pelas forças aliadas, em 1868.

Adoeci e vim para o Brasil, nas vésperas. Mas soube pelo Camisão, pelo Venâncio que a coisa esteve preta".

O bonde que os levava até à velha Maria Rita percorria um dos trechos mais interessantes da cidade. Ia pelo Pedregulho,[94] uma velha porta da cidade, antigo término de um picadão que ia ter a Minas, se esgalhava para São Paulo e abria comunicações com o Curato de Santa Cruz.[95]

Por aí em costas de bestas vieram ter ao Rio o ouro e o diamante de Minas e ainda ultimamente os chamados gêneros do país. Não havia ainda cem anos que as carruagens d'el-rei dom João VI,[96] pesadas como naus, a balouçarem-se sobre as quatro rodas muito separadas, passavam por ali para irem ter ao longínquo Santa Cruz.[97] Não se pode crer que a coisa fosse lá muito imponente; a Corte andava em apuros de dinheiro e o rei era relaxado. Não obstante os soldados remendados, tristemente montados em "pangarés" desanimados, o préstito devia

94 Pedregulho é um município do estado de São Paulo.

95 Curato se refere à habitação do cura ou povoação pastoreada por um cura.

96 D. João (1767-1826) assumiu o poder de Portugal e suas colônias ultramarinas no ano de 1792, por ocasião da doença mental de sua mãe, d. Maria I. Em 1807, após a iminente invasão das tropas napoleônicas em solo português, d. João e sua corte transferiram-se para o Brasil, transformando o Rio de Janeiro na capital do Império Português e permanecendo em terras tropicais até 1821. Durante os treze anos em que permaneceu no Brasil, d. João, primeiro rei aclamado nas Américas, em 1818, abriu os portos às nações amigas, pondo fim ao exclusivo colonial, e fundou importantes instituições políticas e científico-culturais, tais como o Banco do Brasil, o Jardim Botânico e a Impressão Régia.

97 Lima faz alusão aqui à Fazenda de Santa Cruz, propriedade Real e depois Imperial onde os monarcas mantinham uma plantação em boa parte de café, administrada por jesuítas, até que a ordem foi suprimida no Brasil e em todos os domínios portugueses. A Família Real manteria a propriedade e a ampliaria. Tanto d. João, como depois Pedro I e Pedro II gostavam de escapar da "quentura" da cidade para ir descansar na fazenda.

ter a sua grandeza, não por ele mesmo, mas pelas humilhantes marcas de respeito que todos tinham que dar à sua lamentável majestade.

Entre nós tudo é inconsistente, provisório, não dura. Não havia ali nada que lembrasse esse passado. As casas velhas, com grandes janelas, quase quadradas, e vidraças de pequenos vidros eram de há bem poucos anos, menos de cinquenta.

Quaresma e Albernaz atravessaram tudo aquilo sem reminiscências e foram até ao ponto. Antes perlustraram a zona do turfe, uma pequena porção da cidade onde se amontoam cocheiras e coudelarias de animais de corridas, tendo grandes ferraduras, cabeças de cavalos, panóplias de chicotes e outros emblemas hípicos, nos pilares dos portões, nas almofadas das portas, por toda parte onde tais distintivos fiquem bem e deem na vista.

A casa da velha preta ficava além do ponto, para as bandas da estação da estrada de ferro Leopoldina.[98] Lá foram ter. Passaram pela estação. Sobre um largo terreiro, negro de moinha de carvão de pedra, medas de lenha e imensas tulhas de sacos de carvão vegetal se acumulavam; mais adiante um depósito de locomotivas e sobre os trilhos algumas manobravam e outras arfavam sob pressão.

Apanharam afinal o carreiro onde ficava a casa da Maria Rita. O tempo estivera seco e por isso se podia andar por ele. Para além do caminho, estendia-se a vasta região de mangues, uma zona imensa, triste e feia, que vai até ao fundo da baía e, no horizonte, morre ao sopé das montanhas azuis de Petrópolis. Chegaram à casa da

98 Primeira ferrovia construída no atual estado de Minas Gerais, foi criada por iniciativa dos fazendeiros e comerciantes da Zona da Mata mineira para facilitar o escoamento da produção do café, em expansão a partir de meados do século XIX. Constituída sob o nome "Companhia Estrada de Ferro Leopoldina", o Decreto nº 4976 de 5 de junho de 1872 autorizou seu funcionamento.

velha. Era baixa, caiada e coberta com as pesadas telhas portuguesas. Ficava um pouco afastada da estrada. À direita havia um monturo:[99] restos de cozinha, trapos, conchas de mariscos, pedaços de louça caseira — um sambaqui[100] a fazer-se para gáudio[101] de um arqueólogo de futuro remoto; à esquerda, crescia um mamoeiro e bem junto à cerca, no mesmo lado, havia um pé de arruda. Bateram. Uma pretinha moça apareceu na janela aberta.

— Que desejam?

Disseram o que queriam e aproximaram-se. A moça gritou para o interior da casa:

— Vovó, estão aí dois "moços" que querem falar com a senhora. Entrem, façam o favor — disse ela depois, dirigindo-se ao general e ao seu companheiro.

A sala era pequena e de telha-vã.[102] Pelas paredes, velhos cromos de folhinhas, registros de santos, recortes de ilustrações de jornais baralhavam-se e subiam por elas acima até dois terços da altura. Ao lado de uma Nossa Senhora da Penha, havia um retrato de Vítor Emanuel com enormes bigodes em desordem; um cromo sentimental de folhinha — uma cabeça de mulher em posição de sonho — parecia olhar um são João Batista ao lado. No alto da porta que levava ao interior da casa, uma lamparina, numa cantoneira, enchia de fuligem a Conceição de louça.

Não tardou a vir a velha. Entrou em camisa de bicos de rendas, mostrando o peito descarnado, enfeitado com um colar de miçangas de duas voltas. Capengava de um pé e parecia querer ajudar a marcha, com a mão esquerda pousada na perna correspondente.

99 Amontoado de lixo ou de objetos repugnantes.
100 Nome dado a depósitos de refugos, geralmente ossos, conchas e resíduos diversos, e que, empilhados ao longo do tempo, sofrem a ação externa, acabando por sofrer uma fossilização química.
101 Júbilo, alegria.
102 Telhado desprovido de forro; telha que não possui argamassa.

— Boas tardes, tia Maria Rita — disse o general.

Ela respondeu, mas não deu mostras de ter reconhecido quem lhe falava. O general atalhou:

— Não me conhece mais? Sou o general, o coronel Albernaz.

— Ah! É sô coroné!... Há quanto tempo! Como está nhã Maricota?

— Vai bem. Minha velha, nós queríamos que você nos ensinasse umas cantigas.

— Quem sou eu, ioiô!

— Ora! Vamos, tia Maria Rita... você não perde nada... você não sabe o "Bumba meu boi"?

— Quá, ioiô, já mi esqueceu.

— E o "Boi Espácio".

— Coisa veia, do tempo do cativeiro — pra que sô coroné qué sabê isso?

Ela falava arrastando as sílabas, com um doce sorriso e um olhar vago.

— É para uma festa... Qual é a que você sabe?

A neta que até ali ouvia calada a conversa animou-se a dizer alguma coisa, deixando perceber rapidamente a fiada reluzente de seus dentes imaculados:

— Vovó já não se lembra.

O general, que a velha chamava coronel, por tê-lo conhecido nesse posto, não atendeu a observação da moça e insistiu:

— Qual esquecida, o quê! Deve saber ainda alguma coisa, não é, titia?

— Só sei o "Bicho Tutu" — disse a velha.

— Cante lá!

— Ioiô sabe! Não sabe? Quá, sabe!

— Não sei, cante. Se eu soubesse não vinha aqui. Pergunte aqui ao meu amigo, o major Policarpo, se sei.

Quaresma fez com a cabeça sinal afirmativo e a preta velha, talvez com grandes saudades do tempo em que era escrava e ama de alguma grande casa, farta e rica, ergueu a cabeça, como para melhor recordar-se, e entoou:

É vem tutu
Por detrás do murundu
Pra cumê sinhozinho
Cum bucado de angu.

— Ora! — fez o general com enfado. — Isso é coisa antiga de embalar crianças. Você não sabe outra?

— Não, sinhô. Já mi esqueceu.

Os dois saíram tristes. Quaresma vinha desanimado. Como é que o povo não guardava as tradições de trinta anos passados? Com que rapidez morriam assim na sua lembrança os seus folgares e as suas canções? Era bem um sinal de fraqueza, uma demonstração de inferioridade diante daqueles povos tenazes que os guardam durante séculos! Tornava-se preciso reagir, desenvolver o culto das tradições, mantê-las sempre vivazes nas memórias e nos costumes...

Albernaz vinha contrariado. Contava arranjar um número bom para a festa que ia dar, e escapava-lhe. Era quase a esperança de casamento de uma das quatro filhas que se ia, das quatro, porque uma delas já estava garantida, graças a Deus!

O crepúsculo chegava e eles entraram em casa mergulhados na melancolia da hora.

A decepção, porém, demorou dias. Cavalcanti, o noivo de Ismênia, informou que nas imediações morava um literato, teimoso cultivador dos contos e canções populares do Brasil. Foram a ele. Era um velho poeta que teve sua fama aí pelos setenta e tantos, homem doce e ingênuo que se deixara esquecer em vida, como poeta, e agora se entretinha em publicar coleções que ninguém lia, de contos, canções, adágios e ditados populares.

Foi grande a sua alegria quando soube o objeto da visita daqueles senhores. Quaresma estava animado e falou com calor; e Albernaz também, porque via na sua festa, com um número de *folklore*, meio de chamar a atenção sobre sua casa, atrair gente e... casar as filhas.

A sala em que foram recebidos era ampla; mas estava tão cheia de mesas, estantes, pejadas de livros, pastas, latas, que mal se podia mover nela. Numa lata lia-se: Santa Ana dos Tocos; numa pasta: São Bonifácio do Cabresto.

— Os senhores não sabem — disse o velho poeta — que riqueza é a nossa poesia popular! Que surpresas ela reserva!... Ainda há dias recebi uma carta de Urubu de Baixo com uma linda canção. Querem ver?

O colecionador revolveu pastas e afinal trouxe de lá um papel onde leu:

Se Deus enxergasse pobre
Não me deixaria assim:
Dava no coração dela
Um lugarzinho pra mim.

O amor que tenho por ela
Já não cabe no meu peito;
Sai-me pelos olhos afora
Voa às nuvens direito.

— Não é bonito?... Muito! Se os senhores conhecessem então o ciclo do macaco, a coleção de histórias que o povo tem sobre o símio?... Oh! Uma verdadeira epopeia cômica!

Quaresma olhava para o velho poeta com o espanto satisfeito de alguém que encontrou um semelhante no deserto; e Albernaz, um momento contagiado pela paixão do folclorista, tinha mais inteligência no olhar com que o encarava.

O velho poeta guardou a canção de Urubu de Baixo numa pasta; e foi logo à outra, donde tirou várias folhas de papel. Veio até junto aos dois visitantes e disse-lhes:

— Vou ler aos senhores uma pequena história do macaco, das muitas que o nosso povo conta... Só eu já tenho perto de quarenta e pretendo publicá-las, sob o título *Histórias do mestre Simão*.

E, sem perguntar se os incomodava ou se estavam dispostos a ouvir, começou:

O macaco perante o juiz de direito. Andava um bando de macacos em troça, pulando de árvore em árvore, nas bordas de uma grota. Eis senão quando um deles vê no fundo uma onça que lá caíra. Os macacos se enternecem e resolvem salvá-la. Para isso, arrancaram cipós, emendaram-nos bem, amarraram a corda assim feita à cintura de cada um deles e atiraram uma das pontas à onça. Com o esforço reunido de todos, conseguiram içá-la e logo se desamarraram, fugindo. Um deles, porém, não o pôde fazer a tempo e a onça segurou-o imediatamente.

— Compadre Macaco — disse ela —, tenha paciência. Estou com fome e você vai fazer-me o favor de deixar-se comer.

O macaco rogou, instou, chorou; mas a onça parecia inflexível. Simão então lembrou que a demanda fosse resolvida pelo juiz de direito. Foram a ele; o macaco sempre agarrado pela onça. É juiz de direito, entre os animais, o jabuti, cujas audiências são dadas à borda dos rios, colocando-se ele em cima de uma pedra. Os dois chegaram e o macaco expôs as suas razões.

O jabuti ouviu-o e no fim ordenou:

— Bata palmas.

Apesar de seguro pela onça, o macaco pôde assim mesmo bater palmas. Chegou a vez da onça, que também expôs as suas razões e motivos. O juiz, como da primeira vez, determinou ao felino:

— Bata palmas.

A onça não teve remédio senão largar o macaco, que se escapou, e também o juiz, atirando-se n'água.

Acabando a leitura, o velho dirigiu-se aos dois:

— Não acham interessante? Muito! Há no nosso povo muita invenção, muita criação, verdadeiro material para *fabliaux* interessantes... No dia em que aparecer um literato de gênio que o fixe numa forma imortal... Ah! Então!

Dizendo isso, brincava nas suas faces um demorado sorriso de satisfação e nos seus olhos abrolhavam duas lágrimas furtivas.

— Agora — continuou ele, depois de passada a emoção —, vamos ao que serve. O "Boi Espácio" ou o "Bumba meu boi" ainda é muita coisa para vocês... É melhor irmos devagar, começar pelo mais fácil... Está aí o "Tangolomango", conhecem?

— Não — disseram os dois.

— É divertido. Arranjem dez crianças, uma máscara de velho, uma roupa estrambólica para um dos senhores que eu ensaio.

O dia chegou. A casa do general estava cheia. Cavalcanti viera; e ele e a noiva, à parte, no vão de uma janela, pareciam ser os únicos que não tinham interesse pela folia. Ele, falando muito, cheio de trejeitos no olhar; ela, meio fria, deitando de quando em quando, para o noivo, um olhar de gratidão.

Quaresma fez o "Tangolomango", isto é, vestiu uma velha sobrecasaca do general, pôs uma imensa máscara de velho, agarrou-se a um bordão curvo, em forma de báculo,[103] e entrou na sala. As dez crianças cantaram em coro:

103 Cajado, bastão alto ou bastão episcopal cuja ponta superior é recurvada em voluta.

Uma mãe teve dez filhos
Todos os dez dentro de um pote:
Deu o Tangolomango nele
Não ficaram senão nove.

Por aí, o major avançava, batia com o báculo no assoalho, fazia: hu! hu! hu!; as crianças fugiam, afinal ele agarrava uma e levava para dentro. Assim ia executando com grande alegria da sala, quando, pela quinta estrofe, lhe faltou o ar, lhe ficou a vista escura e caiu. Tiraram--lhe a máscara, deram-lhe algumas sacudidelas e Quaresma voltou a si.

O acidente, entretanto, não lhe deu nenhum desgosto pelo *folklore*. Comprou livros, leu todas as publicações a respeito, mas a decepção lhe veio ao fim de algumas semanas de estudo.

Quase todas as tradições e canções eram estrangeiras; o próprio "Tangolomango" o era também. Tornava-se, portanto, preciso arranjar alguma coisa própria, original, uma criação da nossa terra e dos nossos ares.

Essa ideia levou-o a estudar os costumes tupinambás;[104] e, como uma ideia traz outra, logo ampliou o seu propósito e eis a razão por que estava organizando um código de relações, de cumprimentos, de cerimônias domésticas e festas, calcado nos preceitos tupis.

Desde dez dias que se entregava a essa árdua tarefa, quando (era domingo) lhe bateram à porta, em meio de seu trabalho. Abriu, mas não apertou a mão. Desandou a chorar, a berrar, a arrancar os cabelos, como se tivesse

104 Ironia de Lima para com o conhecimento retirado dos viajantes seiscentistas. Foram eles que elegeram os tupinambás e seu canibalismo bravio como modelos de futuras civilizações. No século XIX, a moda tupi converteu-se em verdadeira voga literária e artística, com Pedro II patrocinando o indigenismo no IHGB e na Academia Imperial de Belas Artes.

perdido a mulher ou um filho. A irmã correu lá de dentro, o Anastácio também, e o compadre e a filha, pois eram eles, ficaram estupefatos no limiar da porta.

— Mas que é isso, compadre?

— Que é isso, Policarpo?

— Mas, meu padrinho...

Ele ainda chorou um pouco. Enxugou as lágrimas e, depois, explicou com a maior naturalidade:

— Eis aí! Vocês não têm a mínima noção das coisas da nossa terra. Queriam que eu apertasse a mão... Isso não é nosso! Nosso cumprimento é chorar quando encontramos os amigos, era assim que faziam os tupinambás.

O seu compadre Vicente, a filha e dona Adelaide entreolharam-se, sem saber o que dizer. O homem estaria doido? Que extravagância!

— Mas, senhor Policarpo — disse-lhe o compadre —, é possível que isso seja muito brasileiro, mas é bem triste, compadre.

— Decerto, padrinho — acrescentou a moça com vivacidade —; parece até agouro...

Esse seu compadre era italiano de nascimento. A história das suas relações vale a pena contar. Quitandeiro ambulante, fora fornecedor da casa de Quaresma há vinte e tantos anos. O major já tinha as suas ideias patrióticas, mas não desdenhava conversar com o quitandeiro e até gostava de vê-lo suado, curvado ao peso dos cestos, com duas rosas vermelhas nas faces muito brancas de europeu recém-chegado. Mas, um belo dia, ia Quaresma pelo largo do Paço, muito distraído, a pensar nas maravilhas arquitetônicas do chafariz do Mestre Valentim,[105]

105 Valentim da Fonseca e Silva, o Mestre Valentim, nasceu em Minas Gerais, por volta de 1745, e era provavelmente filho de um português contratador de diamantes e de uma escrava. A data do nascimento é estimada e especula-se que Valentim seria filho de

quando veio a encontrar-se com o mercador ambulante. Falou-lhe com aquela simplicidade d'alma que era bem sua, e notou que o rapaz tinha alguma preocupação séria. Não só, de onde em onde, soltava exclamações sem ligação alguma com a conversa atual como também cerrava os lábios, rilhava os dentes e crispava raivosamente os punhos. Interrogou-o e veio a saber que tivera uma questão de dinheiro com um seu colega, estando disposto a matá-lo, pois perdera o crédito e em breve estaria na miséria. Havia na sua afirmação uma tal energia e um grande e estranho acento de ferocidade, que fizeram empregar o major toda a sua doçura e persuasão para dissuadi-lo do propósito. E não ficou nisso só: emprestou-lhe também dinheiro. Vicente Coleoni pôs uma quitanda, ganhou uns contos de réis, fez-se logo empreiteiro, enriqueceu, casou, veio a ter aquela filha, que foi levada à pia[106] pelo seu benfeitor. Inútil é dizer que Quaresma não notou a contradição entre as suas ideias patrióticas e o seu ato.

Francisco Ferreira da Silva, que trabalhou no distrito de Diamantina de Serro Frio, MG, até 1748. Nessa data, ao voltar a Portugal, o pai levou Valentim, que lá viveu até os 25 anos de idade e aprendeu o ofício de "toreuta" — um misto de escultor e entalhador (de pedra, metal e madeira). Por volta de 1770, Valentim retornou ao Brasil e se estabeleceu na cidade do Rio de Janeiro. Abriu loja, oficina e estabeleceu residência na rua do Sabão, entre as ruas dos Ourives e do Bom Jesus, no centro comercial da cidade. Ganhou fama por seus trabalhos como arquiteto, paisagista, escultor, fundidor e decorador. Ao longo do governo do vice-rei Luís de Vasconcelos, interferiu urbanisticamente na cidade ao construir o Passeio Público e vários chafarizes. Uma de suas principais obras é o chafariz erguido em 1789, como parte das melhorias realizadas no largo do Paço, atual praça XV de Novembro. Deixou também sua marca em diversas igrejas, onde até hoje podem ser apreciadas suas talhas e esculturas. Valentim faleceu em 1813 e está sepultado na igreja de Nossa Senhora do Rosário e São Benedito, de cuja Irmandade era membro.

106 Expressão que remonta ao ato de batismo, executado na pia batismal.

É verdade que ele não as tinha ainda muito firmes, mas já flutuavam na sua cabeça e reagiam sobre a sua consciência como tênues desejos, veleidades de rapaz de pouco mais de vinte anos, veleidades que não tardariam tomar consistência e só esperavam os anos para desabrochar em atos.

Fora, pois, ao seu compadre Vicente e à sua afilhada Olga que ele recebera com o mais legítimo cerimonial guaitacás, e, se não envergara o traje de rigor de tão interessante povo, motivo não foi o não tê-lo. Estava até à mão, mas faltava-lhe tempo para despir-se.

— Lê-se muito, padrinho? — perguntou-lhe a afilhada, deitando sobre ele os seus olhos muito luminosos.

Havia entre os dois uma grande afeição. Quaresma era um tanto reservado, e o vexame de mostrar os seus sentimentos faziam-no econômico nas demonstrações afetuosas. Adivinhava-se, entretanto, que a moça ocupava-lhe no coração o lugar dos filhos que não tivera nem teria jamais. A menina vivaz, habituada a falar alto e desembaraçadamente, não escondia a sua afeição tanto mais que sentia confusamente nele alguma coisa de superior, uma ânsia de ideal, uma tenacidade em seguir um sonho, uma ideia, um voo enfim para as altas regiões do espírito que ela não estava habituada a ver em ninguém do mundo que frequentava. Essa admiração não lhe vinha da educação. Recebera a comum às moças de seu nascimento. Vinha de um pendor próprio, talvez das proximidades europeias do seu nascimento, que a fizeram um pouco diferente das nossas moças.

Fora com um olhar luminoso e prescrutador que ela perguntara ao padrinho:

— Então, padrinho, lê-se muito?

— Muito, minha filha. Imagina que medito grandes obras, uma reforma, a emancipação de um povo.

Vicente fora com dona Adelaide para o interior da casa e os dois conversavam a sós na sala dos livros. A afilhada notou que Quaresma tinha alguma coisa de mais. Falava agora com tanta segurança, ele que antigamente era tão modesto, hesitante mesmo no falar — que diabo! Não, não era possível... Mas, quem sabe? E que singular alegria havia nos seus olhos — uma alegria de matemático que resolveu um problema, de inventor feliz!

— Não se vá meter em alguma conspiração — disse a moça gracejando.

— Não te assustes por isso. A coisa vai naturalmente, não é preciso violências...

Nisso Ricardo Coração dos Outros entrou com o seu longo e rabudo fraque de sarja e o seu violão encapotado em camurça. O major fez as apresentações.

— Já o conhecia de nome, senhor Ricardo — disse Olga.

Coração dos Outros encheu-se de um alvissareiro contentamento. A sua fisionomia minguada dilatou-se ao brilho do seu olhar satisfeito; e a sua cútis, que era ressecada e de um tom de velho mármore, como que ficou macia e jovem. Aquela moça parecia rica, era fina e bonita, conhecia-o — que satisfação! Ele, que era sempre um tanto parvo e atrapalhado, quando se encontrava diante das moças, fossem de que condição fossem, animava-se, soltava a língua, amaciava a voz e ficava numeroso e eloquente.

— Leu então os meus versos, não é, minha senhora?

— Não tive esse prazer, mas li, há meses, uma apreciação sobre um trabalho seu.

— No *Tempo*,[107] não foi?

— Foi.

— Muito injusta! — acrescentou Ricardo. — Todos os críticos se atêm a essa questão de metrificação. Dizem que os meus versos não são versos... São, sim; mas são versos para violão. Vossa Excelência sabe que os versos

107 Periódico em circulação no Rio de Janeiro desde 1891, de propriedade de Frederico Borges.

para música têm alguma coisa de diferente dos comuns, não é? Não há, portanto, nada a admirar que os meus versos, feitos para violão, sigam outra métrica e outro sistema, não acha?

— Decerto — disse a moça. — Mas parece-me que o senhor faz versos para a música, e não música para os versos.

E ela sorriu devagar, enigmaticamente, deixando parado o seu olhar luminoso, enquanto Ricardo, desconfiado, lhe sondava a intenção com os seus olhinhos vivos e miúdos de camundongo.

Quaresma, que até ali se conservava calado, interveio:

— O Ricardo, Olga, é um artista... Tenta e trabalha para levantar o violão.

— Eu sei, padrinho. Eu sei...

— Entre nós, minha senhora — falou Coração dos Outros —, não se levam a sério essas tentativas nacionais, mas, na Europa, todos respeitam e auxiliam... Como é que se chama, major, aquele poeta que escreveu em francês popular?

— Mistral[108] — acudiu Quaresma —, mas não é francês popular; é o provençal, uma verdadeira língua.

— Sim, é isso — confirmou Ricardo. — Pois o Mistral não é considerado, respeitado? Eu, no tocante ao violão, estou fazendo o mesmo.

Olhou triunfante para um e outro circunstante; e Olga, dirigindo-se a ele, disse:

— Continue na tentativa, senhor Ricardo, que é digno de louvor.

108 Frédéric Mistral (1830-1914). Escritor francês apaixonado pela língua e cultura provençal, que, junto com outros escritores, fundou, em 1854, a Félibrige: uma escola literária voltada à restituição da língua provençal como língua literária. A ele se deve a criação do Museu de Arles, em 1899, dedicado a abrigar todas as formas do folclore provençal.

— Obrigado. Fique certa, minha senhora, que o violão é um belo instrumento e tem grandes dificuldades. Por exemplo...

— Qual! — interrompeu Quaresma, abruptamente. — Há outros mais difíceis.

— O piano? — perguntou Ricardo.

— Que piano! O maracá,[109] a inúbia.[110]

— Não conheço.

— Não conheces? É boa! Os instrumentos mais nacionais possíveis, os únicos que o são verdadeiramente; instrumentos dos nossos antepassados, daquela gente valente que se bateu e ainda se bate pela posse desta linda terra. Os caboclos!

— Instrumento de caboclo, ora! — disse Ricardo.

— De caboclo! Que é que tem? O Léry diz que são muito sonoros e agradáveis de ouvir...[111] Se é por ser de caboclo, o violão também não vale nada — é um instrumento de capadócio.

— De capadócio, major! Não diga isso...

E os dois ainda discutiram acaloradamente diante da moça, surpresa, espantada, sem atinar, sem explicação para aquela inopinada transformação de gênio do seu padrinho, até ali tão sossegado e tão calmo.

109 Chocalho indígena usado em cerimônias religiosas e guerreiras, formado de uma cabaça seca e desprovida de miolo, na qual se inserem pedras ou caroços.

110 Buzina ou trombeta de guerra utilizada por certos grupos indígenas brasileiros.

111 Referência à descrição que o viajante Jean de Léry fez da música produzida pelos indígenas, chegando a transcrever duas delas na sua *Viagem à terra do Brasil*.

III

A notícia do Genelício

— Então quando se casa, dona Ismênia?

— Em março. Cavalcanti já está formado e...

Afinal a filha do general pôde responder com segurança à pergunta que se lhe vinha fazendo há quase cinco anos. O noivo finalmente encontrara o fim do curso de dentista e marcara o casamento para daí a três meses. A alegria foi grande na família; e, como em tal caso, uma alegria não podia passar sem um baile, uma festa foi anunciada para o sábado que se seguia ao pedido da pragmática.

As irmãs da noiva, Quinota, Zizi, Lalá e Vivi, estavam mais contentes que a irmã nubente. Parecia que ela lhes ia deixar o caminho desembaraçado, e fora a irmã quem até ali tinha impedido que se casassem.

Noiva havia quase cinco anos, Ismênia já se sentia meio casada. Esse sentimento junto à sua natureza pobre fê-la não sentir um pouco mais de alegria. Ficou no mesmo. Casar, para ela, não era negócio de paixão, nem se inseria no sentimento ou nos sentidos: era uma ideia, uma pura ideia. Aquela sua inteligência rudimentar tinha separado da ideia de casar o amor, o prazer dos sentidos, uma tal ou qual liberdade, a maternidade, até o noivo. Desde menina, ouvia a mamãe dizer: "Aprenda a fazer isso, porque quando você se casar"... ou senão: "Você precisa aprender a pregar botões, porque quando você se casar...".

A todo instante e a toda hora, lá vinha aquele — "porque, quando você se casar..." — e a menina foi se convencendo de que toda a existência só tendia para o casamento. A instrução, as satisfações íntimas, a alegria, tudo isso era inútil; a vida se resumia numa cousa: casar.

De resto, não era só dentro de sua família que ela encontrava aquela preocupação. No colégio, na rua, em casa das famílias conhecidas, só se falava em casar. "Sabe, dona Maricota, a Lili casou-se; não fez grande negócio, pois parece que o noivo não é lá grande coisa"; ou então: "A Zezé está doida para arranjar casamento, mas é tão feia, meu Deus!...".

A vida, o mundo, a variedade intensa dos sentimentos, das ideias, o nosso próprio direito à felicidade, foram parecendo ninharias para aquele cerebrozinho; e de tal forma casar-se se lhe representou coisa importante, uma espécie de dever, que não se casar, ficar solteira, "tia", parecia-lhe um crime, uma vergonha.

De natureza muito pobre, sem capacidade para sentir qualquer coisa profunda e intensamente, sem quantidade emocional para a paixão ou para um grande afeto, na sua inteligência a ideia de "casar-se" incrustou-se teimosamente como uma obsessão.

Ela não era feia; amorenada, com os seus traços acanhados, o narizinho malfeito, mas galante, não muito baixa nem muito magra e a sua aparência de bondade passiva, de indolência de corpo, de ideia e de sentidos — era até um bom tipo das meninas a que os namorados chamam — "bonitinhas". O seu traço de beleza dominante, porém, eram os seus cabelos: uns bastos cabelos castanhos, com tons de ouro, sedosos até ao olhar.

Aos dezenove anos arranjou namoro com o Cavalcanti, e à fraqueza de sua vontade e ao temor de não encontrar marido não foi estranha a facilidade com que o futuro dentista a conquistou.

O pai fez má cara. Ele andava sempre ao par dos namoros das filhas: "Diga-me sempre, Maricota", dizia ele, "quem são. Olho vivo!... É melhor prevenir que curar... Pode ser um valdevinos[112] e...". Sabendo que o pretendente à Ismênia era um dentista, não gostou muito. Que é um dentista? perguntava ele de si para si. Um cidadão semiformado, uma espécie de barbeiro. Preferia um oficial, tinha montepio e meio soldo; mas a mulher convenceu-o de que os dentistas ganham muito, e ele acedeu.

Começou então Cavalcanti a frequentar a casa na qualidade de noivo "paisano", isto é, que não pediu, não é ainda "oficial".

No fim do primeiro ano, tendo notícia das dificuldades com que o futuro genro lutava para acabar os estudos, o general foi generosamente em seu socorro. Pagou-lhe taxas de matrículas, livros e outras coisas. Não era raro que, após uma longa conversa com a filha, dona Maricota viesse ao marido e dissesse: "Chico, arranja-me vinte mil-réis que o Cavalcanti precisa comprar uma anatomia".

O general era leal, bom e generoso; a não ser a sua pretensão marcial, não havia no seu caráter a mínima falha. Demais, aquela necessidade de casar as filhas ainda o fazia melhor quando se tratava dos interesses delas.

Ele ouvia a mulher, coçava a cabeça e dava o dinheiro; e até para evitar despesas ao futuro genro, convidou-o a jantar em casa todo dia; e assim o namoro foi correndo até ali.

Enfim — dizia Albernaz à mulher, na noite do pedido, quando já recolhidos — a coisa vai acabar. Felizmente, respondia-lhe dona Maricota, vamos descontar essa letra.

A satisfação resignada do general era, porém, falsa; ao contrário: ele estava radiante. Na rua, se encontrava um camarada, no primeiro momento azado, lá dizia ele:

— É um inferno, esta vida! Imagina tu, Castro, que ainda por cima tenho que casar uma filha!

112 O mesmo que "vagabundo", "vadio", "malandro".

Ao que Castro interrogava:

— Qual delas?

— A Ismênia, a segunda — respondia Albernaz e logo acrescentava: — tu é que és feliz: só tiveste filhos.

— Ah! meu amigo! — falava o outro cheio de malícia —, aprendi a receita. Por que não fizeste o mesmo?

Despedindo-se, o velho Albernaz corria aos armazéns, às lojas de louça, comprava mais pratos, mais compoteiras, um centro de mesa, porque a festa devia ser imponente e ter um ar de abundância e riqueza que traduzisse o seu grande contentamento.

Na manhã do dia da festa comemorativa do pedido, dona Maricota amanheceu cantando. Era raro que o fizesse; mas, nos dias de grande alegria, ela cantarolava uma velha ária, uma coisa do seu tempo de moça e as filhas que sentiam nisso sinal certo de alegria corriam a ela, pedindo-lhe isto ou aquilo.

Muito ativa, muito diligente, não havia dona de casa mais econômica, mais poupada e que fizesse render mais o dinheiro do marido e o serviço das criadas. Logo que despertou, pôs tudo em atividade, as criadas e as filhas. Vivi e Quinota foram para os doces; Lalá e Zizi auxiliaram as raparigas na arrumação das salas e dos quartos, enquanto ela e Ismênia iam arrumar a mesa, dispô-la com muito gosto e esplendor. O móvel ficaria assim galhardo desde as primeiras horas do dia. A alegria de dona Maricota era grande; ela não compreendia que uma mulher pudesse viver sem estar casada. Não eram só os perigos a que se achava exposta, a falta de arrimo; parecia-lhe feio e desonroso para a família. A sua satisfação não vinha do simples fato de ter descontado uma letra, como ela dizia. Vinha mais profundamente dos seus sentimentos maternos e de família.

Ela arrumava a mesa, nervosa e alegre; e a filha, fria e indiferente.

— Mas, minha filha — dizia ela —, até parece que

não é você quem se vai casar! Que cara! Você parece aí uma "mosca-morta".

— Mamãe, que quer que eu faça?

— Não é bonito rir-se muito, andar aí como uma sirigaita, mas também assim como você está! Eu nunca vi noiva assim.

Durante uma hora, a moça esforçou-se por parecer muito alegre, mas logo lhe tornava toda a pobreza de sua natureza, incapaz de vibração sentimental, e o natural do seu temperamento vencia-a e não tardava em cair naquela doentia lassidão que lhe era própria.

Veio muita gente. Além das moças e as respeitáveis mães, acudiram ao convite do general o contra-almirante Caldas, o doutor Florêncio, engenheiro das águas, o major honorário Inocêncio Bustamante, o senhor Bastos, guarda-livros,[113] ainda parente de dona Maricota, e outras pessoas importantes. Ricardo não fora convidado porque o general temia a opinião pública sobre a presença dele em festa séria; Quaresma o fora, mas não viera; e Cavalcanti jantara com os futuros sogros.

Às seis horas, a casa já estava cheia. As moças cercavam Ismênia, cumprimentando-a, não sem um pouco de inveja no olhar.

Irene, uma alourada e alta, aconselhava:

— Eu, se fosse você, comprava tudo no Parque.

Tratava-se do enxoval. Todas elas, embora solteiras, davam conselhos, sabiam as casas barateiras, as peças mais importantes e as que podiam ser dispensadas. Estavam ao par.

113 Seria o equivalente atual ao profissional da área de contabilidade. No Brasil, a primeira regulamentação da profissão contábil ocorreu em 1870, por meio do decreto imperial nº 4475. Nessa ocasião foi reconhecida oficialmente a Associação dos Guarda-Livros da Corte, considerada a primeira profissão liberal regulamentada no país.

A Armanda indicava com um requebro feiticeiro nos olhos:

— Eu, ontem, vi na rua da Constituição[114] um dormitório de casal, muito bonito, você por que não vai ver, Ismênia? Parece barato.

A Ismênia era a menos entusiasmada, quase não respondia às perguntas; e, se as respondia, era por monossílabos. Houve um momento em que sorriu quase com alegria e abandono. Estefânia, a doutora, normalista, que tinha nos dedos um anel, com tantas pedras que nem uma joalheria, num dado momento, chegou a boca carnuda aos ouvidos da noiva e fez uma confidência. Quando deixou de segredar-lhe, assim como se quisesse confirmar o dito, dilatou muito os seus olhos maliciosos e quentes, e disse alto:

— Eu quero ver isso... Todas dizem que não... Eu sei...

Ela aludia à resposta que, à sua confidência, Ismênia tinha dado com parcimônia: qual o quê!

Todas elas, conversando, tinham os olhos no piano. Os rapazes e uma parte dos velhos rodeavam Cavalcanti, muito solene, dentro de um grande fraque preto.

— Então, doutor, acabou, hein? — dizia esse a jeito de um cumprimento.

— É verdade! Trabalhei. Os senhores não imaginam os tropeços, os embargos — fui de um heroísmo!...

— Conhece o Chavantes? — perguntava um outro.

— Conheço. Um crônico, um pândego...

— Foi seu colega?

— Foi, isto é, ele é do curso de medicina. Matriculamo-nos no mesmo ano.

Cavalcanti ainda não tinha tido tempo de atender a este e já era obrigado a ouvir a observação de outro.

— É muito bonito ser formado. Se eu tivesse ouvido

114 Rua perpendicular ao Campo de Santana, no centro do Rio de Janeiro; denominada rua dos Ciganos até a Independência, em 1822.

meu pai, não estava agora a quebrar a cabeça no "deve" e "haver". Hoje, torço a orelha e não sai sangue.

— Atualmente, não vale nada, meu caro senhor — dizia modestamente Cavalcanti. — Com essas academias livres... Imaginem que já se fala numa Academia Livre de Odontologia! É o cúmulo! Um curso difícil e caro, que exige cadáveres, aparelhos, bons professores, como é que particulares poderão mantê-lo? Se o governo mantém mal...

— Pois, doutor — acudia um outro —, dou-lhe meus parabéns. Digo-lhe o que disse ao meu sobrinho, quando se formou: vá furando!

— Ah! Seu sobrinho é formado? — inquiria delicadamente Cavalcanti.

— Em engenharia. Está no Maranhão, na Estrada de Caxias.[115]

— Boa carreira.

Nos intervalos da conversa, todos eles olhavam o novel dentista como se fosse um ente sobrenatural.

Para aquela gente toda, Cavalcanti não era mais um simples homem, era homem e mais alguma coisa sagrada e de essência superior; e não juntavam à imagem que tinham dele atualmente as coisas que porventura ele pudesse saber ou tivesse aprendido. Isso não entrava nela de modo algum; e aquele tipo, para alguns, continuava a ser vulgar, comum, na aparência, mas a sua substância tinha mudado, era outra diferente da deles e fora ungido de não sei que coisa vagamente fora da natureza terrestre, quase divina.

Para o lado de Cavalcanti, que se achava na sala de visitas, vieram os menos importantes. O general ficara na sala de jantar, fumando, cercado dos mais titulados e dos mais velhos. Estavam com ele o contra-almirante

115 Estrada do estado do Maranhão que liga as cidades de Caxias a São João Sóter.

Caldas, o major Inocêncio, o doutor Florêncio e o capitão de bombeiros Sigismundo.

Inocêncio aproveitou a ocasião para fazer uma consulta a Caldas sobre assunto de legislação militar. O contra-almirante era interessantíssimo. Na Marinha, por pouco que não fazia *pendant* com Albernaz no Exército. Nunca embarcara, a não ser na Guerra do Paraguai, mas assim mesmo por muito pouco tempo. A culpa, porém, não era dele. Logo que se viu primeiro-tenente, Caldas foi aos poucos se metendo consigo, abandonando a roda dos camaradas, de forma que, sem empenhos e sem amigos nos altos lugares, se esqueciam dele e não lhe davam comissões de embarque. É curiosa essa coisa das administrações militares: as comissões são merecimento, mas só se as dão aos protegidos.

Certa vez, quando era já capitão-tenente, deram-lhe um embarque em Mato Grosso. Nomearam-no para comandar o couraçado *Lima Barros*. Ele lá foi, mas, quando se apresentou ao comandante da flotilha,[116] teve notícia de que não existia no rio Paraguai semelhante navio. Indagou daqui e dali e houve quem aventurasse que podia ser que o tal *Lima Barros* fizesse parte da esquadrilha do alto Uruguai.[117] Consultou o comandante.

— Eu, no seu caso — disse-lhe o superior —, partia imediatamente para a flotilha do Rio Grande.

Ei-lo a fazer malas para o alto Uruguai, aonde chegou enfim, depois de uma penosa e fatigante viagem. Mas aí também não estava o tal *Lima Barros*. Onde estaria então? Quis telegrafar para o Rio de Janeiro, mas teve medo de ser censurado, tanto mais que não andava em cheiro de santidade. Esteve assim um mês em Itaqui,[118]

116 Reunião de embarcações leves da marinha de guerra.
117 Serra do alto Uruguai, localizada no Rio Grande do Sul, entre o rio Uruguai e seu afluente Ijuí.
118 Município do Rio Grande do Sul.

hesitante, sem receber soldo e sem saber que destino tomar. Um dia lhe veio a ideia de que o navio bem poderia estar no Amazonas. Embarcou na intenção de ir ao extremo norte e quando passou pelo Rio, conforme a praxe, apresentou-se às altas autoridades da Marinha. Foi preso e submetido a conselho.

O *Lima Barros* tinha ido a pique, durante a Guerra do Paraguai.

Embora absolvido, nunca mais entrou em graça dos ministros e dos seus generais. Todos o tinham na conta de parvo, de um comandante de opereta que andava à cata do seu navio pelos quatro pontos cardeais. Deixaram-no "encostado", como se diz na gíria militar, e ele levou quase quarenta anos para chegar de guarda-marinha a capitão de fragata.[119] Reformado no posto imediato, com graduação do seguinte, todo o seu azedume contra a Marinha se concentrou num longo trabalho de estudar leis, decretos, alvarás, avisos, consultas, que se referissem a promoções de oficiais. Comprava repertórios de legislação, armazenava coleções de leis, relatórios, e encheu a casa de toda essa enfadonha e fatigante literatura administrativa. Os requerimentos, pedindo a modificação de sua reforma, choviam sobre os ministros da Marinha. Corriam meses o infinito rosário de repartições e eram sempre indeferidos, sobre consultas do Conselho Naval ou do Supremo Tribunal Militar.[120] Ultimamente constituíra advogado junto à Justiça federal e lá andava ele de cartório em cartório, acotovelando-se

119 Ironia que faz referência à pequena distância entre esses dois cargos na sequência hierárquica de quadros da Marinha.
120 O primeiro tribunal militar no Brasil foi criado em 1º de abril de 1808, pelo príncipe regente d. João, sob o nome de Conselho Supremo Militar e de Justiça, sendo, assim, o mais antigo tribunal superior do país. No ano de 1891 foi organizado o Supremo Tribunal Militar, com as mesmas competências do extinto Conselho Supremo Militar e composto por quinze ministros.

com meirinhos, escrivães, juízes e advogados — esse poviléu rebarbativo do foro que parece ter contraído todas as misérias que lhe passam pelas mãos e pelos olhos.

Inocêncio Bustamante também tinha a mesma mania demandista. Era renitente, teimoso, mas servil e humilde. Antigo voluntário da pátria,[121] possuindo honras de major, não havia dia em que não fosse ao quartel-general ver o andamento do seu requerimento e de outros. Num pedia inclusão no Asilo dos Inválidos,[122] noutro honras de tenente-coronel, noutro tal ou qual medalha; e, quando não tinha nenhum, ia ver o dos outros.

Não se pejou mesmo de tratar do pedido de um maníaco que, por ser tenente honorário e também da Guarda Nacional,[123] requereu lhe fosse passada a patente de major, visto que dois galões mais outros dois fazem quatro — o que quer dizer: major.

121 Os voluntários da pátria constituíam os corpos de soldados criados pelo governo no início da Guerra do Paraguai, em 7 de janeiro de 1865, na intenção de reforçar o Exército brasileiro.
122 Em 1868, foi inaugurado na ilha do Bom Jesus, na baía de Guanabara, o Asilo dos Inválidos da Pátria, espaço criado para garantir unicamente, por mera filantropia, o sustento de numeroso contingente de veteranos da Guerra do Paraguai, oriundos do exército em operações. Muitos, entre os anos de 1865 e 1870, foram desmobilizados por conta de doenças crônicas ou mutilações de seus membros inferiores e superiores, e ficaram conhecidos como "os inválidos da pátria", o que gerou uma demanda social a ser resolvida pela administração pública.
123 A Guarda Nacional foi uma instituição imperial criada em agosto de 1831, durante o período regencial, para agir enquanto força paramilitar, atuando como "sentinela da constituição jurada". Sua organização foi estabelecida pelas elites políticas locais. Indivíduos que gozavam de direitos políticos plenos, ou seja, os que contassem com uma renda mínima de duzentos mil-réis, eram por excelência capacitados para participar dessa instituição. A esse respeito, conferir *A Guarda Nacional do Rio de Janeiro — 1831-1918*, de Antonio Edmilson Martins, Francisco J. C. Falcon e Margarida de Souza Neves. Rio de Janeiro: PUC, 1981.

Conhecedor dos estudos meticulosos do almirante, Bustamante fez a sua consulta.

— Assim de pronto, não sei. Não é a minha especialidade o Exército, mas vou ver. Isso também anda tão atrapalhado!

Acabando de responder, coçava um dos seus favoritos brancos, que lhe davam um ar de "comodoro" ou de chacareiro português, pois era forte nele o tipo lusitano.

— Ah! meu tempo — observou Albernaz. — Quanta ordem! Quanta disciplina!

— Não há mais gente que preste — disse Bustamante.

Sigismundo por aí aventurou também a sua opinião, dizendo:

— Eu não sou militar, mas...

— Como não é militar? — fez Albernaz, com ímpeto. — Os senhores é que são os verdadeiros: estão sempre com o inimigo na frente, não acha, Caldas?

— Decerto, decerto — fez o almirante, cofiando os favoritos.

— Como ia dizendo — continuou Sigismundo —, apesar de não ser militar, eu me animo a dizer que a nossa força está muito por baixo. Onde está um Porto Alegre, um Caxias?[124]

— Não há mais, meu caro — confirmou com voz tênue o doutor Florêncio.

124 Manuel Marques de Sousa (Rio Grande do Sul, 1804 — Rio de Janeiro, 1875) e Luís Alves de Lima e Silva, o Duque de Caxias (Rio de Janeiro, 1803 — Rio de Janeiro, 1880). Militares destacados no panteão de nomes do Exército. Ambos combateram na guerra de independência da Cisplatina e na Revolta Farroupilha, em favor da legalidade monárquica. Também participaram das campanhas contra Oribe, no Uruguai, contra Rosas, na Argentina, e na Guerra do Paraguai. O Duque de Caxias, por duas vezes ministro da Guerra, cunhou o mérito que depois o elevou a patrono do Exército com seus sucessivos triunfos na Guerra do Paraguai.

— Não sei por quê, pois tudo hoje não vai pela ciência?

Fora Caldas quem falara, tentando a ironia. Albernaz indignou-se e retrucou-lhe com certo calor:

— Eu queria ver esses meninos bonitos, cheios de "xx" e "yy" em Curupaiti,[125] hein, Caldas? Hein, Inocêncio?

O doutor Florêncio era o único paisano da roda. Engenheiro e empregado público, os anos e o sossego da vida o tinham feito perder todo o saber que porventura pudesse ter tido ao sair da escola. Era mais um guarda de encanamentos do que mesmo um engenheiro. Morando perto de Albernaz, era raro que não viesse toda tarde jogar o solo com o general. O doutor Florêncio perguntou:

— O senhor assistiu, não foi, general?

O general não se deteve, não se atrapalhou, não gaguejou e disse com a máxima naturalidade:

— Não assisti. Adoeci e vim para o Brasil nas vésperas. Mas tive muitos amigos lá: o Camisão, o Venâncio...

Todos se calaram e olharam a noite que chegava. Da janela da sala onde estavam, não se via nem um monte. O horizonte estava circunscrito aos fundos dos quintais das casas vizinhas com as suas cordas de roupa a lavar, suas chaminés e o piar de pintos. Um tamarineiro sem folhas lembrava tristemente o ar livre, as grandes vistas sem fim. O sol já tinha desaparecido do horizonte e as tênues luzes dos bicos de gás e dos lampiões familiares começavam a acender-se por detrás das vidraças.

Bustamante quebrou o silêncio:

— Este país não vale mais nada. Imaginem que o meu requerimento, pedindo honras de tenente-coronel, está no ministério há seis meses!

125 Referência à passagem de Curupaiti, operação da esquadra brasileira na Guerra do Paraguai, realizada com êxito em agosto de 1867.

— Uma desordem — exclamaram todos.

Era noite. Dona Maricota chegou até onde eles estavam, muito ativa, muito diligente e com o rosto aberto de alegria.

— Estão rezando? — E logo ajuntou: — Dão licença que diga uma coisa ao Chico, sim?

Albernaz saiu fora da roda dos amigos e foi até a um canto da sala, onde a mulher lhe disse alguma coisa em voz baixa. Ouviu a mulher, depois voltou aos amigos e, no meio do caminho, falou alto, nestes termos:

— Se não dançam é porque não querem. Estou pegando alguém?

Dona Maricota aproximou-se dos amigos do marido e explicou:

— Os senhores sabem: se a gente não animar, ninguém tira par, ninguém toca. Estão lá tantas moças, tantos rapazes, é uma pena!

— Bem; eu vou lá — disse Albernaz.

Deixou os amigos e foi à sala de visitas dar começo ao baile.

— Vamos, meninas! Então o que é isso? Zizi, uma valsa!

E ele mesmo em pessoa ia juntando os pares: "Não, general, já tenho par", dizia uma moça. "Não faz mal", retrucava ele, "dance com o Raimundinho; o outro espera."

Depois de ter dado início ao baile, veio para a roda dos amigos, suado, mas contente.

— Isso de família! Qual! A gente até parece bobo — dizia. — Você é que fez bem, Caldas; não se quis casar!

— Mas tenho mais filhos que você. Só sobrinhos, oito; e os primos?

— Vamos jogar o solo — convidou Albernaz.

— Somos cinco, como há de ser? — observou Florêncio.

— Não, eu não jogo — disse Bustamante.

— Então jogamos os quatro de garrancho?[126] — lembrou Albernaz.

As cartas vieram e também uma pequena mesa de tripeça. Os parceiros sentaram-se e tiraram a sorte para ver quem dava. Coube a Florêncio dar. Começaram. Albernaz tinha um ar atento quando jogava: a cabeça lhe caía sobre as costas e os seus olhos tomavam uma grande expressão de reflexão. Caldas aprumava o busto na cadeira e jogava com a serenidade de um lorde-almirante numa partida de *whist*.[127] Sigismundo jogava com todo o cuidado, com o cigarro no canto da boca e a cabeça do lado para fugir à fumaça. Bustamante fora à sala ver as danças.

Tinham começado a partida quando dona Quinota, uma das filhas do general, atravessou a sala e foi beber água. Caldas, coçando um dos favoritos, perguntou à moça:

— Então, dona Quinota, quedê o Genelício?

A moça virou o rosto com faceirice, deu um pequeno muxoxo[128] e respondeu com falso mau humor:

— Ué! Sei lá! Ando atrás dele?

— Não precisa zangar-se, dona Quinota; é uma simples pergunta — advertiu Caldas.

O general, que examinava atentamente as cartas recebidas, interrompeu a conversa com voz grave:

— Eu passo.

Dona Quinota retirou-se. Esse Genelício era o seu namorado. Parente ainda de Caldas, tinha-se como certo o

126 Garrancho é o indivíduo que, no jogo do voltarete, dá as cartas e fica sem jogar.

127 Jogo de cartas de origem inglesa, similar ao copas. Foi extremamente popular durante os séculos XVIII e XIX.

128 Bico feito com os lábios, pelo qual se demonstra indiferença ou descrédito.

seu casamento na família. A sua candidatura era favorecida por todos. Dona Maricota e o marido enchiam-no de festas. Empregado do Tesouro,[129] já no meio da carreira, moço de menos de trinta anos, ameaçava ter um grande futuro. Não havia ninguém mais bajulador e submisso do que ele. Nenhum pudor, nenhuma vergonha! Enchia os chefes e os superiores de todo o incenso que podia. Quando saía, remancheava,[130] lavava três ou quatro vezes as mãos, até poder apanhar o diretor na porta. Acompanhava-o, conversava com ele sobre o serviço, dava pareceres e opiniões, criticava este ou aquele colega, e deixava-o no bonde, se o homem ia para casa. Quando entrava um ministro, fazia-se escolher como intérprete dos companheiros e deitava um discurso; nos aniversários de nascimento, era um soneto que começava sempre por — "Salve" — e acabava também por — "Salve! Três vezes Salve!".

O modelo era sempre o mesmo; ele só mudava o nome do ministro e punha a data.

No dia seguinte, os jornais falavam do seu nome e publicavam o soneto.

Em quatro anos, tinha tido duas promoções e agora trabalhava para ser aproveitado no Tribunal de Contas, a se fundar, num posto acima.

Na bajulação e nas manobras para subir, tinha verdadeiramente gênio. Não se limitava ao soneto, ao discurso; buscava outros meios, outros processos. Um dos que se servia, eram as publicações nas folhas diárias. No intuito de anunciar aos ministros e diretores que tinha uma erudição superior, de quando em quando desovava nos jornais longos artigos sobre contabilidade pública. Eram me-

129 Criado em 1808, substituindo a antiga Junta da Fazenda do Rio de Janeiro, sob controle do Real Erário de Lisboa, o Tesouro Nacional era o órgão do Ministério da Fazenda que controlava e administrava as finanças nacionais, arrecadação e despesas.
130 Tardava no cumprimento de uma atividade.

ras compilações de bolorentos decretos, salpicadas aqui e ali com citações de autores franceses ou portugueses.

Interessante é que os companheiros o respeitavam, tinham em grande conta o seu saber e ele vivia na seção cercado do respeito de um gênio, um gênio do papelório e das informações. Acresce que Genelício juntava à sua segura posição administrativa um curso de direito a acabar; e tantos títulos juntos não podiam deixar de impressionar favoravelmente as preocupações casamenteiras do casal Albernaz.

Fora da repartição, tinha um empertigamento que o seu pobre físico fazia cômico, mas que a convicção do alto auxílio que prestava ao Estado mantinha e sustentava. Um empregado-modelo!...

O jogo continuava silenciosamente e a noite avançava. No fim das "mãos" fazia-se um breve comentário ou outro, e no começo ouviam-se unicamente as "falas" sacramentais do jogo: "solo, bolo, melhoro, passo". Feitas elas, jogava-se em silêncio; da sala, porém, vinha o ruído festivo das danças e das conversas.

— Olhem quem está aí!

— O Genelício — fez Caldas. — Onde estiveste, rapaz?

Deixou o chapéu e a bengala numa cadeira e fez os cumprimentos. Pequeno, já um tanto curvado, chupado de rosto, com um *pince-nez* azulado, todo ele traía a profissão, os seus gostos e hábitos. Era um escriturário.

— Nada, meus amigos! Estou tratando dos meus negócios.

— Vão bem? — perguntou Florêncio.

— Quase garantido. O ministro prometeu... Não há nada, estou bem "cunhado"!

— Estimo muito — disse o general.

— Obrigado. Sabe de uma coisa, general?

— O que é?

— O Quaresma está doido.

— Mas... o quê? Quem foi que te disse?

— Aquele homem do violão. Já está na casa de saúde...

— Eu logo vi — disse Albernaz —, aquele requerimento era de doido.

— Mas não é só, general — acrescentou Genelício. — Fez um ofício em tupi e mandou ao ministro.

— É o que eu dizia — fez Albernaz.

— Quem é? — perguntou Florêncio.

— Aquele vizinho, empregado do arsenal; não conhece?

— Um baixo, de *pince-nez*?

— Esse mesmo — confirmou Caldas.

— Nem se podia esperar outra coisa — disse o doutor Florêncio. — Aqueles livros, aquela mania de leitura...

— Pra que ele lia tanto? — indagou Caldas.

— Telha de menos — disse Florêncio.

Genelício atalhou com autoridade:

— Ele não era formado, para que meter-se em livros?

— É verdade — fez Florêncio.

— Isso de livros é bom para os sábios, para os doutores — observou Sigismundo.

— Devia até ser proibido — disse Genelício — a quem não possuísse um título "acadêmico" ter livros. Evitavam-se assim essas desgraças. Não acham?

— Decerto — disse Albernaz.

— Decerto — fez Caldas.

— Decerto — disse também Sigismundo.

Calaram-se um instante, e as atenções convergiram para o jogo.

— Já saíram todos os trunfos?

— Contasse, meu amigo.

Albernaz perdeu e lá na sala fez-se silêncio. Cavalcanti ia recitar. Atravessou a sala triunfantemente, com um largo sorriso na face, e foi postar-se ao lado do piano. Zizi acompanhava. Tossiu e, com a sua voz metálica, apurando muito os finais em "s", começou:

A vida é uma comédia sem sentido,
Uma história de sangue e de poeira
Um deserto sem luz...

E o piano gemia.

IV

Desastrosas consequências de um requerimento

Os acontecimentos a que aludiam os graves personagens reunidos em torno da mesa de solo, na tarde memorável da festa comemorativa do pedido de casamento de Ismênia, se tinham desenrolado com rapidez fulminante. A força de ideias e sentimentos contidos em Quaresma se havia revelado em atos imprevistos com uma sequência brusca e uma velocidade de turbilhão. O primeiro fato surpreendeu, mas vieram outros e outros, de forma que o que pareceu no começo uma extravagância, uma pequena mania, se apresentou logo em insânia declarada.

Justamente algumas semanas antes do pedido de casamento, ao abrir-se a sessão da Câmara, o secretário teve que proceder à leitura de um requerimento singular e que veio a ter uma fortuna de publicidade e comentário pouco usual em documentos de tal natureza.

O burburinho e a desordem que caracterizam o recolhimento indispensável ao elevado trabalho de legislar não permitiram que os deputados o ouvissem; os jornalistas, porém, que estavam próximos à mesa, ao ouvi-lo, prorromperam em gargalhadas, certamente inconvenientes à majestade do lugar. O riso é contagioso. O secretário, no meio da leitura, ria-se, discretamente; pelo fim, já ria-se o presidente, ria-se o oficial da ata, ria-se o contínuo — toda a mesa e aquela população que a cerca riram-se da petição, largamente, querendo sempre conter o riso, havendo em alguns tão franca alegria que as lágrimas vieram.

Quem soubesse o que uma tal folha de papel representava de esforço, de trabalho, de sonho generoso e desinteressado, havia de sentir uma penosa tristeza, ouvindo aquele rir inofensivo diante dela. Merecia raiva, ódio, um deboche de inimigo talvez, o documento que chegava à mesa da Câmara, mas não aquele recebimento hilário, de uma hilaridade inocente, sem fundo algum, assim como se se estivesse a rir de uma palhaçada, de uma sorte de circo de cavalinhos ou de uma careta de *clown*.

Os que riam, porém, não lhe sabiam a causa e só viam nele um motivo para riso franco e sem maldade. A sessão daquele dia fora fria; e, por ser assim, as seções dos jornais referentes à Câmara, no dia seguinte, publicaram o seguinte requerimento e glosaram-no em todos os tons.

Era assim concebida a petição:

Policarpo Quaresma, cidadão brasileiro, funcionário público, certo de que a língua portuguesa é emprestada ao Brasil; certo também de que, por esse fato, o falar e o escrever em geral, sobretudo no campo das letras, se veem na humilhante contingência de sofrer continuamente censuras ásperas dos proprietários da língua; sabendo, além, que, dentro do nosso país, os autores e os escritores, com especialidade os gramáticos, não se entendem no tocante à correção gramatical, vendo-se, diariamente, surgir azedas polêmicas entre os mais profundos estudiosos do nosso idioma — usando do direito que lhe confere a Constituição, vem pedir que o Congresso Nacional decrete o tupi-guarani como língua oficial e nacional do povo brasileiro.

O suplicante, deixando de parte os argumentos históricos que militam em favor de sua ideia, pede vênia para lembrar que a língua é a mais alta manifestação da inteligência de um povo, é a sua criação mais viva e original; e, portanto, a emancipação política do país requer como complemento e consequência a sua emancipação idiomática.

Demais, senhores congressistas, o tupi-guarani, língua originalíssima, aglutinante, é verdade, mas a que o polissintetismo dá múltiplas feições de riqueza, é a única capaz de traduzir as nossas belezas, de pôr-nos em relação com a nossa natureza e adaptar-se perfeitamente aos nossos órgãos vocais e cerebrais, por ser criação de povos que aqui viveram e ainda vivem, portanto possuidores da organização fisiológica e psicológica para que tendemos, evitando-se dessa forma as estéreis controvérsias gramaticais, oriundas de uma difícil adaptação de uma língua de outra região à nossa organização cerebral e ao nosso aparelho vocal — controvérsias que tanto empecem o progresso da nossa cultura literária, científica e filosófica.

Seguro de que a sabedoria dos legisladores saberá encontrar meios para realizar semelhante medida e cônscio de que a Câmara e o Senado pesarão o seu alcance e utilidade

P. e E. deferimento.

Assinado e devidamente estampilhado, esse requerimento do major foi durante dias assunto de todas as palestras. Publicado em todos os jornais, com comentários facetos, não havia quem não fizesse uma pilhéria sobre ele, quem não ensaiasse um espírito à custa da lembrança de Quaresma. Não ficaram nisso; a curiosidade malsã quis mais. Indagou-se quem era, de que vivia, se era casado, se era solteiro. Uma ilustração semanal publicou-lhe a caricatura e o major foi apontado na rua.

Os pequenos jornais alegres, esses semanários de espírito e troça, então! eram de um encarniçamento atroz com o pobre major. Com uma abundância que marcava a felicidade dos redatores em terem encontrado um assunto fácil, o texto vinha cheio dele: o major Quaresma disse isso; o major Quaresma fez aquilo.

Um deles, além de outras referências, ocupou uma página inteira com o assunto da semana. Intitulava-se a ilustração: "O Matadouro de Santa Cruz,[131] segundo o major Quaresma", e o desenho representava uma fila de homens e mulheres a marchar para o choupo que se via à esquerda. Um outro referia-se ao caso pintando um açougue, "O Açougue Quaresma"; legenda: a cozinheira perguntava ao açougueiro: — O senhor tem língua de vaca? O açougueiro respondia: — Não, só temos língua de moça, quer?

Com mais ou menos espírito, os comentários não cessavam e a ausência de relações de Quaresma no meio de que saíam fazia com que fossem de uma constância pouco habitual. Levaram duas semanas com o nome do subsecretário.

131 Ao longo da segunda metade do século XIX, o antigo matadouro do aterrado de São Cristóvão, na praça da Bandeira, criado em 1853, dispunha de equipamentos obsoletos e possuía condições inadequadas de uso pela pouca higiene do estabelecimento. Desse modo, dada a expansão urbana do Rio de Janeiro e a falta de espaços para o gado ser alojado, o campo de São José, em Santa Cruz, foi escolhido para sediar o novo matadouro do Rio de Janeiro. Em 1876 foi lançada a pedra fundamental e em 9 de setembro de 1881 o matadouro foi colocado em funcionamento, com o primeiro abate ocorrendo em 4 de novembro. Em 30 de dezembro, com a presença de d. Pedro II e membros da Família Imperial, parlamentares, ministros, diplomatas, autoridades e imprensa, o matadouro foi inaugurado oficialmente. A construção era dotada de um palacete, prédio assobradado concluído após a inauguração do matadouro, em estilo neoclássico, que se destacava em meio a um jardim em estilo inglês idealizado e construído sob a orientação do urbanista francês François Marie Glaziou. O palacete foi a sede administrativa do matadouro, residência do diretor e dos médicos que ali trabalhavam. Era o portal de acesso às instalações, tendo servido, em tempos posteriores, como a escola Santa Isabel (1886) e a escola técnica Princesa Isabel, já no século XX.

Tudo isso irritava profundamente Quaresma. Vivendo há trinta anos quase só, sem se chocar com o mundo, adquirira uma sensibilidade muito viva e capaz de sofrer profundamente com a menor coisa. Nunca sofrera críticas, nunca se atirou à publicidade, vivia imerso no seu sonho, incubado e mantido vivo pelo calor dos seus livros. Fora deles, ele não conhecia ninguém; e, com as pessoas com quem falava, trocava pequenas banalidades, ditos de todo dia, coisas com que a sua alma e o seu coração nada tinham que ver.

Nem mesmo a afilhada o tirava dessa reserva, embora a estimasse mais que a todos.

Esse encerramento em si mesmo deu-lhe não sei que ar de estranho a tudo, às competições, às ambições, pois nada dessas coisas que fazem os ódios e as lutas tinha entrado no seu temperamento.

Desinteressado de dinheiro, de glória e posição, vivendo numa reserva de sonho, adquirira a candura e a pureza d'alma que vão habitar esses homens de uma ideia fixa, os grandes estudiosos, os sábios, e os inventores, gente que fica mais terna, mais ingênua, mais inocente que as donzelas das poesias de outras épocas.

É raro encontrar homens assim, mas os há e, quando se os encontra, mesmo tocados de um grão de loucura, a gente sente mais simpatia pela nossa espécie, mais orgulho de ser homem e mais esperança na felicidade da raça.

A continuidade das troças feitas nos jornais, a maneira com que o olhavam na rua, exasperavam-no e mais forte se enraizava nele a sua ideia. À medida que engolia uma troça, uma pilhéria, vinha-lhe meditar sobre a sua lembrança, pesar-lhe todos os aspectos, examiná-la, detidamente, compará-la a coisas semelhantes, recordar os autores e autoridades; e, à proporção que fazia isso, a sua própria convicção mostrava a inanidade da crítica, a ligeireza da pilhéria, e a ideia o tomava, o avassalava, o absorvia cada vez mais.

Se os jornais tinham recebido o requerimento com facécias[132] de fundo inofensivo e sem ódio, a repartição ficou furiosa. Nos meios burocráticos, uma superioridade que nasce fora deles, que é feita e organizada com outros materiais que não os ofícios, a sabença de textos de regulamentos e a boa caligrafia, é recebida com a hostilidade de uma pequena inveja.

É como se se visse no portador da superioridade um traidor à mediocridade, ao anonimato papeleiro. Não há só uma questão de promoção, de interesse pecuniário; há uma questão de amor-próprio, de sentimentos feridos, vendo aquele colega, aquele galé como eles, sujeito aos regulamentos, aos caprichos dos chefes, às olhadelas superiores dos ministros, com mais títulos à consideração, com algum direito a infringir as regras e os preceitos.

Olha-se para ele com o ódio dissimulado com que o assassino plebeu olha para o assassino marquês que matou a mulher e o amante. Ambos são assassinos, mas, mesmo na prisão, ainda o nobre e o burguês trazem o ar do seu mundo, um resto da sua delicadeza e uma inadaptação que ferem o seu humilde colega de desgraça.

Assim, quando surge numa secretaria alguém cujo nome não lembra sempre o título de sua nomeação, aparecem as pequeninas perfídias, as maledicências ditas ao ouvido, as indiretas, todo o arsenal do ciúme invejoso de uma mulher que se convenceu de que a vizinha se veste melhor do que ela.

Amam-se ou antes suportam-se melhor aqueles que se fazem célebres nas informações, na redação, na assiduidade ao trabalho, mesmo os doutores, os bacharéis, do que os que têm nomeada e fama. Em geral, a incompreensão da obra ou do mérito do colega é total e nenhum deles se pode capacitar que aquele tipo, aquele

132 Alegria, graciosidade.

amanuense, como eles, faça qualquer coisa que interesse os estranhos e dê que falar a uma cidade inteira.

A brusca popularidade de Quaresma, o seu sucesso e nomeada efêmera irritaram os seus colegas e superiores. "Já se viu!", dizia o secretário. "Esse tolo dirigir-se ao Congresso e propor alguma coisa! Pretensioso!" O diretor, ao passar pela secretaria, olhava-o de soslaio e sentia que o regulamento não cogitasse do caso para lhe infligir uma censura. O colega arquivista era o menos terrível, mas chamou-o logo de doido.

O major sentia bem aquele ambiente falso, aquelas alusões e isso mais aumentava o seu desespero e a teimosia na sua ideia. Não compreendia que o seu requerimento suscitasse tantas tempestades, essa má vontade geral; era uma coisa inocente, uma lembrança patriótica que merecia e devia ter o assentimento de todo o mundo; e meditava, voltava à ideia, e a examinava com mais atenção.

A extensa publicidade que o fato tomou atingiu o palacete de Real Grandeza,[133] onde morava o seu compadre Coleoni. Rico com os lucros das empreitadas de construções de prédios, viúvo, o antigo quitandeiro retirara-se dos negócios e vivia sossegado na ampla casa que ele mesmo edificara e tinha todos os remates arquitetônicos do seu gosto predileto: compoteiras na cimalha, um imenso monograma sobre a porta da entrada, dois cães de louça, nos pilares do portão da entrada e outros detalhes equivalentes.

A casa ficava ao centro do terreno, elevava-se sobre um porão alto, tinha um razoável jardim na frente, que avançava pelos lados, pontilhado de bolas multicores; varanda, um viveiro, onde pelo calor os pássaros morriam tristemente. Era uma instalação burguesa, no gosto

133 Referência à rua Real Grandeza, localizada em Botafogo, bairro da zona sul do Rio de Janeiro habitado por muitos barões de café no século XIX.

nacional, vistosa, cara, pouco de acordo com o clima e sem conforto.

No interior o capricho dominava, tudo obedecendo a uma fantasia barroca, a um ecletismo desesperador. Os móveis se amontoavam, os tapetes, as sanefas,[134] os *bibelots* e a fantasia da filha, irregular e indisciplinada, ainda trazia mais desordem àquela coleção de coisas caras.

Viúvo, havia já alguns anos, era uma velha cunhada quem dirigia a casa e a filha, quem o encaminhava nas distrações e nas festas. Coleoni aceitava de bom coração essa doce tirania. Queria casar a filha, bem e ao gosto dela, não punha, portanto, nenhum obstáculo ao programa de Olga.

Em começo, pensou em dá-la a seu ajudante ou contramestre, uma espécie de arquiteto que não desenhava, mas projetava casas e grandes edifícios. Primeiro sondou a filha. Não encontrou resistência, mas não encontrou também assentimento. Convenceu-se de que aquela vaporosidade da menina, aquele seu ar distante de heroína, a sua inteligência, o seu fantástico, não se dariam bem com as rudezas e a simplicidade campônias de seu auxiliar.

Ela quer um doutor — pensava ele — que arranje! Com certeza, não terá ceitil,[135] mas eu tenho e as coisas se acomodam.

Ele se havia habituado a ver, no doutor nacional, o marquês ou o barão de sua terra natal.[136] Cada terra tem

134 Faixa de tecido colocada transversalmente na parte superior dos cortinados, nas vergas das janelas, portais etc.

135 Referência à antiga moeda portuguesa; o mesmo que quantia insignificante, algo de valor diminuto.

136 Sarcasmo de Lima com relação às novas vogas da capital republicana. Se antes a elite era nobiliárquica, agora era feita de "doutores". O escritor critica a voracidade dessas novas elites por emblemas que passavam a simbolizar sua posição elevada na nova hierarquia social: anéis acadêmicos, fraques, cartolas, chapéus-coco, bengalas com adereços de ouro e prata, relógios com correntes

a sua nobreza; lá, é visconde; aqui, é doutor, bacharel ou dentista; e julgou muito aceitável comprar a satisfação de enobrecer a filha com umas meias dúzias de contos de réis.

Havia momentos em que se aborrecia um tanto com os propósitos da menina. Gostando de dormir cedo, tinha que perder noites e noites no Lírico,[137] nos bailes; amando estar sentado em chinelas a fumar cachimbo, era obrigado a andar horas e horas pelas ruas, saltitando de casa em casa de modas, atrás da filha, para no fim do dia ter comprado meio metro de fita, uns grampos e um frasco de perfume.

Era engraçado vê-lo nas lojas de fazendas cheio de complacência de pai que quer enobrecer o filho, a dar opinião sobre o tecido, achar este mais bonito, comparar um com outro, com uma falta de sentimento daquelas coisas que se adivinhava até no pagá-las. Mas ele ia, demorava-se e esforçava-se por entrar no segredo, no mistério, cheio de tenacidade e candura perfeitamente paternais.

Até aí ele ia bem e calcava a contrariedade. Só o contrariavam bastante as visitas, as colegas da filha, suas mães, suas irmãs, com seus modos de falsa nobreza, os seus desdéns dissimulados, deixando perceber ao velho empreiteiro o quanto estava ele distante da sociedade das amigas e das colegas de Olga.

---

vistosas, *pince-nez*, peles, polainas, joias, roupas importadas, modos afetados, linguagem rebuscada e toda sorte de pequenos sinais que os distinguiam dos demais.

137 Teatro Lírico foi a nomeação dada, com o advento da República, ao Imperial Teatro Dom Pedro II, um dos mais importantes do Império, localizado na rua da Guarda Velha, atual rua Uruguaiana, no local onde em meados da década de 1850 foi instalado o Circo Olímpico. Em 1871 foi inaugurado como Teatro Dom Pedro II e em 1875, por despacho imperial, recebeu o nome de Imperial Teatro Dom Pedro II. O teatro foi finalmente demolido em 1933. Lima Barreto escreveu uma crônica sobre ele intitulada "Ópera ou circo?" e publicada no periódico *Tagarela*, de 23 de julho de 1903.

Não se aborrecia, porém, muito profundamente; ele assim o quisera e a fizera, tinha que se conformar. Quase sempre, quando chegavam tais visitas, Coleoni afastava-se, ia para o interior da casa. Entretanto, não lhe era sempre possível fazer isso; nas grandes festas e recepções tinha que estar presente e era quando mais sentia o velado pouco-caso da alta nobreza da terra que o frequentava. Ele ficara sempre empreiteiro, com poucas ideias além do seu ofício, não sabendo fingir, de modo que não se interessava por aquelas tagarelices de casamentos, de bailes, de festas e passeios caros.

Uma vez ou outra um mais delicado propunha-lhe jogar o *poker*, aceitava e sempre perdia. Chegou mesmo a formar uma roda em casa, de que fazia parte o conhecido advogado Pacheco. Perdeu e muito, mas não foi isso que o fez suspender o jogo. Que perdia? Uns contos — uma ninharia! A questão, porém, é que Pacheco jogava com seis cartas. A primeira vez que Coleoni deu com isso, pareceu-lhe simples distração do distinto jornalista e famoso advogado. Um homem honesto não ia fazer aquilo! E na segunda, seria também? E na terceira?

Não era possível tanta distração. Adquiriu a certeza da trampolinagem, calou-se, conteve-se com uma dignidade não esperada em um antigo quitandeiro, e esperou. Quando vieram a jogar outra vez e o passe foi posto em prática, Vicente acendeu o charuto e observou com a maior naturalidade deste mundo:

— Os senhores sabem que há agora, na Europa, um novo sistema de jogar o *poker*?

— Qual é? — perguntou alguém.

— A diferença é pequena: joga-se com seis cartas, isto é, um dos parceiros, somente.

Pacheco deu-se por desentendido, continuou a jogar e a ganhar, despediu-se à meia-noite cheio de delicadeza, fez alguns comentários sobre a partida e não voltou mais.

Conforme o seu velho hábito, Coleoni lia de manhã os jornais, com o vagar e a lentidão de homem pouco habituado à leitura, quando se lhe deparou o requerimento do seu compadre do arsenal.

Ele não compreendeu bem o requerimento, mas os jornais faziam tanta troça, caíam tão a fundo sobre a coisa, que imaginou o seu antigo benfeitor enleado numa meada criminosa, tendo praticado, por inadvertência, alguma falta grave.

Sempre o tivera na conta do homem mais honesto deste mundo e ainda tinha, mas daí quem sabe? Na última vez que o visitou ele não veio com aqueles modos estranhos? Podia ser uma pilhéria...

Apesar de ter enriquecido, Coleoni tinha em grande conta o seu obscuro compadre. Havia nele não só a gratidão de camponês que recebeu um grande benefício como um duplo respeito pelo major, oriundo da sua qualidade de funcionário e de sábio.

Europeu, de origem humilde e aldeã, guardava no fundo de si aquele sagrado respeito dos camponeses pelos homens que recebem a investidura do Estado; e como, apesar dos bastos anos de Brasil, ainda não sabia juntar o saber aos títulos, tinha em grande consideração a erudição do compadre.

Não é, pois, de estranhar que ele visse com mágoa o nome de Quaresma envolvido em fatos que os jornais reprovavam. Leu de novo o requerimento, mas não entendeu o que ele queria dizer. Chamou a filha.

— Olga!

Ele pronunciava o nome da filha quase sem sotaque; mas, quando falava português, punha nas palavras uma rouquidão singular, e salpicava as frases de exclamações e pequenas expressões italianas.

— Olga, que quer dizer isto? *Non capisco*...

A moça sentou-se a uma cadeira próxima e leu no jornal o requerimento e os comentários.

— *Che!* Então?

— O padrinho quer substituir o português pela língua tupi, entende o senhor?

— Como?

— Hoje, nós não falamos português? Pois bem: ele quer que daqui em diante falemos tupi.

— *Tutti?*

— Todos os brasileiros, todos.

— *Ma che* coisa! Não é possível?

— Pode ser. Os tcheques têm uma língua própria, e foram obrigados a falar alemão, depois de conquistados pelos austríacos; os lorenos, franceses...

— *Per la madonna!* Alemão é língua, agora esse acujelê, *ecco*!

— Acujelê é da África, papai; tupi é daqui.

— *Per Bacco!* É o mesmo... Está doido!

— Mas não há loucura alguma, papai.

— Como? Então é coisa de um homem *bene*?

— De juízo, talvez não seja; mas de doido, também não.

— *Non capisco.*

— É uma ideia, meu pai, é um plano, talvez à primeira vista absurdo, fora dos moldes, mas não de todo doido. É ousado, talvez, mas...

Por mais que quisesse, ela não podia julgar o ato do padrinho sob o critério de seu pai. Neste falava o bom senso e nela o amor às grandes coisas, aos arrojos e cometimentos ousados. Lembrou-se de que Quaresma lhe falara em emancipação; e se houve no fundo de si um sentimento que não fosse de admiração pelo atrevimento do major, não foi decerto o de reprovação ou lástima; foi de piedade simpática por ver mal compreendido o ato daquele homem que ela conhecia há tantos anos, seguindo o seu sonho, isolado, obscuro e tenaz.

— Isso vai causar-lhe transtorno — observou Coleoni.

E ele tinha razão. A sentença do arquivista foi vencedora nas discussões dos corredores e a suspeita de que

Quaresma estivesse doido foi tomando foros de certeza. Em princípio, o subsecretário suportou bem a tempestade; mas tendo adivinhado que o supunham insciente no tupi, irritou-se, encheu-se de uma raiva surda, que se continha dificilmente. Como eram cegos! Ele, que há trinta anos estudava o Brasil minuciosamente; ele, que em virtude desses estudos fora obrigado a aprender o rebarbativo alemão, não saber tupi, a língua brasileira, a única que o era — que suspeita miserável!

Que o julgassem doido — vá! Mas que desconfiassem da sinceridade de suas afirmações, não! E ele pensava, procurava meios de se reabilitar, caía em distrações, mesmo escrevendo e fazendo a tarefa quotidiana. Vivia dividido em dois: uma parte nas obrigações de todo dia, e a outra, na preocupação de provar que sabia o tupi.

O secretário veio a faltar um dia e o major lhe ficou fazendo as vezes. O expediente fora grande e ele mesmo redigira e copiara uma parte. Tinha começado a passar a limpo um ofício sobre coisas de Mato Grosso, onde se falava em Aquidauana e Ponta-Porã, quando o Carmo disse lá do fundo da sala, com acento escarninho:

— Homero, isso de saber é uma coisa, dizer é outra.

Quaresma nem levantou os olhos do papel. Fosse pelas palavras em tupi que se encontravam na minuta, fosse pela alusão do funcionário Carmo, o certo é que ele insensivelmente foi traduzindo a peça oficial para o idioma indígena.

Ao acabar, deu com a distração, mas logo vieram outros empregados com o trabalho que fizeram, para que ele examinasse. Novas preocupações afastaram a primeira, esqueceu-se e o ofício em tupi seguiu com os companheiros. O diretor não reparou, assinou e o tupinambá foi dar ao ministério.

Não se imagina o rebuliço que tal coisa foi causar lá. Que língua era? Consultou-se o doutor Rocha, o homem mais hábil da secretaria, a respeito do assunto. O funcionário limpou o *pince-nez*, agarrou o papel, voltou-o de trás para diante, pô-lo de pernas para o ar e concluiu que era grego, por causa do "yy".

O doutor Rocha tinha na secretaria a fama de sábio, porque era bacharel em direito e não dizia coisa alguma.

— Mas — indagou o chefe — oficialmente as autoridades se podem comunicar em línguas estrangeiras? Creio que há um aviso de 84... Veja, senhor doutor Rocha...

Consultaram-se todos os regulamentos e repertórios de legislação, andou-se de mesa em mesa pedindo auxílio à memória de cada um e nada se encontrara a respeito. Enfim, o doutor Rocha, após três dias de meditação, foi ao chefe e disse com ênfase e segurança:

— O aviso de 84 trata de ortografia.

O diretor olhou o subalterno com admiração e mais ficou considerando as suas qualidades de empregado zeloso, inteligente e... assíduo. Foi informado de que a legislação era omissa no tocante à língua em que deviam ser escritos os documentos oficiais; entretanto não parecia regular usar uma que não fosse a do país.

O ministro, tendo em vista essa informação e várias outras consultas, devolveu o ofício e censurou o arsenal.

Que manhã foi essa no arsenal! Os tímpanos soavam furiosamente, os contínuos andavam numa dobadoura terrível e a toda hora perguntavam pelo secretário, que tardava em chegar.

Censurado! monologava o diretor. Ia-se por água abaixo o seu generalato. Viver tantos anos a sonhar com aquelas estrelas e elas se escapavam assim, talvez por causa da molecagem de um escriturário!

Ainda se a situação mudasse... Mas qual!

O secretário chegou, foi ao gabinete do diretor. Inteirado do motivo, examinou o ofício e pela letra conheceu que fora Quaresma quem o escrevera. "Mande-o cá", disse o coronel. O major encaminhou-se pensando nuns versos tupis que lera de manhã.

— Então o senhor leva a divertir-se comigo, não é?

— Como? — fez Quaresma, espantado.

— Quem escreveu isso?

O major nem quis examinar o papel. Viu a letra, lembrou-se da distração e confessou com firmeza:

— Fui eu.

— Então confessa?

— Pois não. Mas Vossa Excelência não sabe...

— Não sabe! Que diz?

O diretor levantou-se da cadeira, com os lábios brancos e a mão levantada à altura da cabeça. Tinha sido ofendido três vezes: na sua honra individual, na honra de sua casta e na do estabelecimento de ensino que frequentara, a escola da Praia Vermelha,[138] o primeiro estabelecimento científico do mundo. Além disso escrevera no *Pritaneu*, a revista da escola, um conto — "A saudade" —, produção muito elogiada pelos colegas. Dessa forma, tendo em todos os exames plenamente e distinção, uma dupla coroa de sábio e artista cingia-lhe a fronte. Tantos títulos valiosos e raros de se encontrarem reunidos, mesmo em Descartes ou Shakespeare, transformavam aquele — não sabe — de um amanuense em ofensa profunda, em injúria.

— Não sabe! Como é que o senhor ousa dizer-me isto! Tem o senhor porventura o curso de Benjamim Constant?[139] Sabe o senhor matemática, astronomia, física, química, sociologia e moral? Como ousa então? Pois o senhor pensa que por ter lido uns romances e saber um francesinho aí, pode ombrear-se com quem tirou grau nove em cálculo, dez em mecânica, oito em astronomia, dez em hidráulica, nove em descritiva? Então?!

138 Referência à Escola Militar da Praia Vermelha.

139 Benjamin Constant Botelho de Magalhães (1836-91). Engenheiro e militar brasileiro, lecionou nas Escolas Militar, Politécnica e Superior de Guerra, entre outras.

E o homem sacudia furiosamente a mão e olhava ferozmente para Quaresma, que já se julgava fuzilado.

— Mas, senhor coronel...

— Não tem mas, não tem nada! Considere-se suspenso, até segunda ordem.

Quaresma era doce, bom e modesto. Nunca fora seu propósito duvidar da sabedoria do seu diretor. Ele não tinha nenhuma pretensão a sábio e pronunciara a frase para começar a desculpa; mas, quando viu aquela enxurrada de saber, de títulos, a sobrenadar em águas tão furiosas, perdeu o fio do pensamento, a fala, as ideias e nada mais soube nem pôde dizer.

Saiu abatido, como um criminoso, do gabinete do coronel, que não deixava de olhá-lo furiosamente, indignadamente, ferozmente, como quem foi ferido em todas as fibras do seu ser. Saiu afinal. Chegando à sala do trabalho nada disse: pegou no chapéu, na bengala e atirou-se pela porta afora, cambaleando como um bêbado. Deu umas voltas, foi ao livreiro buscar uns livros. Quando ia tomar o bonde encontrou o Ricardo Coração dos Outros.

— Cedo, hein, major?

— É verdade.

E calaram-se ficando um diante do outro num mutismo contrafeito. Ricardo avançou algumas palavras:

— O major, hoje, parece que tem uma ideia, um pensamento muito forte.

— Tenho, filho, não de hoje, mas de há muito tempo.

— É bom pensar, sonhar consola.

— Consola, talvez; mas faz-nos também diferentes dos outros, cava abismos entre os homens...

E os dois separaram-se. O major tomou o bonde e Ricardo desceu descuidado a rua do Ouvidor, com o seu passo acanhado e as calças dobradas nas canelas, sobraçando o violão na sua armadura de camurça.

V
O bibelot

Não era a primeira vez que ela vinha ali. Mais de uma dezena já subira aquela larga escada de pedra, com grupos de mármores de Lisboa de um lado e do outro, a Caridade e Nossa Senhora da Piedade;[140] penetrara por aquele pórtico de colunas dóricas, atravessara o átrio ladrilhado, deixando à esquerda e à direita Pinel e Esquirol,[141] meditando sobre o angustioso mistério da loucura; subira outra escada encerada cuidadosamente e fora ter com o padrinho lá em cima, triste e absorvido no seu sonho e na sua mania. Seu pai a trazia às vezes, aos domingos, quando vinha cumprir o piedoso dever de amizade, visitando Quaresma. Há quanto tempo estava ele ali? Ela não se lembrava ao certo; uns três ou quatro meses, se tanto.

140 Referência às estátuas presentes no antigo Hospício Pedro II. Na entrada, figuram, lado a lado, as estátuas que representam a Caridade e a Ciência e que são da autoria do escultor alemão Ferdinand Friedrich August Pettrich (1798-1872), que esteve no Brasil de 1842 a 1856, colaborando na Academia Imperial de Belas Artes.

141 Philippe Pinel (1745-1826) e Jean-Étienne Dominique Esquirol (1772-1840), psiquiatras franceses. Na citação, Lima se remete diretamente às estátuas dos dois médicos franceses que se encontravam no hospício. A estátua de Pinel, à esquerda, figurava na entrada da ala feminina, e a de Esquirol, na entrada da ala masculina.

Só o nome da casa metia medo. O hospício![142] É assim como uma sepultura em vida, um semienterramento, enterramento do espírito, da razão condutora, de cuja ausência os corpos raramente se ressentem. A saúde não depende dela e há muitos que parecem até adquirir mais força de vida, prolongar a existência, quando ela se evola não se sabe por que orifício do corpo e para onde.

Com que terror, uma espécie de pavor de coisa sobrenatural, espanto de inimigo invisível e onipresente,

142 O nome que metia medo era Hospício Dom Pedro II, inaugurado em 5 de dezembro de 1852. O decreto que o instituiu foi promulgado em 18 de julho de 1841, mesmo dia da sagração do imperador d. Pedro II. Antes de seu aparecimento, os loucos eram recolhidos pela Santa Casa de Misericórdia e por casas de detenção. As famílias abastadas mantinham seus loucos isolados, em lugares reclusos. Contudo, muitos eram vistos pelos espaços públicos. Segundo Magali Engel, foi a partir de 1830 que a classe médica reagiu contra a circulação dos doentes mentais nas ruas do Rio de Janeiro. A partir de então, foram notórios os primeiros posicionamentos em defesa do aparecimento de um hospício, bem como proposto por Philipe Pinel. Em fins do século XVIII, o médico francês inaugurou um movimento reivindicando a construção de um espaço especial para asilo dos alienados, a fim de que se administrassem os devidos tratamentos. As péssimas condições oferecidas pela Santa Casa do Rio de Janeiro na reclusão desses doentes, os métodos violentos para o controle dos mesmos e o número diminuto de médicos especializados fortaleceram o discurso da classe médica. Com isso, o advento de um hospício representava congregar os loucos que circulavam nos espaços públicos, atormentando a boa sociedade, e os que representavam ônus financeiros para as famílias. Escolhido um terreno espacialmente afastado, a instituição foi instalada em frente à praia da Saudade, perto da praia Vermelha. O prédio, que hoje pertence à Universidade Federal do Rio de Janeiro, foi planejado pelos arquitetos Domingos Monteiro, José Maria Jacinto Rebelo e Joaquim Cândido Guillobel. O hospício permaneceu ligado à Santa Casa de Misericórdia até que a separação foi decretada em janeiro de 1890. Sob o nome de Hospital Nacional de Alienados, passou a ser responsabilidade do governo republicano.

não ouvia a gente pobre referir-se ao estabelecimento da praia das Saudades![143] Antes uma boa morte, diziam.

No primeiro aspecto, não se compreendia bem esse pasmo, esse espanto, esse terror do povo por aquela casa imensa, severa e grave, meio hospital, meio prisão, com seu alto gradil, suas janelas gradeadas, a se estender por uns centos de metros, em face do mar imenso e verde, lá na entrada da baía, na praia das Saudades. Entrava-se, viam-se uns homens calmos, pensativos, meditabundos, como monges em recolhimento e prece.

De resto, com aquela entrada silenciosa, clara e respeitável, perdia-se logo a ideia popular da loucura; o escarcéu, os trejeitos, as fúrias, o entrechoque de tolices ditas aqui e ali.

Não havia nada disso; era uma calma, um silêncio, uma ordem perfeitamente naturais. No fim, porém, quando se examinavam bem, na sala das visitas, aquelas faces transtornadas, aqueles ares aparvalhados, alguns idiotas e sem expressão, outros como alheados e mergulhados em um sonho íntimo sem fim, e via-se também a excitação de uns, mais viva em face à atonia de outros, é que se sentia bem o horror da loucura, o angustioso mistério que ela encerra, feito não sei de que inexplicável fuga do espírito daquilo que se supõe o real, para se apossar e viver das aparências das coisas ou de aparências das mesmas.

Quem uma vez esteve diante desse enigma indecifrável da nossa própria natureza fica amedrontado, sentindo que o gérmen daquilo está depositado em nós e que por qualquer coisa ele nos invade, nos toma, nos esmaga e nos sepulta numa desesperadora compreensão inversa

143 A praia da Saudade é a atual avenida Pasteur, no bairro da Urca, que antes de ser aterrada abrigava em sua orla o Hospício Dom Pedro II e o Instituto de Meninos Cegos. No seu *Diário do hospício*, Lima faz referência a essa praia e à vista da enseada de Botafogo que lhe era permitida do edifício nela localizado.

e absurda de nós mesmos, dos outros e do mundo. Cada louco[144] traz em si o seu mundo e para ele não há mais semelhantes: o que foi antes da loucura é outro muito outro do que ele vem a ser após.

E essa mudança não começa, não se sente quando começa e quase nunca acaba. Com o seu padrinho, como fora? A princípio, aquele requerimento... Mas que era aquilo? Um capricho, uma fantasia, cousa sem importância, uma ideia de velho sem consequência. Depois, aquele ofício? Não tinha importância, uma simples distração, coisa que acontece a cada passo... E enfim? A loucura declarada, a torva e irônica loucura que nos tira a nossa alma e põe uma outra, que nos rebaixa... Enfim, a loucura declarada, a exaltação do eu, a mania de não sair, de se dizer perseguido, de imaginar como inimigos os amigos, os melhores. Como fora doloroso aquilo! A primeira fase do seu delírio, aquela agitação desordenada, aquele falar sem nexo, sem acordo com que se realizava fora dele e com os atos passados, um falar que não se sabia donde vinha, donde saía, de que ponto do seu ser tomava nascimento! E o pavor do doce Quaresma? Um pavor de quem viu um cataclismo, que o fazia tremer todo, desde os pés à cabeça, e enchia-o de indiferença para tudo o mais que não fosse o seu próprio delírio.

144 O tema da loucura já preocupava Lima Barreto e aparecerá novamente no romance, mas em outro personagem. Antes mesmo de padecer por conta desse tipo de diagnóstico, o escritor tinha a experiência cotidiana da loucura paterna. João Henriques de Lima Barreto demonstrou os primeiros delírios no ano de 1902, quando a família do escritor residia ainda na ilha do Governador. Depois de se mudarem para a rua Vinte e Quatro de Maio, no bairro do Engenho Novo, no ano de 1903 a família passa a residir na rua Boa Vista, no bairro de Todos os Santos, subúrbio do Rio. Barreto deixou os estudos na Politécnica para ingressar, nesse ano de 1903, no trabalho de amanuense e ajudar no sustento do lar. A casa do escritor era conhecida na vizinhança como a "casa do louco".

A casa, os livros e os seus interesses de dinheiro andavam à matroca.[145] Para ele, nada disso valia, nada disso tinha existência e importância. Eram sombras, aparências; o real eram os inimigos, os inimigos terríveis cujos nomes o seu delírio não chegava a criar. A velha irmã, atarantada, atordoada, sem direção, sem saber que alvitre tomar. Educada em casa sempre com um homem ao lado, o pai, depois o irmão, ela não sabia lidar com o mundo, com negócios, com as autoridades e pessoas influentes. Ao mesmo tempo, na sua inexperiência e ternura de irmã, oscilava entre a crença de que aquilo fosse verdade e a suspeita de que fosse loucura pura e simples.

Se não fosse seu pai (e Olga amava mais por isso o seu rude pai), que se interessava, chamando a si os interesses da família e evitando a demissão de que estava ameaçado, transformando-a em aposentadoria, que seria dele? Como é fácil na vida tudo ruir! Aquele homem pautado, regrado, honesto, com emprego seguro, tinha uma aparência inabalável; entretanto bastou um grãozinho de sandice...

Estava há uns meses no hospício, o seu padrinho, e a irmã não o podia visitar. Era tal o seu abalo de nervos, era tal a emoção ao vê-lo ali naquela meia prisão, decaído dele mesmo que um ataque se seguia e não podia ser evitado.

Vinham ela e o pai, às vezes o pai só, algumas vezes Ricardo, e eram só os três a visitá-lo.

Aquele domingo estava particularmente lindo, principalmente em Botafogo, nas proximidades do mar e das montanhas altas que se recortavam num céu de seda. O ar era macio e docemente o sol faiscava nas calçadas.

O pai vinha lendo os jornais e ela, pensando, de quando em quando folheando as revistas ilustradas que trazia para alegrar e distrair o padrinho.

145 O mesmo que "ao acaso", "à toa", "de qualquer maneira".

Ele estava como pensionista; mas, embora assim, no começo, ela teve um certo pudor em se misturar com os visitantes.

Parecia-lhe que a sua fortuna a punha acima de presenciar misérias; recalcou, porém, dentro de si esse pensamento egoísta, o seu orgulho de classe, e agora entrava naturalmente, pondo em mais destaque a sua elegância natural. Amava esses sacrifícios, essas abnegações, tinha o sentimento da grandeza deles, e ficou contente consigo mesma.

No bonde vinham outros visitantes e todos não tardaram em saltar no portão do manicômio. Como em todas as portas dos nossos infernos sociais, havia de toda a gente, de várias condições, nascimentos e fortunas. Não é só a morte que nivela; a loucura, o crime e a moléstia passam também a sua rasoura pelas distinções que inventamos.

Os bem-vestidos e os malvestidos, os elegantes e os pobres, os feios e os bonitos, os inteligentes e os néscios, entravam com respeito, com concentração, com uma ponta de pavor nos olhos como se penetrassem noutro mundo.

Chegavam aos parentes e os embrulhos se desfaziam: eram guloseimas, fumo, meias, chinelas, às vezes livros e jornais. Dos doentes uns conversavam com os parentes; outros mantinham-se calados, num mutismo feroz e inexplicável; outros indiferentes; e era tal a variedade de aspectos dessas recepções que se chegava a esquecer o império da doença sobre todos aqueles infelizes, tanto ela variava neste ou naquele, para se pensar em caprichos pessoais, em ditames das vontades livres de cada um.

E ela pensava como esta nossa vida é variada e diversa, como ela é mais rica de aspectos tristes que de alegres, e como na variedade da vida a tristeza pode mais variar que a alegria e como que dá o próprio movimento da vida.

Verificando isso, quase teve satisfação, pois a sua natureza inteligente e curiosa se comprazia nas mais simples descobertas que seu espírito fazia.

Quaresma estava melhor. A exaltação passara e o delírio parecia querer desaparecer completamente. Chocando-se com aquele meio, houve logo nele uma reação salutar e necessária. Estava doido, pois se o punham ali...

Quando veio a ter com o compadre e a afilhada, até trazia um sorriso de satisfação por baixo do bigode já grisalho. Tinha emagrecido um pouco, os cabelos pretos estavam um pouco brancos, mas o aspecto geral era o mesmo. Não perdera totalmente a mansuetude e a ternura no falar, mas quando a mania o tomava ficava um tanto seco e desconfiado. Ao vê-los disse amavelmente:

— Então vieram sempre... Estava à espera...

Cumprimentaram-se e ele deu mesmo um largo abraço na afilhada.

— Como está Adelaide?

— Bem. Mandou lembranças e não veio porque... — adiantou Coleoni.

— Coitada! — disse ele — e pendeu a cabeça como se quisesse afastar uma recordação triste; em seguida, perguntou:

— E o Ricardo?

A afilhada apressou-se em responder ao padrinho, com alvoroço e alegria. Via-o já escapo à semissepultura de insânia.

— Está bom, padrinho. Procurou papai há dias e disse que a sua aposentadoria já está quase acabada.

Coleoni tinha-se sentado. Quaresma também e a moça estava de pé, para melhor olhar o padrinho com os seus olhos muito luminosos e firmes no encarar. Guardas, internos e médicos passavam pelas portas com a indiferença profissional. Os visitantes não se olhavam, pareciam que não queriam conhecer-se na rua. Lá fora, era o dia lindo, os ares macios, o mar infinito e melancólico, as montanhas a se recortar num céu de seda — a beleza da natureza imponente e indecifrável. Coleoni, embora mais assíduo nas visitas, notava as melhoras do compadre com satisfação que errava na sua fisionomia, num ligeiro sorriso. Num dado momento aventurou:

— O major já está muito melhor; quer sair?

Quaresma não respondeu logo; pensou um pouco e respondeu firme e vagarosamente:

— É melhor esperar um pouco. Vou melhor... Sinto incomodar-te tanto, mas vocês que têm sido tão bons, hão de levar tudo isso para conta da própria bondade. Quem tem inimigos deve ter também bons amigos...

O pai e a filha entreolharam-se; o major levantou a cabeça e parecia que as lágrimas queriam rebentar. A moça interveio de pronto:

— Sabe, padrinho, vou casar-me.

— É verdade — confirmou o pai. — A Olga vai casar-se e nós vínhamos preveni-lo.

— Quem é teu noivo? — perguntou Quaresma.

— É um rapaz...

— Decerto — interrompeu o padrinho sorrindo.

E os dois acompanharam-no com familiaridade e contentamento. Era um bom sinal.

— É o senhor Armando Borges, doutorando. Está satisfeito, padrinho? — fez Olga gentilmente.

— Então é para depois do fim do ano.

— Esperamos que seja por aí — disse o italiano.

— Gostas muito dele? — indagou o padrinho.

Ela não sabia responder aquela pergunta. Queria sentir que gostava, mas estava que não. E por que casava? Não sabia... Um impulso do seu meio, uma coisa que não vinha dela — não sabia... Gostava de outro? Também não. Todos os rapazes que ela conhecia não possuíam relevo que a ferisse, não tinham o "quê", ainda indeterminado na sua emoção e na sua inteligência, que a fascinasse ou subjugasse. Ela não sabia bem o que era, não chegava a extremar na percepção das suas inclinações a qualidade que ela queria ver dominante no homem. Era o heroico, era o fora do comum, era a força de projeção para as grandes coisas; mas nessa confusão mental dos nossos primeiros anos, quando as ideias e os desejos se entrelaçam e se embaralham, Olga não podia colher e registrar esse anelo, esse modo de se lhe representar e de amar o indivíduo masculino.

E tinha razão em se casar sem obedecer à sua concepção.[146] É tão difícil ver nitidamente num homem, de vinte a trinta anos, o que ela sonhara que era bem possível tomasse a nuvem por Juno...[147] Casava por hábito de sociedade, um pouco por curiosidade e para alargar o campo de sua vida e aguçar a sensibilidade. Lembrou-se disso tudo rapidamente e respondeu sem convicção ao padrinho:

— Gosto.

A visita não se demorou muito mais. Era conveniente que fosse rápida, não convinha fatigar a atenção do con-

146 O tema do casamento como conveniência social é uma constante na obra de Lima Barreto. A elite se casa por conveniência, interesse ou mera necessidade social: as jovens do subúrbio, como no caso do romance *Clara dos Anjos*, acabam amasiadas ou entram na vida; e os rapazes "sem ofício nem benefício, vivendo de profissões equívocas ou de expedientes, eles esperam a paixão salvadora de uma pequena de boa ascendência, para se colocarem" ("O trem de subúrbios". In: *Gazeta de Notícias*, 21 de dezembro de 1921). Lima Barreto também demonstrou-se avesso à instituição do casamento, considerando-a uma "condição hilariante". Lembrava ele que o amanuense era um candidato sempre visado. Mas explicava: "Tinha eu um medo extraordinário do casamento, não pelo casamento em si, mas pelo ridículo do cerimonial da pretoria" ("O motivo da zanga". In: *Careta*, 5 de março de 1921).

147 Referência à figura mitológica de Ixião, rei dos lápitas, que, após cometer um assassinato, comoveu Zeus com suas súplicas para ser purificado. Atendendo-o, o deus lhe conferiu a imortalidade. Mas o rei dos lápitas tentou seduzir a esposa de Zeus, Hera (a Juno romana). O deus criou então uma nuvem com a forma feminina, com a qual Ixião se uniu, originando os centauros. Diante desse sacrilégio, Zeus o amarrou em uma roda de fogo, lançada através dos ares. Por conta disso, "tomar a nuvem por Juno" significa "iludir-se", fazer uma suposição errônea.

valescente. Os dois saíram sem esconder que iam esperançados e satisfeitos.

Na porta já havia alguns visitantes à espera do bonde. Como não estivesse o veículo no ponto, foram indo ao longo da fachada do manicômio até lá. Em meio do caminho, encontraram, encostada ao gradil, uma velha preta a chorar. Coleoni, sempre bom, chegou-se a ela:

— Que tem, minha velha?

A pobre mulher deitou sobre ele um demorado olhar, úmido e doce, cheio de uma irremediável tristeza, e respondeu:

— Ah, meu sinhô!... É triste... Um filho, tão bom, coitado!

E continuou a chorar. Coleoni começou a comover-se; a filha olhou-a com interesse e perguntou no fim de um instante:

— Morreu?

— Antes fosse, sinhazinha.

E por entre lágrimas e soluços contou que o filho não a conhecia mais, não lhe respondia às perguntas; era como estranho. Enxugou as lágrimas e concluiu:

— Foi "coisa-feita".

Os dois afastaram-se, tristes, levando n'alma um pouco daquela humilde dor.

O dia estava fresco e a viração, que começava a soprar, enrugava a face do mar em pequenas ondas brancas. O Pão de Açúcar erguia-se negro, hirto, solene, das ondas espumejantes, e como que punha uma sombra no dia muito claro.

No Instituto dos Cegos,[148] tocavam violino: e a voz

148 Referência ao Imperial Instituto de Meninos Cegos, fundado por d. Pedro II, em 1854, e localizado na frente da praia da Saudade, adiante do Hospício Dom Pedro II, em direção à praia Vermelha. Com a República instaurada, passa a se chamar Instituto Benjamin Constant, instituição que se mantém até hoje na avenida Pasteur.

plangente e demorada do instrumento parecia sair daquelas coisas todas, da sua tristeza e da sua solenidade.

O bonde tardou um pouco. Chegou. Tomaram. Desceram no largo da Carioca.[149] É bom ver-se a cidade nos dias de descanso, com as suas lojas fechadas, as suas estreitas ruas desertas, onde os passos ressoam como em claustros silenciosos. A cidade é como um esqueleto, faltam-lhe as carnes, que são a agitação, o movimento de carros, de carroças e gente. Na porta de uma loja ou outra, os filhos do negociante brincam em velocípedes, atiram bolas e ainda mais se sente a diferença da cidade do dia anterior.

Não havia ainda o hábito de procurar os arrabaldes pitorescos e só encontravam, por vezes, casais que iam apressadamente a visitas, como eles agora. O largo de São Francisco[150] estava silencioso e a estátua, no centro daque-

149 O largo da Carioca é hoje um dos pontos mais movimentados do centro da cidade do Rio de Janeiro. Sua origem remonta à lagoa de Santo Antônio, em tempos remotos, localizada em um sítio afastado para a realidade da época, onde iam banhar-se os índios mansos e também iam beber água os bois do curral de d. Antônio de Marins, que morava no Morro do Castelo. Nesse local foi instalado um curtume por Felipe Fernandes, tendo sido ele o seu primeiro morador. A história do lago da Carioca está relacionada ao Convento de Santo Antônio. O convento teve sua origem em uma pequena ermida, que ficava às margens da lagoa, ocupada, em 1592, pelos franciscanos frei Antônio dos Mártires e frei Antônio das Chagas. Contudo, sua construção só foi iniciada em junho de 1608 sob a presidência de frei Vicente do Salvador e em 1615 foi inaugurada uma parte do convento e a igreja de Santo Antônio. Sua sacristia, datada de 1714, é uma das mais belas da cidade, possuindo pinturas no teto, painéis de azulejaria e pisos de mármore com desenhos geométricos.

150 Um dos mais antigos e famosos largos do Rio de Janeiro, criado em 1742, foi aberto com a finalidade de se construir uma igreja no local, plano que não foi levado adiante. Com a chegada da Corte, em 1808, os alicerces desse projeto foram aproveitados para o levantamento de uma Escola Central, depois nomeada de Academia Real Militar. O edifício daria lugar posteriormente

le pequeno jardim que desapareceu, parecia um simples enfeite. Os bondes chegavam preguiçosamente ao largo com poucos passageiros. Coleoni e sua filha tomaram um que os levasse à casa de Quaresma. Lá foram. A tarde se aproximava e as *toilettes* domingueiras já apareciam nas janelas. Pretos com roupas claras e grandes charutos ou cigarros; grupos de caixeiros com flores estardalhantes; meninas em cassas[151] bem engomadas; cartolas antediluvianas ao lado de vestidos pesados de cetim negro, envergados em corpos fartos de matronas sedentárias; e o domingo aparecia assim decorado com a simplicidade dos humildes, com a riqueza dos pobres e a ostentação dos tolos.

Dona Adelaide não estava só. Ricardo viera visitá-la e conversavam. Quando o compadre de seu irmão bateu no portão, ele contava à velha senhora o seu último triunfo:

— Não sei como há de ser, dona Adelaide. Eu não guardo as minhas músicas, não escrevo — é um inferno!

O caso era de pôr um autor em maus lençóis. O senhor Paysandón, de Córdova (República Argentina), autor muito conhecido na mesma cidade, lhe tinha escrito, pedindo exemplares de suas músicas e canções. Ricardo estava atrapalhado. Tinha os versos escritos, mas a música não. É verdade que as sabia de cor, porém, escrevê-las de uma hora para outra era trabalho acima de sua força.

— É o diabo! — continuou ele. — Não é por mim; a questão é que se perde uma ocasião de fazer o Brasil conhecido no estrangeiro.

A velha irmã de Quaresma não tinha grande interesse pelo violão. A educação que se fizera, vendo seme-

---

à Escola Politécnica, na qual Lima Barreto estudou de 1897 a 1903. Hoje a mesma construção abriga o Instituto de Filosofia e Ciências Sociais da Universidade Federal do Rio de Janeiro. A estátua a que se refere o autor é de José Bonifácio, instalada no centro do largo.

151 Cassa é um tecido fino ou transparente de algodão ou linho.

lhante instrumento entregue a escravos ou gente parecida, não podia admitir que ele preocupasse a atenção de pessoas de certa ordem. Delicada, entretanto, suportava a mania de Ricardo, mesmo porque já começava a ter uma ponta de estima pelo famoso trovador dos suburbanos. Nasceu-lhe essa estima pela dedicação com que ele se houve no seu drama familiar. Os pequenos serviços e trabalhos, os passos para ali e para aqui, ficaram a cargo de Ricardo, que os desempenhara com boa vontade e diligência.

Atualmente era ele o encarregado de tratar da aposentadoria do seu antigo discípulo. É um trabalho árduo, esse de liquidar uma aposentadoria, como se diz na gíria burocrática. Aposentado o sujeito, solenemente por um decreto, a coisa corre uma dezena de repartições e funcionários para ser ultimada. Nada há mais grave do que a gravidade com que o empregado nos diz: "Ainda estou fazendo o cálculo"; e a coisa demora um mês, mais até, como se se tratasse de mecânica celeste.

Coleoni era o procurador do major, mas, não sendo entendido em coisas oficiais, entregou ao Coração dos Outros aquela parte do seu mandato.

Graças à popularidade de Ricardo, e da sua lhaneza, vencera a resistência da máquina burocrática e a liquidação estava anunciada para breve.

Foi isso que ele anunciou a Coleoni, quando este entrou seguido da filha. Pediram, tanto ele como dona Adelaide, notícias do amigo e do irmão.

A irmã nunca entendera direito o irmão, com a crise não o ficou compreendendo melhor; mas o sentira profundamente com o sentimento simples de irmã e desejava ardentemente a sua cura.

Ricardo Coração dos Outros gostava do major, encontrara nele certo apoio moral e intelectual de que precisava. Os outros gostavam de ouvir o seu canto, apreciavam como simples diletantes; mas o major era o único que ia ao fundo da sua tentativa e compreendia o alcance patriótico de sua obra.

De resto, ele agora sofria particularmente — sofria na sua glória, produto de um lento e seguido trabalho de anos. É que aparecera um crioulo a cantar modinhas e cujo nome começava a tomar força e já era citado ao lado do seu.

Aborrecia-se com o rival, por dois fatos: primeiro: pelo sujeito ser preto; e segundo: por causa das suas teorias.

Não é que ele tivesse ojeriza particular aos pretos. O que ele via no fato de haver um preto famoso tocar violão era que tal coisa ia diminuir ainda mais o prestígio do instrumento. Se o seu rival tocasse piano e por isso ficasse célebre, não havia mal algum; ao contrário: o talento do rapaz levantava a sua pessoa, por intermédio do instrumento considerado; mas, tocando violão, era o inverso: o preconceito que lhe cercava a pessoa desmoralizava o misterioso violão que ele tanto estimava. E além disso com aquelas teorias! Ora! Querer que a modinha diga alguma coisa e tenha versos certos! Que tolice!

E Ricardo levava a pensar nesse rival inesperado que se punha assim diante dele com um obstáculo imprevisto na subida maravilhosa para a sua glória. Precisava afastá-lo, esmagá-lo, mostrar a sua superioridade indiscutível; mas como?

A *réclame* já não bastava; o rival a empregava também. Se ele tivesse um homem notável, um grande literato, que escrevesse um artigo sobre ele e a sua obra, a vitória estava certa. Era difícil encontrar. Esses nossos literatos eram tão tolos e viviam tão absorvidos em coisas francesas... Pensou num jornal, *O Violão*, em que ele desafiasse o rival e o esmagasse numa polêmica.

Era isso que precisava obter e a esperança estava em Quaresma, atualmente recolhido ao hospício, mas felizmente em via de cura. A sua alegria foi justamente grande quando soube que o amigo estava melhor.

— Não pude ir hoje — disse ele —, mas irei domingo. Está mais gordo?

— Pouca coisa — disse a moça.

— Conversou bem — acrescentou Coleoni. — Até ficou contente quando soube que Olga ia casar-se.

— Vai casar-se, dona Olga? Parabéns.

— Obrigada — fez ela.

— Quando é, Olga? — perguntou dona Adelaide.

— Lá para o fim do ano... Tem tempo...

E logo choveram perguntas sobre o noivo e afloraram as considerações sobre o casamento.

E ela se sentia vexada; julgava, tanto as perguntas como as considerações, impudentes e irritantes; queria fugir à conversa, mas voltavam ao mesmo assunto, não só Ricardo, mas a velha Adelaide, mais loquaz e curiosa que comumente. Esse suplício, que se repetia em todas as visitas, quase a fazia arrepender-se de ter aceitado o pedido. Por fim, achou um subterfúgio, perguntando:

— Como vai o general?

— Não o tenho visto, mas a filha sempre vem aqui. Ele deve andar bem, a Ismênia é que anda triste, desolada — coitadinha!

Dona Adelaide contou então o drama que agitava a pequenina alma da filha do general. Cavalcanti, aquele Jacó de cinco anos, embarcara para o interior, há três ou quatro meses, e não mandara nem uma carta nem um cartão. A menina tinha aquilo como um rompimento; e ela, tão incapaz de um sentimento mais profundo, de uma aplicação mais séria de energia mental e física, sentia-o muito, como coisa irremediável que absorvia toda a sua atenção.

Para Ismênia, era como se todos os rapazes casadoiros tivessem deixado de existir. Arranjar outro era problema insolúvel, era trabalho acima de suas forças. Coisa difícil! Namorar, escrever cartinhas, fazer acenos, dançar, ir a passeios — ela não podia mais com isso. Decididamente, estava condenada a não se casar, a ser tia, a suportar durante toda a existência esse estado de solteira que a apavorava. Quase não se lembrava das feições do noivo, dos seus olhos esgazeados, do seu nariz duro e fortemente ósseo; independente da memória dele, vinha-lhe sempre à consciência, quando, de manhã, o estafeta não lhe entregava carta, esta outra ideia: não casar. Era um castigo... A Quinota ia casar-se, o Genelício já estava tratando dos papéis; e ela, que esperara tanto, e fora a primeira a noivar-se, ia ficar maldita, rebaixada diante de todas. Parecia até que ambos estavam contentes com aquela fuga inexplicável de Cavalcanti. Como eles se riam durante o Carnaval! Como eles atiraram aos seus olhos aquela sua viuvez prematura, durante os folguedos carnavalescos! Punham tanta fúria no jogo de confetes e bisnagas, de modo a deixar bem clara a felicidade de ambos, aquela marcha gloriosa e invejada para o casamento, em face do seu abandono.

Ela disfarçava bem a impressão da alegria deles que lhe parecia indecente e hostil; mas o escárnio da irmã, que lhe dizia constantemente: "Brinca, Ismênia! Ele está longe, vai aproveitando" — metia-lhe raiva, a raiva terrível de gente fraca, que corrói interiormente, por não poder arrebentar de qualquer forma.

Então, para espantar os maus pensamentos, ela se punha a olhar o aspecto pueril da rua, marchetada de papeluchos multicores, e as serpentinas irisadas pendentes nas sacadas; mas o que fazia bem à sua natureza pobre, comprimida, eram os cordões, aquele ruído de atabaques, e adufes,[152] de tambores e pratos. Mergulhando nessa barulheira, o seu pensamento repousava e como que a ideia que a perseguia desde tanto tempo ficava impedida de lhe entrar na cabeça.

De resto, aqueles vestuários extravagantes de índios, aqueles adornos de uma mitologia francamente selva-

152 Espécie de pandeiro quadrado e oco, feito de madeira, com pele retesada de ambos os lados.

gem, jacarés, cobras, jabutis, vivos, bem vivos, traziam à pobreza de sua imaginação imagens risonhas de rios claros, florestas imensas, lugares de sossego e pureza que a reconfortavam.

Também aquelas cantigas gritadas, berradas, num ritmo duro e de uma grande indigência melódica, vinham como reprimir a mágoa que ia nela, abafada, comprimida, contida, que pedia uma explosão de gritos, mas para o que não lhe sobrava força bastante e suficiente.

O noivo partira um mês antes do Carnaval e depois do grande festejo carioca a sua tortura foi maior. Sem hábito de leitura e de conversa, sem atividade doméstica qualquer, ela passava os dias deitada, sentada, a girar em torno de um mesmo pensamento: não casar. Era-lhe doce chorar.

Nas horas da entrega da correspondência, tinha ainda uma alegre esperança. Talvez? Mas a carta não vinha, e voltava ao seu pensamento: não casar.

Dona Adelaide, acabando de contar o desastre da triste Ismênia, comentou:

— Merecia um castigo isso, não acham?

Coleoni interveio com brandura e boa vontade:

— Não há razão para desesperar. Há muita gente que tem preguiça de escrever...

— Qual! — fez Dona Adelaide. — Há três meses, senhor Vicente!

— Não volta — disse Ricardo sentenciosamente.

— E ela ainda o espera, dona Adelaide? — perguntou Olga.

— Não sei, minha filha. Ninguém entende essa moça. Fala pouco, se fala diz meias palavras... É mesmo uma natureza que parece sem sangue nem nervos. Sente-se a sua tristeza, mas não fala.

— É orgulho? — perguntou ainda Olga.

— Não, não... Se fosse orgulho, ela não se referia de vez em quando ao noivo. É antes moleza, preguiça...

Parece que ela tem medo de falar para que as coisas não venham a acontecer.

— E os pais, que dizem a isso? — indagou Coleoni.

— Não sei bem. Mas, pelo que pude perceber, o incômodo do general não é grande e dona Maricota julga que ela deve arranjar "outro".

— Era o melhor — disse Ricardo.

— Eu creio que ela não tem mais prática — disse, sorrindo, dona Adelaide. Levou tanto tempo noiva...

E a conversa já tinha virado para outros assuntos, quando a Ismênia veio fazer a sua visita diária à irmã de Quaresma.

Cumprimentou todos e todos sentiram que ela penava. O sofrimento dava-lhe mais atividade à fisionomia. As pálpebras estavam roxas e até os seus pequenos olhos pardos tinham mais brilho e expansão. Indagou da saúde de Quaresma e depois calaram-se um instante. Por fim dona Adelaide lhe perguntou:

— Recebeste carta, Ismênia?

— Ainda não — respondeu ela, com grande economia de voz.

Ricardo moveu-se na cadeira. Batendo com o braço num dunquerque,[153] veio atirar ao chão uma figurinha de *biscuit*,[154] que se esfacelou em inúmeros fragmentos, quase sem ruído.

153 Espécie de console do século XIX, em estilo romântico, muitas vezes feito de jacarandá.

154 Peça de porcelana cozida e não vidrada que imita o mármore branco.

SEGUNDA PARTE

I

No Sossego

Não era feio o lugar, mas não era belo. Tinha, entretanto, o aspecto tranquilo e satisfeito de quem se julga bem com a sua sorte.

A casa erguia-se sobre um socalco,[155] uma espécie de degrau, formando a subida para a maior altura de uma pequena colina que lhe corria nos fundos. Em frente, por entre os bambus da cerca, olhava uma planície a morrer nas montanhas que se viam ao longe; um regato de águas paradas e sujas cortava-a paralelamente à testada da casa; mais adiante, o trem passava vincando a planície com a fita clara de sua linha capinada; um carreiro, com casas, de um e de outro lado, saía da esquerda e ia ter à estação, atravessando o regato e serpeando pelo plaino. A habitação de Quaresma[156] tinha assim um amplo horizonte, olhan-

155 Porção de terreno cortado nos morros, para que formem degraus.

156 Lima emprestou a *Triste fim de Policarpo Quaresma* e a *Recordações do escrivão Isaías Caminha* elementos do seu espaço doméstico. Em diversas crônicas, ele cita sua vivência na ilha do Governador com saudosismo da tranquilidade rústica do bairro. Na crônica "O estrela" (*Almanaque d'A Noite*, 23 de março de 1916), Lima faz rica descrição da casa e do seu entorno: "Mas o encanto maior da habitação estava no sítio que cercava. Tinha de frente cerca de quatrocentos metros de um bambuzal cerrado e verde que suspirava quando de tarde a viração soprava do mar. De fundo, possuía cerca

do para o levante, a "noruega",[157] e era também risonha e graciosa nos seus muros caiados. Edificada com a desoladora indigência arquitetônica das nossas casas de campo, possuía, porém, vastas salas, amplos quartos, todos com janelas, e uma varanda com uma colunata heterodoxa. Além dessa principal, o sítio do Sossego, como se chamava, tinha outras construções: a velha casa da farinha, que ainda tinha o forno intacto e a roda desmontada, e uma estrebaria coberta de sapê.

Não havia três meses que viera habitar aquela casa, naquele ermo lugar, a duas horas do Rio, por estrada de ferro, após ter passado seis meses no hospício da praia das Saudades. Saíra curado? Quem sabe lá? Parecia; não delirava e os seus gestos e propósitos eram de homem comum, embora, sob tal aparência, se pudesse sempre crer que não se lhe despedira de todo, já não se dirá a loucura, mas o sonho que cevara durante tantos anos. Foram mais seis meses de repouso e útil sequestração e mesmo de uso de uma terapêutica psiquiátrica.

Quaresma viveu lá, no manicômio, resignadamente, conversando com os seus companheiros, onde via ricos que se diziam pobres, pobres que se queriam ricos, sábios a maldizer da sabedoria, ignorantes a se proclamarem sábios; mas, deles todos, daquele que mais se admirou, foi de um velho e plácido negociante da rua dos Pescadores[158]

---

de oitocentos metros e toda a sua área era coberta de capoeirões e cheio de formigueiros". O lugar se chamava sítio do Carico e, assim como a casa do major Policarpo, ficava localizado em uma encosta.

157 "Noruega" possui dois significados, aplicados no Rio de Janeiro e em São Paulo: encosta de uma montanha, voltada para o sul, úmida e sombria, que recebe pouco sol; ou vento acompanhado de chuva e granizo.

158 Atual rua Visconde de Inhaúma, no centro do Rio de Janeiro. Deixou de se chamar rua dos Pescadores em 1869, em homenagem ao almirante Joaquim José Inácio, que participou da Guerra do Paraguai.

que se supunha Átila.[159] "Eu", dizia o pacato velho, "sou Átila, sabe? Sou Átila." Tinha fracas notícias da personagem, sabia o nome e nada mais. "Sou Átila, matei muita gente" — e era só.

Saiu o major mais triste ainda do que vivera toda a vida. De todas as coisas tristes de ver, no mundo, a mais triste é a loucura; é a mais depressora e pungente.[160]

Aquela continuação da nossa vida tal e qual, com um desarranjo imperceptível, mas profundo e quase sempre insondável, que a inutiliza inteiramente, faz pensar em alguma coisa mais forte que nós, que nos guia, que nos impele e em cujas mãos somos simples joguetes. Em vários tempos e lugares, a loucura foi considerada sagrada, e deve haver razão nisso no sentimento que se apodera de nós quando, ao vermos um louco desarrazoar, pensamos logo que já não é ele quem fala, é alguém, alguém que vê por ele, interpreta as coisas por ele, está atrás dele, invisível!...

Quaresma saiu envolvido, penetrado da tristeza do manicômio. Voltou à sua casa, mas a vista das suas coisas familiares não lhe tirou a forte impressão de que vinha impregnado. Embora nunca tivesse sido alegre,

159 Átila (434-53), o rei dos hunos, que devastou o Império do Oriente e prosseguiu uma política expansionista em direção ao Ocidente. Após um histórico de conquistas militares, deixou-se persuadir pelo papa Leão I e abandonou sua empresa expansionista mediante um tributo. Seu império não resistiu à sua morte. A referência ao seu nome se dirige a uma posição arrogante e despótica.

160 Mais uma vez Lima introduz um argumento de cunho pessoal no que se refere à questão da loucura, com que teve contato, como vimos, desde pequeno, devido à residência da família na ilha do Governador, quando o pai era funcionário das Colônias de Alienados. Em 1902, João Henriques enlouqueceu. Após indicação do médico Braule Pinto, eles tiveram que deixar a ilha. A aposentadoria do pai foi concedida em 1903. Os sintomas psíquicos apresentados por Policarpo são semelhantes aos de João Henriques, que nunca foi internado em um estabelecimento psiquiátrico.

a sua fisionomia apresentava mais desgosto que antes, muito abatimento moral, e foi para levantar o ânimo que se recolheu àquela risonha casa de roça, onde se dedicava a modestas culturas.

Não fora ele, porém, quem se lembrara; fora a afilhada que lhe trouxe à ideia aquele doce acabar para a sua vida. Vendo-o naquele estado de abatimento, triste e taciturno, sem coragem de sair, enclausurado em sua casa de São Cristóvão, Olga dirigiu-se um dia ao padrinho, meiga e filialmente:

— O padrinho por que não compra um sítio? Seria tão bom fazer as suas culturas, ter o seu pomar, a sua horta... não acha?

Tão taciturno que ele estivesse, não pôde deixar de modificar imediatamente a sua fisionomia à lembrança da moça. Era um velho desejo seu, esse de tirar da terra o alimento, a alegria e a fortuna; e foi lembrando dos seus antigos projetos que respondeu à afilhada:

— É verdade, minha filha. Que magnífica ideia tens tu! Há por aí tantas terras férteis sem emprego... A nossa terra tem os terrenos mais férteis do mundo... O milho pode dar até duas colheitas e quatrocentos por um...

A moça esteve quase arrependida da sua lembrança. Pareceu-lhe que ia atear no espírito do padrinho manias já extintas.

— Em toda parte — não acha, meu padrinho? — há terras férteis.

— Mas como no Brasil — apressou-se ele em dizer — há poucos países que as tenham. Vou fazer o que tu dizes: plantar, criar, cultivar o milho, o feijão, a batata-inglesa... Tu irás ver as minhas culturas, a minha horta, o meu pomar — então é que te convencerás como são fecundas as nossas terras!

A ideia caiu-lhe na cabeça e germinou logo. O terreno estava amanhado e só esperava uma boa semente. Não lhe voltou a alegria que jamais teve, mas a taciturnidade foi-se com o abatimento moral, e veio-lhe a atividade mental cerebrina, por assim dizer, de outros tempos. Indagou dos preços correntes das frutas, dos legumes, das batatas, dos aipins; calculou que cinquenta laranjeiras, trinta abacateiros, oitenta pessegueiros, outras árvores frutíferas, além dos abacaxis (que mina!), das abóboras e outros produtos menos importantes, podiam dar o rendimento anual de mais de quatro contos, tirando as despesas. Seria ocioso trazer para aqui os detalhes dos seus cálculos, baseados em tudo no que vem estabelecido nos boletins da Associação de Agricultura Nacional. Levou em linha de conta a produção média de cada pé de fruteira, de hectare cultivado, e também os salários, as perdas inevitáveis; e, quanto aos preços, ele foi em pessoa ao mercado buscá-los.

Planejou a sua vida agrícola com a exatidão e meticulosidade que punha em todos os seus projetos. Encarou-a por todas as faces, pesou as vantagens e ônus; e muito contente ficou em vê-la monetariamente atraente, não por ambição de fazer fortuna, mas por haver nisso mais uma demonstração das excelências do Brasil.

E foi obedecendo a essa ordem de ideias que comprou aquele sítio, cujo nome — Sossego — cabia tão bem à nova vida que adotara, após a tempestade que o sacudira durante quase um ano. Não ficava longe do Rio e ele o escolhera assim mesmo maltratado, abandonado, para melhor demonstrar a força e o poder da tenacidade, do carinho, no trabalho agrícola. Esperava grandes colheitas de frutas, de grãos, de legumes; e do seu exemplo, nasceriam mil outros cultivadores, estando em breve a grande capital cercada de um verdadeiro celeiro, virente e abundante a dispensar os argentinos e europeus.

Com que alegria ele foi para lá! Quase não teve saudades de sua velha casa de São Januário, agora propriedade de outras mãos, talvez destinada ao mercenário mister de lar de aluguel... Não sentiu que aquela vasta sala, abrigo calmo dos seus livros durante tantos anos, fosse servir para salão de baile fútil, fosse testemunhar talvez rixas de casais desentendidos, ódios de família — ela tão boa, tão doce, tão simpática, com o seu teto alto e as suas paredes lisas, em que se tinham incrustado os desejos de sua alma e toda ela penetrada da exalação dos seus sonhos!...

Ele foi contente. Como era tão simples viver na nossa terra! Quatro contos de réis por ano, tirados da terra, facilmente, docemente, alegremente! Oh! terra abençoada! Como é que toda a gente queria ser empregado público, apodrecer numa banca, sofrer na sua independência e no seu orgulho? Como é que se preferia viver em casas apertadas, sem ar, sem luz, respirar um ambiente epidêmico, sustentar-se de maus alimentos, quando se podia tão facilmente obter uma vida feliz, farta, livre, alegre e saudável?

E era agora que ele chegava a essa conclusão, depois de ter sofrido a miséria da cidade e o emasculamento da repartição pública, durante tanto tempo! Chegara tarde, mas não a ponto de que não pudesse, antes da morte, travar conhecimento com a doce vida campestre e a feracidade das terras brasileiras. Então pensou que foram vãos aqueles seus desejos de reformas capitais nas instituições e costumes: o que era principal à grandeza da pátria estremecida era uma forte base agrícola, um culto pelo seu solo ubérrimo, para alicerçar fortemente todos os outros destinos que ela tinha de preencher.

Demais, com terras tão férteis, climas variados, a permitir uma agricultura fácil e rendosa, esse caminho estava naturalmente indicado.

E ele viu então diante dos seus olhos as laranjeiras, em flor, olentes, muito brancas, a se enfileirar pelas encostas das colinas, como teorias de noivas; os abacateiros, de troncos rugosos, a sopesar com esforço os grandes pomos verdes; as jabuticabas negras a estalar dos caules rijos; os abacaxis coroados que nem reis, recebendo a unção quente do sol; as abobreiras a se arrastarem com flores carnudas cheias de pólen; as melancias de um verde tão fixo que parecia pintado; os pêssegos veludosos, as jacas monstruosas, os jambos, as mangas capitosas; e dentre tudo aquilo surgia uma linda mulher, com o regaço cheio de frutos e um dos ombros nu, a lhe sorrir agradecida, com um imaterial sorriso demorado de deusa — era Pomona, a deusa dos vergéis e dos jardins!...

As primeiras semanas que passou no Sossego, Quaresma as empregou numa exploração em regra da sua nova propriedade. Havia nela terra bastante, velhas árvores frutíferas, um capoeirão grosso com camarás, bacurubus, tinguacibas, tibibuias, munjolos, e outros espécimes. Anastácio, que o acompanhara, apelava para as suas recordações de antigo escravo de fazenda, e era quem ensinava os nomes dos indivíduos da mata a Quaresma, muito lido e sabido em coisas brasileiras.

O major logo organizou um museu dos produtos naturais do Sossego. As espécies florestais e campesinas foram etiquetadas com os seus nomes vulgares, e quando era possível com os científicos. Os arbustos, em herbário, e as madeiras, em pequenos tocos, seccionados longitudinal e transversalmente.

Os azares de leituras tinham-no levado a estudar as ciências naturais e o furor autodidata dera a Quaresma sólidas noções de botânica, zoologia, mineralogia e geologia.

Não foram só os vegetais que mereceram as honras de um inventário; os animais também, mas como ele não tinha espaço suficiente e a conservação dos exemplares exigia mais cuidado, Quaresma limitou-se a fazer o seu museu no papel, por onde sabia que as terras eram povoadas de tatus, cutias, preás, cobras variadas, saracuras, sanãs, avinhados, coleiros, tiês etc. A parte mineral era pobre, argilas, areia e, aqui e ali, uns blocos de granito esfoliando-se.

Acabado esse inventário, passou duas semanas a organizar a sua biblioteca agrícola e uma relação de instrumentos meteorológicos para auxiliar os trabalhos da lavoura.

Encomendou livros nacionais, franceses, portugueses; comprou termômetros, barômetros, pluviômetros, higrômetros, anemômetros. Vieram estes e foram arrumados e colocados convenientemente.

Anastácio assistia a todos esses preparativos com assombro. Para que tanta coisa, tanto livro, tanto vidro? Estaria o seu antigo patrão dando para farmacêutico? A dúvida do preto velho não durou muito. Estando certa vez Quaresma a ler o pluviômetro, Anastácio, ao lado, olhava-o espantado, como quem assiste a um passe de feitiçaria. O patrão notou o espanto do criado e disse:

— Sabes o que estou fazendo, Anastácio?

— Não "sinhô".

— Estou vendo se choveu muito.

— Para que isso, patrão? A gente sabe logo "de olho" quando chove muito ou pouco... Isso de plantar é capinar, pôr a semente na terra, deixar crescer e apanhar...

Ele falava com a sua voz mole de africano, sem "rr" fortes, com lentidão e convicção.

Quaresma, sem abandonar o instrumento, tomou em consideração o conselho de seu empregado. O capim e o mato cobriam as suas terras. As laranjeiras, os abacateiros, as mangueiras estavam sujos, cheios de galhos mortos, e cobertos de uma medusina cabeleira de erva-de-passarinho; mas, como não fosse época própria à poda e ao corte dos galhos, Quaresma limitou-se a capinar por entre os pés das fruteiras. De manhã, logo ao amanhecer, ele mais o Anastácio lá iam, de enxada ao ombro, para o trabalho do campo. O sol era forte e rijo; o verão estava no auge, mas Quaresma era inflexível e corajoso. Lá ia.

Era de vê-lo, coberto com um chapéu de palha de coco, atracado a um grande enxadão de cabo nodoso, ele, muito pequeno, míope, a dar golpes sobre golpes para arrancar um teimoso pé de guaximba. A sua enxada mais parecia uma draga, um escavador, que um pequeno instrumento agrícola. Anastácio, junto ao patrão, olhava-o com piedade e espanto. Por gosto andar naquele sol a capinar sem saber?... Há cada coisa neste mundo!

E os dois iam continuando. O velho preto, ligeiro, rápido, raspando o mato rasteiro, com a mão habituada, a cujo impulso a enxada resvalava sem obstáculo pelo solo, destruindo a erva má; Quaresma, furioso, a arrancar torrões de terra daqui, dali, demorando-se muito em cada arbusto e, às vezes, quando o golpe falhava e a lâmina do instrumento roçava a terra, a força era tanta que se erguia uma poeira infernal, fazendo supor que por aquelas paragens passara um pelotão de cavalaria. Anastácio, então, intervinha humildemente, mas em tom professoral:

— Não é assim, "seu majó". Não se mete a enxada pela terra adentro. É de leve, assim.

E ensinava ao Cincinato inexperiente o jeito de servir-se do velho instrumento de trabalho.

Quaresma agarrava-o, punha-se em posição e procurava com toda a boa vontade usá-lo da maneira ensinada. Era em vão. O *flange* batia na erva, a enxada saltava e ouvia-se um pássaro ao alto soltar uma piada irônica: bem-te-vi! O major enfurecia-se, tentava outra vez, fatigava-se, suava, enchia-se de raiva e batia com toda a força; e houve várias vezes que a enxada, batendo em falso, escapando ao chão, fê-lo perder o equilíbrio, cair e beijar a terra, mãe dos frutos e dos homens. O *pince-nez* saltava, partia-se de encontro a um seixo.

O major ficava todo enfurecido e voltava com mais rigor e energia à tarefa que se impusera; mas, tanto é em nossos músculos firme a memória ancestral desse sagrado trabalho de tirar da terra o sustento de nossa vida, que não foi impossível a Quaresma acordar nos seus o jeito, a maneira de empregar a enxada vetusta.

Ao fim de um mês, ele capinava razoavelmente, não seguido, de sol a sol, mas com grandes repousos de hora em hora que a sua idade e falta de hábito requeriam.

Às vezes, o fiel Anastácio seguia-o no descanso e ambos, lado a lado, à sombra de uma fruteira mais copada, ficavam a ver o ar pesado daqueles dias de verão que enrodilhava as folhas das árvores e punha nas coisas um forte acento de resignação mórbida. Então, aí por depois do meio-dia, quando o calor parecia narcotizar tudo e mergulhar em silêncio a vida inteira, é que o velho major percebia bem a alma dos trópicos, feita de desencontros como aquele que se via agora, de um sol alto, claro, olímpico, a brilhar sobre um torpor de morte, que ele mesmo provocava.

Almoçavam mesmo no eito, comidas do dia anterior, aquecidas rapidamente sobre um improvisado fogão de calhaus, e o trabalho ia assim até a hora do jantar. Havia em Quaresma um entusiasmo sincero, entusiasmo de ideólogo que quer pôr em prática a sua ideia. Não se agastou com as primeiras ingratidões da terra, aquele seu mórbido amor pelas ervas daninhas e o incompreensível ódio pela enxada fecundante. Capinava e capinava sempre até vir jantar.

Essa refeição ele fazia mais demorada. Conversava um pouco com a irmã, contava-lhe a tarefa do dia, consistindo sempre em avaliar a área já limpa.

— Sabes, Adelaide, amanhã estarão as laranjeiras limpas, não ficará nem mais uma touceira de mato.

A irmã, mais velha que ele, não partilhava aquele seu entusiasmo pelas coisas da roça. Considerava-o silenciosa, e, se viera viver com ele, não foi senão pelo hábito de acompanhá-lo. Decerto, ela o estimava, mas não o compreendia. Não chegava a entender nem os seus gestos nem a sua agitação interna. Por que não seguira ele o caminho dos outros? Não se formara e se fizera deputado? Era tão bonito... Andar com livros, anos e anos, para não ser nada, que doideira! Seguira-o ao Sossego e, para entreter-se, criava galinhas, com grande alegria do irmão cultivador.

— Está direito — dizia ela, quando o irmão lhe contava as coisas do seu trabalho. — Não vás ficar doente... Neste sol todo o dia...

— Qual, doente, Adelaide! Não estás vendo como essa gente tem tanta saúde por aí... Se adoecem, é porque não trabalham.

Acabado o jantar, Quaresma chegava à janela que dava para o galinheiro e atirava migalhas de pão às aves.

Ele gostava desse espetáculo, daquela luta encarniçada entre patos, gansos, galinhas, pequenos e grandes. Dava-lhe uma imagem reduzida da vida e dos prêmios que ela comporta. Depois, fazia indagações sobre a vida do galinheiro:

— Já nasceram os patos, Adelaide?

— Ainda não. Faltam oito dias ainda.

E logo a irmã acrescentava:

— Tua afilhada deve casar-se sábado, tu não vais?

— Não. Não posso... Vou incomodar-me, luxo... Mando um leitão e um peru.

— Ora, tu! Que presente!

— Que é que tem? É da tradição.

Justamente estavam nesse dia assim a conversar os dois irmãos na sala de jantar da velha casa roceira, quando Anastácio veio avisar-lhe que se achava um cavalheiro na porteira.

Desde que ali se instalara, nenhuma visita batera à porta de Quaresma, a não ser a gente pobre do lugar, a pedir isto ou aquilo, esmolando disfarçadamente. Ele mesmo não travara conhecimento com ninguém, de modo que foi com surpresa que recebeu o aviso do velho preto.

Apressou-se em ir receber o visitante na sala principal. Ele já subia a pequena escada da frente e penetrava pela varanda adentro.

— Boas tardes, major.

— Boas tardes. Faça o favor de entrar.

O desconhecido entrou e sentou-se. Era um tipo comum, mas o que havia nele de estranho era a gordura. Não era desmedida ou grotesca, mas tinha um aspecto desonesto. Parecia que a fizera de repente e comia, a mais não poder, com medo de a perder de um dia para outro. Era assim como a de um lagarto que entesoura enxúndia para o inverno ingrato. Através da gordura de suas bochechas, via-se perfeitamente a sua magreza natural, normal, e se devia ser gordo não era naquela idade, com pouco mais de trinta anos, sem dar tempo que todo ele engordasse; porque, se as duas faces eram gordas, as suas mãos continuavam magras com longos dedos fusiformes e ágeis. O visitante falou:

— Eu sou o tenente Antonino Dutra, escrivão da coletoria...

— Alguma formalidade? — indagou, medroso, Quaresma.

— Nenhuma, major. Já sabemos quem o senhor é; não há novidade nem nenhuma exigência legal.

O escrivão tossiu, tirou um cigarro, ofereceu outro a Quaresma e continuou:

— Sabendo que o major vem estabelecer-se aqui, tomei a iniciativa de vir incomodá-lo... Não é coisa de importância... Creio que o major...

— Oh! Por Deus, tenente!

— Venho pedir-lhe um pequeno auxílio, um óbulo, para a festa da Conceição, a nossa padroeira, de cuja irmandade sou tesoureiro.

— Perfeitamente. É muito justo. Apesar de não ser religioso, estou...

— Uma coisa nada tem com a outra. É uma tradição do lugar que devemos manter.

— É justo.

— O senhor sabe — continuou o escrivão —, a gente

daqui é muito pobre e a irmandade também, de forma que somos obrigados a apelar para a boa vontade dos moradores mais remediados. Desde já, portanto, major...

— Não. Espere um pouco...

— Oh! Major, não se incomode. Não é pra já.

Enxugou o suor, guardou o lenço, olhou um pouco lá fora e acrescentou:

— Que calor! Um verão como este nunca vi aqui. Tem-se dado bem, major?

— Muito bem.

— Pretende dedicar-se à agricultura?

— Pretendo, e foi mesmo por isso que vim para a roça.

— Isto hoje não presta, mas noutro tempo!... Este sítio já foi uma lindeza, major! Quanta fruta! Quanta farinha! As terras estão cansadas e...

— Qual cansadas, seu Antonino! Não há terras cansadas... A Europa é cultivada há milhares de anos, entretanto...

— Mas lá se trabalha.

— Por que não se há de trabalhar aqui também?

— Lá isso é verdade; mas há tantas contrariedades na nossa terra que...

— Qual, meu caro tenente! Não há nada que não se vença.

— O senhor verá com o tempo, major. Na nossa terra não se vive senão de política, fora disso, babau! Agora mesmo anda tudo brigado por causa da questão da eleição de deputados...

Ao dizer isso, o escrivão lançou por baixo das suas pálpebras gordas um olhar pesquisador sobre a ingênua fisionomia de Quaresma.

— Que questão é? — indagou Quaresma.

O tenente parecia que esperava a pergunta e logo fez com alegria:

— Então não sabe?

— Não.

— Eu lhe explico: o candidato do governo é o doutor Castrioto, moço honesto, bom orador; mas entenderam aqui certos presidentes de câmaras municipais do distrito que se hão de sobrepor ao governo, só porque o senador Guariba rompeu com o governador; e — zás — apresentaram um tal Neves, que não tem serviço algum ao partido e nenhuma influência...[161] Que pensa o senhor?

— Eu... Nada!

O serventuário do fisco ficou espantado. Havia no mundo um homem que, sabendo e morando no município de Curuzu, não se incomodasse com a briga do senador Guariba com o governador do estado! Não era possível! Pensou e sorriu levemente. Com certeza, disse ele consigo, este malandro quer ficar bem com os dois, para depois arranjar-se sem dificuldade. Estava tirando sardinha com mão de gato... Aquilo devia ser um ambicioso matreiro; era preciso cortar as asas daquele "estrangeiro", que vinha não se sabe donde!

— O major é um filósofo — disse ele com malícia.

— Quem me dera? — fez com ingenuidade Quaresma.

Antonino ainda fez rodar um pouco a conversa sobre a grave questão, mas, desanimado de penetrar nas ten-

161 Em 1911, data em que Lima escrevia *Triste fim de Policarpo Quaresma*, o presidente em exercício era Hermes da Fonseca, cujo mandato estendeu-se de 15 de novembro de 1910 a 15 de novembro de 1914. Ele foi o primeiro militar eleito por voto direto na nascente República e sua eleição marcou um momento de crise na política do café com leite. O tema das eleições também esteve presente em diversas crônicas de Lima Barreto: "O novo manifesto" (*Correio da Noite*, 16 de janeiro de 1915), "O serviço das eleições" (*Careta*, 28 de agosto de 1915), "Eleições" (*Careta*, 26 de fevereiro de 1921) e "Coisas do Jambon" (*Careta*, 30 de julho de 1921). As eleições, um dos elementos que ampararíam a democracia republicana, eram tratadas com descrédito e zombaria.

ções ocultas do major, apagou a fisionomia e disse em ar de despedida:

— Então o major não se recusa a concorrer para a nossa festa, não é?

— Decerto.

Os dois se despediram. Debruçado na varanda, Quaresma ficou a vê-lo montar no seu pequeno castanho, luzidio de suor, gordo e vivo. O escrivão afastou-se, desapareceu na estrada, e o major ficou a pensar no interesse estranho que essa gente punha nas lutas políticas, nessas tricas eleitorais, como se nelas houvesse qualquer coisa de vital e importante. Não atinava por que uma rezinga entre dois figurões importantes vinha pôr desarmonia entre tanta gente, cuja vida estava tão fora da esfera daqueles. Não estava ali a terra boa para cultivar e criar? Não exigia ela uma árdua luta diária? Por que não se empregava o esforço que se punha naqueles barulhos de votos, de atas, no trabalho de fecundá-la, de tirar dela seres, vidas — trabalho igual ao de Deus e dos artistas? Era tolo estar a pensar em governadores e guaribas, quando a nossa vida pede tudo à terra e ela quer carinho, luta, trabalho e amor...

O sufrágio universal pareceu-lhe um flagelo.

O trem apitou e ele demorou-se a vê-lo chegar. É uma emoção especial de quem mora longe, essa de ver chegar os meios de transporte que nos põem em comunicação com o resto do mundo. Há uma mescla de medo e de alegria. Ao mesmo tempo que se pensa em boas-novas, pensam-se também más. A alternativa angustia...

O trem ou o vapor como que vem do indeterminado, do Mistério, e traz, além de notícias gerais, boas ou más, também o gesto, um sorriso, a voz das pessoas que amamos e estão longe.

Quaresma esperou o trem. Ele chegou arfando e se estirando como um réptil pela estação afora à luz forte do sol poente. Não se demorou muito. Apitou de novo e saiu a levar notícias, amigos, riquezas, tristezas por outras estações além. O major pensou ainda um pouco como aquilo era bruto e feio, e como as invenções do nosso tempo se afastam tanto da linha imaginária da beleza que os nossos educadores de dois mil anos atrás nos legaram. Olhou a estrada que levava à estação. Vinha um sujeito... Dirigia-se para a sua casa... Quem podia ser? Limpou o *pince-nez* e assestou-o para o homem que caminhava com pressa... Quem era? Aquele chapéu dobrado, como um morrião... Aquele fraque comprido... Passo miúdo... Um violão! Era ele!

— Adelaide, está aí o Ricardo.

II
Espinhos e flores

Os subúrbios do Rio de Janeiro são a mais curiosa coisa em matéria de edificação da cidade. A topografia do local, caprichosamente montuosa, influiu decerto para tal aspecto, mais influíram, porém, os azares das construções.

Nada mais irregular, mais caprichoso, mais sem plano qualquer, pode ser imaginado. As casas surgiram como se fossem semeadas ao vento e, conforme as casas, as ruas se fizeram. Há algumas delas que começam largas como *boulevards* e acabam estreitas que nem vielas; dão voltas, circuitos inúteis e parecem fugir ao alinhamento reto com um ódio tenaz e sagrado.

Às vezes se sucedem na mesma direção com uma frequência irritante, outras se afastam, e deixam de permeio um longo intervalo coeso e fechado de casas. Num trecho, há casas amontoadas umas sobre outras numa angústia de espaço desoladora, logo adiante um vasto campo abre ao nosso olhar uma ampla perspectiva.

Marcham assim ao acaso as edificações e conseguintemente o arruamento. Há casas de todos os gostos e construídas de todas as formas.

Vai-se por uma rua a ver um correr de *chalets*, de porta e janela, parede de frontal, humildes e acanhados, de repente se nos depara uma casa burguesa, dessas de compoteiras na cimalha rendilhada, a se erguer sobre um porão alto com mezaninos gradeados. Passada essa surpresa, olha-se acolá e dá-se com uma choupana de pau a pique, coberta de zinco ou mesmo palha, em torno da qual formiga uma população; adiante, é uma velha casa de roça, com varanda e colunas de estilo pouco classificável, que parece vexada e querer ocultar-se, diante daquela onda de edifícios disparatados e novos.

Não há nos nossos subúrbios coisa alguma que nos lembre os famosos das grandes cidades europeias, com as suas vilas de ar repousado e satisfeito, as suas estradas e ruas macadamizadas[162] e cuidadas, nem mesmo se encontram aqueles jardins, cuidadinhos, aparadinhos, penteados, porque os nossos, se os há, são em geral pobres, feios e desleixados.

Os cuidados municipais também são variáveis e caprichosos. Às vezes, nas ruas, há passeios, em certas partes e outras não; algumas vias de comunicação são calçadas e outras da mesma importância estão ainda em estado de natureza. Encontra-se aqui um pontilhão bem cuidado sobre um rio seco e passos além temos que atravessar um ribeirão sobre uma pinguela de trilhos mal juntos.

Há pelas ruas damas elegantes, com sedas e brocados, evitando a custo que a lama ou o pó lhes empanem o brilho do vestido; há operários de tamancos; há peralvilhos à última moda; há mulheres de chita; e assim pela tarde, quando essa gente volta do trabalho ou do passeio, a mescla se faz numa mesma rua, num quarteirão, e quase sempre o mais bem-posto não é que entra na melhor casa.

Além disto, os subúrbios têm mais aspectos interessantes, sem falar no namoro epidêmico e no espiritismo endêmico; as casas de cômodos (quem as suporia lá!) constituem um deles bem inédito. Casas que mal dariam

162 Pavimentadas com macadame (base constituída de uma ou mais camadas de pedra britada e material de enchimento, aglutinados pela água).

para uma pequena família são divididas, subdivididas, e os minúsculos aposentos assim obtidos, alugados à população miserável da cidade. Aí, nesses caixotins humanos, é que se encontra a fauna menos observada da nossa vida, sobre a qual a miséria paira com um rigor londrino.

Não se podem imaginar profissões mais tristes e mais inopinadas da gente que habita tais caixinhas. Além dos serventes de repartições, contínuos de escritórios, podemos deparar com velhas fabricantes de rendas de bilros, compradores de garrafas vazias, castradores de gatos, cães e galos, mandingueiros, catadores de ervas medicinais, enfim, uma variedade de profissões miseráveis que as nossas pequena e grande burguesias não podem adivinhar. Às vezes num cubículo desses se amontoa uma família, e há ocasiões em que os seus chefes vão a pé para a cidade por falta do níquel do trem.

Ricardo Coração dos Outros morava em uma pobre casa de cômodos de um dos subúrbios. Não era das sórdidas, mas era uma casa de cômodos dos subúrbios.

Desde anos que ele a habitava e gostava da casa que ficava trepada sobre uma colina, olhando a janela do seu quarto para uma ampla extensão edificada que ia da Piedade a Todos os Santos. Vistos assim do alto, os subúrbios têm a sua graça. As casas pequeninas, pintadas de azul, de branco, de oca, engastadas nas comas verde-negras das mangueiras, tendo de permeio, aqui e ali, um coqueiro ou uma palmeira, alta e soberba, fazem a vista boa e a falta de percepção do desenho das ruas põe no programa um sabor de confusão democrática, de solidariedade perfeita entre as gentes que as habitam; e o trem minúsculo, rápido, atravessa tudo aquilo, dobrando à esquerda, inclinando-se para a direita, muito flexível nas suas grandes vértebras de carros, como uma cobra entre pedrouços.

Era daquela janela que Ricardo espraiava as suas alegrias, as suas satisfações, os seus triunfos e também os seus sofrimentos e mágoas.

Ainda agora estava ele lá, debruçado no peitoril, com a mão em concha no queixo, colhendo com a vista uma grande parte daquela bela, grande e original cidade, capital de um grande país, de que ele a modos que era e se sentia ser, a alma, consubstanciando os seus tênues sonhos e desejos em versos discutíveis, mas que a plangência do violão, se não lhes dava sentido, dava um quê de balbucio, de queixume dorido da pátria criança ainda, ainda na sua formação...

Em que pensava ele? Não pensava só, sofria também. Aquele tal preto continuava na sua mania de querer fazer a modinha dizer alguma coisa, e tinha adeptos. Alguns já o citavam como rival dele, Ricardo; outros já afirmavam que o tal rapaz deixava longe o Coração dos Outros, e alguns mais — ingratos! — já esqueciam os trabalhos, o tenaz trabalhar de Ricardo Coração dos Outros em prol do levantamento da modinha e do violão, e nem nomeavam o abnegado obreiro.

Com o olhar perdido, Ricardo lembrava-se de sua infância, daquela sua aldeia sertaneja, da casinha dos seus pais, com seu curral e o mugido dos vitelos... E o queijo? Aquele queijo tão substancial, tão forte, feio como aquela terra, mas feraz como ela, tanto que bastava comer dele uma pequena fatia para se sentir almoçado... E as festas? Saudades... E o violão, como aprendeu? O seu mestre, o Maneco Borges, não lhe predissera o futuro: “Irás longe, Ricardo. A viola. A viola quer teu coração”?

Por que então aquele encarniçamento, aquele ódio contra ele — ele, que trouxera para esta terra de estrangeiros a alma, o suco, a substância do país!

E as lágrimas lhe saltaram quentes dos olhos afora. Olhou um pouco as montanhas, farejou o mar lá longe... Era bela a terra, era linda, era majestosa, mas parecia ingrata e áspera no seu granito onipresente, que se fazia negro e mau quando não era amaciado pela verdura das árvores.

E ele estava ali só, só com a sua glória e o seu tormento, sem amor, sem confidente, sem amigo, só como um deus ou como um apóstolo em terra ingrata que não lhe quer ouvir a boa-nova.

Sofria em não ter um peito amado, amigo em que derramasse aquelas lágrimas que iam cair no solo indiferente. Por aí, lembrou-se dos famosos versos:

Se choro... bebe o pranto a areia ardente...

Com a lembrança, ele baixou um pouco o olhar à terra e viu que, no tanque da casa, um tanto escondida dele, uma rapariga preta lavava. Ela abaixava o corpo sobre a roupa, carregava todo o seu peso, ensaboava-a ligeira, batia-a de encontro à pedra, e recomeçava. Teve pena daquela pobre mulher, duas vezes triste na sua condição e na sua cor. Veio-lhe um afluxo de ternura e, depois, pôs-se a pensar no mundo, nas desgraças, ficando um instante enleado no enigma do nosso miserável destino humano.

A rapariga não o viu, distraída com o trabalho; e se pôs a cantar:

Da doçura dos teus olhos
A brisa inveja já tem
....

Era dele. Ricardo sorriu satisfeito e teve vontade de ir beijar aquela pobre mulher, abraçá-la...

E como eram as coisas? Ele recebia lenitivo daquela rapariga; era a sua humilde e dorida voz que vinha afagar o seu tormento! Vieram-lhe então à memória aqueles versos do padre Caldas, esse seu antecessor feliz que teve um auditório de fidalgas:

Lereno alegrou os outros
E nunca teve alegria...

Enfim era uma missão!... A rapariga acabou de cantar e Ricardo não se pôde conter:

— Vai bem, dona Alice, vai bem! Se não fosse, por que lhe pedia *bis*?

A rapariga estendeu a cabeça, reconheceu quem falava e disse:

— Não sabia que o senhor estava aí, senão não cantava na vista do senhor.

— Qual o quê! Posso garantir-lhe que está bom, muito bom. Cante.

— Deus me livre! Para o senhor me "acriticar"...

Embora insistisse muito, a rapariga não quis continuar. As mágoas pareciam ter passado do pensamento de Ricardo. Veio ao interior do quarto e pôs-se à mesa na tenção de escrever.

O seu quarto tinha o mobiliário mais reduzido possível. Havia uma rede com franjas de rendas, uma mesa de pinho, sobre ela objetos de escrever; uma cadeira, uma estante com livros, e, pendurado a uma parede, o violão na sua armadura de camurça. Havia também uma máquina para fazer café.

Sentou-se e quis começar uma modinha sobre a Glória, essa coisa fugace, que se tem e se pensa que não se tem, alguma coisa impalpável, incolhível como um sopro, que nos alanceia, queima, inquieta e abrasa como o Amor.

Tentou começar, dispôs o papel, mas não pôde. A emoção tinha sido forte, toda a sua natureza tinha sido lavrada, baralhada, com a ideia daquele furto que se queria fazer ao seu mérito. Não conseguiu assentar o pensamento, apanhar as palavras no ar, sentir a música zumbir no ouvido.

A manhã ia alta. As cigarras defronte chilreavam no tamarineiro desfolhado; começava a esquentar e o céu estava de um azul ligeiro, tênue, fino. Quis sair, procurar um amigo, espairecer com ele, mas quem? Ainda se o Quaresma... Ah! O Quaresma! Esse, sim, trazia-lhe conforto e consolo.

É verdade que ultimamente esse seu amigo achava-se pouco interessado pela modinha; mas assim mesmo compreendia o seu propósito, os fins e o alcance da obra a que ele, Ricardo, se propunha. Ainda se o major estivesse perto, mas tão longe! Consultou as algibeiras. Não chegava a dois mil-réis a sua fortuna. Como ir? Arranjaria um passe e iria. Bateram à porta. Traziam-lhe uma carta. Não reconheceu a letra; rasgou o envelope com emoção. Que seria? Leu:

"Meu caro Ricardo — Saúde — Minha filha Quinota casa-se depois de amanhã, quinta-feira. Ela e o noivo fazem muito gosto que você apareça. Se o amigo não estiver comprometido com alguém, agarre o violão e venha até cá tomar uma chávena de chá conosco — Seu amigo Albernaz".

O trovador, à proporção que lia, ia mudando de fisionomia. Até então estava carregada e dura; quando acabou de ler o bilhete, um sorriso brincava por toda ela, descia e subia, ia de uma face à outra. O general não o abandonara; para o respeitável militar, Ricardo Coração dos Outros ainda era o rei do violão. Iria e arranjaria passagem com o antigo vizinho de Quaresma. Contemplou um pouco o violão, demoradamente, ternamente, agradecidamente como se fosse um ídolo benfazejo.

Quando Ricardo penetrou em casa do general Albernaz, o último brinde havia sido levantado e todos se dirigiam para a sala de visitas em pequenos grupos. Dona Maricota vestia seda malva e o seu busto curto parecia ainda mais abafado, mais socado, naquele tecido caro que parece requerer corpos elegantes e flexíveis. Quinota estava radiante no vestido de noiva. Ela era alta, de feições mais regulares que as da irmã Ismênia, mas menos interessante e mais comum de temperamento e alma, embora faceira. Lalá, a terceira filha do general, que já se ajeitava a moça, tinha muito pó de arroz, estava sempre a consertar o penteado e a sorrir para o tenente Fontes. Um casamento bem cotado e esperado. Genelício dava o braço à noiva, encasacado numa casaca mal talhada, que punha bem à mostra a sua gibosidade, e caminhava todo atrapalhado nos apertados sapatos de verniz.

Ricardo não os viu passar, pois ao entrar a fila estava no general, metido num segundo uniforme dos grandes dias, que lhe ia mal como a farda de um guarda nacional endomingado; mas quem tinha um ar importante, marcial e navegado, ao mesmo tempo palaciano, era o contra-almirante Caldas. Fora padrinho e estava irrepreensível na sua casaca do uniforme. As âncoras reluziam como metais de bordo em hora de revista e os seus favoritos, muito penteados, alargavam a sua face e pareciam desejar com ardor os grandes ventos do vasto oceano sem fim. Ismênia estava de rosa e andava pelas salas com o seu ar dolente, com o seu vagar, com os seus gestos lentos, dando providências. O Lulu, o único filho do general, impava no seu uniforme do Colégio Militar, cheio de dourados e cabelos, tanto mais que passara de ano, graças aos empenhos do pai.

O general não tardou em vir falar com Ricardo; e os noivos, quando o trovador os cumprimentou, agradeceram-lhe muito, e até Quinota disse um — "Sou muito feliz..." —, deitando a cabeça de lado e sorrindo para o chão, sorriso que encheu de imenso transporte a cândida alma do menestrel.

Deram começo às danças e o general, o almirante, o major Inocêncio Bustamante, que também viera de uniforme, com a sua banda roxa de honorário, o doutor Florêncio, Ricardo e dois convidados outros foram para a sala de jantar palestrar um pouco.

O general estava satisfeito. Sonhava há tantos anos uma cerimônia daquelas em sua casa e enfim pela primeira vez via realizado esse anseio.

A Ismênia foi aquela desgraça... O ingrato!... Mas para que recordar?

Os cumprimentos se repetiram.

— É um rapagão, o seu novo genro — disse um dos convidados novos.

O general tirou o *pince-nez* que era preso por um trancelim de ouro e, enquanto o limpava, respondeu, olhando com aquele jeito dos míopes:

— Estou muito contente.

Por aí pôs o *pince-nez*, endireitou o trancelim e continuou:

— Creio que casei bem minha filha: rapaz formado, bem encaminhado e inteligente.

O almirante acudiu:

— E que carreira! Não é por ser meu parente, mas, com trinta e dois anos primeiro escriturário do Tesouro, é coisa nunca vista.

— O Genelício não está no Tribunal de Contas,[163] não passou? — perguntou Florêncio.

— Passou, mas é a mesma coisa — replicou o outro convidado novo, que era da amizade do recém-casado.

De fato, Genelício tinha arranjado a transferência e não fora só isso que o decidira a casar-se. Tendo escrito uma — *Síntese de contabilidade pública científica* — viu-se, sem saber como, cumulado de elogios pela "imprensa desta capital". O ministro, atendendo ao mérito excepcional da obra, mandou-lhe dar dois contos de prêmio, tendo sido a edição feita à custa do Estado, na Im-

163 O Tribunal de Contas tem sua origem no Erário Régio (ou Tesouro Real Público), criado pelo príncipe regente d. João, em 1808. Na Constituição de 1824, determinava-se que as contas públicas seriam responsabilidade de um tribunal, o Tesouro Nacional. Com a República foi instituído um Tribunal de Contas, conforme os modelos francês ou belga. Mas apenas com a Constituição de 1891 o Tribunal de Contas foi instituído efetivamente.

prensa Nacional. Era um grosso volume de quatrocentas páginas, tipo doze, escrito em estilo de ofício, com uma vasta documentação de decretos e portarias, ocupando dois terços do livro.

A primeira frase da primeira parte, o quinhão do livro verdadeiramente sintético e científico, fora até muito notada e gabada pelos críticos, não só pela novidade da ideia, como também pela beleza da expressão.

Dizia assim: "A contabilidade pública é a arte ou ciência de escriturar convenientemente a despesa e receita do Estado".

Além do prêmio e da transferência, ele já tinha promessa de ser subdiretor na primeira vaga.

Ouvindo tudo isso que tinham dito o almirante, o general e os convidados novos, o major não pôde deixar de observar:

— Depois da militar, a melhor carreira é a de Fazenda, não acham?

— Sim... Bem entendido — fez o doutor Florêncio.

— Eu não quero falar dos formados — apressou-se o major. — Esses...

Ricardo sentia-se na obrigação de dizer qualquer cousa e foi soltando a primeira frase que lhe veio aos lábios:

— Quando se prospera, todas as profissões são boas.

— Não é tanto assim — obtemperou o almirante, alisando um dos favoritos. Não é para desfazer nas outras, mas a nossa, hein, Albernaz? Hein, Inocêncio?

Albernaz levantou a cabeça como se quisesse apanhar no ar uma lembrança e depois replicou:

— É, mas tem os seus percalços. Quando se está numa trapalhada, fogo daqui, tiro dali, morre um, grita outro como em Curupaiti, então...

— O senhor esteve lá, general? — perguntou o convidado amigo de Genelício.

— Não estive. Adoeci e vim para o Brasil. Mas o Camisão... Não imaginam o que foi — você sabe, não é, Inocêncio?

— Se estive lá...

— Polidoro tinha ordem de atacar Sauce,[164] Flores[165] à esquerda e "nós" caímos sobre os paraguaios. Mas os malandros estavam bem entrincheirados, tinham aproveitado o tempo...

— Foi "seu" Mitre[166] — disse Inocêncio.

— Foi. Atacamos com fúria. Era um ribombar de canhões que metia medo, bala por todo canto, os homens morriam como moscas... Um inferno!

— Quem venceu? — perguntou um dos convidados novos.

Todos se entreolharam admirados, exceto o general, que julgava a sabedoria do Paraguai excepcional.

— Foram os paraguaios, isto é, repeliram o nosso ataque. É por isso que eu digo que a nossa profissão é bela, mas tem as suas "coisas"...

164 Provável referência à Batalha de Sauce, em julho de 1866, também chamada de Batalha do Boqueirão.

165 Provável referência a Venâncio Flores (1809-68). Militar e político uruguaio que concluiu, em 1864, pacto com o governo brasileiro em oposição ao presidente Atanasio Cruz Aguirre, aliado de Solano Lopez. Derrubado, Flores governou o Uruguai até 1868, quando foi assassinado.

166 Referência a Bartolomé Mitre (1821-1906). Poeta, militar e político argentino que devido à sua oposição ao presidente Rosas foi exilado. Ao regressar à Argentina, em 1852, comandou as tropas que, com apoio do Brasil, derrubaram a ditadura de Rosas. Ocupou os cargos de deputado, ministro da Guerra e governador de Buenos Aires. Após derrotar as forças confederadas, na guerra civil, elegeu-se presidente, cargo em que se manteve até 1868. Desempenhou missões diplomáticas no Paraguai e no Brasil, em 1873. Tentou duas vezes retornar à presidência, liderando até um levante armado, mas fracassou em ambas.

— Isso não quer dizer nada. Também na passagem de Humaitá...[167] — ia dizendo o almirante.

— O senhor estava a bordo?

— Não, eu fui mais tarde. Perseguições fizeram com que eu não fosse designado, porque o embarque equivalia a uma promoção... Mas, na passagem de Humaitá...

Na sala de visitas as danças continuavam com animação. Era raro que alguém viesse lá de dentro até onde eles estavam. Os risos, a música, e o mais que se adivinhava não distraíam aqueles homens das suas preocupações belicosas.

O general, o almirante e o major enchiam de pasmo aqueles burgueses pacíficos, contando batalhas em que não estiveram e pugnas valorosas que não pelejaram.

Não há como um cidadão pacato, bem comido, tendo tomado alguns vinhos generosos, para apreciar as narrações de guerra. Ele só vê a parte pitoresca, a parte por assim dizer espiritual das batalhas, dos encontros; os tiros são os de salva e se matam é coisa de somenos. A Morte mesmo, nas narrações feitas assim, perde a sua importância trágica: três mil mortos, só!!!

De resto, contadas pelo general Albernaz, que nunca tinha visto a guerra, a coisa ficava edulcorada, uma guerra *bibliothèque rose*,[168] guerra de estampa popular, em que não aparecem a carniçaria, a brutalidade e a ferocidade normais.

Estavam Ricardo, o doutor Florêncio, o exato empregado como engenheiro das águas, aqueles dois recentes conhecimentos de Albernaz, embevecidos, boquiabertos

167 Operação militar realizada na ultrapassagem da Fortaleza de Humaitá, considerada o maior obstáculo fluvial no caminho da esquadra brasileira para acessar a cidade de Assunção. O empecilho foi vencido pela III Divisão da esquadra brasileira, em fevereiro de 1868, sob o comando do capitão de mar e guerra Delfim Carlos de Carvalho.

168 Nome dado à coleção de livros de contos infantis ilustrados publicada pela editora francesa Hachette em meados do século XIX.

e invejosos diante das proezas imaginárias daqueles três militares, um honorário, talvez o menos pacífico dos três, o único que tivesse mesmo tomado parte em alguma coisa guerreira — quando dona Maricota chegou, sempre diligente, ativa, dando movimento e vida à festa. Era mais moça que o marido, tinha ainda inteiramente pretos os cabelos na sua cabeça pequena, que contrastava tanto com o seu corpo enorme. Ela vinha ofegante e dirigiu-se ao marido:

— Então, Chico, que é isso? Ficam aí e eu que faça sala, que anime as moças... Pra sala, todos!

— Já vamos, dona Maricota — disse alguém.

— Não — fez com rapidez a dona da casa —, é já. Vamos, "seu" Caldas, "seu" Ricardo, os senhores!

E foi empurrando um a um pelo ombro.

— Depressa, depressa, que a filha do Lemos vai cantar; e depois é o senhor... Está ouvindo, "seu" Ricardo!

— Pois não, minha senhora. É uma ordem...

E foram. No caminho o general parou um pouco, chegou-se a Coração dos Outros e perguntou:

— Diga-me uma coisa: como vai o nosso amigo Quaresma?

— Vai bem.

— Tem-lhe escrito?

— Às vezes. Eu queria, general...

O general suspendeu a cabeça, levantou um pouco o *pince-nez* que começava a cair e perguntou:

— O quê?

Ricardo ficou intimidado com o ar marcial com que Albernaz lhe fez a pergunta. Depois de uma ligeira hesitação, respondeu de um jato, com medo de perder as palavras:

— Eu queria que o senhor me arranjasse uma passagem, um passe, para ir vê-lo.

O general esteve uns instantes de cabeça baixa, coçou o cabelo e disse:

— Isso é difícil, mas você apareça lá, na repartição, amanhã.

E continuaram a andar. Ainda andando, Coração dos Outros acrescentou:

— Estou com saudades dele, depois tenho certos desgostos... O senhor sabe: um homem que tem nome...

— Vá lá amanhã.

Dona Maricota apareceu na frente e falou, agastada:

— Vocês não vêm!

— Já vamos — fez o general.

E depois, dirigindo-se a Ricardo, ajuntou:

— Aquele Quaresma podia estar bem, mas foi meter-se com livros... É isso! Eu, há bem quarenta anos, que não pego em livro...

Chegaram à sala. Era vasta. Tinha dois grandes retratos em pesadas molduras douradas, furiosos retratos a óleo de Albernaz e da mulher; um espelho oval e alguns quadrinhos, e a decoração estava completa. Da mobília não se podia julgar, tinha sido retirada, para dar mais espaço aos dançantes. A noiva e o noivo estavam no sofá, sentados a presidir a festa. Havia um ou outro decote, poucas casacas, algumas sobrecasacas e muitos fraques. Por entre as cortinas de uma janela, Ricardo pôde ver a rua. A calçada defronte estava cheia. A casa era alta e tinha jardim; só de lá os curiosos, os "serenos", podiam ver alguma coisa da festa. Lalá, no vão de uma sacada, conversava com o tenente Fontes. O general contemplou-os e abençoou-os com um olhar aprovador...

A moça, a famosa filha do Lemos, dispôs-se a cantar. Foi ao piano, colocou a partitura e começou. Era uma *romanza* italiana que ela cantou com a perfeição e o mau gosto de uma moça bem-educada. Acabou. Palmas gerais, mas frias, soaram.

O doutor Florêncio, que ficara atrás do general, comentou:

— Tem uma bela voz essa moça. Quem é?

— É a filha do Lemos, o doutor Lemos da Higiene — respondeu o general.

— Canta muito bem.

— Está no último ano do conservatório — observou ainda Albernaz.

Chegou a vez de Ricardo. Ele ocupou um canto da sala, agarrou o violão, afinou-o, correu a escala; em seguida, tomou o ar trágico de quem vai representar o Édipo-Rei e falou com voz grossa: "Senhoritas, senhores e senhoras". Parou. Concertou a voz e continuou: "Vou cantar 'Os teus braços', modinha de minha composição, música e versos. É uma composição terna, decente e de uma poesia exaltada". Seus olhos, por aí, quase lhe saíam das órbitas. Emendou: "Espero que nenhum ruído se ouça, porque senão a inspiração se evola. É o violão instrumento muito... mui... to 'dê-li-cá-do'. Bem".

A atenção era geral. Deu começo. Principiou brando, gemebundo, macio e longo, como um soluço de onda; depois, houve uma parte rápida, saltitante, em que o violão estalava. Alternando um andamento e outro, a modinha acabou.

Aquilo tinha ido ao fundo de todos, tinha acudido ao sonho das moças e aos desejos dos homens. As palmas foram ininterruptas. O general abraçou-o, Genelício levantou-se e deu-lhe a mão, Quinota, no seu imaculado vestido de noiva, também.

Para fugir aos cumprimentos, Ricardo correu à sala de jantar. No corredor chamavam-no: "Senhor Ricardo, senhor Ricardo!". Voltou-se. "Que ordena, minha senhora?" Era uma moça que lhe pedia uma cópia da modinha.

— Não se esqueça — dizia ela com meiguice —, não se esqueça. Gosto tanto das suas modinhas... São tão ternas, tão delicadas... Olhe: dê aqui à Ismênia para me entregar.

A noiva de Cavalcanti aproximava-se e, ouvindo falar em seu nome, perguntou:

— Que é, Dulce?

A outra explicou-lhe. Ela aceitou a incumbência e, por sua vez, perguntou a Ricardo com a sua voz dolente:

— "Seu" Ricardo, quando é que o senhor pretende estar com dona Adelaide?

— Depois de amanhã, espero eu.

— Vai lá?

— Vou.

— Pois então diga-lhe que me escreva. Eu queria tanto receber uma carta...

E limpou os olhos furtivamente, com o seu pequenino lenço rendado.

III
Golias

No sábado da semana seguinte àquela em que a filha do general recebera como marido o grave e giboso[169] Genelício, glória e orgulho do nosso funcionalismo público, Olga casara-se. A cerimônia correra com a pompa e a riqueza acostumada em pessoas de sua camada. Houve uns arremedos parisienses de *corbeille* de noiva e outros pequenos detalhes *chics*, que não a aborreceram, mas que não a encheram lá de satisfação maior que as noivas comuns. Talvez nem mesmo essa ela tivessc.

Não foi para a igreja em virtude de uma determinação certa de sua vontade. Continuava a não encontrar dentro de si motivo para aquele ato, mas, aparentemente, nenhuma vontade estranha à sua influíra para isso. O marido é que estava contente. Não seria muito com a noiva, mas com a volta que a sua vida ia tomar. Ficando rico e sendo médico, cheio de talento nas notas e recompensas escolares, via diante de si uma larga estrada de triunfos nas posições e na indústria clínica. Não tinha fortuna alguma, mas julgava o seu banal título um foral[170] de no-

169 Giboso se refere ao aspecto que um astro assume quando sua superfície iluminada visível é superior à metade do disco aparente.

170 Carta monárquica que regulamentava a administração de terras conquistadas; carta que concedia privilégios a indivíduos ou corporações; título de aforamento.

breza, equivalente àqueles com que os autênticos fidalgos da Europa brunem o nascimento das filhas dos salsicheiros *yankees*. Apesar de ser seu pai um importante fazendeiro por aí, em algum lugar deste Brasil, o sogro lhe dera tudo e tudo ele aceitara sem pejo, com o desprezo de um duque, duque de plenamentes e medalhas, a receber homenagens de um vilão que não roçou os bancos de uma "academia".

Julgava que a noiva o aceitara pelo seu maravilhoso título, o pergaminho; é verdade que foi, não tanto pelo título, mas pela sua simulação de inteligência, de amor à ciência, de desmedidos sonhos de sábio. Tal imagem que dele fizera durara instantes em Olga; depois foi a inércia da sociedade, a sua tirania e a timidez natural da moça em romper que a levaram ao casamento. Tanto mais que ela, de si para si, pensava que se não fosse esse, seria outro a ele igual, e o melhor era não adiar.

Era por isso que ela não ia para a igreja, em virtude de uma determinação certa de sua vontade, embora sem perceber o constrangimento de um comando fora dela.

Apesar da pompa, esteve longe de ser uma noiva majestosa. Não obstante as origens puramente europeias, era pequena, muito mesmo, ao lado do noivo, alto, ereto, com uma fisionomia irradiante de felicidade; e, desse modo, ela desaparecia dentro do vestido, dos véus e daqueles atavios obsoletos com que se arreiam as moças que se vão casar. De resto, a sua beleza não era a grande beleza — aquela que nós exigimos das noivas ricas, segundo o modelo das estampas clássicas.

No seu rosto, nada de grego, desse grego autêntico ou de pacotilha, ou também dessa majestade de ópera lírica. Havia nos seus traços muita irregularidade, mas a sua fisionomia era profunda e própria. Não só a luz dos seus grandes olhos negros, que quase cobriam toda a cavidade orbitária, fazia fulgurar o seu rosto móbil como a sua pequena boca, de um desenho fino, exprimia bondade, malícia e o seu ar geral era de reflexão e curiosidade.

Ao contrário do costume, não saíram da cidade e foram morar em casa do antigo empreiteiro.

Quaresma não fora à festa, mandara o leitão e o peru da tradição e escrevera uma longa carta. O sítio empolgara-o, o calor ia passar, vinha a época das chuvas, das semeaduras, e não queria afastar-se de suas terras. A viagem seria breve, mas mesmo assim, perdendo um dia ou dois, era como se começasse a desertar da batalha.

O pomar estava todo limpo e já estavam preparados os canteiros da horta. A visita de Ricardo veio distraí-lo um pouco, sem desviá-lo, contudo, dos seus afazeres agrícolas.

Passou um mês com o major, e foi um triunfo. A fama do seu nome precedia-o, de forma que todo o município o disputava e festejava.

O seu primeiro trabalho foi ir à vila. Ficava a quatro quilômetros adiante da casa de Quaresma e a estrada de ferro tinha uma estação lá. Ricardo dispensou a estrada e foi a pé, pela estrada de rodagem, se assim se pode chamar um trilho, cheio de caldeirões, que subia e descia morros, cortava planícies e rios em toscas pontes. A vila!... Tinha duas ruas principais: a antiga, determinada pelo velho caminho de tropas, e a nova, cuja origem veio da ligação da velha com a estrada de ferro. Elas se encontravam em T, sendo o braço vertical o caminho da estação. As outras partiam delas, as casas juntavam-se urbanamente no começo, depois iam espaçando, espaçando, até acabar em mato, em campo. A antiga chamava-se Marechal Deodoro, ex-Imperador; e a nova, Marechal Floriano, ex-Imperatriz.[171]

171 É interessante como Lima aponta e destaca as mudanças de nomes que marcaram a passagem do Império à República. Praças, ruas, escolas, estradas de ferro, tudo recebeu novo título coadunado aos novos tempos. Com essa perspectiva, o autor retomava sua crítica a diversos personagens da República. Além desses dois nomes, eram motivo de zombaria Hermes da Fonseca, Prudente de Morais, Campos Sales, Rodrigues Alves, Venceslau Brás, Afonso Pena, Delfim Moreira e Nilo Peçanha.

De uma das extremidades da rua Marechal Deodoro, partia a da Matriz, que ia ter à igreja, ao alto de uma colina, feia e pobre no seu estilo jesuítico. À esquerda da estação, num campo, a praça da República, a que ia dar uma rua mal esboçada por espaçadas casas, ficava a Câmara Municipal.

Era um grande paralelepípedo de tijolo, cimalha, janela com sacadas de grade de ferro, puro estilo mestre de obras. Compungia essa pobreza de gosto a quem se lembrasse dos edifícios da mesma natureza das pequenas comunas francesas e belgas da Idade Média.

Ricardo entrou num barbeiro da rua Marechal Deodoro, Salão Rio de Janeiro, e fez a barba. O fígaro deu-lhe informações sobre a vila e ele se deu a conhecer. Havia certos circunstantes, um deles tomou-o a seu cargo e daí em pouco estava relacionado.

Quando voltou para a casa do major já tinha convite para o baile do doutor Campos, presidente da Câmara, festa que teria lugar na quarta-feira próxima.

Chegara sábado e fora passear à vila domingo.

Tinha havido missa e o trovador assistiu à saída. A concorrência nunca é grande na roça, mas Ricardo pôde ver algumas daquelas moças do interior, linfáticas e tristes, ataviadinhas, cheias de laços, descendo silenciosas a colina em que se erguia a igreja, espalhando-se pela rua e logo entrando para as casas, onde iriam passar uma semana de reclusão e tédio. Foi na saída da missa que lhe apresentaram o doutor Campos.

Era o médico do lugar, morava, porém, fora, na sua fazenda, e viera de "aranha" com a sua filha, Nair, assistir ao ofício religioso.

O trovador e o médico estiveram um instante conversando, enquanto a filha, muito magra, pálida, com uns longos braços descarnados, olhava com um vexame fingido o solo poeirento da rua. Quando eles partiram, ainda Ricardo considerou um pouco aquele rebento dos ares livres do Brasil.

À festa do doutor Campos, seguiram-se outras a que Ricardo deu a honra de sua presença e alegria da sua voz. Quaresma não o acompanhava, mas gozava a sua vitória. Se bem que o major tivesse abandonado o violão, ainda continuava a prezar aquele instrumento essencialmente nacional. As consequências desastrosas do seu requerimento em nada tinham abalado as suas convicções patrióticas. Continuavam as suas ideias profundamente arraigadas, tão somente ele as escondia, para não sofrer com a incompreensão e maldade dos homens.

Gozava, portanto, a fulminante vitória de Ricardo, que indicava bem naquela população a existência de um resíduo forte da nossa nacionalidade a resistir às invasões das modas e gostos estrangeiros.

Ricardo recebia todas as honras, todos os favores, por parte de todos os partidos. O doutor Campos, presidente da Câmara, era quem mais o cumulava de homenagens. Naquela manhã até esperava um dos cavalos do edil, para dar um passeio ao Carico; e, esperando, foi dizendo a Quaresma, que ainda não tinha partido para o eito:

— Major, foi uma boa ideia vir para a roça. Vive-se bem e pode-se subir...

— Não tenho nenhum desejo disso. Você sabe como me são estranhas todas essas coisas.

— Sei... É... Não digo que se peça, mas, quando nos oferecem, não devemos rejeitar, não acha?

— Conforme, meu caro Ricardo. Eu não podia aceitar encargo de comandar uma esquadra.

— Até aí não vou. Olhe, major: eu gosto muito de violão, mesmo dedico a minha vida ao seu levantamento moral e intelectual, entretanto, se amanhã o presidente dissesse: "Seu Ricardo, você vai ser deputado", o senhor pensa que eu não aceitava, sabendo perfeitamente que não podia mais desferir os trenos[172] do instrumento? Ora, se não! Não se deve perder vaza,[173] major.

— Cada um tem as suas teorias.

— Decerto. Outra coisa, major: conhece o doutor Campos?

— De nome.

— Sabe que ele é presidente da Câmara?

Quaresma olhou um instante para Ricardo com uma ligeira desconfiança. O menestrel não notou o gesto do amigo e emendou:

— Mora daqui a uma légua. Já lhe toquei em casa e hoje vou a cavalo passear com ele.

— Fazes bem.

— Ele quer conhecê-lo. Posso trazê-lo aqui?

— Podes.

Um camarada do doutor Campos, nesse instante, entrava pela porteira trazendo o cavalo prometido. Ricardo montou e Quaresma seguiu para a roça ao encontro dos seus dois empregados. Eram agora dois, pois, além do Anastácio, que não era bem um empregado, mas agregado,[174] admitira o Felizardo.

172 Lamentação fúnebre cantada durante os funerais, particularmente na época arcaica grega.

173 Conjunto de cartas de baralho que os parceiros jogam em cada rodada e que são recolhidas pelo ganhador.

174 Interessante nota sobre as estruturas familiares alargadas, que comportavam não só um agregado — um empregado que tinha estatuto afetivo e empregatício diferente — como um empregado do empregado. Ao agregado aplicava-se um modelo de favor e patrocínios, incompatível com a nova sociedade de classes que se preconizava. Lima teve caso semelhante em sua família. O velho preto Manuel de Oliveira se tornou agregado da família, indo morar com ela no bairro de Todos os Santos, em 1903. Tratava-se de um africano que foi recolhido na ilha do Governador quando ainda abrigava colônias de mendigos, anteriores às Colônias de Alienados. Cuidava de Lima e dos irmãos, contando histórias, e tornou-se um grande amigo do escritor. No

Era manhã de verão, mas as chuvas continuadas dos dias anteriores tinham atenuado a temperatura.

Havia uma grande profusão de luz e os ares estavam doces. Quaresma foi caminhando por entre aquele rumor de vida, rumor que vinha do farfalhar do mato e do piar das aves e pássaros. Esvoaçavam tiês-vermelhos, bandos de coleiros; anuns voavam e punham pequenas manchas negras no verdor das árvores. Até as flores, essas tristes flores dos nossos campos, no momento, parece que tinham saído à luz, não somente para a fecundação vegetal mas também para a beleza.

Quaresma e seus empregados trabalhavam agora longe, faziam um roçado, e fora para auxiliar esse serviço que contratou o Felizardo. Era este um camarada magro, alto, de longos braços, longas pernas, como um símio. Tinha a face cor de cobre, a barba rala e, sob uma aparência de fraqueza muscular, não havia ninguém mais valente que ele a roçar. Com isso era um tagarela incansável. De manhã, quando chegava, aí pelas seis horas, já sabia todas as intriguinhas do município.

O roçado tinha por fim ganhar terreno ao mato, no lado do norte do sítio, que o capão invadira. Obtido ele, o major plantaria obra de meio alqueire ou pouco mais de milho, e nos intervalos batatas-inglesas, cultura nova em que depositava grandes esperanças. Já se fizera a derrubada e o aceiro estava aberto; Quaresma, porém, não lhe quisera atear fogo. Evitava assim calcinar[175] o terreno,

---

seu *Diário íntimo*, Lima relata: "Manuel de Oliveira morreu a 8 de novembro de 1916, dia de anos de minha irmã. Eu o conheço desde os onze anos e creio que ele foi para casa quando eu tinha doze ou treze anos. Viveu conosco cerca de vinte e dois ou vinte e três anos e muito nos serviu e foi útil. Era preto cabinda e tinha de sua nação um orgulho inglês. Hei de escrever-lhe um artigo".

175 Calcinar refere-se a transformar calcário em cal por meio de intenso aquecimento; submeter algo à temperatura bastante elevada; queimar.

eliminando dele os princípios voláteis ao fogo. Agora o seu trabalho era separar os paus mais grossos, para aproveitar como lenha; os galhos miúdos e folhas, ele removia para longe, onde então queimaria em coivaras pequenas.

Isso levava tempo, custava tombos ao seu corpo mal habituado aos cipós e tocos; mas prometia dar um rendimento maior ao plantio.

Durante o trabalho, Felizardo ia contando as suas novidades para se distrair. Há quem cante, ele falava e pouco se incomodava que lhe dessem ou não atenção.

— Essa gente anda acesa por aí — disse Felizardo logo que o major chegou.

Certas vezes Quaresma fazia-lhe perguntas, atendia-lhe a conversa, raras não. Anastácio era silencioso e grave. Nada dizia: trabalhava e, de quando em quando, parava, considerava, numa postura hierática de uma pintura mural tebana. O major perguntou ao Felizardo:

— Que é que há, Felizardo?

O camarada descansou o grosso tronco de camará no monte, limpou o suor com os dedos e respondeu com a sua fala branda e chiante:

— Negócio de política... "Seu" Tenente Antonino quase briga ontem com "seu dotô Campo".

— Onde?

— Na estação.

— Por quê?

— Negócio de partido. Pelo que ouvi: "seu" Tenente Antonino é pelo "governadô" e "seu dotô Campo" é pelo "senadô"... Um sarcero, patrão!

— E você, por quem é?

Felizardo não respondeu logo. Apanhou a foice e acabou de cortar um galho que enleava o tronco a remover. Anastácio estava de pé e considerou um instante a figura do companheiro palrador. Respondeu afinal:

— Eu! Sei lá... Urubu pelado não se mete no meio dos coroados. Isso é bom pro "sinhô".

— Eu sou como você, Felizardo.

— Quem me dera, meu "sinhô". Inda "trasantonte" ouvi "dizê" que o patrão é amigo do "marechá".

Afastou-se com o pau; e quando voltou Quaresma indagou, assustado:

— Quem disse?

— Não sei, não "sinhô". Ouvi a modo de "dizê" lá na venda do espanhol, tanto assim que "doutô Campo tá" inchado que nem sapo com a sua amizade.

— Mas é falso, Felizardo. Eu não sou amigo coisa alguma... Conheci-o... E nunca disse isso aqui a ninguém... Qual amigo!

— "Quá!" — fez Felizardo com um riso largo e duro. — O patrão "tá" é varrendo a testada.

Apesar de todo o esforço de Quaresma, não houve meio de tirar daquela cabeça infantil a ideia de que ele fosse amigo do marechal Floriano. "Conheci-o no meu emprego" — dizia o major; Felizardo sorria grosso e por uma vez dizia: "Quá! o patrão é fino que nem cobra".

Tal teimosia não deixou de impressionar Quaresma. Que queria dizer aquilo? Demais, as palavras de Ricardo, as suas insinuações pela manhã... Ele tinha o trovador em conta de homem leal e amigo fiel, incapaz de lhe estar armando laços para passar maus momentos; os entusiasmos dele, entretanto, junto à vontade de ser bom amigo, podiam iludi-lo e fazê-lo instrumento de algum perverso. Quaresma ficou um instante pensativo, deixando de remover os galhos cortados; em breve, porém, esqueceu-se e a preocupação dissipou-se. À tarde, quando foi jantar, já nem mais se lembrava da conversa e a refeição correu natural, nem muito alegre, nem muito triste, mas sem sombra alguma de cogitações por parte dele.

Dona Adelaide, sempre com a sua *matinée* creme e saia preta, sentava-se à cabeceira; Quaresma à direita e à esquerda, Ricardo. Era a velha quem sempre puxava a língua do trovador.

— Gostou muito do passeio, senhor Ricardo?

Não havia meio dela dizer "seu". A sua educação de "senhora" de outros tempos não lhe permitia usar esse plebeísmo generalizado. Vira os pais, gente ainda fortemente portuguesa, dizer "senhor" e continuava a dizer, sem fingimento, naturalmente.

— Muito. Que lugar! Uma catadupa...[176] Que maravilha! Aqui, na roça, é que se tem inspiração.

E ele tomava aquela atitude de arroubo: uma fisionomia de máscara de trágico grego e uma voz cavernosa que rolava como uma trovoada abafada.

— Tens composto muito, Ricardo? — indagou Quaresma.

— Hoje acabei uma modinha.

— Como se chama? — indagou dona Adelaide.

— "Os lábios da Carola".

— Bonito! Já fez a música?

Era ainda a irmã de Quaresma a perguntar. Ricardo levava agora o garfo à boca; deixou-o suspenso entre os lábios e o prato e respondeu com toda a convicção:

— A música, minha senhora, é a primeira coisa que faço.

— Hás de no-la cantar logo.

— Pois não, major.

Após o jantar, Quaresma e Coração dos Outros saíram a passear no sítio. Fora essa a única concessão que ao amigo fizera Policarpo, no tocante ao regímen de seus trabalhos agrícolas. Levava sempre o pedaço de pão, que esfarelava em migalhas no galinheiro, para ver a atroz disputa entre as aves. Acabando, ficava um instante a considerar aquelas vidas, criadas, mantidas e protegidas para sustento da sua. Sorria para os frangos, agarrava os pintinhos, ainda implumes, muito vivos e ávidos, e demorava-se a apreciar a estupidez do peru, imponente, fazendo roda, a

176 Queda de grande volume de água corrente; cachoeira, catarata.

dar estouros presunçosos. Em seguida ia ao chiqueiro; assistia a Anastácio dar a ração, despejando-a nos cochos. O enorme cevado de grandes orelhas pendentes levantava-se, dificilmente, e solenemente vinha mergulhar a cabeça na caldeira; noutro compartimento os bacorinhos grunhiam e grunhindo vinham com a mãe chafurdar-se na comida.

A avidez daqueles animais era deveras repugnante, mas os seus olhos tinham uma longa doçura bem humana que os fazia simpáticos.

Ricardo apreciava pouco aquelas formas inferiores de vida, mas Quaresma ficava minutos esquecido a contemplá-las numa demorada interrogação muda. Sentavam-se a um tronco de árvore; e Quaresma olhava o céu alto, enquanto Coração dos Outros contava qualquer história.

A tarde ia adiantada. A terra já começava a amolecer, pelo fim daquele beijo ardente e demorado do sol. Os bambus suspiravam; as cigarras ciciavam; as rolas gemiam amorosamente. Ouvindo passos, o major voltou-se. Padrinho! Olga!

Mal se viram, abraçaram-se, e quando se separaram ficaram ainda a olhar um para o outro, com as mãos presas. E vieram aquelas estúpidas e tocantes frases dos encontros satisfeitos: Quando chegaste? Não esperava... É longe... Ricardo olhava embevecido com a ternura dos dois; Anastácio tirara o chapéu e olhava a "sinhazinha", com o seu terno e vazio olhar de africano.

Passada a emoção, a moça se debruçou sobre o chiqueiro, depois passou a vista pelos quatro pontos e Quaresma perguntou:

— Quedê teu marido?

— O doutor?... Está lá dentro.

O marido tinha resistido muito em acompanhá-la até ali. Não lhe parecia bem aquela intimidade com um sujeito sem título, sem posição brilhante e sem fortuna. Ele não compreendia como o seu sogro, apesar de tudo um homem rico, de outra esfera, tinha podido manter e estreitar relações com um pequeno empregado de uma repartição secundária, e até fazê-lo seu compadre! Que o contrário se desse, era justo; mas como estava a coisa parecia que abalava toda a hierarquia da sociedade nacional. Mas, em definitivo, quando dona Adelaide o recebeu cheia de um imenso respeito, de uma particular consideração, ele ficou desarmado e todas as suas pequenas vaidades foram tocadas e satisfeitas.

Dona Adelaide, mulher velha, do tempo em que o Império armava essa nobreza escolar, possuía em si uma particular reverência, um culto pelo doutorado;[177] e não lhe foi, pois, difícil demonstrá-lo quando se viu diante do doutor Armando Borges, de cujas notas e prêmios ela tinha exata notícia.

Quaresma mesmo recebeu-o com as maiores marcas de admiração e o doutor, gozando aquele seu sobre-humano prestígio, ia conversando pausadamente, sentenciosamente, dogmaticamente; e, à proporção que conversava, talvez para que o efeito não se dissipasse, virava com a mão direita o grande anelão "simbólico", o talismã, que cobria a falange do dedo indicador esquerdo, ao jeito de *marquise*.

Conversaram muito. O jovem par contou a agitação política do Rio, a revolta da fortaleza de Santa Cruz;[178]

177 Lima Barreto não poucas vezes denuncia e ironiza a pratica de "fazer-se doutor" no Brasil e a verdadeira romaria que se organizava ao lado desse tipo de prática. Famoso por isso também é o conto de Machado de Assis "Teoria do medalhão". Em diversas de suas crônicas, Lima critica a fabricação e ostentação do título de doutor. O autor associava a formação de uma aristocracia de doutores à ordem republicana: ambas seriam, para ele, baseadas em superstições. Não se sabe se a crítica foi motivada por seu insucesso em conseguir seu "anel" de formando, mas Lima confrontava seu singelo posto de amanuense ao de doutores que circulavam nas órbitas de favorecimentos e privilégios sociais. Ora demonstrava repulsa por eles, ora trazia à tona uma profunda melancolia diante da não obtenção do título.

178 Referência à fortaleza de Santa Cruz da Barra, em Niterói.

dona Adelaide, a epopeia da mudança, móveis quebrados, objetos partidos. Pela meia-noite todos foram dormir com uma alegria particular, enquanto os sapos levantavam no riacho defronte o seu grave hino à transcendente beleza do céu negro, profundo e estrelado.

Acordaram cedo. Quaresma não foi logo para o trabalho. Tomou café e esteve conversando com o doutor. O correio chegou e trouxe-lhe um jornal. Rasgou a cinta e leu o título. Era *O Município*, órgão local, hebdomadário,[179] filiado ao partido situacionista. O doutor se havia afastado; ele aproveitou a ocasião para ler o jornaleco. Pôs o *pince-nez*, recostou-se na cadeira de balanço e desdobrou o jornal. Estava na varanda; o terral soprava nos bambus que se inclinavam molemente. Começou a leitura. O artigo de fundo intitulava-se "Intrusos" e consistia em uma tremenda descompostura aos não nascidos no lugar que moravam nele — "verdadeiros estrangeiros que se vinham intrometer na vida particular e política da família curuzuense, perturbando-lhe a paz e a tranquilidade".

As oposições feitas ao governo de Floriano Peixoto começaram assim que Deodoro abdicou do cargo de presidente, com menos de dois anos no governo. A Revolta da Armada colocou em xeque o novo regime, em sua própria capital, e desenvolveu-se de setembro de 1893 a março de 1894. Ao mesmo tempo, a oposição de militares também estourava. Em janeiro de 1892 eclodiu uma revolta na fortaleza de Santa Cruz, em Niterói, na cidade do Rio de Janeiro. Os marinheiros sublevados em dezembro de 1891 e ali recolhidos exigiam, com o apoio de militares da própria fortaleza, a renúncia de Floriano e o retorno de Deodoro da Fonseca. O levante durou apenas dois dias, sendo logo controlado. A repressão ao movimento foi instantânea, contribuindo para o aumento da acalorada discussão política no Rio de Janeiro. Floriano fechou o Legislativo, visando deter poderes mais amplos para cercear a movimentação oposicionista.

179 O que se realiza semanalmente; impresso periódico que é publicado todas as semanas, semanário.

Que diabo queria dizer aquilo? Ia deitar fora o jornaleco, quando lhe pareceu ler seu nome entre versos. Procurou o lugar e deu com estas quadrinhas:

POLÍTICA DE CURUZU

Quaresma, meu bem, Quaresma!
Quaresma do coração!
Deixa as batatas em paz,
Deixa em paz o feijão.

Jeito não tens para isso
Quaresma, meu cocumbi![180]
Volta à mania antiga
De redigir em tupi.

OLHO VIVO

O major ficou estuporado. Que vinha ser aquilo? Por quê? Quem era? Não atinava, não achava o motivo e o fundo de semelhante ataque. A irmã aproximara-se acompanhada da afilhada. Quaresma estendeu-lhe o jornal com o braço tremendo: "Lê isto, Adelaide".

A velha senhora viu logo a perturbação do irmão e leu com pressa e solicitude. Ela tinha aquela ampla maternidade das solteironas; pois parece que a falta de filhos reforça e alarga o interesse da mulher pelas dores dos outros. Enquanto ela lia, Quaresma dizia: mas que fiz eu? que tenho com política? E coçava os cabelos já bastante encanecidos.

Dona Adelaide disse então docemente:

— Sossega, Policarpo. Por isso só?... Ora!

A afilhada leu também os versos e perguntou ao padrinho:

180 Dança de origem africana.

— O senhor se meteu algum dia nessa política daqui?

— Eu nunca!... Vou até declarar que...

— Está doido! — exclamaram as duas mulheres a um tempo, ajuntando a irmã:

— Isso seria uma covardia... Uma satisfação... Nunca!

O doutor e Ricardo chegavam de fora e encontraram os três nessas considerações. Notaram a alteração de Quaresma. Estava pálido, tinha os olhos úmidos e coçava sucessivamente a cabeça.

— Que há, major? — indagou o troveiro.

As senhoras explicaram o caso e deram-lhe as quadrinhas a ler. Ricardo depois contou o que ouvira na vila. Acreditavam todos que o major viera para ali no intuito de fazer política, tanto assim que dava esmolas, deixava o povo fazer lenha no seu mato, distribuía remédios homeopáticos... O Antonino afirmara que havia de desmascarar semelhante tartufo.

— E não desmentiste? — perguntou Quaresma.

Ricardo afirmou que sim, mas o escrivão não quisera acreditar nele e reiterara os seus propósitos de ataque.

O major ficou profundamente impressionado com tudo; mas, de acordo com seu gênio, incubou nos primeiros tempos a impressão, e, enquanto estiveram com ele os seus amigos, não demonstrou preocupação.

Olga e o marido passaram no Sossego cerca de quinze dias. O marido, ao fim de uma semana, já parecia cansado. Os passeios não eram muitos. Em geral, os nossos lugarejos são de uma grande pobreza do pitoresco; há um ou dois lugares célebres, assim como na Europa cada aldeia tem a sua curiosidade histórica.

Em Curuzu,[181] o passeio afamado era o Carico, uma

181 O Curuzu, local para onde Policarpo se muda e em que inaugura seu "sítio do Sossego", apresenta paralelos evidentes com a imagem que Lima deixou do local de infância: o sítio do Carico, na ilha do Governador. Hoje a casa habitada pela família Barreto pertence

cachoeira distante duas léguas da casa de Quaresma, para as bandas das montanhas que lhe barravam o horizonte fronteiro. O doutor Campos já travara relações com o major e, graças a ele, houve cavalos e silhão[182] que também permitisse à moça ir à cachoeira.

Foram de manhã, o presidente da Câmara, o doutor, sua mulher e a filha de Campos. O lugar não era feio. Uma pequena cachoeira, de uns quinze metros de altura, despenhava-se em três partes, pelo flanco da montanha abaixo. A água estremecia na queda, como que se enrodilhava e vinha pulverizar-se numa grande bacia de pedra, mugindo e roncando. Havia muita verdura e como que toda a cascata vivia sob uma abóbada de árvores. O sol coava-se dificilmente e vinha faiscar sobre a água ou sobre as pedras em pequenas manchas, redondas ou oblongas. Os periquitos, de um verde mais claro, pousados nos galhos eram como as incrustações daquele salão fantástico.

Olga pôde ver tudo isso bem à vontade, andando de um para outro lado, porque a filha do presidente era de um silêncio de túmulo e o pai desta tomava com o seu marido informações sobre novidades medicinais: Como se cura hoje erisipela? Ainda se usa muito o tártaro emético?[183]

O que mais a impressionou no passeio foi a miséria geral, a falta de cultivo, a pobreza das casas, o ar triste, abatido da gente pobre. Educada na cidade, ela tinha dos roceiros ideia de que eram felizes, saudáveis e alegres. Havendo tanto barro, tanta água, por que as ca-

---

ao Parque de Material Bélico da Aeronáutica. O sítio do Sossego, que o major Policarpo adquiriu após vender sua casa da rua São Januário, ficava localizado no município de Curuzu, a quarenta quilômetros do Rio de Janeiro, segundo Lima Barreto. No entanto, não há município no estado do Rio de Janeiro com esse nome.

182 Sela grande, com um único estribo de um lado e um arção semicircular, própria para mulheres vestidas de saia.

183 Espécie de antimonial, medicamento empregado geralmente no tratamento de leishmanioses.

sas não eram de tijolos e não tinham telhas? Era sempre aquele sapê sinistro e aquele "sopapo" que deixava ver a trama de varas, como o esqueleto de um doente. Por que, ao redor dessas casas, não havia culturas, uma horta, um pomar? Não seria tão fácil, trabalho de horas? E não havia gado, nem grande nem pequeno. Era raro uma cabra, um carneiro. Por quê? Mesmo nas fazendas, o espetáculo não era mais animador. Todas soturnas, baixas, quase sem o pomar olente e a horta suculenta. A não ser o café e um milharal, aqui e ali, ela não pôde ver outra lavoura, outra indústria agrícola. Não podia ser preguiça só ou indolência.[184] Para o seu gasto, para uso próprio, o homem tem sempre energia para trabalhar. As populações mais acusadas de preguiça trabalham relativamente. Na África, na Índia, na Cochinchina, em toda parte, os casais, as famílias, as tribos, plantam um pouco, algumas coisas para eles. Seria a terra? Que seria? E todas essas questões desafiavam a sua curiosidade, o seu desejo de saber, e também a sua piedade e simpatia por aqueles párias, maltrapilhos, mal alojados, talvez com fome, sorumbáticos!...

Pensou em ser homem. Se o fosse passaria ali e em outras localidades meses e anos, indagaria, observaria e com certeza havia de encontrar o motivo e o remédio. Aquilo era uma situação do camponês da Idade Média e começo da nossa: era o famoso animal de La Bruyère que tinha face humana e voz articulada...

184 O tema da preguiça contraposta à indolência é constante na literatura desse período. Uma série de livros escritos nesse contexto insistirão sobre o tema e buscarão vincular um traço essencial do brasileiro a essa característica. Paulo Prado em *Retrato do Brasil*, de 1928, descreve que, entre os sete pecados capitais que assolavam o brasileiro, a preguiça seria o principal. Vale a pena lembrar que no mesmo ano de 1928 Mário de Andrade publicava *Macunaíma*, espécie de manifesto da geração modernista que introduzia um personagem marcado pela preguiça.

Como no dia seguinte fosse passear ao roçado do padrinho, aproveitou a ocasião para interrogar a respeito o tagarela Felizardo. A faina do roçado ia quase no fim; o grande trato da terra estava quase inteiramente limpo e subia um pouco em ladeira a colina que formava a lombada do sítio.

Olga encontrou o camarada cá embaixo, cortando a machado as madeiras mais grossas; Anastácio estava no alto, na orla do mato, juntando, a ancinho, as folhas caídas. Ela lhe falou.

— Bons dias, "sá dona".

— Então trabalha-se muito, Felizardo?

— O que se pode.

— Estive ontem no Carico, bonito lugar... Onde é que você mora, Felizardo?

— É doutra banda, na estrada da vila.

— É grande o sítio de você?

— Tem alguma terra, sim senhora, "sá dona".

— Você por que não planta para você?

— "Quá, sá dona!" O que é que a gente come?

— O que plantar ou aquilo que a plantação der em dinheiro.

— "Sá dona tá" pensando uma coisa e a coisa é outra. Enquanto planta cresce, e então? "Quá, sá dona", não é assim.

Deu uma machadada; o tronco escapou; colocou-o melhor no picador e, antes de desferir o machado, ainda disse:

— Terra não é nossa... E "frumiga"?...[185] Nós não

185 Interessante destacar como, a despeito de toda a simpatia de Lima Barreto pelos africanos e libertos, o escritor sempre os caricatura a partir de um português afastado do ilustrado, mais oral. Veja-se a referência a "frumiga" e "alamão". Por outro lado, no parágrafo o autor revela, ainda, de maneira irônica, a polêmica que grassava sobre a entrada da imigração europeia e os incentivos do governo, que abriu mão da responsabilidade de ajudar os ex-escravos após 1888. Por fim, vale salientar que a questão

"tem" ferramenta... isso é bom para italiano ou "alamão", que governo dá tudo... Governo não gosta de nós...

Desferiu o machado, firme, seguro; e o rugoso tronco se abriu em duas partes, quase iguais, de um claro amarelado, onde o cerne escuro começava a aparecer.

Ela voltou querendo afastar do espírito aquele desacordo que o camarada indicara, mas não pôde. Era certo. Pela primeira vez notava que o *self-help* do governo era só para os nacionais; para os outros todos os auxílios e facilidades, não contando com a sua anterior educação e apoio dos patrícios.

E a terra não era dele? Mas de quem era então, tanta terra abandonada que se encontrava por aí? Ela vira até fazendas fechadas, com as casas em ruínas... Por que esse acaparamento, esses latifúndios inúteis e improdutivos?

A fraqueza de atenção não lhe permitiu pensar mais no problema. Foi vindo para casa, tanto mais que era hora de jantar e a fome lhe chegava.

Encontrou o marido e o padrinho a conversar. Aquele perdera um pouco da sua *morgue*,[186] havia mesmo ocasião em que era até natural. Quando ela chegou, o padrinho exclamava:

— Adubos! É lá possível que um brasileiro tenha tal ideia! Pois se temos as terras mais férteis do mundo!

— Mas se esgotam, major — observou o doutor.

---

da formiga começava a se constituir numa tópica dos modernistas, estando presente na obra de Paulo Prado e na de Mário de Andrade: "Muita saúva e pouca saúde os males do Brasil são", diz Macunaíma. Essas são questões que ressoam temáticas do momento e preocupações concernentes à educação e ao futuro do país. A referência de Lima é revelada mais à frente: é Saint-Hilaire que teria escrito que "se nós não expulsamos as formigas elas nos expulsam".

186 O mesmo que "necrotério". Na frase em questão pode se referir à feição fechada, taciturna, do personagem.

Dona Adelaide, calada, seguia com atenção o *crochet* que estava fazendo; Ricardo ouvia, com os olhos arregalados; e Olga intrometeu-se na conversa:

— Que zanga é essa, padrinho?

— É teu marido, que quer convencer-me que as nossas terras precisam de adubos... Isso é até uma injúria!

— Pois fique certo, major, se eu fosse o senhor — aduziu o doutor —, ensaiava uns fosfatos...

— Decerto, major — obtemperou Ricardo. — Eu, quando comecei a tocar violão, não queria aprender música... Qual música! Qual nada! A inspiração basta!... Hoje vejo que é preciso... É assim — resumia ele.

Todos se entreolharam, exceto Quaresma, que logo disse com toda a força d'alma:

— Senhor doutor, o Brasil é o país mais fértil do mundo, é o mais bem-dotado e as suas terras não precisam "empréstimos" para dar sustento ao homem. Fique certo!

— Há mais férteis, major — avançou o doutor.

— Onde?

— Na Europa.

— Na Europa!

— Sim, na Europa. As terras negras da Rússia, por exemplo.

O major considerou o rapaz durante algum tempo e exclamou triunfante:

— O senhor não é patriota! Esses moços...

O jantar correu mais calmo. Ricardo fez ainda algumas considerações sobre o violão. À noite, o menestrel cantou a sua última produção: "Os lábios da Carola". Suspeitava-se que Carola fosse uma criada do doutor Campos; mas ninguém aludiu a isso. Ouviram-no com interesse e ele foi muito aclamado. Olga tocou no velho piano de dona Adelaide; e, antes das onze horas, estavam todos recolhidos.

Quaresma chegou a seu quarto, despiu-se, enfiou a

camisa de dormir e, deitado, pôs-se a ler um velho elogio das riquezas e opulências do Brasil.[187]

A casa estava em silêncio; do lado de fora, não havia a mínima bulha. Os sapos tinham suspendido um instante a sua orquestra noturna. Quaresma lia; e lembrava-se que Darwin escutava com prazer esse concerto dos charcos. “Tudo na nossa terra é extraordinário!”, pensou. Da despensa, que ficava junto a seu aposento, vinha um ruído estranho. Apurou o ouvido e prestou atenção. Os sapos recomeçaram o seu hino. Havia vozes baixas, outras mais altas e estridentes; uma se seguia à outra, num dado instante todas se juntaram num *unisono* sustentado. Suspenderam um instante a música. O major apurou o ouvido; o ruído continuava. Que era? Eram uns estalos tênues; parecia que quebravam gravetos, que deixavam outros cair ao chão... Os sapos recomeçaram; o regente deu uma martelada e logo vieram os baixos e os tenores. Demoraram muito; Quaresma pôde ler umas cinco páginas. Os batráquios pararam; a bulha continuava. O major levantou-se, agarrou o castiçal e foi à dependência da casa donde partia o ruído, assim mesmo como estava, em camisa de dormir.

Abriu a porta; nada viu. Ia procurar nos cantos, quando sentiu uma ferroada no peito do pé. Quase gritou. Abaixou a vela para ver melhor e deu com uma enorme saúva agarrada com toda a fúria à sua pele magra. Descobriu a origem da bulha. Eram formigas que, por um buraco no assoalho, lhe tinham invadido a despensa e carregavam as suas reservas de milho e feijão, cujos recipientes tinham sido deixados abertos por inadvertência. O chão estava negro, e, carregadas com os grãos, elas, em pelotões cerrados, mergulhavam no solo em busca da sua cidade subterrânea.

187 Referência ao livro *Cultura e opulência do Brasil por suas drogas e minas*, de André João Antonil, que teve sua primeira edição em 1711, em Lisboa.

Quis afugentá-las. Matou uma, duas, dez, vinte, cem; mas eram milhares e cada vez mais o exército aumentava. Veio uma, mordeu-o, depois outra, e o foram mordendo pelas pernas, pelos pés, subindo pelo seu corpo. Não pôde aguentar, gritou, sapateou e deixou a vela cair.

Estava no escuro. Debatia-se para encontrar a porta; achou e correu daquele ínfimo inimigo que, talvez, nem mesmo à luz radiante do sol o visse distintamente...

IV

"Peço energia. Sigo já"

Dona Adelaide, a irmã de Quaresma, tinha uns quatro anos mais que ele. Era uma bela velha, com um corpo médio, uma tez que começava a adquirir aquela pátina da grande velhice, uma espessa cabeleira já inteiramente amarelada e um olhar tranquilo, calmo e doce. Fria, sem imaginação, de inteligência lúcida e positiva, em tudo formava um grande contraste com o irmão; contudo, nunca houve entre eles uma separação profunda nem tampouco uma penetração perfeita. Ela não entendia nem procurava entender a substância do irmão, e sobre ele em nada reagia aquele ser metódico, ordenado e organizado, de ideias simples, médias e claras.

Ela já atingira os cinquenta e ele para lá marchava; mas ambos tinham ar saudável, poucos achaques, e prometiam ainda muita vida. A existência calma, doce e regrada que tinham levado até ali concorrera muito para a boa saúde de ambos. Quaresma incubou as suas manias até depois dos quarenta e ela nunca tivera qualquer.

Para dona Adelaide, a vida era coisa simples, era viver, isto é, ter uma casa, jantar e almoço, vestuário, tudo modesto, médio. Não tinha ambições, paixões, desejos. Moça, não sonhara príncipes, belezas, triunfos, nem mesmo um marido. Se não casou foi porque não sentiu necessidade disso; o sexo não lhe pesava e de alma e corpo ela sempre se sentiu completa.

O seu aspecto tranquilo e o sossego dos seus olhos verdes, de um brilho lunar de esmeralda, emolduravam e realçavam naquele interior familiar a agitação e a inquietude, o alanceado do irmão.

Não se vá supor que Quaresma andasse transtornado como um doido. Felizmente não. Na aparência até poder-se-ia imaginar que nada conturbava sua alma; porém, se mais vagarosamente se examinassem os seus hábitos, gestos e atitudes logo se havia de ver que o sossego e a placidez não moravam no seu pensamento.

Ocasiões havia em que ficava a olhar, durante minutos seguidos, ao longe o horizonte, perdido em cisma; outras, isso quando no trabalho da roça, em que suspendia todos os movimentos, fincava o olhar no chão, demorava-se assim um instante, coçando uma mão com a outra, dava depois um muxoxo, continuava o trabalho; e mesmo momentos surgiam em que não reprimia uma exclamação ou uma frase.

Anastácio, em tais instantes, olhava por baixo dos olhos o patrão. O antigo escravo não os sabia mais fixar, e nada dizia; Felizardo continuava a contar a fuga da filha do Custódio com o Manduca da venda; e o trabalho marchava.

Inútil é dizer que a irmã não fazia reparo nisso, mesmo porque, a não ser no jantar e nas primeiras horas do dia, eles viviam separados. Quaresma na roça, nas plantações, e ela superintendendo o serviço doméstico.

As outras pessoas de suas relações não podiam também notar as preocupações absorventes do major, pelo simples motivo de que estavam longe.

Ricardo havia seis meses que não o visitava e da afilhada e do compadre as últimas cartas que recebera datavam de uma semana, não vendo aquela há tanto tempo quanto ao trovador, e aquele desde quase um ano, isto é, o tempo em que estava no Sossego.

Durante esse tempo, Quaresma não cessou de se interessar pelo aproveitamento de suas terras. Os seus hábitos não foram mudados e a sua atividade continuava sempre a mesma. É verdade que deixara de parte os instrumentos de meteorologia.

O higrômetro, o barômetro e os outros companheiros não eram mais consultados e as observações registradas num caderno. Dera-se mal com eles. Fosse inexperiência e ignorância das bases teóricas deles, fosse porque fosse, o certo é que toda previsão que Quaresma fazia, baseado em combinações dos seus dados, saía errada. Se esperava tempo seguro, lá vinha chuva; se esperava chuva, lá vinha seca.

Assim perdeu muita semente e Felizardo mesmo sorria dos seus aparelhos, com aquele grosso e cavernoso sorriso de troglodita:

— "Quá", patrão! Isso de chuva vem quando Deus "qué".

O barômetro aneroide continuava a um canto a dançar o seu ponteiro sem ser percebido; o termômetro de máxima e mínima, legítimo Casella, jazia dependurado na varanda sem receber um olhar amigo; a caçamba do pluviômetro estava no galinheiro e servia de bebedouro às aves; só o anemômetro continuava teimosamente a rodar, a rodar, já sem fio, no alto do mastro, como se protestasse contra aquele desprezo pela ciência que Quaresma representava.

Quaresma vivia assim, sentindo que a campanha que lhe tinham movido, embora tendo deixado de ser pública, lavrava ocultamente. Havia no seu espírito e no seu caráter uma vontade de acabá-la de vez, mas como? Se não o acusavam, se não articulavam nada contra ele diretamente? Era um combate com sombras, com aparências, que seria ridículo aceitar.

De resto, a situação geral que o cercava, aquela miséria da população campestre que nunca suspeitara, aquele abandono de terras à improdutividade, encaminhavam sua alma de patriota meditativo a preocupações angustiosas.

Via o major com tristeza não existir naquela gente humilde sentimento de solidariedade, de apoio mútuo. Não se associavam para coisa alguma e viviam separados, isolados, em famílias geralmente irregulares, sem sentir a necessidade de união para o trabalho da terra. Entretanto, tinham bem perto o exemplo dos portugueses que, unidos aos seis e mais, conseguiam em sociedade cultivar a arado roças de certa importância, lucrar e viver. Mesmo o velho costume do "moitirão" já se havia apagado.

Como remediar isso?

Quaresma desesperava...

A tal afirmação de falta de braços pareceu-lhe uma afirmação de má-fé ou estúpida, e estúpido ou de má-fé era o governo que os andava importando aos milhares,[188] sem se preocupar com os que já existiam. Era como se no campo em que pastavam mal meia dúzia de cabeças de gado, fossem introduzidas mais três, para aumentar o estrume!...

Pelo seu caso, ele via bem as dificuldades, os óbices de toda sorte que havia para fazer a terra produtiva e remunerada. Um fato veio mostrar-lhe com eloquência um dos

188 Novamente Lima critica a política do governo, que apostava na entrada de mão de obra imigrante e desconsiderava a população residente no país. Conforme dados estatísticos fornecidos pelo IBGE, no período aproximado à data de publicação de *Triste fim de Policarpo Quaresma*, é possível constatar a crescente entrada de imigrantes no Brasil. No ano de 1910, um total de 86 751 imigrantes entrou no país, entre alemães, espanhóis, italianos, portugueses, russos e japoneses. Em 1911 esse número passou para 133 575. Já em 1912, para 177 887 e, em 1913, para 190 333. A partir de 1914 é possível verificar uma queda brusca no fluxo de imigrantes: em 1914, 79 232 imigrantes e, em 1915, 30 333.

aspectos da questão. Vencendo a erva-de-passarinho, os maus-tratos e o abandono de tantos anos, os abacateiros de suas terras conseguiram frutificar, fracamente é verdade, mas de forma superior às necessidades de sua casa.

A sua alegria foi grande. Pela primeira vez, ia passar-lhe pelas mãos dinheiro que lhe dava a terra, sempre mãe e sempre virgem. Tratou de vender, mas como? a quem? No lugar havia um ou outro que os queria comprar por preços ínfimos. Com decisão foi ao Rio procurar comprador. Andou de porta em porta. Não queriam, eram muitos. Ensinaram-lhe que procurasse um tal senhor Azevedo no Mercado, o rei das frutas. Lá foi.

— Abacates! Ora! Tenho muitos... Estão muito baratos!

— Entretanto — disse Quaresma —, ainda hoje indaguei em uma confeitaria e pediram-me pela dúzia cinco mil-réis.

— Em porção, o senhor sabe que... É isso... Enfim, se quer mande-os...

Depois, tilintou a pesada corrente de ouro, pôs uma das mãos na cava do colete e quase de costas para o major:

— É preciso vê-los... O tamanho influi...

Quaresma os mandou e, quando lhe veio o dinheiro, teve a satisfação orgulhosa de quem acaba de ganhar uma grande batalha imortal. Acariciou uma por uma aquelas notas encardidas, leu-lhes bem o número e a estampa, arrumou-as todas uma ao lado da outra sobre uma mesa e muito tempo levou sem ânimo de trocá-las.

Para avaliar o lucro, descontou o frete, de estrada de ferro e carroça, o custo dos caixões, o salário dos auxiliares e, após esse cálculo que não era laborioso, teve a evidência de que ganhara mil e quinhentos réis,[189] nem

189 O *Jornal do Commercio* de 1º de julho de 1911, em circulação no Rio de Janeiro, anunciava a venda de um piano usado por 450 réis, que teria sido comprado muito recentemente por 1200 réis.

mais nem menos. O senhor Azevedo tinha-lhe pago pelo cento a quantia com que se compra uma dúzia.

Assim mesmo o seu orgulho não diminuiu e ele viu naquele ridículo lucro objeto para maior contentamento do que se recebesse um avultado ordenado.

Foi, portanto, com redobrada atividade que se pôs ao trabalho. Para o ano, o lucro seria maior. Tratava-se agora de limpar as fruteiras. Anastácio e Felizardo continuavam ocupados nas grandes plantações; contratou um outro empregado para ajudá-lo no tratamento das velhas árvores frutíferas.

Foi, pois, com o Mané Candeeiro que ele se pôs a serrar os galhos das árvores, os galhos mortos e aqueles em que a erva daninha segurava as suas raízes. Era árduo e difícil o trabalho. Tinham às vezes que subir às grimpas para a extirpação do galho atingido; os espinhos rasgavam as roupas e feriam as carnes; e em muitas ocasiões estiveram em risco de vir ao chão serrote e Quaresma ou o camarada.

Mané Candeeiro falava pouco, a não ser que se tratasse de coisas de caça; mas cantava que nem passarinho. Estava a serrar, estava a cantar trovas roceiras, ingênuas, onde com surpresa o major não via entrar a fauna, a flora locais, os costumes das profissões roceiras. Eram vaporosamente sensuais e muito ternas, melosas até; por acaso lá vinha uma em que um pássaro local entrava; então o major escutava:

Eu vou dar a despedida
Como deu o bacurau,[190]
Uma perna no caminho
Outra no galho de pau.

190 Nome comum dado a várias espécies de aves da família dos caprimulgídeos, e que também é empregado ao se referir a um indivíduo que só costuma sair durante a noite.

Esse bacurau que entrava aí satisfazia particularmente às aspirações de Quaresma. A observação popular já começava a interessar-se pelo espetáculo ambiente, já se emocionava com ele e a nossa raça deitava, portanto, raízes na grande terra que habitava. Ele a copiou e mandou ao velho poeta de São Cristóvão. Felizardo dizia que Mané Candeeiro era um mentiroso, pois todas aquelas caçadas de caititus, jacus, onças eram patranhas; mas, respeitava o seu talento poético, principalmente no desafio: o moleque é bom!

Ele era claro e tinha umas feições regulares, cesarianas, duras e fortes, um tanto amolecidas pelo sangue africano.

Quaresma procurou descobrir nele aquela odiosa catadura[191] que Darwin achou nos mestiços,[192] mas, sinceramente, não a encontrou.

Com auxílio de Mané Candeeiro foi que Quaresma conseguiu acabar de limpar as fruteiras daquele velho sítio abandonado há quase dez anos. Quando o serviço ficou pronto, ele viu com tristeza aquelas velhas árvores amputadas, mutiladas, com folhas aqui e sem folhas ali... Pareciam sofrer e ele se lembrou das mãos que as tinham plantado há vinte ou trinta anos, escravos, talvez, banzeiros e desesperançados!...

Mas não tardou que os botões rebentassem e tudo reverdecesse, e o renascimento das árvores como que trouxe o contentamento das aves e do passaredo solto. De manhã, esvoaçavam os tiês-vermelhos, com o seu pio pobre, espécie de ave tão inútil e tão bela de plumas que

191 O mesmo que "aparência", "aspecto"; "disposição de espírito"; "expressão do semblante".

192 Na frase, Quaresma não identificou os elementos físicos que embasavam o pessimismo de Darwin quanto aos indivíduos mestiços. Ele não tinha certeza da perversidade da mestiçagem no futuro. No entanto, sua reflexão embasou correntes, como o darwinismo social, também chamado de teoria das raças.

parece ter nascido para os chapéus das damas; as rolas pardas e caboclas em bando, mariscando, no chão capinado; pelo correr do dia, eram os sanhaçus a cantar nos galhos altos, os papa-capins, as nuvens de coleiros;[193] e de tarde como que todos eles se reuniam, piando, cantando, chilreando, pelas altas mangueiras, pelos cajueiros, pelos abacateiros, entoando louvores ao trabalho tenaz e fecundo do velho major Quaresma.

Não durou muito essa alegria. Um inimigo apareceu inopinadamente, com a rapidez ousadíssima de um general consumado. Até ali ele se mostrara tímido, parecia que somente mandava esclarecedores.

Desde aquele ataque às provisões de Quaresma, logo afugentadas, não mais as formigas reapareceram; mas, naquela manhã, quando contemplou o seu milharal, foi como se lhe tirassem a alma, e ficou sem ação e as lágrimas lhe vieram aos olhos.

O milho que já tinha repontado, muito verde, pequenino, com uma timidez de criança, crescera cerca de meio palmo acima da terra; o major até mandara buscar o sulfato de cobre para a solução em que ia lavar a batata-inglesa a plantar nos intervalos dos pés.

Toda a manhã, ele ia lá e já via o milharal crescido com o seu pendão branco e as suas espigas de coma cor de vinho, oscilando ao vento; naquela, ele não viu nada mais. Até os tenros colmos tinham sido cortados e levados para longe! "A modo que é obra de gente", disse Felizardo; entretanto, tinham sido as saúvas, os terríveis himenópteros,[194] piratas ínfimos que lhe caíam em cima do trabalho com uma rapacidade turca... Era

193 Denominação de várias aves que ocorrem em todo o Brasil. O nome popularizou-se devido ao fato de apresentarem garganta branca com uma mancha escura no centro.

194 Ordem de insetos que possuem metamorfose completa, como abelhas, vespas e formigas.

preciso combatê-los. Quaresma pôs-se logo em campo, descobriu as aberturas principais do formigueiro e em cada uma queimou o formicida mortal. Passaram-se dias; os inimigos pareciam derrotados; mas, certa noite, indo ao pomar para melhor apreciar a noite estrelada, Quaresma ouviu uma bulha esquisita, como se alguém esmagasse as folhas mortas das árvores... Um estalido... E era perto... Acendeu um fósforo e o que viu, meu Deus! Quase todas as laranjeiras estavam negras de imensas saúvas. Havia delas às centenas, pelos troncos e pelos galhos acima, e agitavam-se, moviam-se, andavam como em ruas transitadas e vigiadas a população de uma grande cidade: umas subiam, outras desciam; nada de atropelos, de confusão, de desordem. O trabalho como que era regulado a toques de corneta. Lá em cima umas cortavam as folhas pelo pecíolo; cá embaixo, outras serravam-nas em pedaços e afinal eram carregadas por terceiras, levantando-as acima da descomunal cabeça, em longas fileiras pelo trilho limpo, aberto entre a erva rasteira.

Houve um instante de desânimo na alma do major. Não tinha contato com aquele obstáculo nem o supusera tão forte. Agora via bem que era uma sociedade inteligente, organizada, ousada e tenaz com quem se tinha de haver. Veio-lhe então à lembrança aquela frase de Saint-Hilaire: se nós não expulsássemos as formigas, elas nos expulsariam.

O major não estava lembrado ao certo se eram essas as palavras, mas o sentido era, e ficou admirado que só agora ela lhe ocorresse.

No dia seguinte, tinha recobrado o ânimo. Comprou ingredientes e ei-lo mais o Mané Candeeiro, a abrir picadas, a fazer esforços de sagacidade, para descobrir os redutos centrais, as "panelas" dos insetos terríveis. Então era como se os bombardeassem; o sulfeto queimava, estourava em tiros seguidos, mortíferos, letais!

E daí em diante, foi uma batalha sem tréguas. Se aparecia uma abertura, um "olho", logo se lhe aplicava o formicida, pois do contrário nenhuma plantação era possível, tanto mais que, extintos os das suas terras, não tardariam os formigueiros das vizinhanças ou dos logradouros públicos a deitar canículos para o seu terreno.

Era um suplício, um castigo, uma espécie de vigilância a dique holandês e Quaresma viu bem que só uma autoridade central, um governo qualquer, ou um acordo entre os cultivadores, podia levar a efeito a extinção daquele flagelo, pior que a saraiva, que a geada, que a seca, sempre presente, inverno ou verão, outono ou primavera.

Não obstante essa luta diária, o major não desanimou e pôde colher alguns produtos das plantações que tinha feito. Se por ocasião das frutas, a sua alegria foi grande, mais expressiva e mais profunda ela foi, quando viu partir para a estação, em sucessivas carretas, as abóboras, os aipins, as batatas-doces, em cestos cobertos com sacos cosidos. Os frutos, em parte, eram de outras mãos; as árvores não tinham sido plantadas por ele; mas aquilo não, vinha do seu suor, da sua iniciativa, do seu trabalho!

Ele ainda foi ver aqueles cestos na estação, com a ternura de um pai que vê partir seu filho para a glória e para a vitória. Recebeu o dinheiro dias depois, contou-o e esteve deduzindo os lucros.

Não foi à roça nesse dia; o trabalho de guarda-livros roubou o de cultivador. A sua atenção, já um tanto gasta, não lhe favorecia a tarefa das cifras, e só pelo meio-dia pôde dizer à irmã:

— Sabes qual foi o lucro, Adelaide?

— Não. Menor do que o dos abacates?

— Um pouco mais.

— Então... Quanto?

— Dois mil quinhentos e setenta réis — respondeu Quaresma, destacando sílaba por sílaba.

— O quê?

— Foi isso. Só de frete paguei cento e quarenta e dois mil e quinhentos.

Dona Adelaide esteve algum tempo com os olhos baixos, seguindo a costura que fazia, depois, levantando o olhar:

— Homem, Policarpo, o melhor é deixares isso... Tens gasto muito dinheiro... Só com as formigas!

— Ora, Adelaide! Pensas que quero fazer fortuna? Faço isso para dar exemplo, levantar a agricultura, aproveitar as nossas terras feracíssimas...

— É isto... Queres sempre ser a abelha-mestra... Já viste os grandes fazerem esses sacrifícios?... Vê lá se fazem! Histórias... Metem-se no café, que tem todas as proteções...

— Mas, faço eu.

A irmã prestou mais atenção à costura, Policarpo levantou-se, foi até a janela que dava para o galinheiro. Fazia um dia fosco e irritante. Ele concertou o *pince-nez*, esteve olhando e de lá falou:

— Oh! Adelaide! Aquilo não é uma galinha morta?...

A velha senhora ergueu-se com a costura, foi até a janela e verificou com a vista:

— É... É já a segunda que morre hoje.

Após essa leve conversa, Quaresma voltou à sua sala de estudos. Meditava grandes reformas agrícolas. Mandara buscar catálogos e ia examiná-los. Tinha já em mente uma charrua dupla, um capinador mecânico, um semeador, um destocador,[195] grades, tudo americano, de aço, dando o rendimento efetivo de vinte homens. Até então, não quisera essas inovações; as terras mais ricas do mundo não precisavam desses processos, que lhe pareciam artificiais, para produzir; estava, porém, agora

195 Máquina empregada para arrancar os tocos deixados no corte de árvores.

disposto a empregá-los como experiência. Aos adubos, no entanto, o seu espírito resistia. "Terra virada", dizia Felizardo, "terra estrumada"; parecia a Quaresma uma profanação estar a empregar nitratos, fosfatos ou mesmo estrume comum, numa terra brasileira... Uma injúria!

Quando se convencesse de que eram necessários, parecia-lhe que todo o seu sistema de ideias ia por terra e os móveis de sua vida desapareceriam. Estava assim a escolher arados e outros "Planets", "Bajacs" e "Brabants" de vários feitios, quando o seu pequeno copeiro lhe anunciou a visita do doutor Campos.

O edil[196] entrou com a sua jovialidade, a sua mansidão e o seu grande corpo. Era alto e gordo, pançudo um pouco, tinha os olhos castanhos, quase à flor do rosto, uma testa média e reta; o nariz, malfeito. Um tanto trigueiro, cabelos corridos e já grisalhos, era o que se chama por aí um caboclo, embora o seu bigode fosse crespo. Não nascera em Curuzu, era da Bahia ou de Sergipe, habitava, porém, o lugar há mais de vinte anos, onde casara e prosperara, graças ao dote da mulher e à sua atividade clínica. Com esta, não gastava grande energia mental: tendo de cor uma meia dúzia de receitas, ele, desde muito, conseguira enquadrar as moléstias locais no seu reduzido formulário.

Presidente da Câmara, era das pessoas mais consideráveis de Curuzu, e Quaresma o estimava particularmente pela sua familiaridade, pela sua afabilidade e simplicidade.

— Ora viva, major! Como vai isso por aí? Muita formiga? Lá em casa já não há mais.

Quaresma respondeu com menos entusiasmo e jovialidade, mas contente com a alegria comunicativa do doutor. Ele continuava a falar com desembaraço e naturalidade:

196 Magistrado encarregado da polícia, da inspeção dos edifícios, dos jogos públicos e do abastecimento na Roma antiga.

— Sabe o que me traz aqui, major? Não sabe, não é? Preciso de um pequeno obséquio seu.

O major não se espantou; simpatizava com o homem e abriu-se em oferecimentos.

— Como o major sabe...

Agora a sua voz era doce, flexível, sutil; as palavras caíam-lhe da boca adocicadas, dobravam-se, coleavam-se:

— Como o major sabe, as eleições se devem realizar por estes dias. A vitória é "nossa". Todas as mesas estão conosco, exceto uma... Aí mesmo, se o major quiser...

— Mas, como? se eu não sou eleitor, não me meto, nem quero meter-me em política? — perguntou Quaresma ingenuamente.

— Exatamente por isso — disse o doutor com voz forte; e em seguida brandamente: — a seção funciona na sua vizinhança, é ali, na escola, se...

— E daí?

— Tenho aqui uma carta do Neves, dirigida ao senhor. Se o major quer responder (é melhor já) que não houve eleição... Quer?

Quaresma olhou o doutor com firmeza, coçou um instante o cavanhaque e respondeu claramente, firmemente:

— Absolutamente não.

O doutor não se zangou. Pôs mais unção e macieza na voz, aduziu argumentos: que era para o partido, o único que pugnava pelo levantamento da lavoura. Quaresma foi inflexível; disse que não, que lhe eram absolutamente antipáticas tais disputas, que não tinha partido e mesmo que tivesse não iria afirmar uma coisa que ele não sabia ainda se era mentira ou verdade.

Campos não deu mostras de aborrecimento, conversou um pouco sobre coisas banais e despediu-se com o ar amável, com a jovialidade mais sua que era possível.

Isso se passou na terça-feira, naquele dia de luz fosca e irritante. À tarde houve trovoada, choveu muito. O tempo só levantou na quinta-feira, dia em que o major foi surpreendido com a visita de um sujeito com um uniforme velho e lamentável, portador de um papel oficial para ele, proprietário do Sossego, conforme mesmo disse o tal homem fardado.

Em virtude das posturas e leis municipais, rezava o papel, o senhor Policarpo Quaresma, proprietário do sítio Sossego, era intimado, sob as penas das mesmas posturas e leis, a roçar e capinar as testadas do referido sítio que confrontavam com as vias públicas.

O major ficou um tempo pensando. Julgava impossível uma tal intimação. Seria mesmo? Brincadeira... Leu de novo o papel, viu a assinatura do doutor Campos. Era certo... Mas que absurda intimação essa de capinar e limpar estradas na extensão de mil e duzentos metros, pois seu sítio dava de frente para um caminho e de um dos lados acompanhava outro na extensão de oitocentos metros — era possível!?

A antiga corveia!...[197] Um absurdo! Antes confiscassem-lhe o sítio. Consultando a irmã, ela lhe aconselhou que falasse ao doutor Campos. Contou-lhe então Quaresma a conversa que tivera com ele dias antes.

— Mas és tolo, Policarpo. Foi ele mesmo...

A luz se lhe fez no pensamento... Aquela rede de leis, de posturas, de códigos e de preceitos, nas mãos desses regulotes, de tais caciques, se transformava em potro, em polé, em instrumento de suplícios para torturar os inimigos, oprimir as populações, crestar-lhes a iniciativa e a independência, abatendo-as e desmoralizando-as.

Pelos seus olhos passaram num instante aquelas faces amareladas e chupadas que se encostavam nos portais das vendas preguiçosamente; viu também aquelas crianças

197 Trabalho coletivo gratuito que era devido ao senhor feudal ou ao rei pelo camponês durante certo número de dias. Nesse caso, Lima faz um paralelo com o perfil intervencionista do governo, que se assemelharia ao direito feudal.

maltrapilhas e sujas, d'olhos baixos, a esmolar disfarçadamente pelas estradas; viu aquelas terras abandonadas, improdutivas, entregues às ervas e insetos daninhos; viu ainda o desespero de Felizardo, homem bom, ativo e trabalhador, sem ânimo de plantar um grão de milho em casa e bebendo todo o dinheiro que lhe passava pelas mãos — esse quadro passou-lhe pelos olhos com a rapidez e o brilho sinistro do relâmpago; e só se apagou de todo, quando teve que ler a carta que a sua afilhada lhe mandara.

Vinha viva e alegre. Contava pequenas histórias de sua vida, a viagem próxima do papai, à Europa, o desespero do marido no dia em que saiu sem anel, pedia notícias do padrinho, de dona Adelaide e, sem desrespeito, recomendava à irmã de Quaresma que tivesse muito cuidado com o manto de arminho da "Duquesa".

A "Duquesa" era uma grande pata branca, de penas alvas e macias ao olhar, que, pela lentidão e majestade do andar, com o pescoço alto e o passo firme, merecera de Olga esse apelido nobre. O animal tinha morrido havia dias. E que morte! Uma peste que lhe levara duas dúzias de patos levara "Duquesa" também. Era uma espécie de paralisia que tomava as pernas, depois o resto do corpo. Três dias levou a agonizar. Deitado sobre o peito, com o bico colado ao chão, atacada pelas formigas, o animal só dava sinal de vida por uma lenta oscilação do pescoço em torno do bico, espantando as moscas que o importunavam na sua última hora.

Era de ver como aquela vida, tão estranha à nossa, naquele instante penetrava em nós e sentíamos-lhe o sofrimento, a agonia e a dor.

O galinheiro ficou como uma aldeia devastada; a peste atacou galinhas, perus, patos; ora sobre uma forma, ora sobre outra, foi ceifando, matando, até reduzir a sua população a menos de metade.

E não havia quem soubesse curar. Numa terra cujo governo tinha tantas escolas que produziam tantos sábios, não havia um só homem que pudesse reduzir, com as suas drogas ou receitas, aquele considerável prejuízo.

Esses contratempos, essas contrariedades abateram muito o cultivador entusiástico dos primeiros meses; entretanto não passara pela mente de Quaresma abandonar os seus propósitos. Adquiriu compêndios de veterinária e até já tratava de comprar as máquinas agrícolas descritas nos catálogos.

Uma tarde, porém, estava à espera da junta de bois que encomendara para o trabalho do arado, quando lhe apareceu à porta um soldado de polícia com um papel oficial. Ele se lembrou da intimação municipal. Estava disposto a resistir, não se incomodou muito.

Recebeu o papel e leu. Não vinha mais da municipalidade, mas da coletoria, cujo escrivão, Antonino Dutra, conforme estava no papel, intimava o senhor Policarpo Quaresma a pagar quinhentos mil-réis de multa, por ter enviado produtos de sua lavoura sem pagamento dos respectivos impostos.

Viu bem o que havia nisso de vingança mesquinha; mas o seu pensamento voou logo para as coisas gerais, levado pelo seu patriotismo profundo.

A quarenta quilômetros do Rio, pagavam-se impostos para se mandar ao mercado umas batatas? Depois de Turgot,[198] da Revolução,[199] ainda havia alfândegas interiores?

Como era possível fazer prosperar a agricultura, com tantas barreiras e impostos? Se ao monopólio dos atraves-

198 Anne Robert Jacques Turgot (1727-81). Administrador, economista e enciclopedista francês. Adepto da fisiocracia, no cargo de controlador-geral da França, colocou em prática o sistema de *laissez faire, laissez passer.* Sem agradar a muitos, foi destituído do cargo.

199 Referência aos impostos que grassavam na França, um dos motivos da Revolução de 1789.

sadores do Rio se juntavam as exações do Estado, como era possível tirar da terra a remuneração consoladora?

E o quadro que já lhe passara pelos olhos, quando recebeu a intimação da municipalidade, voltou-lhe de novo, mais tétrico, mais sombrio, mais lúgubre; e anteviu a época em que aquela gente teria de comer sapo, cobras, animais mortos, como em França os camponeses, em tempos de grandes reis.

Quaresma veio a recordar-se do seu tupi, do seu *folklore*, das modinhas, das suas tentativas agrícolas — tudo isso lhe pareceu insignificante, pueril, infantil.

Era preciso trabalhos maiores, mais profundos; tornava-se necessário refazer a administração. Imaginava um governo forte, respeitado, inteligente, removendo todos esses óbices, esses entraves, Sully[200] e Henrique IV,[201] es-

200 Maximilien de Béthune, o Barão de Sully (1559-1601), integrou o exército de Henrique de Navarra. Quando esse se tornou rei, como Henrique IV, Sully tornou-se seu conselheiro preferido. Assumiu os cargos de superintendente das Finanças, passando a ser o ministro responsável por toda a administração do reino, ao passo que promoveu a agricultura, as manufaturas, o comércio, a defesa nacional e a diplomacia. Após a morte de Henrique IV, retirou-se da cena pública, interferindo raramente nos negócios públicos.

201 Henrique IV (1553-1610), rei de Navarra após a morte de sua mãe, escapou do massacre da noite de São Bartolomeu, em 1572. Calvinista, tornou-se líder do partido protestante e envolveu-se em guerras religiosas na Europa. Tornou-se rei da França, mas encontrou oposições no próprio país para o reconhecimento desse título, e viu-se impelido a abjurar o protestantismo. A paz interna foi duramente alcançada com o fim das guerras religiosas, em 1598. No mesmo ano foi obtido pelos protestantes um estatuto de tolerância, que o realismo político do reinado de Henrique IV garantiu, sem esquecer as garantias para os católicos. Seu governo representou uma etapa decisiva para a instauração do absolutismo: sua autoridade foi afirmada sobre o Parlamento, e a alta nobreza foi afastada e sufocada. A restauração econômica, abalada com as guerras religiosas, foi tarefa prioritária do rei, que contou com a atuação decisiva do ministro Barão de Sully. Promoveu me-

palhando sábias leis agrárias, levantando o cultivador... Então sim! O celeiro surgiria e a pátria seria feliz.

Felizardo entregou-lhe o jornal que toda manhã mandava comprar à estação e lhe disse:

— Seu patrão, amanhã não venho "trabaiá".

— Por certo; é dia feriado... A Independência.

— Não é por isso.

— Por que então?

— Há "baruio" na Corte e dizem que vão "arrecrutá". Vou pro mato... Nada!

— Que barulho?

— "Tá" nas "foias", sim "sinhô".

Abriu o jornal e logo deu com a notícia de que os navios da esquadra[202] se haviam insurgido e intimado o presidente a sair do poder. Lembrou-se das suas reflexões de instantes atrás; um governo forte, até à tirania... Medidas agrárias... Sully e Henrique IV...

Os seus olhos brilhavam de esperança. Despediu o empregado. Foi ao interior da casa, nada disse à irmã, tomou o chapéu e dirigiu-se à estação.

Chegou ao telégrafo e escreveu:

"Marechal Floriano, Rio. Peço energia. Sigo já. — Quaresma"

---

lhoramento na área agrícola, fundou indústrias, aperfeiçoou as vias de comunicação e fez grandes obras de urbanização.

202 Referência à Revolta da Armada, movimento promovido por unidades da Marinha do Brasil, no final do século XIX, contra o governo do marechal Floriano Peixoto. A movimentação oposicionista que desencadeou a Revolta partiu da atuação do almirante Custódio de Melo, o mesmo que derrubou Deodoro da Fonseca. A esquadra rebelada foi empregada como forma de pressionar Floriano Peixoto, na iminência de ataques e de domínio da baía de Guanabara.

V

O trovador

— Decerto, Albernaz, não é possível continuar assim... Então, mete-se um sujeito num navio, assesta os canhões pra terra e diz: sai daí "seu" presidente; e o homem vai saindo?... Não! É preciso um exemplo...

— Eu penso também da mesma maneira, Caldas. A República precisa ficar forte, consolidada...[203] Esta terra necessita de governo que se faça respeitar... É incrível! Um país como este, tão rico, talvez o mais rico do mundo, é, no entanto, pobre, deve a todo o mundo... Por quê? Por causa dos governos que temos tido que não têm prestígio, força... É por isso.

Vinham andando, à sombra das grandes e majestosas árvores do parque abandonado; ambos fardados e de espada. Albernaz, depois de um curto intervalo, continuou:

— Você viu o imperador, o Pedro II... Não havia jornaleco, pasquim por aí, que o não chamasse de "banana" e outras coisas... Saía no Carnaval... Um desrespeito sem nome! Que aconteceu? Foi-se como um intruso.[204]

203 Referência ao mote político que justificou a repressão com que a República reagiu aos movimentos sociais que estouram na época. O lema era "Consolidação da República", ainda marcada pela força do Império.

204 Lima, que num primeiro momento aderiu à República, em consonância com vários intelectuais de sua geração, também passou a lamentar o fim do Império e projetar naquele período uma era de

— E era um bom homem — observou o almirante. — Amava o seu país... Deodoro[205] nunca soube o que fez.

Continuavam a andar. O almirante coçou um dos favoritos e Albernaz olhou um instante para todos os lados, acendeu o cigarro de palha e retomou a conversa:

— Morreu arrependido... Nem com a farda quis ir para a cova!... Aqui para nós que ninguém nos ouve: foi um ingrato; o imperador tinha feito tanto por toda a família, não acha?[206]

— Não há dúvida nenhuma!... Albernaz, você quer saber de uma coisa: estávamos melhor naquele tempo, digam lá o que disserem...

— Quem diz o contrário? Havia mais moralidade... Onde está um Caxias? um Rio Branco?[207]

"igualdade e concórdia". Aqui ele faz referência à maneira como Pedro II aparecia nos jornais satíricos, como a *Revista Ilustrada*, aos blocos de carnaval que desfilavam trazendo sua figura associada ao escravismo e à sua partida na madrugada. Em texto famoso, Lima descreveu a vergonha que significou expulsar "na surdina" o imperador e a família. Por isso a referência ao "intruso".

205 Manuel Deodoro da Fonseca (1827-92). Militar e político, combateu a Revolução Praieira, no Prata, em 1864, e na campanha do Paraguai. Incorporou-se no movimento militar envolvido com a questão republicana. Tornou-se chefe do governo provisório, quando foi eleito pelo Congresso Constituinte o primeiro presidente constitucional. Sofreu crescente oposição do Legislativo devido a seu ministério ser composto por muitos nomes do governo monárquico e à sua tentativa de estabelecer um poder pessoal. Diante disso o Legislativo foi dissolvido, em 1891. O contragolpe veio no mesmo ano, com a revolta da esquadra comandada por Custódio de Melo. Deodoro da Fonseca renunciou à presidência, sendo substituído por Floriano Peixoto, seu vice.

206 O escritor dá vazão à voz comum que à época dizia que Deodoro havia sido excomungado pela mãe, porque ela o considerava responsável pela deposição de d. Pedro II, e que o marechal teria vivido deprimido por conta do ato. Não se sabe se foi fato, mas a ideia de "gratidão" foi veiculada intensamente nesse momento.

207 José Maria da Silva Paranhos, Barão do Rio Branco (1845-

— E mais justiça mesmo — disse com firmeza o almirante. — O que eu sofri não foi por causa do "velho", foi a canalha... Demais, tudo barato...

— Eu não sei — disse Albernaz com particular acento — como há ainda quem se case... Anda tudo pela hora da morte!

Eles olharam um instante as velhas árvores da Quinta Imperial, por onde vinham atravessando. Nunca as tinham contemplado; e, agora parecia-lhes que jamais tinham pousado os olhos sobre árvores tão soberbas, tão belas, tão tranquilas e seguras de si, como aquelas que espalhavam sob os seus grandes ramos uma vasta sombra, deliciosa e macia. Pareciam que medravam sentindo-se em terra própria, delas, da qual nunca sairiam desa-

-1912). Diplomata, historiador e jornalista. Participou, em 1870 e 1871, das negociações da paz entre os Aliados e o Paraguai. Regressando ao Rio, dedicou-se ao jornalismo, e dirigiu *A Nação*. Em 1876, Rio Branco deixou o jornalismo para exercer o cargo de cônsul-geral do Brasil em Liverpool, onde permaneceu até 1893. Em 1884, recebeu a comissão de Delegado à Exposição Internacional de São Petersburgo e, depois de proclamada a República, foi nomeado em 1891, em substituição ao conselheiro Antônio Prado, superintendente geral na Europa da emigração para o Brasil, cargo que exerceu até 1893. Durante a estadia na Europa, produziu várias obras, sempre em torno da história pátria. Em 1893, foi nomeado chefe da missão encarregada de defender os direitos do Brasil aos territórios das missões. Em 1898, foi encarregado de resolver a questão do Amapá com a França, favorável ao Brasil. Em 1902, assumiu a pasta das Relações Exteriores, na qual permaneceu até a morte em 1912. No cargo, defrontou-se com a questão do Acre, solucionando-a pelo Tratado de Petrópolis, assinado em 1903. Cuidou da resolução da questão da Guiana Inglesa e, em seguida, de uma série de importantes tratados. Rio Branco lançou as bases de uma nova política internacional, adaptada às necessidades do Brasil moderno. Foi, nesse sentido, um devotado pan-americanista, preparando o terreno para uma aproximação mais estreita com as repúblicas hispano-americanas e acentuando a tradição de amizade e cooperação com os Estados Unidos.

lojadas a machado, para edificação de casebres; e esse sentimento lhes havia dado muita força de vegetar e uma ampla vontade de se expandirem. O solo sobre o qual cresciam era delas e agradeciam à terra estendendo muito os seus ramos, cerrando e tecendo a folhagem, para dar à boa mãe frescura e proteção contra a inclemência do sol.

As mangueiras eram as mais gratas; os ramos longos e cheios de folhas quase beijavam o chão. As jaqueiras se espreguiçavam; os bambus se inclinavam, de um lado e outro da aleia, e cobriam a terra com uma ogiva verde...

O velho edifício imperial se erguia sobre a pequena colina. Eles lhe viam o fundo, aquela parte de construção mais antiga, joanina, com a torre do relógio um pouco afastada e separada do corpo do edifício.

Não era belo o palácio, não tinha mesmo nenhum traço de beleza, era até pobre e monótono. As janelas acanhadas daquela fachada velha, os andares de pequena altura impressionavam mal; todo ele, porém, tinha uma tal ou qual segurança de si, um ar de confiança pouco comum nas nossas habitações, uma certa dignidade, alguma coisa de quem se sente viver, não para um instante, mas para anos, para séculos... As palmeiras cercavam-no, eretas, firmes, com os seus grandes penachos verdes, muito altos, alongados para o céu...

Eram como que a guarda da antiga moradia imperial, guarda orgulhosa do seu mister e função.

Albernaz interrompeu o silêncio:

— Em que dará isso tudo, Caldas?

— Sei lá.

— O "homem" deve estar atrapalhado... Já tinha o Rio Grande, agora o Custódio...[208] hum!

208 Custódio José de Melo (Salvador, 1840 — Rio de Janeiro, 1902). Almirante e político que comandou a esquadra do levante contra o golpe de Estado do marechal Deodoro da Fonseca, em novembro de 1891, levando-o à renúncia. Abandonou o cargo

— O poder é o poder, Albernaz.

Vinham andando em demanda à estação de São Cristóvão. Atravessaram o velho parque imperial[209] transversalmente, desde o portão da Cancela até à linha da estrada de ferro. Era de manhã, e o dia estava límpido e fresco.

Caminhavam com pequenos passos seguros, mas sem pressa. Pouco antes de saírem da quinta, deram com um soldado a dormir numa moita. Albernaz teve vontade de acordá-lo: camarada! camarada! O soldado levantou-se estremunhado; e, dando com aqueles dois oficiais superiores, concertou-se rapidamente, fez a continência que lhes era devida e ficou com a mão no boné, um instante firme, mas logo bambeou.

— Abaixe a mão — fez o general. — Que faz você aqui?

Albernaz falou em tom ríspido e de comando. A praça, falando a medo, explicou que tinha estado de ronda ao litoral toda a noite. A força se recolhera aos quartéis; ele obtivera licença para ir em casa, mas o sono fora muito e descansava ali um pouco.

— Então como vão as coisas? — perguntou o general.

— Não sei, não "sinhô".

— Os "homens" desistem ou não?

O general esteve um instante examinando o soldado. Era branco e tinha os cabelos alourados, de um louro sujo e degradado; as feições eram feias: malares salientes, testa óssea e todo ele anguloso e desconjuntado.

— Donde você é? — perguntou-lhe ainda Albernaz.

— Do Piauí, sim, "sinhô".

— Da capital?

---

de ministro da Marinha no governo de Floriano Peixoto devido às divergências com ele, em abril de 1893. Sua oposição o fez comandar a esquadra, em nova revolta, em 1893 e 1894. No governo do presidente Campos Sales, foi acusado de tentativa de conspiração, tendo sido detido e preso na ilha das Cobras.

209 Referência à Quinta da Boa Vista, no bairro de São Cristóvão.

— Do sertão, de Paranaguá, sim, "sinhô".

O almirante até ali não interrogara o soldado que continuava amedrontado, respondendo tropegamente. Caldas, para acalmá-lo, resolveu falar-lhe com doçura.

— Você não sabe, camarada, quais são os navios que "eles" têm?

— O *Aquidabã*...[210] A *Luci*.[211]

— A *Luci* não é navio.

— É verdade, sim, "sinhô". O *Aquidabã*... Um "bandão" deles, sim, "sinhô".

O general interveio então. Falou-lhe com brandura, quase paternal, mudando o tratamento de você para tu, que parece mais doce e íntimo quando se fala aos inferiores:

— Bem, descansa, meu filho. É melhor ires para casa... Podem furtar-te o sabre e estás na "inácia".[212]

Os dois generais continuaram o seu caminho e, em breve, estavam na plataforma da estação. A pequena estação tinha um razoável movimento. Um grande número de oficiais, ativos, reformados, honorários morava-lhe nas cercanias e os editais chamavam todos a se apresentar às autoridades competentes. Albernaz e Caldas atravessaram a plataforma no meio de continências. O general era mais conhecido, em virtude de seu emprego;

210 Uma das principais embarcações da Armada imperial. Seu primeiro comandante foi Custódio José de Mello. Durante a tentativa de golpe contra Deodoro da Fonseca, cumpriu papel importante na defesa. Tratava-se do mais formidável encouraçado para a época, dispondo de poderosos canhões, mais potentes que os das fortalezas. Sua couraça era conhecida pela resistência aos tiros de qualquer bateria. Essa preponderância apresentada pelo *Aquidabã* serviu de elemento de ameaça a Floriano Peixoto.

211 Lancha que apoiou o encouraçado *Aquidabã* durante a revolta de 1893.

212 Gíria militar brasileira que faz referência à disciplina, à praxe, à rotina.

o almirante, não. Quando passavam, ouviam perguntar: "Quem é esse almirante?". Caldas ficava contente e orgulhava-se um pouco do seu posto e do seu incógnito.

Havia uma única mulher na estação, uma moça. Albernaz olhou-a e lembrou-se um instante de sua filha Ismênia... Coitada!... Ficaria boa?

Aquelas manias? Onde iria parar? Vieram-lhe as lágrimas, mas ele as reteve com força.

Já a levara a uma meia dúzia de médicos e nenhum fazia parar aquele escapamento do juízo que parecia fugir aos poucos do cérebro da moça.

A bulha[213] de um expresso, chocalhando ferragens com estrépito, apitando com fúria e deixando fumaça pesada pelos ares que rompia, afastou-o de pensar na filha. Passou o monstro, pejado de soldados, de uniformes, e os trilhos, depois de ter passado, ainda estremeciam.

Bustamante apareceu; morava nos arredores e vinha tomar o trem, para apresentar-se. Trazia o seu velho uniforme do Paraguai,[214] talhado segundo os moldes dos guerreiros da Crimeia.[215] A barretina[216] era um tronco de cone que avançava para a frente; e, com aquela banda roxa e casaquinha curta, parecia ter saído, fugido, saltado de uma tela de Vítor Meireles.[217]

213 Confusão de ruídos, estrondo, desordem sonora.
214 Após a Guerra do Paraguai, ex-combatentes usaram o uniforme como sinal de dignificação. Por conta disso a ironia de Lima Barreto e a referência à Guerra da Crimeia.
215 Referência à Guerra da Crimeia (1854-5), que envolveu França, Inglaterra, Turquia e Piemonte contra a Rússia. A invasão russa sobre o Império Otomano invocou a declaração de guerra feita pela Inglaterra à Rússia. Derrotada pelas forças aliadas, a Rússia teve que se submeter às determinações do Tratado de Paris.
216 Cobertura para cabeça em formato de tronco de cone, usada em certos uniformes militares.
217 Referência às famosas pinturas de Vítor Meireles que representavam o resultado máximo da encomenda do governo imperial para produzir telas históricas que tratassem dos feitos

— Então por aqui?... Que é isto? — indagou o honorário.

— Viemos pela quinta — disse o almirante.

— Nada, meus amigos, esses bondes andam muito perto do mar... Não me importa morrer, mas quero morrer combatendo; isso de morrer por aí, à toa, sem saber como, não vai comigo...

O general falara um pouco alto e os jovens oficiais que estavam próximo olharam-no com mal disfarçada censura. Albernaz percebeu e ajuntou imediatamente:

— Conheço bem esse negócio de balas... Já vi muito fogo... Você sabe, Bustamante, que, em Curuzu...

— A coisa foi terrível — acrescentou Bustamante.

O trem atracava na estação. Veio chegando manso, vagaroso; a locomotiva, muito negra, bufando, suando gordurosamente, com a sua grande lanterna na frente, um olho de ciclope, avançava que nem uma aparição sobrenatural. Foi chegando; o comboio estremeceu todo e parou por fim.

Estava repleto, muitas fardas de oficiais; a avaliar por ali o Rio devia ter uma guarnição de cem mil homens. Os militares palravam alegres, e os civis vinham calados e abatidos, e mesmo apavorados. Se falavam, era cochichando, olhando com precaução para os bancos de trás.

A cidade andava inçada de secretas, "familiares" do Santo Ofício Republicano,[218] e as delações eram moedas com que se obtinham postos e recompensas.

Bastava a mínima crítica, para se perder o emprego, a liberdade — quem sabe? —, a vida também. Ainda estáva-

heroicos do exército brasileiro. Sob encomenda oficial, Meireles compôs dois quadros: *O combate naval de Riachuelo* e a *Passagem de Humaitá*, ambos apresentados em 1872. Não há como saber se Lima Barreto teve a oportunidade de vê-las, mas é conhecida uma charge de Angelo Agostini em que os combatentes saem de sua tela para ganhar vida e combater a própria realidade.

218 Ironia com relação àquela que Lima considerava ser uma nova ditadura republicana.

mos no começo da revolta,[219] mas o regímen já publicara o seu prólogo e todos estavam avisados. O chefe de polícia organizara a lista dos suspeitos. Não havia distinção de posição e talentos. Mereciam as mesmas perseguições do governo um pobre contínuo e um influente senador; um lente e um simples empregado de escritório. Demais surgiam as vinganças mesquinhas, o revide de pequenas implicâncias... Todos mandavam; a autoridade estava em todas as mãos.

Em nome do marechal Floriano,[220] qualquer oficial, ou mesmo cidadão, sem função pública alguma, prendia e ai de quem caía na prisão, lá ficava esquecido, sofrendo angustiosos suplícios de uma imaginação dominicana. Os funcionários disputavam-se em bajulação, em servilismo... Era um terror, um terror baço, sem coragem, sangrento, às ocultas, sem grandeza, sem desculpa, sem razão e sem responsabilidades... Houve execuções; mas não houve nunca um Fouquier-Tinville.[221]

219 A Revolta desenvolveu-se em dois momentos, expondo a oposição de unidades da Marinha ao governo de Deodoro da Fonseca e Floriano Peixoto.

220 Floriano Vieira Peixoto (Maceió, 1839 — Rio de Janeiro, 1895). Desempenhou comissões importantes no Exército em operações e cargos. Promovido a brigadeiro, sendo nomeado presidente da província de Mato Grosso, em 1884, e assumindo a II Brigada do Exército, alcançou o posto de marechal de campo em 1889. Quando da Proclamação da República, não se submeteu à ordem do presidente do Conselho de Ministros, o Visconde de Ouro Preto, para resistir ao levante das tropas chefiadas pelo marechal Deodoro da Fonseca. Escolhido como vice-presidente do governo de Deodoro da Fonseca, em 1891, assumiu o cargo de presidente da República com a renúncia dele no mesmo ano. Até o final de seu governo, em 1894, enfrentou a revolta da fortaleza de Santa Cruz, a invasão do Rio Grande do Sul pelos federalistas e a revolta da esquadra (Revolta da Armada), comandada por Custódio de Melo e, em seguida, por Saldanha da Gama.

221 Antonie Quentin Fouquier-Tinville (1746-95). Magistrado e político francês que foi membro de acusação do júri e depois promotor público do Tribunal Revolucionário, em março de 1793, contribuindo

Os militares estavam contentes, especialmente os pequenos, os alferes, os tenentes e os capitães. Para a maioria a satisfação vinha da convicção de que iam estender a sua autoridade sobre o pelotão e a companhia, a todo esse rebanho de civis; mas em outros muitos havia sentimento mais puro, desinteresse e sinceridade. Eram os adeptos desse nefasto e hipócrita positivismo,[222] um pedantismo tirânico, limitado e estreito, que justificava todas as violências, todos os assassínios, todas as ferocidades em nome da manutenção da ordem, condição necessária, lá diz ele, ao progresso e também ao advento do regímen normal, a religião da humanidade, a adoração do grão-fetiche, com fanhosas músicas de cornetins e versos detestáveis,[223] o paraíso enfim, com inscrições em escritura fonética e eleitos calçados com sapatos de sola de borracha!...

Os positivistas discutiam e citavam teoremas de mecânica para justificar as suas ideias de governo, em tudo semelhantes aos canatos[224] e emirados orientais.

---

para o aumento do número de condenados. Detido por ordenar termidorianas e levado a julgamento após o 9 Termidor, foi guilhotinado.

222 Tendo em Augusto Comte seu grande mentor, o positivismo foi apresentado como uma nova religião para a humanidade. No Brasil, o positivismo teve grande expressão política, principalmente pelos trabalhos de Miguel Lemos e Teixeira Mendes, exercendo influência sobre vários personagens republicanos, como Benjamin Constant. Lima, como sempre, se manifestava contrariamente a esse tipo de pensamento que, em seu entender, representava uma nova forma de ditadura mental e política.

223 Aqui Lima Barreto destila todo o seu sarcasmo contra o positivismo, a sua religião, os seus hinos e símbolos. O autor também zombava de sua feição taciturna, austera e não menos prepotente. Na crônica "O morcego" (*Correio da Noite*, 2 de janeiro de 1915), o autor contrapõe uma personagem, amante da alegria e do carnaval, à "caserna positivista" pejada pelas "sentenças falsamente proféticas do sanguinário positivismo".

224 Canato se refere a um grupo político governado por uma espécie de líder tribal, formando como que um principado.

A matemática do positivismo foi sempre um puro falatório que, naqueles tempos, amedrontava toda a gente. Havia mesmo quem estivesse convencido que a matemática tinha sido feita e criada para o positivismo, como se a Bíblia tivesse sido criada unicamente para a Igreja Católica e não também para a Anglicana. O prestígio dele era, portanto, enorme.

O trem correu, parou ainda em uma estação e foi ter à praça da República. O almirante, cosido com as paredes, seguiu para o Arsenal de Marinha; Albernaz e Bustamante entraram no quartel-general. Penetraram no grande casarão, no meio do retinir de espadas, de toques de cornetas; o grande pátio estava cheio de soldados, bandeiras, canhões, feixes de armas ensarilhadas, baionetas reluzindo ao sol oblíquo...

No sobrado, nas proximidades do gabinete do ministro, havia um vai e vem de fardas, dourados, fazendas multicores, uniformes de várias corporações e milícias, no meio dos quais os trajes escuros dos civis eram importunos como moscas. Misturavam-se oficiais da guarda nacional, da polícia, da Armada, do Exército, de bombeiros e de batalhões patrióticos que começavam a surgir.

Apresentaram-se e, depois de tê-lo feito ao ajudante general e ministro da Guerra, a um só tempo, ficaram a conversar nos corredores, com bastante prazer, pois que tinham encontrado o tenente Fontes e ambos gostavam de ouvi-lo.

O general porque já era noivo de sua filha Lalá, e Bustamante porque aprendia com ele alguma coisa de nomenclatura dos armamentos modernos.

Fontes estava indignado, todo ele era horror, maldição contra os insurrectos, e propunha os piores castigos.

— Hão de ver o resultado... Piratas! Bandidos! Eu, no caso do marechal, se os pegasse... ai deles!

O tenente não era feroz nem mau, antes bom e até generoso, mas era positivista e tinha da sua República uma ideia religiosa e transcendente. Fazia repousar nela toda a felicidade humana e não admitia que a quisessem de outra forma que não aquela que imaginava boa. Fora daí não havia boa-fé, sinceridade; eram heréticos interesseiros, e, dominicano do seu barrete frígio, raivoso por não poder queimá-los em autos de fé, congesto, via passar por seus olhos uma série enorme de réus confitentes, relapsos, contumazes, falsos, simulados, fictos e conflictos, sem samarra, soltos por aí...

Albernaz não tinha tanta fúria contra os adversários. No fundo d'alma, ele os queria até, tinha amigos lá, e essas divergências nada significavam para a sua idade e experiência.

Depositava, entretanto, uma certa esperança na ação do marechal. Estando em apuros financeiros, não lhe dando o bastante a sua reforma e a gratificação de organizador do arquivo do largo do Moura,[225] esperava obter uma outra comissão, que lhe permitisse mais folgadamente adquirir o enxoval de Lalá.

O almirante, também, tinha grande confiança nos talentos guerreiros e de estadista de Floriano. A sua causa não ia lá muito bem. Perdera-a em primeira instância, estava gastando muito dinheiro... O governo precisava de oficiais de Marinha, quase todos estavam na revolta; talvez lhe dessem uma esquadra a comandar... É verda-

225 O largo do Moura era um logradouro situado em frente à igreja de Nossa Senhora de Bonsucesso, no antigo bairro da Misericórdia, próximo ao Morro do Castelo. Esse bairro primogênito possuía becos e largos que não resistiram às intervenções urbanas, seja pelo desmonte do morro, seja pelas construções da Exposição do Centenário da independência, em 1922. No local onde se encontrava o largo do Moura se acha hoje a praça Marechal Âncora. O nome do antigo largo se deve à instalação do Regimento do Moura, vindo de Portugal em 1767.

de que... Mas, que diabo! Se fosse um navio, então sim: mas uma esquadra a coisa não era difícil: bastava coragem para combater.

Bustamante cria com força na capacidade do general Peixoto, tanto assim que, para apoiá-lo e defender o seu governo, imaginava organizar um batalhão patriótico, de que já tinha o nome, Cruzeiro do Sul, e naturalmente seria o seu comandante, com todas as vantagens do posto de coronel.

Genelício, cuja atividade nada tinha de guerreira, esperava muito da energia e da decisão do governo de Floriano: esperava ser subdiretor e não podia um governo sério, honesto e enérgico fazer outra coisa, desde que quisesse pôr ordem na sua seção.

Essas secretas esperanças eram mais gerais do que se pode supor. Nós vivemos do governo e a revolta representava uma confusão nos empregos, nas honrarias e nas posições que o Estado espalha.[226] Os suspeitos abririam vagas e as dedicações supririam os títulos e habilitações para ocupá-las; além disso, o governo, precisando de simpatias e homens, tinha que nomear, espalhar, prodigalizar, inventar, criar e distribuir empregos, ordenados, promoções e gratificações.

O próprio doutor Armando Borges, o marido de Olga e sábio sereno e dedicado quando estudante, colocava na revolta a realização de risonhos anelos.

Médico e rico, pela fortuna da mulher, ele não andava satisfeito. A ambição de dinheiro e o desejo de nomeada esporeavam-no. Já era médico do Hospital Sírio, aonde ia três vezes por semana e, em meia hora, via trinta e mais doentes. Chegava, o enfermeiro dava-lhe informações, o doutor ia, de cama em cama, perguntando: “Como vai?”. “Vou melhor seu doutor”, respondia

226 Referência à ambiguidade da República, que suprimira títulos de nobilitação, mas criara outros.

o sírio com voz gutural. Na seguinte, indagava: "Já está melhor?". E assim passava a visita; chegando ao gabinete receitava: "Doente nº 1, repita a receita; doente 5... quem é?"... "É aquele barbado"... "Ahn!" E receitava.

Mas médico de um hospital particular não dá fama a ninguém: o indispensável é ser do governo, senão ele não passava de um simples prático. Queria ter um cargo oficial, médico, diretor ou mesmo lente da faculdade.

E isso não era difícil, desde que arranjasse boas recomendações, pois já tinha certo nome, graças à sua atividade e fertilidade de recursos.

De quando em quando, publicava em folheto *O cobreiro, etiologia, profilaxia e tratamento* ou *Contribuição para o estudo da sarna no Brasil*; e mandava o folheto, quarenta e sessenta páginas, aos jornais que se ocupavam dele duas ou três vezes por ano; o "operoso doutor Armando Borges, o ilustre clínico, o proficiente médico dos nossos hospitais" etc. etc.

Obtinha isso graças à precaução que tomara em estudante de se relacionar com os rapazes da imprensa.

Não contente com isso, escrevia artigos, estiradas compilações, em que não havia nada de próprio, mas ricos de citações em francês, inglês e alemão.

O lugar de lente é que o tentava mais; o concurso, porém, metia-lhe medo. Tinha elementos, estava bem relacionado e cotado na congregação, mas aquela história de arguição apavorava-o.

Não havia dia em que não comprasse livros, em francês, inglês e italiano; tomara até um professor de alemão, para entrar na ciência germânica; mas faltava-lhe energia para o estudo prolongado e a sua felicidade pessoal fizera evolar-se a pequena que tivera quando estudante.

A sala da frente do alto porão tinha sido transformada em biblioteca. As paredes estavam forradas de estantes que gemiam ao peso dos grandes tratados. À noite, ele abria as janelas das venezianas, acendia todos os bicos de gás e se punha à mesa, todo de branco, com um livro aberto sob os olhos.

O sono não tardava a vir ao fim da quinta página... Isso era o diabo! Deu em procurar os livros da mulher. Eram romances franceses, Goncourt,[227] Anatole France,[228] Daudet,[229] Maupassant,[230] que o faziam dormir da mesma maneira que os tratados. Ele não compreendia a grandeza daquelas análises, daquelas descrições, o interesse e o valor delas, revelando a todos, à sociedade, a vida, os sentimentos, as dores daqueles personagens, um mundo! O seu pedantismo, a sua falsa ciência e a pobreza de sua instrução geral faziam-no ver, naquilo tudo, brinquedos, passatempos, falatórios, tanto mais que ele dormia à leitura de tais livros.

Precisava, porém, iludir-se, a si mesmo e à mulher. De resto, da rua, viam-no e se dessem com ele a dormir sobre os livros?!... Tratou de encomendar algumas novelas de Paulo de Kock[231] em lombadas com títulos trocados e afastou o sono.

227 Pela ausência de referência do primeiro nome, cabe destacar a existência de dois escritores franceses de sobrenome Goncourt: Edmont Huot de Goncourt (1822-96) e Jules Goncourt (1830--70). Ambos se dedicaram à produção de peças teatrais e romances de caráter documental e anedótico.
228 Anatole François Thibault (1844-1924), conhecido como Anatole France. Escritor francês que teve suas obras marcadas pelo ceticismo, pela ironia e pelo liberalismo político.
229 Alphonse Daudet (1840-97). Escritor francês cuja obra oscilou entre o realismo e o naturalismo. Daudet estava sempre atento à experiência dos infelizes e deserdados, aos costumes do Segundo Império francês e ao mundo dos nobres europeus.
230 Henri René Albert de Maupassant, chamado Guy de Maupassant (1850-93). Criador da fórmula clássica do conto característico do século XIX. Em novelas e romances curtos, priorizou os aspectos sombrios dos costumes e da psicologia das várias camadas da sociedade francesa do seu tempo.
231 Autor de novelas e textos brejeiros do século XIX.

A sua clínica, entretanto, prosperava. De comandita com o tutor, chegou a ganhar uns seis contos, tratando de um febrão de uma órfã rica.

Desde muito que a mulher lhe entrara na sua simulação de inteligência, mas aquela manobra indecorosa indignou-a. Que necessidade tinha ele disso? Não era já rico? Não era moço? Não tinha o privilégio de um título universitário? Tal ato pareceu à moça mais vil, mais baixo que a usura de um judeu,[232] que o aluguel de uma pena...

Não foi desprezo, nojo que ela teve pelo marido; foi um sentimento mais calmo, menos ativo; desinteressou-se dele, destacou-se de sua pessoa. Ela sentiu que tinham cortado todos os laços de afeição, de simpatia, que prendiam ambos, toda a ligação moral, enfim.

Mesmo quando noiva, verificara que aquelas coisas de amor ao estudo, de interesse pela ciência, de ambições de descobertas, nele, eram superficiais, estavam à flor da pele; mas desculpou. Muitas vezes nós nos enganamos sobre as nossas próprias forças e capacidades; sonhamos ser Shakespeare e saímos Mal das Vinhas.[233] Era perdoável, mas charlatão? Era demais!

Passou-lhe um pensamento mau, mas de que valeria essa quase indignidade?... Todos os homens deviam ser iguais; era inútil mudar deste para aquele...

Quando chegou a essa conclusão, sentiu um grande alívio, e a sua fisionomia se iluminou de novo como se já estivesse de todo passada a nuvem que empanava o sol dos seus olhos.

Naquela carreira atropelada para o nome fácil, ele não deu pelas modificações da mulher. Ela dissimulava

232 Apesar de criticar o racismo, Lima Barreto não escapa dos estereótipos em relação aos judeus.

233 Lima Barreto usou essa mesma expressão no texto autobiográfico "O traidor", sobre o dia da Abolição (*Contos completos de Lima Barreto*. São Paulo, Companhia das Letras, 2010, pp. 638-47).

os seus sentimentos, mais por dignidade e delicadeza que mesmo por qualquer outro motivo; e a ele faltavam a sagacidade e finura necessárias para descobri-los sob o seu esconderijo.

Continuavam a viver como se nada houvesse, mas quanto estavam longe um do outro!...

A revolta veio encontrá-los assim; e o doutor, desde três dias, pois há tanto ela rebentara, meditava a sua ascensão social e monetária.

O sogro suspendera a viagem à Europa, e, naquela manhã, após o almoço, conforme o seu hábito, lia recostado numa cadeira de viagem os jornais do dia. O genro vestia-se e a filha ocupava-se com sua correspondência, escrevendo à cabeceira da mesa de jantar. Ela tinha um gabinete, com todo o luxo, livros, secretária, estantes, mas gostava, pela manhã, de escrever ali, ao lado do pai. A sala lhe parecia mais clara, a vista para a montanha, feia e esmagadora, dava mais seriedade ao pensamento e a vastidão da sala mais liberdade no escrever.

Ela escrevia e o pai lia; num dado momento ele disse:

— Sabes quem vem aí, minha filha?

— Quem é?

— Teu padrinho. Telegrafou ao Floriano, dizendo que vinha... Está aqui, n'*O País*.

A moça adivinhou logo o motivo, o modo de agir e reagir do fato sobre as ideias e sentimentos de Quaresma. Quis desaprovar, censurar; sentiu-o, porém, tão coerente com ele mesmo, tão de acordo com a substância da vida que ele mesmo fabricara, que se limitou a sorrir complacente:

— O padrinho...

— Está doido — disse Coleoni. — *Per la madonna!* Pois um homem que está quieto, sossegado, vem meter-se nesta barafunda, neste inferno...

O doutor voltava já inteiramente vestido, com a sobrecasaca fúnebre e a cartola reluzente na mão. Vinha irradiante e o seu rosto redondo reluzia, exceto onde o grande bigode punha sombras. Ainda ouviu as últimas palavras do sogro, pronunciadas com aquele seu português rouco:

— Que há? — perguntou ele.

Coleoni explicou e repetiu os comentários que já fizera:

— Mas não há tal — disse o doutor. — É o dever de todo patriota... Que tem a idade? Quarenta e poucos anos, não é lá velho... Pode ainda bater-se pela República...

— Mas não tem interesse nisso — objetou o velho.

— E há de ser só quem tem interesse que se deve bater pela República? — interrogou o doutor.

A moça, que acabava de ler a carta que tinha escrito, mesmo sem levantar a cabeça, disse:

— Decerto.

— E vem você com as suas teorias, filhinha. O patriotismo não está na barriga...

E sorriu com um falso sorriso que o brilho morto dos seus dentes postiços mais falsificava.

— Mas vocês só falam em patriotismo? E os outros? É monopólio de vocês o patriotismo? — fez Olga.

— Decerto. Se eles fossem patriotas não estariam a despejar balas para a cidade, a entorpecer, a desmoralizar a ação da autoridade constituída.

— Deviam continuar a presenciar as prisões, as deportações, os fuzilamentos, toda a série de violências que se vêm cometendo, aqui e no Sul?

— Você, no fundo, é uma revoltosa — disse o doutor, fechando a discussão.

Ela não deixava de ser. A simpatia dos desinteressados, da população inteira era pelos insurgentes. Não só isso sempre acontece em toda parte como, particularmente, no Brasil, devido a múltiplos fatores, há de ser assim normalmente.

Os governos, com os seus inevitáveis processos de violência e hipocrisias, ficam alheados da simpatia dos que acreditam nele; e demais, esquecidos de sua vital impotência e inutilidade, levam a prometer o que não podem fazer, de forma a criar desesperados, que pedem sempre mudanças e mudanças.

Não era, pois, de admirar que a moça tendesse para os revoltosos; e Coleoni, estrangeiro e conhecendo, graças à sua vida, as nossas autoridades, calasse as suas simpatias num mutismo prudente.

— Não me vá comprometer, hein, Olga?

Ela se tinha levantado para acompanhar o marido. Parou um pouco, deitou-lhe o seu grande olhar luminoso, e com os finos lábios um pouco franzidos:

— Você sabe bem que eu não te comprometo.

O doutor desceu a escada da varanda, atravessou o jardim e ainda do portão disse adeus à mulher, que lhe seguia a saída, debruçada na varanda, conforme o ritual dos bem ou malcasados.

Por esse tempo, Coração dos Outros sonhava desligado das contingências terrenas.

Ricardo vivia ainda na sua casa de cômodos dos subúrbios, cuja vista ia de Todos os Santos à Piedade,[234] abrangendo um grande trato de área edificada, um panorama de casas e árvores.

Já não se falava mais no seu rival e a sua mágoa tinha assentado.

Por esses dias o seu triunfo desfilava sem contestação. Toda a cidade o tinha na consideração devida e ele quase se julgava ao termo da sua carreira. Faltava o assentimento de Botafogo, mas estava certo de obter.

Já publicara mais de um volume de canções; e, agora pensava em publicar mais outro.

Há dias vivia em casa, pouco saindo, organizando o seu livro. Passava confinado no seu quarto, almoçando

234 Destaque-se que Lima Barreto termina essa obra em sua casa localizada no bairro de Todos os Santos.

café, que ele mesmo fazia, e pão, indo à tarde jantar a uma tasca próxima à estação.

Notara que, sempre que chegava, os carroceiros e trabalhadores, que jantavam nas mesas sujas, abaixavam a voz e olhavam-no desconfiados; mas não deu importância...

Apesar de popular no lugar, não encontrara pessoa alguma conhecida durante os três últimos dias; ele mesmo evitava falar e, em sua casa, limitava-se ao bom-dia e ao boa-tarde trocados com os vizinhos.

Gostava de passar assim dias, metido em si mesmo e ouvindo o seu coração. Não lia jornais para não distrair a atenção do seu trabalho. Vivia a pensar nas suas modinhas e no seu livro que havia de ser mais uma vitória para ele e para o violão estremecido.

Naquela tarde estava sentado à mesa, corrigindo um dos seus trabalhos, um dos últimos, aquele que compusera no sítio de Quaresma — “Os lábios de Carola”.

Primeiro, leu toda a produção, cantarolando; voltou a lê-la, agarrou o violão para melhor apanhar o efeito e empacou nestes:

É mais bela que Helena e Margarida,
Quando sorri meneando a ventarola.
Só se encontra a ilusão que adoça a vida
  Nos lábios de Carola.

Nisso ouviu um tiro, depois outro, outro... “Que diabo?”, pensou. “Hão de ser salvas a algum navio estrangeiro.” Repinicou o violão e continuou a cantar os lábios de Carola, onde encontrava a ilusão que adoça a vida...

TERCEIRA PARTE

I
Patriotas

Havia mais de uma hora que ele estava ali, num grande salão do palácio, vendo o marechal, mas sem lhe poder falar. Quase não se encontravam dificuldades para se chegar à sua presença, mas falar-lhe, a coisa não era tão fácil.

O palácio tinha um ar de intimidade, de quase relaxamento, representativo e eloquente. Não era raro ver-se pelos divãs, em outras salas, ajudantes de ordens, ordenanças, contínuos, cochilando, meio deitados e desabotoados. Tudo nele era desleixo e moleza. Os cantos dos tetos tinham teias de aranha; dos tapetes, quando pisados com mais força, subia uma poeira de rua mal varrida.

Quaresma não pudera vir logo, como anunciara no telegrama. Fora preciso pôr em ordem os seus negócios, arranjar quem fizesse companhia à irmã. Fizera dona Adelaide mil objeções à sua partida; mostrara-lhe os riscos da luta, da guerra, incompatíveis com a sua idade e superiores à sua força; ele, porém, não se deixara abater, fizera pé firme, pois sentia, indispensável, necessário que toda a sua vontade, que toda a sua inteligência, que tudo o que ele tinha de vida e atividade fosse posto à disposição do governo, para então!... oh!

Aproveitara os dias até para redigir um memorial que ia entregar a Floriano. Nele expunham-se as medidas necessárias para o levantamento da agricultura e mostravam-se todos os entraves, oriundos da grande propriedade, das exações fiscais, da carestia de fretes, da estreiteza dos mercados e das violências políticas.

O major apertava o manuscrito na mão e lembrava-se da sua casa, lá longe, no canto daquela planície feia, olhando, no poente, as montanhas que se alongavam, se afilavam nos dias claros e transparentes; lembrava-se de sua irmã, dos seus olhos verdes e plácidos que o viram partir com uma impassibilidade que não era natural; mas do que se lembrava mais, naquele momento, era do Anastácio, o seu preto velho, do seu longo olhar, não mais com aquela ternura passiva de animal doméstico, mas cheio de assombro, de espanto e piedade, rolando muito nas órbitas as escleróticas muito brancas, quando o viu penetrar no vagão da estrada de ferro. Parecia que farejava desgraça... Não lhe era comum tal atitude e como que a tomava por ter descoberto nas coisas sinais de dolorosos acontecimentos a vir... Ora!...

Ficara Quaresma a um canto vendo entrar um e outro, à espera que o presidente o chamasse. Era cedo, pouco devia faltar para o meio-dia, e Floriano tinha ainda, como sinal do almoço, o palito na boca.

Falou em primeiro lugar a uma comissão de senhoras[235] que vinham oferecer o seu braço e o seu sangue em defesa das instituições e da pátria. A oradora era uma mulher baixa, de busto curto, gorda, com grandes seios altos e falava agitando o leque fechado na mão direita.

Não se podia dizer bem qual a sua cor, sua raça, ao menos: andavam tantas nela que uma escondia a outra, furtando toda ela a uma classificação honesta.[236]

235 Alusão à adesão popular às movimentações, políticas e militares, iniciadas em 1893.

236 O tema da raça e da cor está sempre presente na obra de Lima Barreto, que com frequência descreve a fluidez de critérios e a multiplicidade de cores existentes no Brasil. Tal postura combina com sua perspectiva teórica e política contrária aos modelos raciais da época.

Enquanto falava, a mulherzinha deitava sobre o marechal os grandes olhos que despediam chispas. Floriano parecia incomodado com aquele chamejar; era como se temesse derreter-se ao calor daquele olhar que queimava mais sedução que patriotismo. Fugia encará-la, abaixava o rosto como um adolescente, batia com os dedos na mesa...

Quando lhe chegou a vez de falar, levantou um pouco o rosto, mas sem encarar a mulher, e, com um grosso e difícil sorriso de roceiro, declinou da oferta, visto a República ainda dispor de bastante força para vencer.

A última frase, ele a disse com mais vagar e quase ironicamente. As damas despediram-se; o marechal girou o olhar em torno do salão e deu com Quaresma:

— Então, Quaresma? — fez ele familiarmente.

O major ia aproximar-se, mas logo estacou no lugar em que estava. Uma chusma de oficiais subalternos e cadetes cercou o ditador e a sua atenção convergiu para eles. Não se ouvia o que diziam. Falavam ao ouvido de Floriano, cochichavam, batiam-lhe nas espáduas. O marechal quase não falava: movia com a cabeça ou pronunciava um monossílabo, coisa que Quaresma percebia pela articulação dos lábios.

Começaram a sair. Apertavam a mão do ditador e um deles, mais jovial, mais familiar, ao despedir-se, apertou-lhe com força a mão mole, bateu-lhe no ombro com intimidade, e disse alto e com ênfase:

— Energia, marechal!

Aquilo tudo parecia tão natural, normal, tendo entrado no novo cerimonial da República, que ninguém, nem o próprio Floriano, teve a mínima surpresa, ao contrário alguns até sorriram alegres por ver o califa, o cã, o emir, transmitir um pouco do que tinha de sagrado ao subalterno desabusado. Não se foram todos imediatamente. Um deles demorou-se mais a segredar coisas à suprema autoridade do país. Era um cadete da Escola Militar, com a sua farda azul-turquesa, talim e sabre de praça de pré.

Os cadetes da Escola Militar formavam a falange sagrada.

Tinham todos os privilégios e todos os direitos; precediam ministros nas entrevistas com o ditador e abusavam dessa situação de esteio do Sila,[237] para oprimir e vexar a cidade inteira.

Uns trapos de positivismo se tinham colado naquelas inteligências e uma religiosidade especial brotara-lhes no sentimento, transformando a autoridade, especialmente Floriano e vagamente a República, em artigo de fé, em feitiço, em ídolo mexicano, em cujo altar todas as violências e crimes eram oblatas[238] dignas e oferendas úteis para a sua satisfação e eternidade.[239]

O cadete lá estava...

Quaresma pôde então ver melhor a fisionomia do homem que ia enfeixar em suas mãos, durante quase um

237 A expressão faz referência ao general e político romano Lúcio Cornélio Sila (138 a.C. — 78 a.C.), que, após disputas militares, instalou-se como senhor absoluto da cidade de Roma, no ano de 82 a.C.

238 Oferendas feitas a uma divindade.

239 Como durante a ditadura de Floriano Peixoto os positivistas o apoiaram, Lima renovou no *Triste fim de Policarpo Quaresma* a sua crítica à doutrina e aos efeitos que o "sarampo positivista" teve no discurso e mentalidade de dirigentes. Em *Recordações do escrivão Isaías Caminha*, Lima já tinha ironizado personagens e seus ritos doutrinários. Na crônica "Feiras e mafuás", de 1921, o escritor reitera a associação entre o novo governo e o positivismo: "A república chegou austera e ríspida. Ela vinha armada com a Política Positivista de Comte, e com os seus complementos: um sabre e uma carabina. Esta, ela deixou no descanso; mas o espadagão, o sabre, ela pôs no seu escudo". Curiosamente, na mesma crônica, Lima afirma que o positivismo não foi de todo prejudicial para a ordem social: "Ele trouxe vantagens à nossa cultura e às nossas instituições políticas". A principal contribuição da doutrina política teria sido mostrar, apesar dos seus exageros dogmáticos, a importância do estudo da ciência, "tendo por princípio a matemática", amparando a cultura.

ano, tão fortes poderes, poderes de imperador romano, pairando sobre tudo, limitando tudo, sem encontrar obstáculo algum aos seus caprichos, às suas fraquezas e vontades, nem nas leis, nem nos costumes, nem na piedade universal e humana.

Era vulgar e desoladora. O bigode caído; o lábio inferior pendente e mole a que se agarrava uma grande "mosca"; os traços flácidos e grosseiros; não havia nem o desenho do queixo ou olhar que fosse próprio, que revelasse algum dote superior. Era um olhar mortiço, redondo, pobre de expressões, a não ser de tristeza que não lhe era individual, mas nativa, de raça; e todo ele era gelatinoso — parecia não ter nervos.[240]

Não quis o major ver em tais sinais nada que lhe denotasse o caráter, a inteligência e o temperamento. "Essas coisas não vogam",[241] disse ele de si para si.

O seu entusiasmo por aquele ídolo político era forte, sincero e desinteressado. Tinha-o na conta de enérgico, de fino e supervidente, tenaz e conhecedor das necessidades do país, manhoso talvez um pouco, uma espécie de

240 Lima Barreto, a essas alturas crítico da República, destila ironia nessa descrição impiedosa de Floriano. É interessante destacar a tristeza como característica da raça. Logo à frente, porém, opõe-se às teorias deterministas para a análise de personagens e políticos. Ainda em 1922, na crônica "O que se dirá 'deles'", mantém firme a ironia. Ele escreveu: "Floriano Peixoto. — Harum Al--Raxid de sobrecasaca e chapéu desabado, sem um Giafar amigo. Seria um presidente soberbo se pudesse percorrer a superfície do Brasil, de quando em quando, sem previamente avisar ninguém. Tinha uma grande vocação para chefe de nau. Não fez mais e deixou que muito mal se praticasse, porque lhe era impossível estar em toda a parte e tudo ver".

241 Referência às teorias raciais, e à maneira como Lima era contrário ao uso de estigmas ou sinais externos para a análise do caráter de um indivíduo ou do comportamento do grupo. A preguiça era tida como elemento indissociável da mistura de raças e a mestiçagem acarretaria a degeneração dos costumes.

Luís XI forrado de um Bismarck.[242] Entretanto, não era assim. Com uma ausência total de qualidades intelectuais, havia no caráter do marechal Floriano uma qualidade predominante: tibieza de ânimo; e no seu temperamento, muita preguiça. Não a preguiça comum, essa preguiça de nós todos; era uma preguiça mórbida, como que uma pobreza de irrigação nervosa, provinda de uma insuficiente quantidade de fluido no seu organismo. Pelos lugares que passou, tornou-se notável pela indolência e desamor às obrigações dos seus cargos.

Quando diretor do arsenal de Pernambuco, nem energia tinha para assinar o expediente respectivo; e durante o tempo em que foi ministro da Guerra, passava meses e meses sem lá ir, deixando tudo por assinar, pelo que "legou" ao seu substituto um trabalho avultadíssimo.

Quem conhece a atividade papeleira de um Colbert, de um Napoleão, de um Filipe II, de um Guilherme I,

242 Lima com certeza faz um paralelo entre o caráter dadivoso mas indeciso de Luís XI e o do estrategista que foi Bismarck. Luís XI (1423-83), filho e sucessor de Carlos VII, teve seu reinado (1461-83) marcado pela forte oposição à alta nobreza francesa e pela disputa com seu inimigo Carlos, o Temerário, duque de Borgonha. Após a oposição promovida por este último, apoiada por parte da nobreza francesa, Luís XI conseguiu neutralizar a influência exercida pelo duque, tecendo em torno dele uma rede de intrigas que prejudicou a política borgonhesa. Com a morte de Carlos, Luís XI ocupou a Borgonha e outros territórios. Seu governo promoveu a reorganização do exército, o impulso da economia, a criação de novas feiras e introdução da indústria de seda em Lyon. Otto Bismarck (1815-98), por sua vez, foi um estadista alemão que, ocupando o cargo de presidente do Conselho do governo do rei da Prússia, Guilherme I, instaurou um regime autoritário, permitido pela confiança do rei e da instalação de um exército modelo. De 1864 a 1871, Bismarck liderou a concretização da unidade alemã, em favor da Prússia e com a proclamação do Império Alemão. Chanceler deste último e presidente do Conselho prussiano, Bismarck dominou, durante vinte anos, a cena diplomática, impondo à Europa um sistema de alianças baseado no isolamento da França.

da Alemanha, em geral de todos os grandes homens de Estado, não compreende o descaso florianesco pela expedição de ordens, explicações aos subalternos, de suas vontades, de suas vistas. Certamente necessárias deviam ser tais transmissões para que o seu senso superior se fizesse sentir e influísse na marcha das coisas governamentais e administrativas.

Dessa sua preguiça de pensar e de agir, vinha o seu mutismo, os seus misteriosos monossílabos, levados à altura de ditos sibilinos, as famosas "encruzilhadas dos talvezes", que tanto reagiram sobre a inteligência e imaginação nacionais, mendigas de heróis e grandes homens.

Essa doentia preguiça fazia-o andar de chinelos e deu-lhe aquele aspecto de calma superior, calma de grande homem de Estado ou de guerreiro extraordinário.

Toda a gente ainda se lembra como foram os seus primeiros meses de governo. A braços com o levante de presos, praças e inferiores da fortaleza de Santa Cruz,[243] tendo mandado fazer um inquérito, abafou-o com medo que as pessoas indicadas como instigadoras não fizessem outra sedição, e, não contente com isso, deu a essas pessoas as melhores e mais altas recompensas.

Demais, ninguém pode admitir um homem forte, um César, um Napoleão, que permita aos subalternos aquelas intimidades deprimentes e tenha com eles as condescendências que ele tinha, consentindo que o seu nome servisse de lábaro para uma vasta série de crimes de toda espécie.

Uma recordação basta. Sabe-se bem sob que atmosfera de má vontade Napoleão assumiu o comando do

243 Referência ao levante na fortaleza de Santa Cruz, em Niterói (Rio de Janeiro), no início do governo de Floriano. Em janeiro de 1892, os marinheiros sublevados em dezembro de 1891 e ali recolhidos exigiam, com o apoio de militares da própria fortaleza, a renúncia de Floriano e o retorno de Deodoro da Fonseca. O levante durou apenas dois dias, sendo logo controlado.

exército da Itália. Augereau,[244] que o chamava "general de rua", disse a alguém, após lhe ter falado: "O homem meteu-me medo"; e o corso estava senhor do exército, sem batidelas no ombro, sem delegar tácita ou explicitamente a sua autoridade a subalternos irresponsáveis.

De resto, a lentidão com que sufocou a revolta de 6 de setembro mostra bem a incerteza, a vacilação de vontade de um homem que dispunha daqueles extraordinários recursos que estavam às suas ordens.

Há uma outra face do marechal Floriano que muito explica os seus movimentos, atos e gestos. Era o seu amor à família, um amor entranhado, alguma coisa de patriarcal, de antigo que já se vai esvaindo com a marcha da civilização.

Em virtude de insucessos na exploração agrícola de duas das suas propriedades, a sua situação particular era precária, e não queria morrer sem deixar à família as suas propriedades agrícolas desoneradas do peso das dívidas.

Honesto e probo como era, a única esperança que lhe restava repousava nas economias sobre os seus ordenados. Daí lhe veio essa dubiedade, esse jogo com pau de dois bicos, jogo indispensável para conservar os rendosos lugares que teve e o fez atarraxar-se tenazmente à presidência da República. A hipoteca do Brejão e do Duarte foi o seu nariz de Cleópatra...

A sua preguiça, a sua tibieza de ânimo e o seu amor fervoroso pelo lar deram em resultado esse "homem-talvez" que, refratado nas necessidades mentais e sociais dos homens do tempo, foi transformado em estadista,

244 Pierre-François-Charles Augereau (1757-1816). Militar francês e duque de Castiglione. Celebrizou-se em campanhas militares, como a promovida pelas forças napoleônicas contra a Itália. Participou do golpe de Estado de 18 Frutidor do ano V (setembro de 1797) e de campanhas do Império. Com a Restauração política, em 1814, foi um dos primeiros a aderir a Luís XVIII.

em Richelieu,[245] e pôde resistir a uma séria revolta com mais teimosia que vigor, obtendo vidas, dinheiro e despertando até entusiasmo e fanatismo.

Esse entusiasmo e esse fanatismo, que o ampararam, que o animaram, que o sustentaram, só teriam sido possíveis, depois de ter ele sido ajudante general do Império, senador, ministro, isto é, após se ter "fabricado" à vista de todos e cristalizado a lenda na mente de todos.

A sua concepção de governo não era o despotismo, nem a democracia, nem a aristocracia; era a de uma tirania doméstica. O bebê portou-se mal, castiga-se. Levada a coisa ao grande, o portar-se mal era fazer-lhe oposição, ter opiniões contrárias às suas e o castigo não eram mais palmadas, sim, porém, prisão e morte. Não há dinheiro no Tesouro; ponham-se as notas recolhidas em circulação, assim como se faz em casa quando chegam visitas e a sopa é pouca: põe-se mais água.

Demais, a sua educação militar e a sua fraca cultura deram mais realce a essa concepção infantil, raiando-a de violência, não tanto por ele em si, pela sua perversidade natural, pelo seu desprezo pela vida humana, mas pela fraqueza com que acobertou e não reprimiu a ferocidade dos seus auxiliares e asseclas.

Quaresma estava longe de pensar nisso tudo;[246] ele com muitos homens honestos e sinceros do tempo foram tomados pelo entusiasmo contagioso que Floriano conseguira despertar. Pensava na grande obra que o Destino reservava àquela figura plácida e triste; na reforma radical que ele ia levar ao organismo aniquilado da pátria, que o major se habituara a crer a mais rica do mundo, embora, de uns tempos para cá, já tivesse dúvidas a certos respeitos.

245 Armand Jean du Plessis Richelieu (1585-1642). Foi um prelado e estadista francês.

246 É interessante como Lima Barreto retorna no tempo, mas deixa passar no parágrafo acima uma grande ira contra Floriano.

Decerto, ele não negaria tais esperanças e a sua ação poderosa havia de se fazer sentir pelos oito milhões de quilômetros quadrados do Brasil, levando-lhes estradas, segurança, proteção aos fracos, assegurando o trabalho e promovendo a riqueza.

Não se demorou muito nessa ordem de pensamentos. Um seu companheiro de espera, desde que o marechal lhe falou familiarmente, começou a considerar aquele homem pequenino, taciturno, de *pince-nez*, e foi-se chegando, se aproximando e, quando já perto, disse a Quaresma, quase como um terrível segredo:

— Eles vão ver o "caboclo"... O major há muito que o conhece?

Respondeu-lhe o major e o outro ainda lhe fez uma outra pergunta; o presidente, porém, ficara só e Quaresma avançou.

— Então, Quaresma? — fez Floriano.

— Venho oferecer a Vossa Excelência os meus fracos préstimos.

O presidente considerou um instante aquela pequenez de homem, sorriu com dificuldade, mas, levemente, com um pouco de satisfação. Sentiu por aí a força de sua popularidade e se não a razão boa de sua causa.

— Agradeço-te muito... Onde tens andado? Sei que deixaste o arsenal.

Floriano tinha essa capacidade de guardar fisionomias, nomes, empregos, situações dos subalternos com quem lidava. Tinha alguma coisa de asiático; era cruel e paternal ao mesmo tempo.

Quaresma explicou-lhe a sua vida e aproveitou a ocasião para lhe falar em leis agrárias, medidas tendentes a desafogar e dar novas bases à nossa vida agrícola. O marechal ouviu-o distraído, com uma dobra de aborrecimento no canto dos lábios.

— Trazia a Vossa Excelência até este memorial...

O presidente teve um gesto de mau humor, um quase “não me amole” e disse com preguiça a Quaresma:

— Deixa aí...

Depositou o manuscrito sobre a mesa e logo o ditador dirigiu-se ao interlocutor de ainda agora:

— Que há, Bustamante? E o batalhão, vai?

O homem aproximou-se mais, um tanto amedrontado:

— Vai bem, marechal. Precisamos de um quartel!... Se Vossa Excelência desse ordem...

— É exato. Fala ao Rufino em meu nome que ele pode arranjar... Ou antes: leva-lhe este bilhete.

Rasgou um pedaço de uma das primeiras páginas do manuscrito de Quaresma, e assim mesmo, sobre aquela ponta de papel, a lápis azul, escreveu algumas palavras ao seu ministro da Guerra. Ao acabar é que deu com a desconsideração:

— Ora! Quaresma! rasguei o teu escrito... Não faz mal... Era a parte de cima, não tinha nada escrito.

O major confirmou e o presidente, em seguida, voltando-se para Bustamante:

— Aproveita Quaresma no teu batalhão. Que posto queres?

— Eu! — fez Quaresma estupidamente.

— Bem. Vocês lá se entendam.

Os dois se despediram do presidente e desceram vagarosamente as escadas do Itamarati. Até à rua nada disseram um ao outro. Quaresma vinha um pouco frio. O dia estava claro e quente; o movimento da cidade parecia não ter sofrido alteração apreciável. Havia a mesma agitação de bondes, carros e carroças; mas nas fisionomias um terror, um espanto, alguma coisa de tremendo ameaçava todos e parecia estar suspensa no ar.

Bustamante deu-se a conhecer. Era o major Bustamante, agora tenente-coronel, velho amigo do marechal, seu companheiro do Paraguai.

— Mas nós nos conhecemos! — exclamou ele.

Quaresma esteve olhando aquele velho mulato escuro, com uma grande barba mosaica e olhos espertos, mas não se lembrou de tê-lo já encontrado algum dia.

— Não me recordo... Donde?

— Da casa do general Albernaz... Não se lembra?

Policarpo então teve uma vaga recordação e o outro explicou-lhe a formação do seu batalhão patriótico Cruzeiro do Sul.

— O senhor quer fazer parte?

— Pois não — fez Quaresma.

— Estamos em dificuldades... Fardamento, calçado para as praças... Nas primeiras despesas devemos auxiliar o governo... Não convém sangrar o Tesouro, não acha?

— Certamente — disse com entusiasmo Quaresma.

— Folgo muito que o senhor concorde comigo... Vejo que é um patriota... Resolvi por isso fazer um rateio pelos oficiais, em proporção ao posto: um alferes concorre com cem mil-réis, um tenente com duzentos... O senhor que patente quer? Ah! É verdade! O senhor é major, não é?

Quaresma então explicou por que o tratavam por major. Um amigo, influência no Ministério do Interior, lhe tinha metido o nome numa lista de guardas nacionais, com esse posto. Nunca tendo pago os emolumentos, viu-se, entretanto, sempre tratado major, e a coisa pegou. A princípio, protestou, mas como teimassem deixou.

— Bem — fez Bustamante. — O senhor fica mesmo sendo major.

— Qual é a minha quota?

— Quatrocentos mil-réis.[247] Um pouco forte, mas... O senhor sabe; é um posto importante... Aceita?

— Pois não.

247 Para se ter uma ideia do valor, o *Jornal do Commercio* de 1º de novembro de 1911 anunciava: "Vende-se as seguintes propriedades: [...] 300000$ um dos melhores prédios de Botafogo; 220000$ lindo prédio em S. Clemente".

Bustamante tirou a carteira, tomou nota com uma pontinha de lápis e despediu-se jovialmente:

— Então, major, às seis, no quartel provisório.

A conversa se havia passado na esquina da rua Larga com o campo de Sant'Ana.[248] Quaresma pretendia tomar um bonde que o levasse ao centro da cidade. Tencionava visitar o compadre em Botafogo, fazendo, assim, horas para a sua iniciação militar.

A praça estava pouco transitada; os bondes passavam ao chouto[249] compassado das mulas; de quando em quando ouvia-se um toque de corneta, rufos de tambor, e do portão central do quartel-general saía uma força, armas ao ombro, baionetas caladas, dançando nos ombros dos recrutas, faiscando com um brilho duro e mau.

Ia tomar o bonde, quando se ouviram alguns disparos de artilharia e o seco espoucar dos fuzis. Não durou muito; antes que o bonde atingisse a rua da Constituição, todos os rumores guerreiros tinham cessado, e quem não estivesse avisado havia de supor-se em tempos normais.

Quaresma chegou-se para o centro do banco e ia ler o jornal que comprara. Desdobrou-o vagarosamente, mas foi logo interrompido; bateram-lhe no ombro. Voltou-se.

248 A rua Larga corresponde à atual avenida Marechal Floriano Peixoto, que se localiza entre a avenida Rio Branco e o Campo de Santana, sendo paralela à avenida Presidente Vargas. Antes da reforma do prefeito Pereira Passos eram duas avenidas: a rua Estreita e a rua Larga de São Joaquim. O prefeito unificou as duas ruas e ligou-a à avenida Visconde de Inhaúma, comunicando a rua Larga com a avenida Rio Branco. O Campo de Santana, no outro extremo da rua Larga, ficava à frente do Itamarati. Com o novo regime, o campo passou a chamar-se praça da República. Os três anos do florianismo tiveram o Campo de Santana como cenário movimentado. Nele se situavam o QG do Exército e, ao lado, o Ministério da Guerra, onde também chegaram a se concentrar batalhões e a recolher prisioneiros.

249 Trote miúdo de montaria que provoca solavancos.

— Oh! general!

O encontro foi cordial. O general Albernaz gostava dessas cerimônias e tinha mesmo um prazer, uma deliciosa emoção em reatar conhecimentos que se tinham enfraquecido por uma separação qualquer. Estava fardado, com aquele seu uniforme maltratado; não trazia espada e o *pince-nez* continuava preso por um trancelim[250] de ouro que lhe passava por detrás da orelha esquerda.

— Então veio ver a coisa?

— Vim. Já me apresentei ao marechal.

— "Eles" vão ver com quem se meteram. Pensam que tratam com o Deodoro, enganam-se!... A República, graças a Deus, tem agora um homem na sua frente... O "caboclo" é de ferro...[251] No Paraguai...

— O senhor conheceu-o lá, não, general?

— Isto é... Não chegamos a nos encontrar; mas o Camisão... É duro, o homem. Estou como encarregado das

250 Trancinha, fio ou cordão delgado, muitas vezes feito de couro ou ouro.

251 Brincadeira de Lima com o apelido de Floriano — Marechal de Ferro. Com a introdução do termo "caboclo", a expressão ganha sentido jocoso. Floriano Peixoto era constantemente chamado de "caboclo", lembra Francisco de Assis Barbosa (na introdução do livro *A diplomacia do marechal*, de Sérgio Corrêa da Costa, Brasília: Universidade de Brasília, 1979, 2ª ed.), devido a sua aparência que denunciava certa mestiçagem ou ascendência indígena. Segundo o autor, o marechal até gostava do apelido, apesar da conotação negativa que o termo carregava no período. Os traços psicológicos delineados por Lima Barreto acerca do presidente remontam à personalidade que era atribuída à figura do caboclo. O mestiço oriundo de branco e índio era tido como indivíduo desconfiado, traiçoeiro e preguiçoso. Sem dúvida, semelhante à imagem que era feita do indígena, esquivo e silencioso, marginalizado assim como o negro. O caboclo seria dono do mesmo "olhar mortiço", "pobre de expressões" e uma "tristeza nativa" que Lima encontrava no caráter do marechal.

munições... É fino, o "caboclo": não me quis no litoral. Sabe muito bem quem sou e que munição que saia das minhas mãos é munição... Lá, no depósito, não me sai um caixote que eu não examine... É necessário... No Paraguai, houve muita desordem e comilança: mandou-se muita cal por pólvora — não sabia?

— Não.

— Pois foi. O meu gosto era ir para as praias, para o combate; mas o "homem" quer que eu fique com as munições... Capitão manda, marinheiro faz... Ele sabe lá...

Deu de ombros, concertou o trancelim que já caía da orelha e esteve calado um instante. Quaresma perguntou:

— Como vai a família?

— Bem. Sabe que Quinota casou-se?

— Sabia, o Ricardo me disse. E dona Ismênia, como vai?

A fisionomia do general toldou-se e respondeu como a contragosto:

— Vai no mesmo.

O pudor de pai tinha-o impedido dc dizer toda a verdade. A filha enlouquecera de uma loucura mansa e infantil. Passava dias inteiros calada, a um canto, olhando estupidamente tudo, com um olhar morto de estátua, numa atonia de inanimado, como que caíra em imbecilidade; mas vinha uma hora, porém, em que se penteava toda, enfeitava-se e corria à mãe, dizendo: "Apronta-me, mamãe. O meu noivo não deve tardar... é hoje o meu casamento". Outras vezes recortava papel, em forma de participações, e escrevia: "Ismênia de Albernaz e Fulano (variava) participam o seu casamento".

O general já consultara uma dúzia de médicos, o espiritismo e agora andava às voltas com um feiticeiro milagroso; a filha, porém, não sarava, não perdia a mania e cada vez mais se embrenhava o seu espírito naquela obsessão de casamento, alvo que fizeram ser da sua vida, a que não atingira, aniquilando-se, porém, o seu espírito e a sua mocidade em pleno verdor.[252]

Entristecia o seu estado aquela casa outrora tão alegre, tão festiva. Os bailes tinham diminuído; e, quando eram obrigados a dar um, nas datas principais, a moça, com todos os cuidados, à custa de todas as promessas, era levada para a casa da irmã casada, e lá ficava, enquanto as outras dançavam, um instante esquecidas da irmã que sofria.

Albernaz não quis revelar aquela dor de sua velhice; reprimiu a emoção e continuou no tom mais natural, naquele seu tom familiar e íntimo que usava com todos:

— Isso é uma infâmia, senhor Quaresma. Que atraso para o país! E os prejuízos? Um porto desses fechado ao comércio nacional, quantos anos de retardamento não representa!

O major concordou e mostrou a necessidade de prestigiar o governo, de forma a tornar impossível a reprodução de levantes e insurreições.

— Decerto — aduziu o general. — Assim não progredimos, não nos adiantamos. E no estrangeiro que mau efeito!

O bonde chegara ao largo de São Francisco e os dois se separaram. Quaresma foi direitinho ao largo da Carioca e Albernaz seguiu para a rua do Rosário.[253]

Olga viu entrar seu padrinho sem aquela alegria expansiva de sempre. Não foi indiferença que sentiu, foi

252 Em vários contos, crônicas e histórias, Lima Barreto mostra como no Brasil grassava o uso "largo" da religião, que por aqui se misturava. Essa é a época do combate ao "charlatanismo", quando se tentou suprimir outras práticas que não aquela da medicina ocidental e ensinada nas faculdades.

253 Conforme Brasil Gerson (*História das ruas do Rio*. Rio de Janeiro: Lacerda, 2000), a rua do Rosário faz parte do "grupo das pioneiras da cidade". Figurou nos séculos XIX e XX entre as ruas mais movimentadas do centro do Rio, contando com escolas, hotéis e redações de jornais.

espanto, assombro, quase medo, embora soubesse perfeitamente que ele estava a chegar. Entretanto, não havia mudança na fisionomia de Quaresma, no seu corpo, em todo ele. Era o mesmo homem baixo, pálido, com aquele cavanhaque apontado e o olhar agudo por detrás do *pince-nez*... Nem mesmo estava mais queimado e o jeito de apertar os lábios era o mesmo que ela conhecia há tantos anos. Mas, parecia-lhe mudado e ter entrado impelido, empurrado por uma força estranha, por um turbilhão; bem examinando, entretanto, verificou que ele entrara naturalmente, com o seu passo miúdo e firme. Donde lhe vinha então essa coisa que a acanhava, que lhe tirara a sua alegria de ver pessoa tão amada? Não atinou. Estava lendo na sala de jantar e Quaresma não se fazia anunciar; ia entrando conforme o velho hábito. Respondeu ao padrinho ainda sob a dolorosa impressão da sua entrada:

— Papai saiu; e o Armando está lá embaixo escrevendo.

De fato, ele estava escrevendo ou mais particularmente: traduzia para o "clássico" um grande artigo sobre "Ferimentos por arma de fogo". O seu último *truc* intelectual era esse do clássico. Buscava nisso uma distinção, uma separação intelectual desses meninos por aí que escrevem contos e romances nos jornais. Ele, um sábio, e sobretudo, um doutor, não podia escrever da mesma forma que eles. A sua sabedoria superior e o seu título "acadêmico" não podiam usar da mesma língua, dos mesmos modismos, da mesma sintaxe que esses poetastros e literatecos. Veio-lhe então a ideia do clássico. O processo era simples: escrevia do modo comum, com as palavras e o jeito de hoje, em seguida invertia as orações, picava o período com vírgulas e substituía incomodar por molestar, ao redor por derredor, isso por esso, quão grande ou tão grande por quamanho, sarapintava tudo de ao invés, empós, e assim obtinha o seu estilo clássico que começava a causar admiração aos seus pares e ao público em geral.

Gostava muito da expressão — às rebatinhas;[254] usava-a a todo momento e, quando a punha no branco do papel, imaginava que dera ao seu estilo uma força e um brilho pascalianos[255] e às suas ideias uma suficiência transcendente. De noite, lia o padre Vieira,[256] mas logo às primeiras linhas o sono lhe vinha e dormia sonhando-se "físico", tratado de mestre, em pleno Seiscentos, prescrevendo sangria e água quente, tal e qual o doutor Sangrado.[257]

A sua tradução estava quase no fim, já estava bastante prático, pois com o tempo adquirira um vocabulário suficiente e a versão era feita mentalmente, em quase metade, logo na primeira escrita. Recebeu o recado da mulher, anunciando-lhe a visita, com um pequeno aborrecimento, mas, como teimasse em não encontrar um equivalente clássico para "orifício", julgou útil a interrupção. Queria pôr "buraco", mas era

254 A expressão refere-se ao que é feito à porfia, aos trancos e barrancos, com disputa, dificuldade.
255 Referente a Blaise Pascal (1623-62), matemático, físico, filósofo e escritor francês.
256 Antonio Vieira (Lisboa, 1608 — Bahia, 1697). Padre, missionário e diplomata que teve grande importância para a cultura e política do Setecentos português. Chegando ainda criança no Brasil, entrou em 1623 na Companhia de Jesus. Em 1640 partiu para Portugal, já liberto do jugo espanhol, e colocou-se a serviço do rei d. João IV. Mandado em 1653 para o Maranhão, defendeu a liberdade dos indígenas. No entanto, a acusação feita por dominicanos à Inquisição fez com que o padre Vieira retornasse a Portugal, na condição de prisioneiro. Mesmo condenando, sua pena foi anulada. Após um período em Roma, Vieira alcançou a Bahia, onde iniciou a publicação de parte de seus sermões.
257 Personagem da obra *História de Gil Blas de Santillana* (1715-35), de Alain René Lesage. Tratava-se de um médico de uma cidade espanhola que tomou Gil Blas como seu aprendiz, transmitindo-lhe a técnica de sangria.

plebeu; "orifício", se bem que muito usado, era, entretanto, mais digno. Na volta talvez encontrasse, pensou: e subiu à sala de jantar. Ele entrou prazenteiro, com o seu grande bigode esfarelado, o seu rosto redondo e encontrou padrinho e afilhada empenhados em uma discussão sobre autoridade.

Dizia ela:

— Eu não posso compreender esse tom divino com que os senhores falam da autoridade. Não se governa mais em nome de Deus, por que então esse respeito, essa veneração de que querem cercar os governantes?

O doutor, que ouvira toda a frase, não pôde deixar de objetar:

— Mas é preciso, indispensável... Nós sabemos bem que eles são homens como nós, mas, se não for assim, tudo vai por água abaixo.

Quaresma acrescentou:

— É em virtude das próprias necessidades internas e externas da nossa sociedade que ela existe... Nas formigas, nas abelhas...

— Admito. Mas há revoltas entre as abelhas e formigas, e a autoridade se mantém lá à custa de assassínios, exações e violências?

— Não se sabe... Quem sabe? Talvez... — fez evasivamente Quaresma.

O doutor não teve dúvidas e foi logo dizendo:

— Que temos nós com as abelhas? Então nós, os homens, o pináculo da escala zoológica, iremos buscar normas de vida entre insetos?

— Não é isso, meu caro doutor; buscamos nos exemplos deles a certeza da generalidade do fenômeno, da sua imanência, por assim dizer — disse Quaresma com doçura.

Ele não tinha acabado a explicação e já Olga refletia:

— Ainda se essa tal autoridade trouxesse felicidade — vá; mas não; de que vale?

— Há de trazer — afirmou categoricamente Quaresma. — A questão é consolidá-la.

Conversaram ainda muito tempo. O major contou a sua visita a Floriano, a sua próxima incorporação ao batalhão Cruzeiro do Sul. O doutor teve uma ponta de inveja, quando ele se referiu ao modo familiar por que Floriano o tratara. Fizeram um pequeno *lunch* e Quaresma saiu.

Sentia necessidade de rever aquelas ruas estreitas, com as suas lojas profundas e escuras, onde os empregados se moviam como em um subterrâneo. A tortuosa rua dos Ourives, a esburacada rua da Assembleia, a casquilha rua do Ouvidor davam-lhe saudades.

A vida continuava a mesma. Havia grupos parados e moças a passeio; no Café do Rio,[258] uma multidão. Eram os avançados, os "jacobinos",[259] a guarda abnegada da República, os intransigentes, a cujos olhos a moderação, a tolerância e o respeito pela liberdade e a vida alheias eram crimes de lesa-pátria, sintomas de monarquismo criminoso e abdicação desonesta diante do estrangeiro. O estrangeiro era sobretudo o português, o

258 O Café do Rio, localizado no cruzamento da rua do Ouvidor com a rua Gonçalves Dias, surgiu em 1889, propriedade do comerciante português João Ignácio de Brito. Também chamado de Café do Brito e Cafedório, competia com outros na rua do Ouvidor — o Café Java, o Café Cascata, o Café Brasil e o luxuoso Café Armada, segundo Danilo Gomes (*Antigos cafés do Rio de Janeiro*. Rio de Janeiro: Kosmos, 1989, p. 53). Sua notoriedade foi alcançada pelo público que o frequentava, que incluía: João do Rio, Lopes Trovão, Alcindo Guanabara, Pinheiro Machado, Irineu Machado, Ângelo Agostini e muitos outros intelectuais. Políticos de renome também o frequentaram, como o próprio Floriano Peixoto. O Café do Rio teria abrigado, ainda, reuniões de oficiais de Marinha que prepararam a revolta de 23 de novembro de 1891, que provocou a queda de Deodoro da Fonseca. Após os ataques à figura de Floriano Peixoto, o estabelecimento se tornou o "quartel-general" do republicanismo jacobino, exaltado e intolerante.

259 Como eram chamados os adeptos de Floriano e do florianismo.

que não impedia de haver jornais "jacobiníssimos" redigidos por portugueses da mais bela água.

A não ser esse grupo gesticulante e apaixonado, a rua do Ouvidor era a mesma. Os namoros se faziam e as moças iam e vinham. Se uma bala zunia no alto céu azul, luminoso, as moças davam gritinhos de gata, corriam para dentro das lojas, esperavam um pouco e logo voltavam, sorridentes, o sangue a subir às faces pouco e pouco, depois da palidez do medo.

Quaresma jantou num *restaurant* e dirigiu-se ao quartel, que funcionava provisoriamente num velho cortiço condenado pela higiene,[260] lá pelos lados da Cidade Nova.[261] Tinha o tal cortiço andar térreo e sobrado, ambos divididos em cubículos do tamanho de camarotes de navio. No sobrado, havia uma varanda de grade de pau e uma escada de madeira levava até lá, escada tosca e oscilante, que gemia à menor passada. A casa da ordem funcionava no primeiro quartinho do sobrado e o pátio, já sem as cordas de secar ao sol a roupa, mas com as pedras manchadas das barrelas e da água de sabão, servia para a instrução dos recrutas. O instrutor era um sargento reformado, um tanto coxo, e admitido no batalhão com o posto de alferes, que gritava com uma demora majestosa: "om — brô"... armas!

O major entregou a sua quota ao coronel e este esteve a mostrar-lhe o modelo do fardamento.

260 Nessa época, por conta da reforma de Pereira Passos (1902-6) que pretendia remodelar a cidade, com vistas a transformá-la num cartão-postal, vários cortiços foram desmontados em nome dos preceitos higienistas. Lima Barreto localiza o quartel justamente num local "condenado" como esse.

261 O bairro da Cidade Nova nasceu na virada do século XVIII para o XIX. Completou, porém, o seu desenvolvimento só no Segundo Reinado, quando foi aterrado o antigo mangue, última área de manguezais e charcos do lugar. Com a abertura da avenida Presidente Vargas, durante o Estado Novo, a Cidade Nova foi ligada à praça Onze.

Era muito singular essa fantasia de serigueiro: o dólmã era verde-garrafa e tinha uns vivos azul-ferrete, alamares dourados e quatro estrelas prateadas, em cruz, na gola.

Uma gritaria fê-los vir até à varanda. Entre soldados entrava um homem, a se debater, a chorar e a implorar, ao mesmo tempo, levando de quando em quando uma reflada.

— É o Ricardo! — exclamou Quaresma. — O senhor não o conhece, coronel? — continuou ele com interesse e piedade.

Bustamante estava impassível na varanda e só respondeu depois de algum tempo:

— Conheço... É um voluntário recalcitrante, um patriota rebelde.

Os soldados subiram com o "voluntário" e Ricardo, logo que deu com o major, suplicou-lhe:

— Salve-me, major!

Quaresma chamou de parte o coronel, rogou-lhe e suplicou-lhe, mas foi inútil... "Há necessidade de gente..." Enfim, fazia-o cabo.

Ricardo, de longe, seguia a conversa dos dois: adivinhou a recusa e exclamou:

— Eu sirvo sim, sim, mas deem-me o meu violão.

Bustamante perfilou-se e gritou aos soldados:

— Restituam o violão ao cabo Ricardo!

II

Você, Quaresma, é um visionário

Oito horas da manhã. A cerração ainda envolve tudo. Do lado da terra, mal se enxergam as partes baixas dos edifícios próximos; para o lado do mar, então, a vista é impotente contra aquela treva esbranquiçada e flutuante, contra aquela muralha de flocos e opaca, que se condensa ali e aqui em aparições, em semelhanças de coisas. O mar está silencioso: há grandes intervalos entre o seu fraco marulho. Vê-se da praia um pequeno trecho, sujo, coberto de algas, e o odor da maresia parece mais forte com a neblina. Para a esquerda e para a direita, é o desconhecido, o Mistério. Entretanto, aquela pasta espessa, de uma claridade difusa, está povoada de ruídos. O chiar das serras vizinhas, os apitos de fábricas e locomotivas, os guinchos de guindastes dos navios enchem aquela manhã indecifrável e taciturna; e ouve-se mesmo a bulha compassada de remos que ferem o mar. Acredita-se, dentro daquele decoro, que é Caronte[262]

262 Divindade infernal na mitologia grega, encarregada de fazer a travessia das almas dos mortos pelo rio Aqueronte, que os separava dos Infernos, em uma barca. Caronte recebia o pagamento pela travessia, uma moeda (o óbulo) que era colocada sob a língua do morto antes de ser enterrado, e dirigia a barca fúnebre, enquanto os mortos eram incumbidos de remar. Caronte só poderia transportar aqueles que tivessem sido devidamente sepultados e raras vezes levou vivos na sua barca

que traz a sua barca para uma das margens do Estige...[263]

Atenção! Todos prescrutam a cortina de névoa pastosa. Os rostos estão alterados; parece que, do seio da bruma, vão surgir demônios...

Não se ouve mais a bulha: o escaler afastou-se. As fisionomias respiram aliviadas...

Não é noite, não é dia; não é o dilúculo, não é o crepúsculo; é a hora da angústia, é a luz da incerteza. No mar, não há estrelas nem sol que guiem; na terra, as aves morrem de encontro às paredes brancas das casas. A nossa miséria é mais completa e a falta daqueles mudos marcos da nossa atividade dá mais forte percepção do nosso isolamento no seio da natureza grandiosa.

Os ruídos continuam, e, como nada se vê, parece que vêm do fundo da terra ou são alucinações auditivas. A realidade só nos vem do pedaço de mar que se avista, marulhando com grandes intervalos, fracamente, tenuemente, a medo, de encontro à areia da praia, suja de bodelhas,[264] algas e sargaços.

Aos grupos, após o rumor dos remos, os soldados deitaram-se pela relva que continua a praia. Alguns já cochilam; outros procuram com os olhos o céu através do nevoeiro que lhes umedece o rosto.

(Hércules, por exemplo). Era representado como um velho, de semblante sombrio.

263 Um dos rios que cortavam o Inferno, conforme a mitologia grega, de águas lodosas e frias. Alguns atribuíam a esse rio propriedades danosas, pois envenenava homens e animais e corroía qualquer material que compusesse o recipiente que colhesse sua água. Outros lembravam de suas propriedades positivas. Foi no rio Estige que Tétis banhou seu filho Aquiles para torná-lo invulnerável e imortal. Após passar-lhe ambrosia pelo corpo e expô-lo ao fogo, Tétis submergiu o filho, segurando-o pelos calcanhares que, desta forma, tornaram-se seus pontos vulneráveis.

264 Alga marinha usada para a preparação de remédios; como fertilizante, rica em fosfato e iodo.

O cabo Ricardo Coração dos Outros, de refle à cintura e gorro à cabeça, sentado numa pedra, está de parte, sozinho, e olha aquela manhã angustiosa.

Era a primeira vez que via a cerração assim perto do mar, onde ela faz sentir toda a sua força de desesperar. Em geral, ele só tinha olhos para as alvoradas claras e purpurinas, macias e fragrantes; aquele amanhecer brumoso e feio era uma novidade para ele.

Sob o fardamento de cabo, o menestrel não se aborrece. Aquela vida solta da caserna vai-lhe bem n'alma; o violão está lá dentro e, em horas de folga, ele o experimenta, cantarolando em voz baixa. É preciso não enferrujar os dedos... O seu pequeno aborrecimento é não poder, de quando em quando, soltar o peito.

O comandante do destacamento é Quaresma, que, talvez, consentisse...

O major está no interior da casa que serve de quartel, lendo. O seu estudo predileto é agora artilharia. Comprou compêndios; mas, como sua instrução é insuficiente, da artilharia vai à balística, da balística à mecânica, da mecânica ao cálculo e à geometria analítica; desce mais a escada; vai à trigonometria, à geometria e à álgebra e à aritmética. Ele percorre essa cadeia de ciências entrelaçadas com uma fé de inventor. Aprende uma noção elementaríssima após um rosário de consultas, de compêndio em compêndio; e leva assim aqueles dias de ócio guerreiro enfronhado na matemática, nessa matemática rebarbativa e hostil aos cérebros que já não são mais moços.

Há no destacamento um canhão Krupp, mas ele nada tem a ver com o mortífero aparelho; contudo, estuda artilharia. É encarregado dele o tenente Fontes, que não dá obediência alguma ao patriota major. Quaresma não se incomoda com isso; vai aprendendo lentamente a servir-se da boca de fogo e submete-se à arrogância do subalterno.

O comandante do Cruzeiro do Sul, o Bustamante da barba mosaica, continua no quartel, superintendendo a vida do batalhão. A unidade tem poucos oficiais e muito poucas praças; mas o Estado paga o pré[265] de quatrocentas. Há falta de capitães, o número de alferes está justo, o de tenentes quase, mas já há um major, que é Quaresma, e o comandante, Bustamante, que, por modéstia, se fez simplesmente tenente-coronel.

Tem quarenta praças o destacamento que Quaresma comanda, três alferes, dois tenentes; mas os oficiais pouco aparecem. Estão doentes ou licenciados e só ele, o antigo agricultor do Sossego, e um alferes, Polidoro, este mesmo só à noite, estão a postos. Um soldado entrou:

— Senhor comandante, posso ir almoçar?

— Pode. Chama-me o cabo Ricardo.

A praça saiu capengando em cima de grandes botinas; o pobre homem usava aquela peça protetora como um castigo. Assim que se viu no mato, que levava à sua casa, tirou-as e sentiu pelo rosto o sopro da liberdade.

O comandante chegou à janela. A cerração se ia dissipando. Já se via o sol que brilhava como um disco de ouro fosco.

Ricardo Coração dos Outros apareceu. Estava engraçado dentro do seu fardamento de caporal.[266] A blusa era curtíssima, sungada; os punhos lhe apareciam inteiramente; e as calças eram compridíssimas e arrastavam no chão.

— Como vais, Ricardo?

— Bem. E o senhor, major?

— Assim.

265 O vencimento diário dos militares que não possuem patente de oficial.

266 O mesmo que cabo de esquadra, oficial graduado que, na hierarquia militar luso-brasileira dos séculos XVII e XVIII, comandava 25 homens, nos lugares onde fosse impossível compor uma companhia de ordenanças.

Quaresma deitou sobre o inferior e amigo aquele seu olhar agudo e demorado:

— Andas aborrecido, não é?

O trovador sentiu-se alegre com o interesse do comandante:

— Não... Para que dizer, major, que sim... Se a coisa for assim até ao fim, não é mau... O diabo é quando há tiro... Uma coisa, major; não se poderia, assim, aí pelas horas em que não há que fazer, ir nas mangueiras, cantar um pouco...

O major coçou a cabeça, alisou o cavanhaque e disse:

— Eu, não sei... É...

— O senhor sabe que isso de cantar baixo é remar em seco... Dizem que no Paraguai...

— Bem. Cante lá; mas não grite, hein?

Calaram-se um pouco; Ricardo ia partir quando o major recomendou:

— Manda-me trazer o almoço.

Quaresma jantava e almoçava ali mesmo. Não era raro também dormir. As refeições eram-lhe fornecidas por um "frege"[267] próximo e ele dormia em um quarto daquela edificação imperial. Porque a casa em que se acantonara o destacamento era o pavilhão do imperador, situado na antiga Quinta da Ponta do Caju. Ficavam nela também a estação da estrada de ferro do Rio Douro e uma grande e bulhenta serraria. Quaresma veio até a porta, olhou a praia suja e ficou admirado que o imperador a quisesse para banhos. A cerração se ia dissipando inteiramente.

As formas das coisas saíam modeladas do seio daquela massa de névoa pesada; e, satisfeitas, como se o pesadelo tivesse passado. Primeiro surgiam as partes baixas, lentamente; e por fim, quase repentinamente, as altas.

267 Espécie de casa de pasto pouco asseada.

À direita, havia a Saúde, a Gamboa,[268] os navios de comércio: galeras de três mastros, cargueiros a vapor, altaneiros barcos a vela — que iam saindo da bruma, e, por instantes, aquilo tudo tinha um ar de paisagem holandesa; à esquerda, era o saco da Raposa, o Retiro Saudoso, a Sapucaia horrenda, a ilha do Governador, os Órgãos azuis, altos de tocar no céu; em frente, a ilha dos Ferreiros, com os seus depósitos de carvão; e, alongando a vista pelo mar sossegado, Niterói, cujas montanhas acabavam de recortar-se no céu azul, à luz daquela manhã atrasada.

A neblina foi-se e um galo cantou. Era como se a alegria voltasse à terra; era uma aleluia. Aqueles chiados, aqueles apitos, os guinchos tinham um acento festivo de contentamento.

Chegou o almoço e o sargento veio dizer a Quaresma que havia duas deserções.

— Mais duas? — fez, admirado, o major.

— Sim, senhor. O cento e vinte e cinco e o trezentos e vinte não responderam hoje a revista.

— Faça a parte.

Quaresma almoçava. O tenente Fontes, o homem do canhão, chegou. Quase nunca dormia ali; pernoitava em casa, e, durante o dia, vinha ver as coisas como iam.

Uma madrugada, ele não estava. A treva ainda era profunda. O soldado de vigia viu lá, ao longe, um vulto que se movia dentro da sombra, resvalando sobre as águas do mar. Não trazia luz alguma: só o movimento daquela mancha escura revelava uma embarcação, e também a ligeira fosforescência das águas. O soldado deu rebate; o pequeno destacamento pôs-se a postos e Quaresma apareceu.

— O canhão! Já! Avante! — ordenou o comandante. E, em seguida, nervoso, recomendou:

— Esperem um pouco.

268 Dois bairros vizinhos localizados perto da zona portuária do Rio de Janeiro.

Correu à casa e foi consultar os seus compêndios e tabelas. Demorou-se e a lancha avançava, os soldados estavam tontos e um deles tomou a iniciativa: carregou a peça e disparou-a.

Quaresma reapareceu correndo, assustado, e disse, entrecortado pelo resfolegar:

— Viram bem... a distância... a alça... o ângulo... É preciso ter sempre em vista a eficiência do fogo.

Fontes veio e sabendo do caso no dia seguinte riu-se muito:

— Ora, major, você pensa que está em um polígono, fazendo estudos práticos... Fogo para diante!

E assim era. Quase todas as tardes havia bombardeio, do mar para as fortalezas, e das fortalezas para o mar; e, tanto os navios como os fortes, saíam incólumes de tão terríveis provas.

Lá vinha uma ocasião, porém, que acertavam, então os jornais noticiavam: "Ontem, o forte Acadêmico fez um maravilhoso disparo. Com o canhão tal, meteu uma bala no *Guanabara*".[269] No dia seguinte, o mesmo jornal retificava, a pedido da bateria do cais Pharoux,[270] que era a que tinha feito o disparo certeiro. Passavam-se dias e a coisa já estava esquecida, quando aparecia uma carta de Niterói, reclamando as honras do tiro para a fortaleza de Santa Cruz.

O tenente Fontes chegou e esteve examinando o canhão com o faro de entendedor. Havia uma trincheira de fardos de alfafa e a boca da peça saía por entre os

269 Uma das embarcações empregadas durante a Revolta da Armada.

270 Nome do cais situado à frente do largo do Paço, no Rio de Janeiro, hoje chamado praça Quinze de Novembro. Luiz Edmundo (*O Rio de Janeiro do meu tempo*. Rio de Janeiro: Conquista, 1957, 2ª ed.) conta que o nome francês deve-se a certo sr. Pharoux que chegou no Rio em 1816. Criador do primeiro hotel instalado na cidade, o Hotel Pharoux.

fiapos da palha, como as goelas de um animal feroz oculto entre ervas.

Olhava o horizonte, depois de exame atento ao canhão, e considerava a ilha das Cobras,[271] quando ouviu o gemer do violão e uma voz que dizia:

Prometo pelo Santíssimo Sacramento...

Dirigiu-se para o local donde partiam os sons e se lhe deparou este lindíssimo quadro: à sombra de uma grande árvore, os soldados deitados ou sentados em círculo, em torno de Ricardo Coração dos Outros, que entoava endechas magoadas.

As praças tinham acabado de almoçar e beber a pinga, e estavam tão embevecidas na canção de Ricardo que não deram pela chegada do jovem oficial.

— Que é isto? — disse ele severamente.

Os soldados levantaram-se todos, em continência; e Ricardo, com a mão direita no gorro, perfilado, e a esquerda, segurando o violão, que repousava no chão, desculpou-se:

— Seu tenente, foi o major quem permitiu. Vossa Senhoria sabe que se nós não tivéssemos ordem, não iríamos brincar.

— Bem. Não quero mais isto — disse o oficial.

— Mas — objetou Ricardo — o senhor major Quaresma...

— Não temos aqui major Quaresma. Não quero, já disse!

Os soldados debandaram e o tenente Fontes seguiu para a velha casa imperial, ao encontro do major do

271 Ilha localizada no interior da baía de Guanabara, no Rio de Janeiro, junto da zona portuária e ligada à cidade por uma pequena ponte. Durante a Revolta da Armada, em 1893 e 1894, junto às ilhas de Villegaignon e à ilha das Enxadas, esteve sob comando do almirante Saldanha da Gama, antiflorianista exaltado.

Cruzeiro do Sul. Quaresma continuava no seu estudo, um rolar de Sísifo,[272] mas voluntário, para a grandeza da pátria. Fontes foi entrando e dizendo:

— Que é isso, seu Quaresma! Então o senhor permite cantorias no destacamento?

O major não se lembrava mais da coisa e ficou espantado com o ar severo e ríspido do moço. Ele repetiu:

— Então o senhor permite que os inferiores cantem modinhas e toquem violão, em pleno serviço?

— Mas que mal faz? Ouvi dizer que em campanha...

— E a disciplina? E o respeito?

— Bem, vou proibir — disse Quaresma.

— Não é preciso. Já proibi.

Quaresma não se deu por agastado, não percebeu motivo para agastamento e disse com doçura:

— Fez bem.

Em seguida perguntou ao oficial o modo de extrair a raiz quadrada de uma fração decimal; o rapaz ensinou-lhe e eles estiveram cordialmente conversando sobre coisas vulgares. Fontes era noivo de Lalá, a terceira filha do general Albernaz, e esperava acabar a revolta para efetuar o casamento. Durante uma hora a conversa entre os dois versou sobre esse pequenino fato familiar a que estavam ligados aqueles estrondos, aqueles tiros, aquela solene disputa entre duas ambições. Subitamente, a corneta feriu o ar com a sua voz metálica. Fontes assestou o ouvido; o major perguntou:

— Que toque é?

272 O "rolar de Sísifo" refere-se a um ato exaustivo, processado repetitivamente. A expressão faz alusão à condenação que, segundo a mitologia grega, Sísifo, rei de Corinto, recebeu após chegar aos Infernos. Tendo já uma vez enganado Zeus e Hades, fugira do reino dos mortos. Dessa forma, para impedir novamente sua fuga, Sísifio foi incumbido de fazer rolar uma enorme rocha por uma face íngreme de um monte. Cada vez que atingia o cume, a rocha caía, quando Sísifo era forçado a recomeçar o suplício.

— Sentido.

Os dois saíram. Fontes perfeitamente fardado; e o major apertando o talim, sem encontrar jeito, tropeçando na espada venerável que teimava em se lhe meter entre as pernas curtas. Os soldados já estavam nas trincheiras, armas à mão; o canhão tinha ao lado a munição necessária. Uma lancha avançava lentamente, com a proa alta assestada para o posto. De repente, saiu de sua borda um gólfão de fumaça espessa: "Queimou!", gritou uma voz. Todos se abaixaram, a bala passou alto, zunindo, cantando, inofensiva. A lancha continuava a avançar impávida. Além dos soldados, havia curiosos, garotos, a assistir ao tiroteio, e fora um desses que gritara: "Queimou!".

E assim sempre. Às vezes eles chegavam bem perto à tropa, às trincheiras, atrapalhando o serviço; em outras, um cidadão qualquer chegava ao oficial e muito delicadamente pedia: "O senhor dá licença que dê um tiro?". O oficial acedia, os serventes carregavam a peça e o homem fazia a pontaria e um tiro partia.

Com o tempo, a revolta passou a ser uma festa, um divertimento da cidade... Quando se anunciava um bombardeio, num segundo, o terraço do Passeio Público se enchia. Era como se fosse uma noite de luar, no tempo em que era do tom apreciá-las no velho jardim de dom Luís de Vasconcelos,[273] vendo o astro solitário pratear a água e encher o céu.

273 Referência ao Passeio Público, primeiro jardim carioca destinado ao lazer público. Foi inaugurado durante a gestão de dom Luís de Vasconcelos (1740-1807), entre 1779 e 1790. O novo vice-rei encarregou o Mestre Valentim pela construção de obras públicas da cidade do Rio de Janeiro nas áreas de saneamento, abastecimento e embelezamento urbano. A ele se juntaram o pintor Leandro Joaquim e os decoradores Francisco dos Santos Xavier e Francisco Xavier Cardoso de Almeida. O Passeio Público se enquadrava no projeto de bem-estar, civilidade e progresso das ideias iluministas em voga em Portugal, com vistas a transformar o Rio de Janeiro em uma cidade moderna.

Alugavam-se binóculos e tanto os velhos como as moças, os rapazes como as velhas, seguiam o bombardeio como uma representação de teatro: "Queimou Santa Cruz! Agora é o *Aquidabã*! Lá vai". E dessa maneira a revolta ia correndo familiarmente, entrando nos hábitos e nos costumes da cidade.

Nos cais Pharoux, os pequenos garotos, vendedores de jornais, engraxates, quitandeiros ficavam atrás das portadas, dos urinários, das árvores, a ver, a esperar a queda das balas; e quando acontecia cair uma, corriam todos em bolo, a apanhá-la como se fosse uma moeda ou guloseima.

As balas ficaram na moda. Eram alfinetes de gravata, berloques de relógio, lapiseiras, feitas com as pequenas balas de fuzis: faziam-se também coleções das médias e com os seus estojos de metal, areados, polidos, lixados, ornavam os consolos, os dunquerques das casas médias; as grandes, os "melões" e as "abóboras", como chamavam, guarneciam os jardins, como vasos de faiança ou estátuas.

A lancha continuava a atirar; Fontes fez um disparo. O canhão vomitou o projétil, recuou um pouco e logo foi posto em posição. A embarcação respondeu e o rapazote gritou: "Queimou!".

Eram sempre esses garotos que anunciavam os tiros do inimigo. Mal viam o fuzilar breve e a fumaça, lá longe, no navio, jorrar devagar, muito pesada, gritavam: "Queimou!".

Houve um em Niterói que teve o seu quarto de hora de celebridade. Chamavam-no *Trinta-Réis*;[274] os jornais

274 Referência a Artur José dos Santos, chamado de "Trinta-Réis", segundo trecho do periódico *O Tempo*, de 1894, encontrado em um dos álbuns com recortes de jornais da coleção de documentos pessoais de Lima Barreto, que fica na Biblioteca Nacional, seção de manuscritos, na localização I-6, 33, 878. O recorte traz matéria com o título "Um herói da revolta de 6 de setembro" e o desenho de um menino fardado. O Trinta-Réis tornou-se famoso durante o episódio da Revolta da Armada. Carioca da rua

do tempo ocuparam-se com ele, fizeram-se subscrições a seu favor. Um herói! Passou a revolta e foi esquecido, tanto ele como a *Luci*,[275] uma bela lancha que chegou fazer-se entidade na imaginação da *urbs*, a interessá-la, a criar inimigos e admiradores.

A embarcação deixou de provocar a fúria do posto do Caju, e Fontes deu instruções ao seu chefe da peça, e foi-se embora.

Quaresma recolheu-se ao seu quarto e continuou os seus estudos guerreiros. Os mais dias que passou naquele extremo da cidade não eram diferentes deste. Os acontecimentos eram os mesmos e a guerra caía na banalidade da repetição dos mesmos episódios.

A espaços, quando o aborrecimento lhe vinha, saía. Descia a cidade e deixava o posto entregue a Polidoro ou a Fontes, se estava.

Raras vezes o fazia de dia, porque Polidoro, o mais assíduo, marceneiro de profissão e em atividade numa fábrica de móveis, só vinha à noite.

No centro da cidade, a noite era alegre e jovial. Havia muito dinheiro, o governo pagava soldos dobrados, e, às vezes, gratificações, além do que havia também a morte sempre presente; e tudo isso estimulava o divertir-se. Os teatros eram frequentados e os *restaurants* noturnos também.

Quaresma, porém, não se metia naquele ruído de praça semissitiada. Ia às vezes ao teatro, à paisana, e, logo acabado o espetáculo, voltava para o quarto da cidade ou para o posto.

Em outras tardes, logo que Polidoro chegava, saía a pé, pelas ruas dos arredores, pelas praias até o campo de São Cristóvão.

---

dos Arcos, era aprendiz na ilha do Viana, perto de Niterói, onde acompanhava, curioso, os militares ao lado de canhões.

275 Uma das embarcações usadas, junto da *Guanabara*, pelos opositores ao governo de Floriano Peixoto.

Ia vendo aquela sucessão de cemitérios, com as suas campas alvas que sobem montanhas, como carneiros tosquiados e limpos a pastar; aqueles ciprestes meditativos que as vigiam; e como que se lhe representava que aquela parte da cidade era feudo e senhorio da morte.

As casas tinham um aspecto fúnebre, recolhidas e concentradas; o mar marulhava lugubremente na ribanceira lodosa; as palmeiras ciciavam doridas; e até o tilintar da campainha dos bondes era triste e lúgubre.

A paisagem se impregnara da Morte e o pensamento de quem passava ali mais ainda, para fazer sentir nela tão forte aspecto funéreo.

Foi vindo até o campo; aí deu-lhe vontade de ver a sua antiga casa e afinal entrou na residência do general Albernaz. Devia-lhe aquela visita e aproveitou o ensejo.

Acabavam de jantar e jantara com o general, além do tenente Fontes e o almirante Caldas, o comandante de Quaresma, o tenente-coronel Inocêncio Bustamante.

Bustamante era um comandante ativo, mas dentro do quartel. Não havia quem como ele se interessasse pelos livros, pela boa caligrafia, com que eram escritos os livros mestres, as relações de mostra, os mapas de companhia e outros documentos. Com auxílio deles, a organização do seu batalhão era irrepreensível; e, para não deixar de vigiar a escrituração, aparecia de onde em onde nos destacamentos do seu corpo.

Havia dez dias que Quaresma o não via. Após os cumprimentos, ele logo perguntou ao major:

— Quantas deserções?

— Até hoje, nove — disse Quaresma.

Bustamante coçou a cabeça desesperado e refletiu:

— Eu não sei o que tem essa gente... É um desertar sem nome... Falta-lhes patriotismo!

— Fazem muito bem... Ora! — disse o almirante.

Caldas andava aborrecido, pessimista. O seu processo ia mal e até agora o governo não lhe tinha dado coisa alguma. O seu patriotismo se enfraquecia com o diluir-se da esperança de ser algum dia vice-almirante. É verdade que o governo ainda não organizara a sua esquadra; entretanto, pelo rumor que corria, ele não comandaria nem uma divisão. Uma iniquidade! Era velho um pouco, é verdade; mas, por não ter nunca comandado, nessa matéria ele podia despender toda uma energia moça.

— O almirante não deve falar assim... A pátria está logo abaixo da humanidade.

— Meu caro tenente, o senhor é moço... Eu sei o que são essas coisas...

— Não se deve desesperar... Não trabalhamos para nós, mas para os outros e para os vindouros — continuou Fontes, persuasivo.

— Que tenho eu com eles? — fez, agastado, Caldas.

Bustamante, o general e Quaresma assistiam à pequena discussão calados e os dois primeiros um tanto sorridentes com a fúria de Caldas, que não se cansava de dançar a perna e alisar os longos favoritos brancos. O tenente respondeu:

— Muito, almirante. Nós todos devemos trabalhar para que surjam épocas melhores, de ordem, de felicidade e elevação moral.

— Nunca houve e nunca haverá! — disse de um jato Caldas.

— Eu também penso assim — acrescentou Albernaz.

— Isso há de sempre ser o mesmo — aduziu ceticamente Bustamante.

O major nada disse; parecia desinteressado da conversa. Fontes, em face daquelas contestações, ao contrário dos seus congêneres de seita, não se agastou. Ele era magro e chupado, moreno carregado, e a oval do seu rosto estava amassada aqui e ali.

Com a sua voz arrastada e nasal, agitando a mão direita no jeito favorito dos sermonários,[276] depois de ouvir todos, falou com unção:

— Houve já um esboço: a Idade Média.

Ninguém ali lhe podia contestar. Quaresma só sabia história do Brasil e os outros nenhuma.

E a sua afirmação fez calar todos, embora no íntimo duvidosos. É uma curiosa Idade Média, essa de elevação moral, que a gente não sabe onde fica, em que ano? Se a gente diz: "No tempo de Clotário,[277] ele próprio, com suas mãos, atacou fogo na palhoça em que encerrava o seu filho Crame[278] mais a mulher deste e filhos" — o positivista objeta: "Ainda não estava perfeitamente estabelecido o ascendente da igreja". "São Luís", diremos logo nós, "quis executar um senhor feudal porque mandou enforcar três crianças que tinham morto um coelho nas suas matas." Objeta o fiel: "Você não sabe que a nossa Idade Média vai até o aparecimento da *Divina comédia*? São Luís já era a decadência"... Citam-se as epidemias de moléstias nervosas, a miséria dos campônios, as ladroagens à mão armada dos barões, as alucinações do milênio, as cruéis matanças que Carlos Magno fez aos saxões; eles respondem: uma hora que ainda não estava perfeitamente estabelecido o ascendente moral da igreja; outra que ele já tinha desaparecido.

Nada disso foi objetado ao positivista e a conversa resvalou para a revolta. O almirante criticava severamente o governo.

276 Autores de sermões.

277 Clotário I (*c.* 498-561). Filho de Clóvis I e rei dos francos. Com a morte de dois de seus irmãos, anexou novos territórios, reconstituindo em benefício próprio a unidade do reino franco.

278 Crame (*c.* 520-60). Filho de Clotário I; levantou-se diversas vezes contra seu pai, tornando-se seu inimigo declarado. Refugiado na Borgonha, Crame foi seguido pelo pai, sendo preso com sua esposa e filhos numa cabana.

Não tinha plano algum, levava a dar tiros à toa; na sua opinião, já devia ter feito todo o esforço para ocupar a ilha das Cobras, embora isso custasse rios de sangue. Bustamante não tinha opinião assentada; mas Quaresma e Fontes julgavam que não: seria uma aventura arriscada e de uma improficuidade patente. Albernaz ainda não tinha dado o seu aviso, e veio a fazê-lo assim:

— Mas nós reconhecemos Humaitá, e por pouco!

— Entretanto, não a tomaram — disse Fontes. — As condições naturais eram outras e assim mesmo o reconhecimento foi perfeitamente inútil... O senhor sabe, esteve lá!

— Isto é... Adoeci e vim um pouco antes para o Brasil, mas o Camisão disse-me que foi arriscado.

Quaresma voltara ao silêncio. Ele procurava ver Ismênia. Fontes lhe tinha inteirado do seu estado e o major se sentia por qualquer coisa preso à moléstia da moça. Viu todos: dona Maricota, sempre ativa e diligente; Lalá, a arrancar, com o olhar, o noivo da conversa interminável, e as outras que vinham, de quando em quando, da sala de visitas à sala de jantar onde ele estava. Por fim, não se conteve, perguntou. Soube que estava em casa da irmã casada e ia pior, cada vez mais abismada na sua mania, enfraquecendo-se de corpo. O general contou tudo com franqueza a Quaresma e quando acabou de narrar aquela sua desgraça íntima, disse com um longo suspiro:

— Não sei, Quaresma... Não sei.

Eram dez horas quando o major se despediu. Voltou de bonde para a ponta do Caju. Saltou e recolheu-se logo a seu quarto. Vinha cheio da perturbação especial que põe em nós o luar que estava lindo, terno e leitoso, naquela noite. É uma emoção de desafogo do corpo, de delíquio; parece que nos tiram o envoltório material e ficamos só alma, envolvidos numa branda atmosfera de sonhos e quimeras. O major não colhia bem a sensação transcendente, mas sofria sem perceber o efeito da luz pálida e fria do luar. Deitou-se um pouco, vestido, não por sono, mas em virtude daquela doce embriaguez que o astro lhe tinha posto nos sentidos.

Dentro em pouco Ricardo veio chamá-lo: o marechal estava aí. Era seu hábito sair à noite, às vezes, de madrugada, e ir de posto em posto. O fato se espalhou pelo público que o apreciava extraordinariamente, e o presidente teve mais esse documento para firmar a sua fama de estadista consumado.

Quaresma veio ao seu encontro. Floriano vestia chapéu de feltro mole, abas largas, e uma curta sobrecasaca surrada. Tinha um ar de malfeitor ou de exemplar chefe de família em aventuras extraconjugais.

O major cumprimentou-o e esteve a dar-lhe notícias do ataque que fora feito ao seu posto, há dias passados. O marechal respondia por monossílabos preguiçosos e olhava ao redor. Quase ao despedir-se, falou mais, dizendo vagarosamente, lentamente:

— Hei de mandar pôr um holofote aqui.

Quaresma veio acompanhá-lo até o bonde. Atravessaram o velho sítio de recreio dos imperadores. Um pouco afastada da estação uma locomotiva, semiacesa, resfolegava. Semelhava roncar, dormindo; os carros, pequenos, banhados pelo luar, muito quietos, sossegados como que dormiam. As anosas mangueiras, com falta de galhos aqui e ali, pareciam polvilhadas preciosamente de prata. O luar estava magnífico. Os dois andavam, o marechal perguntou:

— Quantos homens tem você?

— Quarenta.

O marechal mastigou um: "não é muito"; e voltou ao mutismo. Num dado momento, Quaresma viu-lhe o rosto inundado pela luz da lua. Pareceu-lhe mais simpática a fisionomia do ditador. Se lhe falasse...

Preparou a pergunta; mas não teve coragem de pronunciá-la. Continuaram a andar. O major pensou: "Que é que tem? não há desrespeito algum". Aproximavam-se do portão. Num dado momento como que houve uma bulha atrás. Quaresma voltou-se, mas Floriano quase não o fez.

Os edifícios da serraria pareciam cobertos de neve, tanto era o branco luar. O major continuou a mastigar a sua pergunta; urgia, era indispensável; o portão estava a dois passos. Tomou coragem, ousou e falou:

— Vossa Excelência já leu o meu memorial, marechal?

Floriano respondeu lentamente, quase sem levantar o lábio pendente:

— Li.

Quaresma entusiasmou-se:

— Vê Vossa Excelência como é fácil erguer este país. Desde que se cortem todos aqueles empecilhos que eu apontei, no memorial que Vossa Excelência teve a bondade de ler; desde que se corrijam os erros de uma legislação defeituosa e inadaptável às condições do país, Vossa Excelência verá que tudo isto muda, que, em vez de tributários, ficaremos com a nossa independência feita... Se Vossa Excelência quisesse...

À proporção que falava, mais Quaresma se entusiasmava. Ele não podia ver bem a fisionomia do ditador, encoberto agora como lhe estava o rosto pelas abas do chapéu de feltro; mas, se a visse, teria de esfriar, pois havia na sua máscara sinais do aborrecimento mais mortal. Aquele falatório de Quaresma, aquele apelo à legislação, a medidas governamentais, iam mover-lhe o pensamento, por mais que não quisesse. O presidente aborrecia-se. Num dado momento, disse:

— Mas, pensa você, Quaresma, que eu hei de pôr a enxada na mão de cada um desses vadios?! Não havia exército que chegasse...

Quaresma espantou-se, titubeou, mas retorquiu:

— Mas, não é isso, marechal. Vossa Excelência, com o seu prestígio e poder, está capaz de favorecer, com medidas enérgicas e adequadas, o aparecimento de iniciativas, de encaminhar o trabalho, de favorecê-lo e torná-lo remunerador... Bastava, por exemplo...

Atravessavam o portão da velha quinta de Pedro I. O luar continuava lindo, plástico e opalescente. Um grande edifício inacabado que havia na rua parecia terminado, com vidraças e portas feitas com a luz da lua. Era um palácio de sonho.

Floriano já ouvia Quaresma muito aborrecido. O bonde chegou; ele se despediu do major, dizendo com aquela sua placidez de voz:

— Você, Quaresma, é um visionário...

O bonde partiu. A lua povoava os espaços, dava fisionomia às coisas, fazia nascer sonhos em nossa alma, enchia a vida, enfim, com a sua luz emprestada...

III

... E tornaram logo silenciosos...

— Eu tenho experimentado tudo, Quaresma, mas não sei... não há meio!

— Já a levou a um médico especialista?

— Já. Tenho corrido médicos, espíritas, até feiticeiros, Quaresma!

E os olhos do velho se orvalhavam por baixo do *pince-nez*. Os dois se haviam encontrado na pagadoria da Guerra e vinham pelo campo de Sant'Ana, a pé, andando a pequenos passos e conversando. O general era mais alto que Quaresma, e enquanto este tinha a cabeça sobre um pescoço alto, aquele a tinha metida entre os ombros proeminentes, como cotos de asas. Albernaz reatou:

— E remédios! Cada médico receita uma coisa; os espíritas são os melhores, dão homeopatia; os feiticeiros, tisanas, rezas e defumações... Eu não sei, Quaresma!

E levantou os olhos para o céu, que estava um tanto plúmbeo. Não se demorou, porém, muito nessa postura; o *pince-nez* não permitia, já começava a cair.

Quaresma abaixou a cabeça e andou assim um pouco olhando as granulações do granito do passeio. Levantou o olhar ao fim de algum tempo, e disse:

— Por que não a recolhe a uma casa de saúde, general?

— Meu médico já me aconselhou isso... A mulher não quer e agora mesmo, no estado em que a menina está, não vale a pena...

Falava da filha, da Ismênia, que, naqueles últimos meses, piorara sensivelmente, não tanto da sua moléstia mental, mas da saúde comum, vivendo de cama, sempre febril, enlanguescendo, definhando, marchando a passos largos para o abraço frio da morte.

Albernaz dizia a verdade; para curá-la tanto de sua loucura como da atual moléstia intercorrente, lançara mão de todos os recursos, de todos os conselhos apontados por quem quer que fosse.

Era de fazer refletir ver aquele homem, general, marcado com um curso governamental, procurar médiuns e feiticeiros, para sarar a filha.

Às vezes até levava-os em casa. Os médiuns chegavam perto da moça, davam um estremeção, ficavam com uns olhos desvairados, fixos, gritavam: "Sai, irmão!" — e sacudiam as mãos, do peito para a moça, de lá para cá, rapidamente, nervosamente, no intuito de descarregar sobre ela os fluidos milagrosos.

Os feiticeiros tinham outros passes e as cerimônias para entrar no conhecimento das forças ocultas que nos cercam eram demoradas, lentas e acabadas. Em geral, eram pretos africanos. Chegavam, acendiam um fogareiro no quarto, tiravam de um cesto um sapo empalhado ou outra coisa esquisita, batiam com feixes de ervas, ensaiavam passos de dança e pronunciavam palavras ininteligíveis. O ritual era complicado e tinha a sua demora.

Na saída, a pobre dona Maricota, um tanto já diminuída da sua atividade e diligência, olhando ternamente aquele grande rosto negro do mandingueiro, onde a barba branca punha mais veneração e certa grandeza, perguntava:

— Então, titio?

O preto considerava um instante, como se estivesse recebendo as últimas comunicações do que não se vê nem se percebe, e dizia com a sua majestade de africano:

— Vô vê, nhãnhã... Tô crotando mandinga...

Ela e o general tinham assistido à cerimônia e o amor de pais e também esse fundo de superstição que há em todos nós levavam a olhá-la com respeito, quase com fé.

— Então foi feitiço que fizeram à minha filha? — perguntava a senhora.

— Foi, sim, nhãnhã.

— Quem?

— Santo não qué dizê.

E o preto obscuro, velho escravo, arrancado há um meio século dos confins da África, saía arrastando a sua velhice e deixando naqueles dois corações uma esperança fugaz.

Era uma singular situação, a daquele preto africano, ainda certamente pouco esquecido das dores do seu longo cativeiro, lançando mão dos resíduos de suas ingênuas crenças tribais, resíduos que tão a custo tinham resistido ao seu transplante forçado para terras de outros deuses — e empregando-os na consolação dos seus senhores de outro tempo. Como que os deuses de sua infância e de sua raça, aqueles sanguinários manipansos[279] da África indecifrável, quisessem vingá-lo à legendária maneira do Cristo dos Evangelhos...[280]

A doente assistia a tudo aquilo sem compreender e se interessar por aqueles trejeitos e passes de tão poderosos homens que se comunicavam, que tinham às suas ordens os seres imateriais, as existências fora e acima da nossa.

Andando, ao lado de Quaresma, o general lembrava-se de tudo isso e teve um pensamento amargo contra a ciência, contra os espíritos, contra os feitiços, contra Deus, que lhe ia tirando a filha aos poucos, sem piedade e comiseração.

279 Referência a ídolo africano, feitiço ou a um homem gordo.
280 Em alguns momentos do livro, Lima Barreto mostra sua ambivalência em relação a seus "ancestrais africanos". Muitas vezes os caracteriza como iletrados, pouco educados ou até violentos.

O major não sabia o que dizer diante daquela imensa dor de pai e parecia-lhe toda e qualquer palavra de consolo parva e idiota. Afinal disse:

— General, o senhor permite que eu a faça ver por um médico?

— Quem é?

— É o marido de minha afilhada... o senhor conhece... É moço, quem sabe lá! Não acha? Pode ser, não é?

O general consentiu e a esperança de ver curada a filha lhe afagou as faces enrugadas. Cada médico que consultava, cada espírita, cada feiticeiro reanimava-o, pois de todos ele esperava o milagre. Nesse mesmo dia, Quaresma foi procurar o doutor Armando.

A revolta já tinha mais de quatro meses de vida e as vantagens do governo eram problemáticas. No Sul, a insurreição chegava às portas de São Paulo, e só a Lapa resistia tenazmente, uma das poucas páginas dignas e limpas de todo aquele enxurro de paixões. A pequena cidade tinha dentro de suas trincheiras o coronel Gomes Carneiro, uma energia, uma vontade, verdadeiramente isso, porque era sereno, confiante e justo. Não se desmanchou em violências de apavorado e soube tornar verdade a gasta frase grandiloquente: resistir até a morte.

A ilha do Governador tinha sido ocupada e Magé[281] tomada; os revoltosos, porém, tinham a vasta baía e a

281 Após combates em Magé, a cidade fluminense foi tomada pelos revoltosos. Nesse meio-tempo, Floriano ordenou um ataque que causou grande número de assassinatos na cidade. A ilha do Governador foi ocupada pelos revoltosos devido à sua posição estratégica na baía de Guanabara, servindo de base para os mesmos. A Escola de Aprendizes de Marinheiros localizada nessa ilha também foi ocupada. Por esse motivo foi bombardeada, e parte da população se refugiou na ilha d'Água, próxima dali. Os revoltosos acabaram sendo expulsos, mas a ilha do Governador sofreu muito e ao final parecia uma verdadeira praça de guerra.

barra apertada, por onde saíam e entravam, sem temer o estorvo das fortalezas.

As violências, os crimes que tinham assinalado esses dois marcos de atividade guerreira do governo chegavam ao ouvido de Quaresma e ele sofria.

Da ilha do Governador fez-se uma verdadeira mudança de móveis, roupas e outros haveres. O que não podia ser transportado era destruído pelo fogo e pelo machado.

A ocupação deixou lá a mais execranda memória e até hoje os seus habitantes ainda se recordam dolorosamente de um capitão, patriótico ou da guarda nacional, Ortiz,[282] pela sua ferocidade e insofrido gosto pelo saque e outras vexações. Passava um pescador, com uma tampa de peixe, e o capitão chamava o pobre homem:

— Venha cá!

O homem aproximava-se amedrontado e Ortiz perguntava:

— Quanto quer por isso?

282 Referência ao capitão Ortiz, que durante a Revolta da Armada esteve na ilha do Governador, à época da invasão dos insurgentes contra Floriano Peixoto. Os militares nela chegaram sob o comando de Eliézer Tavares. Eles incursionaram até as colônias de alienados de São Bento, na qual João Henriques, pai do autor, era almoxarife. Ali realizaram saques de roupas e animais. Lima Barreto presenciou uma dessas visitas, relatada na crônica "O estrela", de 1916. Após retornar à ilha do Governador (Lima estudava no Liceu Popular, em Niterói), o jovem acompanhou o pai em conferência com o próprio Eliézer Tavares, quando mataram um dos bois da colônia. João Henriques em suas correspondências e registros sobre a invasão, conservados no arquivo de Lima Barreto, relatou os encontros com o capitão Ortiz, assim como as pressões que fazia em busca de gêneros e objetos diversos, como cadeiras e roupas. Segundo uma carta, o exigente Ortiz chegou a habitar uma casa na ilha do Governador, durante a invasão, na qual João Henriques foi convocado, debaixo de prisão, para interrogatório.

— Três mil-réis, capitão.

Ele sorria diabolicamente e familiarmente regateava:

— Você não deixa por menos?... Está caro... Isso é peixe ordinário... Carapebas! Ora!

— Bem, capitão, vá lá por dois e quinhentos.

— Leve isso lá dentro.

Ele falava na porta de casa. O pescador voltava e ficava um tempo em pé, demonstrando que esperava o dinheiro. Ortiz balançava a cabeça e dizia escarninho:

— Dinheiro! hein? Vá cobrar ao Floriano.

Entretanto, Moreira César deixou boas recordações de si e ainda hoje há lá quem se lembre dele, agradecido por este ou aquele benefício que o famoso coronel lhe prestou.

As forças revoltosas pareciam não ter enfraquecido; tinham, porém, perdido dois navios, sendo um desses o *Javari*, cuja reputação na revolta era das mais altas e consideradas. As forças de terra detestavam-no particularmente. Era um monitor, chato, raso com a água, uma espécie de sáurio ou quelônio de ferro, de construção francesa. A sua artilharia era temida; mas o que sobremodo enraivecia os adversários era ele não ter quase borda acima d'água, ficar quase ao nível do mar e fugir assim aos tiros incertos de terra. As suas máquinas não funcionavam, e a grande tartaruga vinha colocar-se em posição de combate com auxílio de um rebocador.

Um dia em que estava nas proximidades de Villegaignon,[283] foi a pique. Não se soube e até hoje não foi esclarecido por que foi. Os legalistas afirmaram que foi uma bala de Gragoatá;[284] mas os revoltosos

283 Ilha de Villegaignon, no interior da baía de Guanabara, no Rio de Janeiro, hoje ligada à cidade pelo aterro do aeroporto Santos Dumont, e onde se encontra a Escola Naval.

284 Referência ao forte do Gragoatá, na cidade de Niterói, localizado em ponto com ampla visualização da baía de Guanabara. Resistiu, em apoio a Floriano Peixoto, aos bombardeios do cruzador *Tamandaré* e do encouraçado *Aquidabã*.

asseguraram que foi a abertura de uma válvula ou um outro acidente qualquer.

Como o do seu irmão, o *Solimões*, que desapareceu nas costas do cabo Polônio, o fim do *Javari* ainda está envolvido no mistério.

Quaresma permanecia de guarnição no Caju, e viera receber dinheiro. Deixara lá Polidoro, pois os outros oficiais estavam doentes ou licenciados, e Fontes, que, sendo uma espécie de inspetor-geral, ao contrário de seus hábitos, dormira aquela noite no pequeno pavilhão imperial e ia ficar até a tarde.

Ricardo Coração dos Outros, desde o dia da proibição de tocar violão, andava macambúzio. Tinham-lhe tirado o sangue, o motivo de viver, e passava os dias taciturno, encostado a um tronco de árvore, maldizendo no fundo de si a incompreensão dos homens e os caprichos do destino. Fontes notara a sua tristeza; e, para minorar-lhe o desgosto, obrigara Bustamante a fazê-lo sargento. Não foi sem custo, porque o antigo veterano do Paraguai encarecia muito essa graduação e só a dava como recompensa excepcional ou quando requerida por pessoas importantes.

A vida do pobre menestrel era assim a de um melro engaiolado; e, de quando em quando, ele se afastava um pouco e ensaiava a voz, para ver se ainda a tinha e não fugira com o fumo dos disparos.

Quaresma, sabendo que dessa maneira o posto estava bem entregue, resolveu demorar-se mais, e, após despedir-se de Albernaz, encaminhou-se para a casa do seu compadre, a fim de cumprir a promessa que fizera ao general.

Coleoni ainda não decidira a sua viagem à Europa. Hesitava, esperando o fim da rebelião que não parecia estar próximo. Ele nada tinha com ela; até ali, não dissera a ninguém a sua opinião; e, se era muito instado, apelava para a sua condição de estrangeiro e metia-se numa reserva prudente. Mas aquela exigência de passaporte, tirado na chefatura de polícia, dava-lhe susto. Naqueles tempos, toda a gente tinha medo de tratar com autoridades. Havia tanta má vontade com os estrangeiros, tanta arrogância nos funcionários que ele não se animava a ir obter o documento, temendo que uma palavra, que um olhar, que um gesto, interpretados por qualquer funcionário zeloso e dedicado, não o levassem a sofrer maus quartos de hora.

Verdade é que ele era italiano e a Itália já fizera ver ao ditador que era uma grande potência, mas no caso de que se lembrava, tratava-se de um marinheiro, por cuja vida, extinta por uma descarga das forças legais, Floriano pagara a quantia de cem contos. Ele, Coleoni, porém, não era marinheiro, e não sabia, caso fosse preso, se os representantes diplomáticos de seu país tomariam interesse pela sua liberdade.

De resto, não tendo protestado manter a sua nacionalidade, quando o governo provisório expediu o famoso decreto de naturalização,[285] era bem possível que uma ou outra parte se ativessem a isso, para desinteressar-se dele ou mantê-lo na famosa galeria nº 7, da Casa de Correição, transformada, por uma penada mágica, em prisão de Estado.

A época era de susto e temor, e todos esses que ele sentia só os comunicava à filha, porque o genro cada vez mais se fazia florianista e jacobino, de cuja boca muita vez ouvia duras invectivas aos estrangeiros.

E o doutor tinha razão; já obtivera uma graça governamental. Fora nomeado médico do Hospital de Santa

285 Uma das medidas mais populares da jovem República foi a naturalização. O artigo 69, 5º, da Constituição Federal de 1891, referendava o decreto da Grande Naturalização que seguiu à proclamação. A referida passagem do texto constitucional de 1891 declarava brasileiros os estrangeiros que possuíssem bens imóveis no Brasil e que fossem casados com brasileiros, ou que tivessem filhos brasileiros, contanto que residissem no Brasil.

Bárbara, na vaga de um colega, demitido a bem do serviço público como suspeito por ter ido visitar um amigo na prisão. Como o hospital, porém, ficasse no ilhéu do mesmo nome, dentro da baía, em frente à Saúde e a Guanabara ainda estivesse em mão dos revoltosos, ele nada tinha que fazer, pois até agora o governo não aceitara os seus oferecimentos de auxiliar o tratamento dos feridos.

O major foi encontrar pai e filha em casa; o doutor tinha saído, ido dar uma volta pela cidade, dar arras de sua dedicação à causa legal, conversando com os mais exaltados jacobinos do Café do Rio, não esquecendo também de passear pelos corredores do Itamarati, fazendo-se ver pelos ajudantes de ordens, secretários e outras pessoas influentes no ânimo de Floriano.

A moça viu entrar Quaresma com aquele sentimento estranho que o seu padrinho lhe causava ultimamente, e esse sentimento mais agudo se tornava quando o via contar os casos guerreiros do seu destacamento, a passagem de balas, as descargas das lanchas, naturalmente, simplesmente, como se fossem feições de uma festa, de uma justa, de um divertimento qualquer em que a morte não estivesse presente.

Tanto mais que o via apreensivo, deixando perceber numa frase e noutra desânimo e desesperança.

Na verdade o major tinha um espinho n'alma. Aquela recepção de Floriano às suas lembranças de reformas não esperavam nem o seu entusiasmo e sinceridade nem tampouco a ideia que ele fazia do ditador. Saíra ao encontro de Henrique IV e de Sully e vinha esbarrar com um presidente que o chamava de visionário, que não avaliava o alcance dos seus projetos, que os não examinava sequer, desinteressado daquelas altas coisas de governo como se não o fosse!... Era pois para sustentar tal homem que deixara o sossego de sua casa e se arriscava nas trincheiras? Era, pois, por esse homem que tanta gente morria? Que direito tinha ele de vida e de morte sobre os seus concidadãos, se não se interessava pela sorte deles, pela sua vida feliz e abundante, pelo enriquecimento do país, o progresso de sua lavoura e o bem-estar de sua população rural?

Pensando assim, havia instantes que lhe vinha um mortal desespero, uma raiva de si mesmo; mas em seguida considerava: o homem está atrapalhado, não pode agora; mais tarde com certeza ele fará a coisa...

Vivia nessa alternativa dolorosa e era ela que lhe trazia apreensões, desânimo e desesperança, notados por sua afilhada na sua fisionomia já um pouco acabrunhada.

Não tardou, porém, que, abandonando os episódios da sua vida militar, Quaresma explicasse o motivo de sua visita.

— Mas qual delas? — perguntou a afilhada.

— A segunda, a Ismênia.

— Aquela que estava para casar com o dentista?

— Essa mesmo.

— Ahn!...

Ela pronunciou esse "ahn" muito longo e profundo, como se pusesse nele tudo que queria dizer sobre o caso. Via bem o que fazia o desespero da moça, mas via melhor a causa, naquela obrigação que incrustam no espírito das meninas, que elas se devem casar a todo custo, fazendo do casamento o polo e fim da vida, a ponto de parecer uma desonra, uma injúria, ficar solteira.

O casamento já não é mais amor, não é maternidade, não é nada disso: é simplesmente casamento, uma coisa vazia, sem fundamento nem na nossa natureza nem nas nossas necessidades.

Graças à frouxidão, à pobreza intelectual e fraqueza de energia vital de Ismênia, aquela fuga do noivo se transformou em certeza de não casar mais e tudo nela se abismou nessa ideia desesperada.

Coleoni enterneceu-se muito e interessou-se. Sendo bom de fundo, quando lutava pela fortuna se fez duro e áspero, mas logo que se viu rico perdeu a dureza de que se revestira, pois percebia bem que só se pode ser bom quando se é forte de algum modo.

Ultimamente o major tinha diminuído um pouco o interesse pela moça; andava atormentado com o seu caso de consciência, entretanto, se não tinha um constante e particular pensamento pela desdita da filha de Albernaz, abrangia-a ainda na sua bondade geral, larga e humana.

Não se demorou muito na casa do compadre; ele queria, antes de voltar ao Caju, passar pelo quartel do seu batalhão. Ia ver se arranjava uma pequena licença, para visitar a irmã que deixara lá, no Sossego, e de quem tinha notícias, por carta, três vezes por semana. Eram elas satisfatórias, contudo ele tinha necessidade de ver tanto ela como o Anastácio, fisionomias com quem se encontrava diariamente há tantos anos e cuja contemplação lhe fazia falta e talvez lhe restituísse a calma e a paz de espírito.

Na última carta que recebera de dona Adelaide, havia uma frase de que, no momento, se lembrava sorrindo: "Não te exponhas muito, Policarpo. Toma muita cautela". Pobre Adelaide! Estava a pensar que esse negócio de balas é assim como a chuva?!...

O quartel ainda ficava no velho cortiço condenado pela higiene, lá para as bandas da Cidade Nova. Assim que Quaresma apontou na esquina, a sentinela deu um grande berro, fez uma imensa bulha com a arma e ele entrou, tirando o chapéu da cabeça baixa, pois estava à paisana e tinha abandonado a cartola com medo de que esse traje fosse ferir as suscetibilidades republicanas dos jacobinos.

No pátio, o instrutor coxo adestrava novos voluntários e os seus majestosos e demorados gritos: ombrôôô... armas! mei-ããã-volta... volver! subiam ao céu e ecoavam longamente pelos muros da antiga estalagem.

Bustamante estava no seu cubículo, mais conhecido por gabinete, irrepreensível no seu uniforme verde--garrafa, alamares dourados e vivos azul-ferrete. Com auxílio de um sargento, examinava a escrita de um livro quarteleiro.

— Tinta vermelha, sargento! É como mandam as instruções de 1864.

Tratava-se de uma emenda ou de coisa semelhante.

Logo que viu Quaresma entrar, o comandante exclamou radiante:

— O major adivinhou!

Quaresma descansou placidamente o chapéu, bebeu um pouco d'água, e o coronel Inocêncio explicou a alegria:

— Sabe que temos de marchar?

— Para onde?

— Não sei... Recebi ordem do Itamarati.

Ele não dizia nunca do quartel-general, nem mesmo do ministro da Guerra; era do Itamarati, do presidente, do chefe supremo. Parecia que assim dava mais importância a si mesmo e ao seu batalhão, fazia-o uma espécie de batalhão da guarda, favorito e amado do ditador.

Quaresma não se espantou, nem se aborreceu. Percebeu que era impossível obter a licença e também necessário mudar os seus estudos: da artilharia, tinha que passar para a infantaria.

— O major é que vai comandar o corpo, sabia?

— Não, coronel. E o senhor não vai?

— Não — disse Bustamante, alisando o cavanhaque mosaico e abrindo a boca para o lado esquerdo. — Tenho que acabar a organização da unidade e não posso... Não se assuste, mais tarde irei lá ter...

Começava a tarde, quando Quaresma saiu do quartel. O instrutor coxo continuava, com força, majestade e demora, a gritar: om-brôôô... armas! A sentinela não pôde fazer a bulha da entrada, porque só viu o major quando já ia longe. Ele desceu até a cidade e foi ao correio. Havia alguns tiros espaçados; no Café do Rio, os levitas continuavam a trocar ideias para a consolidação definitiva da República.

Antes de chegar ao correio, Quaresma lembrou-se de sua partida. Correu a uma livraria e comprou livros sobre infantaria; precisava também dos regulamentos: arranjaria no quartel-general.

Para onde ia? Para o Sul, para Magé, para Niterói? Não sabia... Não sabia... Ah! se isso fosse para realização dos seus desejos e sonhos! Mas quem sabe?... Podia ser... talvez... Mais tarde...

E passou o dia atormentado pela dúvida do bom emprego de sua vida e de suas energias.

O marido de Olga não fez nenhuma questão em ir ver a filha do general. Ele levava a íntima convicção de que a sua ciência toda nova[286] pudesse fazer alguma coisa; mas assim não se deu.

A moça continuou a definhar, e, se a mania parecia um pouco atenuada, o seu organismo caía. Estava magra e fraca, a ponto de quase não poder sentar-se na cama. Era sua mãe quem mais junto a ela vivia; as irmãs se desinteressavam um pouco, pois as exigências de sua mocidade levavam-nas para outros lados.

Dona Maricota, tendo perdido todo aquele antigo fervor pelas festas e bailes, estava sempre no quarto da filha, a consolá-la, animá-la e, às vezes, quando a olhava muito, como que se sentia um tanto culpada pela sua infelicidade.

A moléstia tinha posto mais firmeza nos traços de Ismênia, tinha-lhe diminuído a lassidão, tirado o mortiço dos olhos e os seus lindos cabelos castanhos, com reflexos de ouro, mais belos se faziam quando cercavam a palidez de sua face.

Raro era falar muito; e assim foi que, naquele dia, se espantou muito dona Maricota com a loquacidade da filha.

— Mamãe, quando se casa Lalá?

286 Ironia de Lima Barreto diante das potencialidades infindas que a ciência então prometia.

— Quando se acabar a revolta.

— A revolta ainda não acabou?

A mãe respondeu-lhe e ela esteve um instante calada, olhando o teto, e, após essa contemplação disse à mãe:

— Mamãe... Eu vou morrer...

As palavras saíram-lhe dos lábios, seguras, doces e naturais.

— Não diga isso, minha filha — adiantou-se dona Maricota. — Qual morrer! Você vai ficar boa; seu pai vai levar você para Minas; você engorda, toma forças...

A mãe dizia-lhe tudo isso devagar, alisando-lhe a face com a mão, como se se tratasse de uma criança. Ela ouvia tudo com paciência e voltou por sua vez serenamente:

— Qual, mamãe! Eu sei: vou morrer e peço uma coisa à senhora...

A mãe ficou espantada com a seriedade e firmeza da filha. Olhou em redor, deu com a porta semicerrada e levantou-se para fechá-la. Quis ainda ver se a dissuadia daquele pensamento; Ismênia, porém, continuava a repeti-lo pacientemente, docemente, serenamente:

— Eu sei, mamãe.

— Bem. Suponho que é verdade: o que é que você quer?

— Eu quero, mamãe, ir vestida de noiva.

Dona Maricota ainda quis brincar, troçar; a filha, porém, voltou-se para o outro lado, pôs-se a dormir, com um leve respirar espaçado. A mãe saiu do quarto, comovida, com lágrimas nos olhos e a secreta certeza de que a filha falava a verdade.

Não tardou muito a se verificar. O doutor Armando a tinha visitado naquela manhã pela quarta vez; ela parecia melhor, desde alguns dias, falava com discernimento, sentava-se à cama e conversava com prazer.

Dona Maricota teve que fazer uma visita e deixou a doente entregue às irmãs. Elas foram lá ao quarto várias vezes e parecia dormir. Distraíram-se.

Ismênia despertou: viu, por entre a porta do guarda-vestidos meio aberto, o seu traje de noiva. Teve vontade de vê-lo mais de perto. Levantou-se descalça e estendeu-o na cama para contemplá-lo. Chegou-lhe o desejo de vesti-lo. Pôs a saia; e, por aí, vieram recordações do seu casamento falhado. Lembrou-se do seu noivo, do nariz fortemente ósseo e dos olhos esgazeados de Cavalcanti; mas não se recordou com ódio, antes como se fosse um lugar visto há muito tempo, e que a tivesse impressionado.

De quem ela se lembrava com raiva era da cartomante.[287] Iludindo sua mãe, acompanhada por uma criada, tinha conseguido consultar Mme. Sinhá. Com que indiferença ela lhe respondeu: não volta! Aquilo doeu-lhe... Que mulher má! Desde esse dia... Ah!... Acabou de abotoar a saia em cima do corpinho, pois não encontrara colete; e foi ao espelho. Viu os seu ombros nus, o seu colo muito branco... Surpreendeu-se. Era dela aquilo tudo? Apalpou-se um pouco e depois colocou a coroa. O véu afagou-lhe as espáduas carinhosamente, como um adejo de borboleta. Teve uma fraqueza, uma coisa, deu um ai e caiu de costas na cama, com as pernas para fora... Quando a vieram ver, estava morta. Tinha ainda a coroa na cabeça e um seio, muito branco e redondo, saltava-lhe do corpinho.

287 Figura com frequência retratada nos romances de época, como no conto de Machado de Assis "A cartomante". Na obra de Lima Barreto a cartomante é sempre ambivalente, muitas vezes enganando seus clientes com soluções fáceis. "A cartomancia entrou decididamente na vida nacional", afirmou Lima em 1915 ("Não se zanguem". In: *Correio da Noite*, 26 de dezembro de 1914). Para ele, os anúncios de jornal seriam uma prova da demanda que se tinha por essas personagens. Com toda a sua ironia, afirmava não possuir ojeriza por cartomantes: "Até que são bastante úteis, pois mantêm e sustentam no nosso espírito essa coisa que é mais necessária à nossa vida que o próprio pão: a ilusão".

O enterro foi feito no dia imediato e a casa de Albernaz esteve os dois dias cheia, como nos dias de suas melhores festas.

Quaresma foi ao enterro; ele não gostava muito dessa cerimônia; mas veio, e foi ver a pobre moça, no caixão, coberta de flores, vestida de noiva, com um ar imaculado de imagem. Pouco mudara, entretanto. Era ela mesma ali; era a Ismênia dolente e pobre de nervos, com os seus traços miúdos e os seus lindos cabelos, que estava dentro daquelas quatro tábuas. A morte tinha fixado a sua pequena beleza e o seu aspecto pueril; e ela ia para a cova com a insignificância, com a inocência e a falta de acento próprio que tinha tido em vida.

Contemplando aqueles tristes restos, Quaresma viu o caixão do coche parar na porta do cemitério, atravessar pelas ruas de túmulos — uma multidão que trepava, se tocava, lutava por espaço, na estreiteza da várzea e nas encostas das colinas. Algumas sepulturas como que se olhavam com afeto e se queriam aproximar; em outras, transparecia repugnância por estarem perto. Havia ali, naquele mudo laboratório de decomposições, solicitações incompreensíveis, repulsões, simpatias e antipatias; havia túmulos arrogantes, vaidosos, orgulhosos, humildes, alegres e tristes; e de muitos, ressumava o esforço, um esforço extraordinário, para escapar ao nivelamento da morte, ao apagamento que ela traz às condições e às fortunas.

Quaresma ainda contemplava o cadáver da moça e o cemitério surgia aos seus olhos com as esculturas que se amontoavam, com vasos, cruzes e inscrições, em alguns túmulos; noutros, eram pirâmides de pedra tosca, retratos, caramanchões extravagantes, complicações de ornatos, coisas barrocas e delirantes, para fugir ao anonimato do túmulo, ao fim dos fins.

As inscrições exuberam: são longas, são breves; têm nomes, têm datas, sobrenomes, filiações, toda a certidão de idade do morto que, lá embaixo, não se pode mais conhecer e é lama pútrida.

E se sente um desespero em não se deparar com um nome conhecido, nem uma celebridade, uma notabilidade, um desses nomes que enchem décadas e, às vezes mesmo, já mortos, parece que continuam a viver. Tudo é desconhecido; todos aqueles que querem fugir do túmulo para a memória dos vivos, são anódinos felizes e medíocres existências que passaram pelo mundo sem ser notadas.

E lá ia aquela moça por ali afora para o buraco escuro, para o fim, sem deixar na vida um traço mais fundo de sua pessoa, de seus sentimentos, de sua alma!

Quaresma quis afastar essa visão triste e encaminhou-se para o interior da casa. Ele estivera na sala de visitas, onde dona Maricota também estava, cercada de outras senhoras amigas que nada lhe diziam. O Lulu, fardado do colégio, com fumo no braço, cochilava a uma cadeira. As irmãs iam e vinham. Na sala de jantar, estava o general silencioso, tendo ao lado Fontes e outros amigos.

Caldas e Bustamante conversavam baixo, afastados; e quando Quaresma passou, pôde ouvir o almirante dizer:

— Qual! Os homens estão dentro em pouco aqui... O governo está exausto.

O major ficou na janela que dava para o quintal. O tecido do céu se tinha adelgaçado: o azul estava sedoso e fino; e tudo tranquilo, sereno e calmo.

A Estefânia, a doutora, a de olhos maliciosos e quentes, passou, tendo ao lado Lalá, que levava, de quando em quando, o lenço aos olhos já secos, a quem aquela dizia:

— Eu, se fosse você, não comprava lá... É caro! Vai ao Bonheur des Dames... Dizem que tem coisas boas e é pechincheiro.

O major voltou de novo a contemplar o céu que cobria o quintal. Tinha uma tranquilidade quase indiferente. Genelício apareceu demasiadamente fúnebre. Todo de preto, ele tinha afivelado ao rosto a mais profunda máscara de tristeza. O seu *pince-nez* azulado também parecia de luto.

Não lhe fora possível deixar de ir trabalhar; um serviço urgente fizera-o indispensável na repartição.

— É isso, general — disse ele —, não está lá o doutor Genelício, nada se faz... Não há meio da Marinha mandar os processos certos... É um relaxamento...

O general não respondeu; estava deveras combalido. Bustamante e Caldas continuavam a conversar baixo. Ouviu-se o rodar de uma carruagem na rua. Quinota chegou à sala de jantar:

— Papai, está aí o coche.

O velho levantou-se a custo e foi para a sala de visitas. Falou à mulher que se ergueu com a face contraída, exprimindo uma grande contensão. Os seus cabelos já tinham muitos fios de prata. Não deu um passo; esteve um instante parada e logo caiu na cadeira, chorando. Todos estavam vendo sem saber o que fazer; alguns choravam; Genelício tomou um partido: foi retirando os círios de ao redor do caixão. A mãe levantou-se, veio até o esquife, beijou o cadáver: minha filha!

Quaresma adiantou-se, foi saindo com o chapéu na mão. No corredor, ainda ouviu Estefânia dizer a alguém: "O coche é bonito".

Saiu. Na rua parecia que havia festa. As crianças da vizinhança cercavam o carro fúnebre e faziam inocentes comentários sobre os dourados e enfeites. As grinaldas foram aparecendo e sendo dependuradas nas extremidades das colunas do coche: "À minha querida filha", "À minha irmã". As fitas roxas e pretas, com letras douradas, moviam-se lentamente ao leve vento que soprava.

Apareceu o caixão, todo roxo, com guarnições de galões dourados, muito brilhantes. Tudo aquilo ia pra terra. As janelas se povoaram, de um lado e doutro da rua; um menino na casa próxima gritou da rua para o interior: "Mamãe, lá vai o enterro da moça!".

O caixão foi afinal amarrado fortemente no carro mortuário, cujos cavalos, ruços, cobertos com uma rede preta, escarvavam o chão cheios de impaciência.

Aqueles que iam acompanhar até o cemitério procuravam os seus carros. Embarcaram todos, e o enterro rodou.

A esse tempo, na vizinhança, alguns pombos imaculadamente brancos, as aves de Vênus, ergueram o voo, ruflando estrepitosamente; deram volta por cima do coche e tornaram logo silenciosos, quase sem bater asas, para o pombal que se ocultava nos quintais burgueses...

IV

O Boqueirão

O sítio de Quaresma, em Curuzu, voltava aos poucos ao estado de abandono em que ele o encontrara. A erva daninha crescia e cobria tudo. As plantações que fizera tinham desaparecido na invasão do capim, do carrapicho, das urtigas e outros arbustos. Os arredores da casa ofereciam um aspecto desolador, apesar dos esforços de Anastácio, sempre vigoroso e trabalhador na sua forte velhice africana, mas baldo de iniciativa, de método, de continuidade no esforço.

Um dia capinava aqui, outro dia ali, outro pedaço, e assim ia saltando de trecho em trecho, sem fazer trabalho que se visse, permitindo que as terras e os arredores da casa adquirissem um aspecto de desleixo que não condizia com o seu trabalho efetivo.

As formigas voltaram também, mais terríveis e depredadoras, vencendo obstáculos, devastando tudo, restos de seara, brotos de fruteiras, até os araçazeiros depenavam, com uma energia e bravura que sorriam aos fracos expedientes da inteligência crestada do antigo escravo, incapaz de achar meios eficazes de batê-las ou afugentá-las.

Entretanto ele cultivava. Era a sua mania, o seu vício, uma teimosia de caduco. Tinha uma horta que disputava diariamente às saúvas; e, como os animais da vizinhança a tivessem um dia invadido, ele a protegeu pacientemente com uma cerca de materiais mais inconcebíveis: latas de querosene desdobradas, caibros bons, folhas de coqueiros, tábuas de caixão, não obstante ter à mão bambus à vontade.

Na sua inteligência havia uma necessidade do tortuoso, do aparentemente fácil; e em tudo ele punha esse jeito de sua psique, tanto no falar, com grandes rodeios, como nos canteiros que traçava, irregulares, maiores aqui, menores ali, fugindo à regularidade, ao paralelismo, à simetria, com um horror artístico.

A revolta tinha tido sobre a política local efeito pacificador. Todos os partidos se fizeram dedicadamente governistas, de forma que, entre os dois poderosos contendores, o doutor Campos e o tenente Antonino, houve um traço de união que os reconciliou e os fez entenderem-se. Ao osso que ambos disputavam encarniçadamente, chegou um outro mais forte que pôs em perigo a segurança de ambos e eles se puseram em expectativa, um instante unidos.

O candidato foi imposto pelo governo central e as eleições chegaram. É um momento bem curioso esse das eleições na roça. Não se sabe bem donde saem tantos tipos exóticos. De tal forma são eles esquisitos que se pode mesmo esperar que apareçam calções e bofes de renda, espadins e gibão. Há sobrecasacas de cintura, há calças boca de sino, há chapéus de seda — todo um museu de indumentária que aqueles roceiros vestem e por um instante fazem viver por entre as ruas esburacadas e estradas poeirentas das vilas e lugarejos. Não faltam também os valentões, com calças bombachas e grandes bengalões de pequiá,[288] à espera do que der e vier.

Para a monótona vida que levava dona Adelaide, esse desfile de manequins de museu, por sua porteira, em direção à seção eleitoral que lhe ficava nas proximidades, foi um divertimento. Ela passava longos e tristes dias

288 Árvore que fornece madeira resistente e que nesse caso devia ser bem útil para as bengalas usadas para caminhar (ou brigar).

naquele isolamento. Fazia-lhe companhia desde muito a mulher de Felizardo, a sinhá Chica, uma velha cafuza, espécie de Medeia esquelética, cuja fama de rezadeira pairava por sobre todo o município. Não havia quem como ela soubesse rezar dores, cortar febres, curar cobreiros e conhecesse os efeitos das ervas medicinais: a língua-de-vaca, a silvina, o cipó-chumbo — toda aquela drogaria que crescia pelos campos, pelas capoeiras, e pelos troncos de árvores.

Além desse saber que a fazia estimada e respeitável, tinha também a habilidade de assistir partos. Na redondeza, entre a gente pobre e mesmo remediada, todos os nascimentos se faziam aos cuidados de suas luzes.

Era de ver como pegava uma faca e agitava o pequeno instrumento doméstico em cruz, repetidas vezes, sobre a sede da dor ou da tarefa, rezando em voz baixa, balbuciando preces que afugentavam o espírito maligno que estava ali. Contavam-se dela milagres, vitórias extraordinárias, denunciadoras do seu estranho poder quase mágico, sobre as forças ocultas, que nos perseguem ou nos auxiliam.

Um dos mais curiosos, e era contado em toda parte e a toda hora, consistia no afastamento das lagartas. Os vermes haviam dado num feijoal, aos milheiros, cobrindo as folhas e os colmos; o proprietário já desesperava e tinha tudo por perdido quando se lembrou dos maravilhosos poderes de sinhá Chica. A velha lá foi. Pôs cruzes de gravetos pelas bordas da roça, assim como se fizesse uma cerca de invisível material que nelas se apoiasse: deixou uma extremidade aberta e colocou-se na oposta a rezar. Não tardou o milagre a verificar-se. Os vermes, num rebanho moroso e serpejante, como se fossem tocados pela vara de um pastor, foram saindo na sua frente, devagar, aos dois, aos quatro, aos cinco, aos dez, aos vinte, e um só não ficou.

O doutor Campos não tinha absolutamente nenhuma espécie de ciúme dessa rival. Armou-se de um pequeno desdém pelo poder sobre-humano da mulher, mas não apelou nunca para o arsenal de leis, que vedava o exercício de sua transcendente medicina. Seria a impopularidade; ele era político...

No interior, e não é preciso afastar-se muito do Rio de Janeiro, as duas medicinas coexistem sem raiva e ambas atendem às necessidades mentais e econômicas da população.

A da sinhá Chica, quase grátis, ia ao encontro da população pobre, daquela em cujos cérebros, por contágio ou herança, ainda vivem os manitus e manipansos, sujeitos a fugirem aos exorcismos, benzeduras e fumigações. A sua clientela, entretanto, não se resumia só na gente pobre da terra, ali nascida ou criada; havia mesmo recém-chegados de outros ares, italianos, portugueses e espanhóis, que se socorriam da sua força sobrenatural, não tanto pelo preço ou contágio das crenças ambientes, mas também por aquela estranha superstição europeia de que todo negro ou gente colorida penetra e é sagaz para descobrir as coisas malignas e exercer a feitiçaria.

Enquanto a terapêutica fluídica ou herbácea de sinhá Chica atendia aos miseráveis, aos pobretões, a do doutor Campos era requerida pelos mais cultos e ricos, cuja evolução mental exigia a medicina regular e oficial.

Às vezes, um de um grupo passava para o outro; era nas moléstias graves, nas complicadas, nas incuráveis, quando as ervas e as rezas da milagrosa nada podiam ou os xaropes e pílulas do doutor eram impotentes.

Sinhá Chica não era lá uma companheira muito agradável. Vivia sempre mergulhada no seu sonho divino, abismada nos misteriosos poderes dos feitiços, sentada sobre as pernas cruzadas, olhos baixos, fixos, de fraco brilho, parecendo esmalte de olhos de múmia, tanto ela era encarquilhada e seca.

Não esquecia também os santos, a santa madre Igreja, os mandamentos, as orações ortodoxas; embora não soubesse ler, era forte no catecismo e conhecia a história sagrada aos pedaços, aduzindo a eles interpretações suas e interpolações pitorescas.

Com o Apolinário, o famoso capelão das ladainhas, era ela o forte poder espiritual da terra. O vigário ficava relegado a um papel de funcionário, espécie de oficial de registro civil, encarregado dos batizados e casamentos, pois toda comunicação com Deus e o Invisível se fazia por intermédio de sinhá Chica ou do Apolinário. É de dever falar em casamentos, mas bem podiam ser esquecidos, porque a nossa gente pobre faz uso reduzido de tal sacramento e a simples mancebia, por toda parte, substitui a solene instituição católica.

Felizardo, o marido dela, aparecia pouco em casa de Quaresma; e, se aparecia, era à noite, passando os dias pelos matos com medo do recrutamento e logo que chegava indagava da mulher se o barulho já tinha acabado.

Vivia num constante pavor; dormia vestido, galgando a janela e embrenhando-se na capoeira, à menor bulha ouvida.

Tinham dois filhos, mas que tristeza de gente! Ajuntavam à depressão moral dos pais uma pobreza de vigor físico e uma indolência repugnante. Eram dois rapazes: o mais velho, José, orçava pelos vinte anos; ambos inertes, moles, sem força e sem crenças, nem mesmo a da feitiçaria, das rezas e benzeduras, que fazia o encanto da mãe e merecia o respeito do pai.

Não houve quem os fizesse aprender qualquer coisa e os sujeitasse a um trabalho contínuo. De quando em quando, assim de quinze em quinze dias, faziam uma talha de lenha e vendiam ao primeiro taverneiro pela metade do valor; voltavam para casa alegres, satisfeitos, com um lenço de cores vivas, um vidro de água-de-colônia, um espelho, bugigangas que denunciavam ainda neles gostos bastante selvagens.

Passavam então uma semana em casa, a dormir ou a

perambular pelas estradas e vendas; à noite, quase sempre nos dias de festas e domingos, saíam com a "harmônica" a tocar peças, no que eram exímios, sendo a presença deles muito requestada nos bailes da vizinhança.

Embora seus pais vivessem em casa de Quaresma, raramente lá apareciam; e, se o faziam, era porque de todo não tinham que comer. Levavam o descuido da vida, a imprevidência, a ponto de não terem medo do recrutamento. Eram, entretanto, capazes de dedicação, de lealdade e bondade, mas o trabalho continuado, todo dia, repugnava-lhes à natureza, como uma pena ou um castigo.

Essa atonia da nossa população, essa espécie de desânimo doentio, de indiferença nirvanesca por tudo e todas as coisas, cercam de uma caligem de tristreza desesperada a nossa roça e tira-lhe o encanto, a poesia e o viço sedutor de plena natureza.

Parece que nem um dos grandes países oprimidos, a Polônia, a Irlanda, a Índia, apresentará o aspecto cataléptico do nosso interior. Tudo aí dorme, cochila, parece morto; naqueles há revolta, há fuga para o sonho; no nosso... Oh!... dorme-se...

A ausência de Quaresma trouxera para o seu sítio essa atmosfera geral da roça. O Sossego parecia dormir, dormir de encantamento, à espera que o príncipe o viesse despertar.

Máquinas agrícolas, que não haviam ainda servido, enferrujavam com a etiqueta da casa. Aqueles arados de ponta de aço, que tinham chegado com a relha reluzente, de um brilho azulado e doce, estavam hediondos e morriam de tédio no abandono em que jaziam, bracejando angustiosamente para o céu mudo. De manhã, não se ouvia mais o cacarejar das aves no galinheiro, o esvoaçar dos pombos — todo esse hino matinal de vida, de trabalho, de fartura não mais se casava com as auroras rosadas e com o chilreio álacre do passaredo; e ninguém sabia ver as paineiras em flor, com as suas lindas flores rosadas e brancas que, a espaços, caíam docemente como aves feridas.

Dona Adelaide não tinha nem gosto nem atividade para superintender aqueles serviços e fruir a poesia da roça. Sofria com a separação do irmão e vivia como se estivesse na cidade. Comprava os gêneros na venda e não se incomodava com as coisas do sítio.

Ansiava pela volta do irmão; escrevia-lhe cartas desesperadas, às quais ele respondia aconselhando calma, fazendo promessas. A última recebida, porém, tinha de supetão outro acento; não era mais confiante, entusiástica, traía desânimo, desalento, mesmo desespero.

> Querida Adelaide. Só agora posso responder-te a carta que recebi há quase duas semanas. Justamente quando ela me chegou às mãos, acabava de ser ferido, ferimento ligeiro é verdade, mas que me levou à cama e trar-me-á uma convalescença longa. Que combate, milha filha! Que horror! Quando me lembro dele, passo as mãos pelos olhos como para afastar uma visão má. Fiquei com um horror à guerra que ninguém pode avaliar... Uma confusão, um infernal zunir de balas, clarões sinistros, imprecações — e tudo isto no seio da treva profunda da noite... Houve momentos que se abandonaram as armas de fogo: batíamo-nos à baioneta, a coronhadas, a machado, facão. Filha: um combate de trogloditas, uma coisa pré-histórica... Eu duvido, eu duvido, duvido da justiça disso tudo, duvido da sua razão de ser, duvido que seja certo e necessário ir tirar do fundo de nós todos a ferocidade adormecida, aquela ferocidade que se fez e se depositou em nós nos milenários combates com as feras, quando disputávamos a terra a elas... Eu não vi homens de hoje; vi homens de Cro-Magnon, do Neanderthal armados com machados de sílex, sem piedade, sem amor, sem sonhos generosos, a matar, sempre a matar... Este teu irmão que estás vendo também

fez das suas, também foi descobrir dentro de si muita brutalidade, muita ferocidade, muita crueldade... Eu matei, minha irmã; eu matei! E não contente de matar, ainda descarreguei um tiro quando o inimigo arquejava a meus pés... Perdoa-me! Eu te peço perdão, porque preciso de perdão e não sei a quem pedir, a que Deus, a que homem, a alguém enfim... Não imaginas como isso faz-me sofrer... Quando caí embaixo de uma carreta, o que me doía não era a ferida, era a alma, era a consciência; e Ricardo, que foi ferido e caiu ao meu lado, a gemer e pedir — "capitão, meu gorro, meu gorro!" —, parecia que era o meu próprio pensamento que ironizava o meu destino...

Esta vida é absurda e ilógica; eu já tenho medo de viver, Adelaide. Tenho medo, porque não sabemos para onde vamos, o que faremos amanhã, de que maneira havemos de nos contradizer de sol para sol...

O melhor é não agir, Adelaide; e desde que o meu dever me livre desses encargos, irei viver na quietude, na quietude mais absoluta possível, para que do fundo de mim mesmo ou do mistério das coisas não provoque a minha ação o aparecimento de energias estranhas à minha vontade, que mais me façam sofrer e tirem o doce sabor de viver...

Além do que, penso que todo esse meu sacrifício tem sido inútil. Tudo o que nele pus de pensamento não foi atingido; e o sangue que derramei, e o sofrimento que vou sofrer toda a vida, foram empregados, foram gastos, foram estragados, foram vilipendiados e desmoralizados em prol de uma tolice política qualquer...

Ninguém compreende o que quero, ninguém deseja penetrar e sentir; passo por doido, tolo, maníaco e a vida se vai fazendo inexoravelmente com a sua brutalidade e fealdade.

Como Quaresma dizia na carta, o seu ferimento não era grave, era, porém, delicado e exigia tempo para uma cura completa e sem perigos. Ricardo, este, fora ferido mais gravemente. E se o sofrimento de Quaresma era profundamente moral, o de Coração dos Outros era físico e não se cansava de gemer e imprecar contra a sorte que o arrastara até a posição de combatente.

Os hospitais em que se tratavam estavam separados pela baía, agora intransponível, exigindo a viagem de uma margem à outra bem doze horas por estrada de ferro.

Tanto na ida como na volta, ferido como estava, Quaresma passara pela estação em que morava. O trem, porém, não parava, e ele se limitou a deitar pela portinhola um longo e saudoso olhar para aquele seu Sossego, de terras pobres e árvores velhas, onde sonhara repousar calmamente por toda a vida; e, entretanto, o lançara na mais terrível das aventuras.

E ele perguntava de si para si, onde, na terra, estava o verdadeiro sossego, onde se poderia encontrar esse repouso de alma e corpo, pelo qual tanto ansiava, depois dos sacolejamentos por que vinha passando — onde? E o mapa dos continentes, as cartas dos países, as plantas das cidades, passavam-lhe pelos olhos e não viu, não encontrou um país, uma província, uma cidade, uma rua onde o houvesse.

A sua sensação era de fadiga, não física, mas moral e intelectual. Tinha vontade de não mais pensar, de não mais amar; queria, contudo, viver, por prazer físico, pela sensação material pura e simples de viver.

Assim, convalesceu longamente, demoradamente, melancolicamente, sem uma visita, sem ver uma face amiga.

Coleoni e família se haviam retirado para fora; o general, por preguiça e desleixo, não viera vê-lo. Vivia só, envolvido na suavidade da convalescença, a pensar no Destino, na sua vida, nas ideias e mais que tudo nas suas desilusões.

Entretanto, a revolta na baía chegava ao fim; toda a gente já pressentia isso e queria esse alívio.

O almirante e Albernaz, ambos pelos mesmos motivos, observavam esse fim com tristeza. O primeiro via fugir o seu sonho de comandar uma esquadra e a consequente volta para o quadro; e o general sentia perder a sua comissão, cujos rendimentos faziam de forma tão notável melhorar a situação da família.

Naquela manhã, bem cedo, dona Maricota acordara o marido:

— Chico, levanta-te! Olha que tens que ir à missa do senador Clarimundo...

Ouvindo a recomendação da mulher, Albernaz ergueu-se logo do leito. Era preciso não faltar. A sua presença se impunha e significava muito. Clarimundo fora um republicano histórico, agitador, tribuno temido, no tempo do Império; após a República, porém, não apresentara aos seus pares do Senado nada de útil e benfazejo. Embora assim, a sua influência ficara sendo grande; e, com diversos outros, era chamado patriarca da República. Há nos próceres republicanos uma necessidade extraordinária de serem gloriosos e não esquecidos pelo futuro, a que eles se recomendam com teimoso interesse.

Clarimundo era um desses próceres e, durante a comoção, não se sabia bem por quê, o seu prestígio cresceu e já se falava nele para substituir o marechal. Albernaz conhecera-o vagamente, mas assistir a sua missa era quase uma afirmação política.

A dor da morte da filha já se esvaíra muito na sua memória. O que o fazia sofrer era aquela semivida da moça, mergulhada na loucura e na moléstia. A morte tem a virtude de ser brusca, de chocar, mas não corroer, como essas moléstias duradouras nas pessoas amadas; passado que é o choque, vai ficando em nós uma suave recordação do ente querido, uma boa fisionomia sempre presente aos nossos olhos.

Dava-se isso com Albernaz e a sua satisfação de viver e a sua jovialidade natural foram voltando insensivelmente.

Obediente à mulher, preparou-se, vestiu-se e saiu. Conquanto se estivesse ainda em plena revolta, esses ofícios fúnebres se faziam nas igrejas do centro da cidade. O general chegou a tempo e à hora. Havia uniformes e cartolas e todos se comprimiam para assinar as listas de presença. Não tanto que quisessem atestar à família do morto esse ato delicado; dominava-os, além disso, a esperança de ter os nomes nos jornais.

Albernaz não deixou de atirar-se também a uma das listas que andavam pelas mesas da sacristia; e, quando ia assinar, alguém lhe falou. Era o almirante. A missa ia começar, mas ambos evitaram entrar na nave cheia, e ficaram a um vão de janela, na sacristia, conversando.

— Então acaba breve, hein?

— Dizem que a esquadra já saiu de Pernambuco.

Fora Caldas quem falara primeiro e a resposta do general fê-lo sorrir irônico dizendo:

— Enfim...

— A baía está cercada de canhões — continuou o general, após uma pausa —, e o marechal vai intimá-los a renderem-se.

— Já era tempo — fez Caldas... — Comigo, a coisa já estava acabada... levar quase sete meses para dar cabo de uns calhambeques!...

— Você exagera, Caldas; a coisa não era tão fácil assim... E o mar?

— Que fez a esquadra tanto tempo no Recife, você não me dirá? Ah! Se fosse com este seu criado, tinha logo partido e atacado... Sou pelas decisões prontas...

O padre, no interior da igreja, continuava a pedir a Deus repouso para a alma do senador Clarimundo. O místico cheiro de incenso vinha até eles e o votivo perfume, votivo ao Deus da paz e da bondade, não os demovia dos seus pensamentos guerreiros.

— Entre nós — aduziu Caldas — não há mais gente que preste... Isto é um país perdido, acaba colônia inglesa...

Coçou nervoso um dos favoritos e esteve um instante a olhar o ladrilho do chão. Albernaz avançou, meio sarcástico:

— Agora não; agora a autoridade está prestigiada, consolidada, e uma era de progresso vai abrir-se para o Brasil.

— Qual o quê! Onde é que você viu um governo...

— Mais baixo, Caldas!

— ... onde é que se viu um governo que não aproveita as aptidões, abandona-as, deixa-as por aí vegetar?... Dá-se o mesmo com as nossas riquezas naturais: jazem por aí à toa!

A sineta soou e olharam um pouco a nave cheia. Pela porta, via-se uma porção de homens, todos de negro, ajoelhados, contritos, batendo nos peitos, a confessar de si para si: *mea culpa, mea maxima culpa...*

Uma réstia de sol coava-se por uma das aberturas do alto e resplandecia sobre algumas cabeças.

Insensivelmente, os dois, na sacristia, levaram a mão ao peito e confessaram também: *mea culpa, mea maxima culpa...*

A missa veio a acabar e ambos entraram para o abraço da pragmática. A nave recendia a incenso e tinha um aspecto tranquilo de imortalidade.

Todos tinham um grande ar de compunção: amigos, parentes, conhecidos e desconhecidos pareciam sofrer igualmente. Albernaz e Caldas, logo que penetraram no corpo da igreja, apanharam no ar um sentimento profundo e afivelaram-no ao rosto.

Genelício também viera; ele tinha o vício das missas das pessoas importantes, dos cartões de pêsames, dos cumprimentos em dias de aniversário. Temendo que a memória não o ajudasse, possuía um caderninho onde as datas aniversárias estavam assentadas e as residências também. O índice era organizado com muito cuidado. Não havia sogra, prima, tia, cunhada de homem importante, que, em dia de aniversário, não recebesse os seus parabéns, e, por morte, não o levasse à igreja em missa de sétimo dia.

O seu traje de luto era de pano grosso, pesado; e, olhando-o, lembrava-nos logo de um castigo dantesco.

Na rua, Genelício escovava a cartola com a manga da sobrecasaca e dizia ao sogro e ao almirante:

— A coisa está pra acabar...! Breve...

— E se resistirem? — perguntou o general.

— Qual! Não resistem. Corre que já propuseram rendição... É preciso arranjar uma manifestação ao marechal...

— Não acredito — fez o almirante. — Conheço muito o Saldanha, é orgulhoso e não se entrega assim...

Genelício ficou um pouco assustado com a entonação da voz do seu parente; teve medo que ele falasse mais alto, desse na vista e o comprometesse. Calou-se; Albernaz, porém, avançou:

— Não há orgulho que resista a uma esquadra mais forte.

— Forte! Uns calhambeques, homem!

Caldas continha a custo a fúria que lhe ia n'alma. O céu estava azul e calmo. Havia nele nuvens brancas, leves, esgarçadas, que se moviam lentamente, como velas, naquele mar infinito. Genelício olhou-o um pouco e aconselhou:

— Almirante, não fale assim... Olhe que...

— Qual! Não tenho medo... Porcarias!...

— Bom — fez Genelício —, eu tenho que ir à rua Primeiro de Março[289] e...

289 Rua do centro do Rio de Janeiro. Aberta para ligar o morro do Castelo ao morro de São Bento, possuía o nome de rua Direita e era conectada, originalmente, como prolongamento de outra rua: a da Misericórdia. Apesar de seu crescimento lento, em comparação às outras importantes ruas, logo se impôs sobre

Despediu-se e saiu com o seu traje de chumbo, curvado, olhando o chão com o seu *pince-nez* azulado, palmilhando a rua com passo miúdo e cauteloso.

Albernaz e Caldas ainda estiveram conversando um tempo e se despediram sempre amigos, cada um com o seu desgosto e a sua decepção.

Tinham razão: a revolta veio a acabar daí a dias. A esquadra legal entrou; os oficiais revoltosos se refugiaram nos navios de guerra portugueses e o marechal Floriano ficou senhor da baía.

No dia da entrada, acreditando que houvesse canhoneio, uma grande parte da população abandonou a cidade, refugiando-se nos subúrbios, por baixo das árvores, na casa de amigos ou nos galpões construídos adrede pelo Estado.

Era de ver o terror que se estampava naquelas fisionomias, a ânsia e a angústia também. Levavam trouxas, samburás, pequenas malas; crianças de peito, a chorar, o papagaio querido, o cachorro de estimação, o passarinho que de há muito quebrava a tristeza de uma casa pobre.

O que mais metia medo era o famoso canhão de dinamite, do *Niterói*, uma espalhafatosa invenção americana, instrumento terrível, capaz de causar terremotos e de abalar os fundamentos das montanhas graníticas do Rio.

As crianças e as mulheres, mesmo fora do alcance de seu poder, temiam ouvir o seu estrondo; entretanto, esse fantasma *yankee*, esse pesadelo, essa quase força da natureza, foi morrer abandonado num cais, desprezado e inofensivo.

O fim do levante foi um alívio; a coisa já estava fican-

---

as demais. Em sua extensão, foram estabelecidas a Capela Real, o Paço Imperial e o Banco do Brasil. Com a notícia do fim da Guerra do Paraguai em 1º de março de 1870, d. Pedro II ordenou que a rua Direita passasse a se chamar Primeiro de Março.

do monótona e o marechal ganhou feições sobre-humanas com a vitória.

Quaresma teve alta por esse tempo; e uma ala de seu batalhão foi destacada para guarnecer a ilha das Enxadas. Inocêncio Bustamante continuava a superintender o corpo com muito zelo, do interior do seu gabinete, na estalagem condenada que lhe servia de quartel. A escrituração estava em dia e era feita com a melhor letra.

Policarpo aceitou com repugnância o papel de carcereiro, pois na ilha das Enxadas estavam depositados os marinheiros prisioneiros. Os seus tormentos d'alma mais cresceram com o exercício de tal função. Quase os não olhava; tinha vexame, piedade e parecia-lhe que dentre eles um conhecia o segredo de sua consciência.

De resto, todo o sistema de ideias que o fizera meter-se na guerra civil se tinha desmoronado. Não encontrara o Sully e muito menos o Henrique IV. Sentia também que o seu pensamento motriz não residia em nenhuma das pessoas que encontrara. Todos tinham vindo ou com pueris pensamentos políticos, ou por interesse; nada de superior os animava. Mesmo entre os moços, que eram muitos, se não havia baixo interesse, existia uma adoração fetíchica pela forma republicana, um exagero das virtudes dela, um pendor para o despotismo que os seus estudos e meditações não podiam achar justo. Era grande a sua desilusão.

Os prisioneiros se amontoavam nas antigas salas de aulas e alojamentos dos aspirantes. Havia simples marinheiros; havia inferiores; havia escreventes e operários de bordo. Brancos, pretos, mulatos, caboclos, gente de todas as cores e todos os sentimentos, gente que se tinha metido em tal aventura pelo hábito de obedecer, gente inteiramente estranha à questão em debate, gente arrancada à força aos lares ou à calaçaria das ruas, pequeninos, tenros, ou que se haviam alistado por miséria; gente ignara, simples, às vezes cruel e perversa como crianças inconscientes; às vezes, boa e dócil como um cordeiro, mas, enfim, gente sem responsabilidade, sem anseio político, sem vontade própria, simples autômatos nas mãos dos chefes e superiores que a tinham abandonado à mercê do vencedor.

De tarde, ele ficava a passear, olhando o mar. A viração soprava ainda e as gaivotas continuavam a pescar. Os barcos passavam. Ora eram lanchas fumarentas que lá iam para o fundo da baía; ora pequenos botes ou canoas, roçando carinhosamente a superfície das águas, pendendo para lá e para cá, como se as suas alvas velas enfunadas quisessem afagar a espelhenta superfície do abismo. Os Órgãos vinham suavemente morrendo na violeta macia; e o resto era azul, um azul imaterial que inebriava, embriagava, como um licor capitoso.

Ficava assim um tempo longo, a ver, e quando se voltava, olhava a cidade que entrava na sombra, aos beijos sangrentos do ocaso.

A noite chegava e Quaresma continuava a passear na borda do mar, meditando, pensando, sofrendo com aquelas lembranças de ódios, de sangueiras e ferocidade.

A sociedade e a vida pareceram-lhe coisas horrorosas, e imaginou que do exemplo delas vinham os crimes que aquela punia, castigava e procurava restringir. Eram negras e desesperadas, as suas ideias; muita vez julgou que delirava.

E então se lamentava por estar sozinho, por não ter um companheiro com quem conversar, que lhe fizesse fugir àqueles tristes pensamentos que o assediavam e se estavam transformando em obsessão.

Ricardo estava de guarnição na ilha das Cobras; e, mesmo que ali estivesse, os rigores da disciplina não lhe permitiriam uma conversa mais amigável. Vinha a noite inteiramente, e o silêncio e a treva envolviam tudo.

Quaresma ainda ficava horas ao ar livre a pensar, olhando o fundo da baía, onde quase não havia luzes que interrompessem a continuidade do negror noturno.

Fixava bem os olhos para lá, como se os quisesse habituar a penetrar nas coisas indecifráveis e adivinhar dentro da sombra negra a forma das montanhas, o recorte das ilhas que a noite tinha feito desaparecer.

Fatigado, ia dormir. Nem sempre dormia bem; tinha insônias e, se queria ler, a atenção recusava fixar-se e o pensamento vagabundava muito longe do livro.

Certa noite em que ia dormindo melhor, um inferior veio acordá-lo pela madrugada:

— Senhor major, está aí o "home" do Itamarati.

— Que homem?

— O oficial que vem buscar a turma do Boqueirão.[290]

Sem atinar bem do que se tratava, levantou-se e foi ao encontro do visitante. O homem já estava no interior de um dos alojamentos. Uma escolta estava à porta. Seguiam-no algumas praças, das quais uma levava uma lanterna que derramava no salão uma fraca luzerna amarelada. A vasta sala estava cheia de corpos, deitados, seminus, e havia todo o íris das cores humanas. Uns roncavam, outros dormiam somente; e, quando Quaresma entrou, houve alguém que em sonho, gemeu — ai! Cumprimentaram-se, Quaresma e o emissário do Itamarati, e nada disseram. Ambos tiveram medo de falar. O oficial despertou um dos prisioneiros e disse para as praças: "Levem este".

Seguiu adiante e despertou outro: — "Onde você esteve?". "Eu" — respondeu o marinheiro — "na Guanabara"... "Ah! patife", acudiu o homem do Itamarati... "Este também... Levem!"...

Os soldados condutores iam até a porta, deixavam o prisioneiro e voltavam.

290 A ilha do Boqueirão localiza-se ao norte da Ilha do Governador, no qual hoje está instalado o Centro de Munição da Marinha. Devido à sua geografia, favorável à atracação de embarcações de grande porte, a ilha foi adquirida em 1872 pela Coroa brasileira para servir de depósito de pólvora.

O oficial passou por uma porção deles e não fez reparo; adiante, deu com um rapaz claro, franzino, que não dormia. Gritou então: "Levante-se!". O rapaz ergueu-se tremendo. — "Onde esteve você?", perguntou. — "Eu era enfermeiro", retrucou o rapaz. — "Que enfermeiro!", fez o emissário. "Levem este também"...

— Mas, seu tenente, deixe-me escrever à minha mãe — pediu o rapaz quase chorando.

— Que mãe! — respondeu o homem do Itamarati. — Siga! Vá!

E assim foi uma dúzia, escolhida a esmo, ao acaso, cercada pela escolta, a embarcar num batelão que uma lancha logo rebocou para fora das águas da ilha.

Quaresma não atinou de pronto com o sentido da cena e foi, após o afastamento da lancha, que ele encontrou uma explicação.

Não deixou de pensar então por que força misteriosa, por que injunção irônica ele se tinha misturado em tão tenebrosos acontecimentos, assistindo ao sinistro alicerçar do regímen...

A embarcação não ia longe. O mar gemia demoradamente de encontro às pedras do cais. A esteira da embarcação estrelejava fosforescente. No alto, num céu negro e profundo, as estrelas brilhavam serenamente.

A lancha desapareceu nas trevas do fundo da baía. Para onde ia? Para o Boqueirão...

V
A afilhada

Como lhe parecia ilógico com ele mesmo estar ali metido naquele estreito calabouço. Pois ele, o Quaresma plácido, o Quaresma de tão profundos pensamentos patrióticos, merecia aquele triste fim? De que maneira sorrateira o Destino o arrastara até ali, sem que ele pudesse pressentir o seu extravagante propósito, tão aparentemente sem relação com o resto da sua vida? Teria sido ele com os seus atos passados, com as suas ações encadeadas no tempo, que fizera com que aquele velho deus docilmente o trouxesse até a execução de tal desígnio? Ou teriam sido os fatos externos, que venceram a ele, Quaresma, e fizeram-no escravo da sentença da onipotente divindade? Ele não sabia, e, quando teimava em pensar, as duas coisas se baralhavam, se emaranhavam e a conclusão certa e exata lhe fugia.

Não estava ali há muitas horas. Fora preso pela manhã, logo ao erguer-se da cama; e, pelo cálculo aproximado do tempo, pois estava sem relógio e mesmo se o tivesse não poderia consultá-lo à fraca luz da masmorra, imaginava podiam ser onze horas.

Por que estava preso? Ao certo não sabia; o oficial que o conduzira nada lhe quisera dizer; e, desde que saíra da ilha das Enxadas para a das Cobras, não trocara palavra com ninguém, não vira nenhum conhecido no caminho, nem o próprio Ricardo, que lhe podia, com um olhar, com um gesto, trazer sossego às suas dúvidas. Entretanto, ele atribuía a prisão à carta que escrevera ao presidente, protestando contra a cena que presenciara na véspera.

Não se pudera conter. Aquela leva de desgraçados a sair assim, a desoras, escolhidos a esmo, para uma carniçaria distante, falara fundo a todos os seus sentimentos; pusera diante dos seus olhos todos os seus princípios morais; desafiara a sua coragem moral e a sua solidariedade humana; e ele escrevera a carta com veemência, com paixão, indignado. Nada omitiu do seu pensamento; falou claro, franca e nitidamente.

Devia ser por isso que ele estava ali naquela masmorra, engaiolado, trancafiado, isolado dos seus semelhantes como uma fera, como um criminoso, sepultado na treva, sofrendo umidade, misturado com os seus detritos, quase sem comer... Como acabarei? Como acabarei? E a pergunta lhe vinha, no meio da revoada de pensamentos que aquela angústia provocava pensar. Não havia base para qualquer hipótese. Era de conduta tão irregular e incerta o governo que tudo ele podia esperar: a liberdade ou a morte, mais esta que aquela.

O tempo estava de morte, de carnificina; todos tinham sede de matar, para afirmar mais a vitória e senti-la bem na consciência coisa sua, própria, e altamente honrosa.

Iria morrer, quem sabe se naquela noite mesmo? E que tinha ele feito de sua vida? Nada. Levara toda ela atrás da miragem de estudar a pátria, por amá-la e querê-la muito, no intuito de contribuir para a sua felicidade e prosperidade. Gastara a sua mocidade nisso, a sua virilidade também; e, agora que estava na velhice, como ela o recompensava, como ela o premiava, como ela o condecorava? Matando-o. E o que não deixara de ver, de gozar, de fruir, na sua vida? Tudo. Não brincara, não pandegara, não amara — todo esse lado da existência que parece fugir um pouco à sua tristeza necessária, ele não vira, ele não provara, ele não experimentara.

Desde dezoito anos que o tal patriotismo o absorvia e por ele fizera a tolice de estudar inutilidades. Que lhe importavam os rios? Eram grandes? Pois que fossem... Em que lhe contribuiria para a felicidade saber o nome dos heróis do Brasil? Em nada... O importante é que ele tivesse sido feliz. Foi? Não. Lembrou-se das suas coisas de tupi, do *folklore*, das suas tentativas agrícolas... Restava disso tudo em sua alma uma satisfação? Nenhuma! Nenhuma!

O tupi encontrou a incredulidade geral, o riso, a mofa, o escárnio; e levou-o à loucura. Uma decepção. E a agricultura? Nada. As terras não eram ferazes e ela não era fácil como diziam os livros. Outra decepção. E, quando o seu patriotismo se fizera combatente, o que achara? Decepções. Onde estava a doçura de nossa gente? Pois ele não a viu combater como feras? Pois não a via matar prisioneiros, inúmeros? Outra decepção. A sua vida era uma decepção, uma série, melhor, um encadeamento de decepções.

A pátria que quisera ter era um mito; era um fantasma criado por ele no silêncio do seu gabinete. Nem a física, nem a moral, nem a intelectual, nem a política que julgava existir, havia. A que existia de fato era a do tenente Antonino, a do doutor Campos, a do homem do Itamarati.

E, bem pensando, mesmo na sua pureza, o que vinha a ser a pátria? Não teria levado toda a sua vida norteado por uma ilusão, por uma ideia a menos, sem base, sem apoio, por um Deus ou uma Deusa cujo império se esvaía? Não sabia que essa ideia nascera da amplificação da crendice dos povos grego-romanos de que os ancestrais mortos continuariam a viver como sombras e era preciso alimentá-las para que eles não perseguissem os descendentes? Lembrou-se do seu Fustel de Coulanges...[291]

291 Numa Denis Fustel de Coulanges (1830-89). Historiador francês que ocupou a cadeira de história da Idade Média na Sorbonne e dirigiu a École Normale Supérieure. Sua principal obra é *A cidade antiga*.

Lembrou-se de que essa noção nada é para os Menenanã, para tantas pessoas... Pareceu-lhe que essa ideia como que fora explorada pelos conquistadores por instantes sabedores das nossas subserviências psicológicas, no intuito de servir às suas próprias ambições.

Reviu a história; viu as mutilações, os acréscimos em todos os países históricos e perguntou de si para si: como um homem que vivesse quatro séculos, sendo francês, inglês, italiano, alemão, podia sentir a pátria?

Uma hora, para o francês, o Franco-Condado era terra dos seus avós, outra não era; num dado momento, a Alsácia não era, depois era e afinal não vinha a ser.

Nós mesmos não tivemos a Cisplatina[292] e não a perdemos; e, porventura, sentimos que haja lá manes dos nossos avós e por isso sofremos qualquer mágoa?

Certamente era uma noção sem consistência racional e precisava ser revista.

Mas, como é que ele, tão sereno, tão lúcido, empregara sua vida, gastara o seu tempo, envelhecera atrás de tal quimera? Como é que não viu nitidamente a realidade, não a pressentiu logo e se deixou enganar por um falaz ídolo, absorver-se nele, dar-lhe em holocausto toda a sua existência? Foi o seu isolamento, o seu esquecimento de si mesmo; e assim é que ia para a cova, sem deixar traço seu, sem um filho, sem um amor, sem um beijo mais quente, sem nenhum mesmo, e sem sequer uma asneira!

Nada deixava que afirmasse a sua passagem e a terra não lhe dera nada de saboroso.

Contudo, quem sabe se outros que lhe seguissem as pegadas não seriam mais felizes? E logo respondeu a si mesmo: mas como? Se não se fizera comunicar, se nada dissera e não prendera o seu sonho, dando-lhe corpo e substância?

292 Referência à região da Cisplatina que em 1825 iniciou uma insurreição em busca de sua libertação contra a Coroa brasileira.

E esse seguimento adiantaria alguma coisa? E essa continuidade traria enfim para a terra alguma felicidade? Há quantos anos vidas mais valiosas que a dele, se vinham oferecendo, sacrificando e as coisas ficaram na mesma, a terra na mesma miséria, na mesma opressão, na mesma tristeza.

E ele se lembrava que há bem cem anos, ali, naquele mesmo lugar onde estava, talvez naquela mesma prisão, homens generosos e ilustres estiveram presos por quererem melhorar o estado de coisas de seu tempo. Talvez só tivessem pensado, mas sofreram pelo seu pensamento. Tinha havido vantagem? As condições gerais tinham melhorado? Aparentemente sim; mas, bem examinado, não.

Aqueles homens, acusados de crime tão nefando em face da legislação da época, tinham levado dois anos a ser julgados; e ele, que não tinha crime algum, nem era ouvido, nem era julgado: seria simplesmente executado!

Fora bom, fora generoso, fora honesto, fora virtuoso — ele que fora tudo isso ia para a cova sem acompanhamento de um parente, de um amigo, de um camarada...

Onde estariam eles? Sobre o Ricardo Coração dos Outros, tão simples e tão inocente na sua mania de violão, ele não poria mais os olhos? Era tão bom que o pudesse, para mandar à sua irmã o último recado, ao preto Anastácio um adeus, à sua afilhada um abraço! Nunca mais vê-los-ia, nunca!

E ele chorou um pouco.

Quaresma, porém, enganava-se em parte. Ricardo soubera de sua prisão e procurava soltá-lo. Teve notícia do exato motivo dela; mas não se intimidou. Sabia perfeitamente que corria grande risco, pois a indignação no palácio contra Quaresma fora geral. A vitória tinha feito os vitoriosos inclementes e ferozes, e aquele protesto soou entre eles como um desejo de diminuir o valor das vantagens alcançadas. Não havia mais piedade, não havia mais simpatia, nem respeito pela vida humana; o que era necessário era dar o exemplo de um massacre à turca, porém clandestino, para que jamais o poder constituído fosse atacado ou mesmo discutido. Era a filosofia social da época, com forças de religião, com os seus fanáticos, com os seus sacerdotes e pregadores, e ela agia com a maldade de uma crença forte, sobre a qual fizéssemos repousar a felicidade de muitos.

Ricardo, entretanto, não se amedrontou; procurou influências de amigos. Ao entrar no largo de São Francisco encontrou Genelício. Vinha da missa da irmã da sogra do deputado Castro. Como sempre, trajava uma pesada sobrecasaca preta que parecia de chumbo. Já estava subdiretor e o seu trabalho era agora imaginar meios e modos de ser diretor. A coisa era difícil; mas trabalhava num livro: *Os Tribunais de Contas nos países asiáticos* — o qual, demonstrando uma erudição superior, talvez o levasse ao alto lugar cobiçado.

Vendo-o, Ricardo não se deteve. Correu-lhe ao encalço e falou-lhe:

— Doutor, Vossa Excelência dá licença que lhe dê uma palavra?

Genelício perfilou-se todo e, como tivesse péssima memória das fisionomias humildes, perguntou com solenidade e arrogância:

— Que deseja, camarada?

Coração dos Outros estava com a sua farda do Cruzeiro do Sul e não ficava bem a Genelício dar-se como conhecido de um soldado. O trovador julgou-o mesmo esquecido e indagou ingenuamente:

— Não me conhece mais, doutor?

Genelício fechou um pouco os olhos por detrás do *pince-nez* azulado e disse secamente:

— Não.

— Eu — fez com humildade Ricardo — sou Ricardo Coração dos Outros, que cantou no seu casamento.

Genelício não sorriu, não deu mostras de alegria e limitou-se:

— Ah! É o senhor! Bem: que deseja?

— O senhor não sabe que o major Quaresma está preso?

— Quem é?

— Aquele que foi vizinho do seu sogro.

— Aquele maluco... Ahn!... E daí?

— Eu queria que o senhor se interessasse...

— Não me meto nessas coisas, meu amigo. O governo tem sempre razão. Passe bem.

E Genelício seguiu com o seu passo cauteloso de quem poupa as solas das botas, enquanto Ricardo ficava de pé a olhar o largo, a gente que passava, a estátua imóvel, as casas feias, a igreja... Tudo lhe pareceu hostil, mau ou indiferente; aquelas caras de homens tinham catadoras de feras e ele quis por um momento chorar de desespero por não poder salvar o amigo.

Lembrou-se, porém, de Albernaz, e correu a procurá-lo. Não era longe, mas o general ainda não tinha chegado. Ao fim de uma hora o general chegou e, dando com Ricardo, perguntou:

— Que há?

O trovador, bastante emocionado, explicou-lhe com voz dorida todo o fato. Albernaz consertou o *pince-nez*, ajeitou bem o trancelim de ouro na orelha e disse com doçura:

— Meu filho, eu não posso... Você sabe; sou governista e parece, se eu for pedir por um preso, que já não o sou bastante... Sinto muito, mas... que se há de fazer? Paciência.

E entrou para o seu gabinete prazenteiro, muito seguro de si, dentro do seu plácido uniforme de general.

Os oficiais continuavam a entrar e a sair; as campainhas soavam; os contínuos iam e vinham; e Ricardo procurava entre todas aquelas fisionomias uma que lhe pudesse valer. Não havia e ele desesperava. Mas quem havia de ser? Quem? Lembrou-se: o comandante; e foi ter com o coronel Bustamante, na velha estalagem que servia de quartel ao garboso Cruzeiro do Sul.

O batalhão ainda continuava em pé de guerra. Embora terminada a revolta no porto do Rio de Janeiro era preciso mandar forças para o Sul; de forma que os batalhões não tinham sido dissolvidos e um dos apontados para partir era o Cruzeiro.

O alferes coxo, no ensaboado pátio da antiga estalagem, continuava na sua faina de instrutor dos novos recrutas. Om-brôôô... armas! Mei-ãã-volta!

Ricardo entrou, subiu rapidamente a oscilante escada do velho cortiço e logo que chegou ao cubículo do comandante, gritou: "Com licença, comandante!".

Bustamante andava de mau humor. Aquele negócio de partir para o Paraná não lhe agradava. Como é que havia de superintender a escrita do batalhão, no fervor de batalhas, nas desordens de marchas e contramarchas? Isso era uma tolice do comandante marchar; o chefe devia ficar a resguardo, para providenciar e dirigir a escrituração.

Ele pensava nessas coisas, quando Ricardo pediu licença.

— Entre — disse ele.

O bravo coronel coçava a grande barba mosaica, tinha o dólmã desabotoado e acabava de calçar um dos pés de botina, para com mais decência receber o inferior.

Ricardo expôs o seu pedido e esperou com paciência a resposta, que custou a vir. Por fim, Inocêncio disse, sacudindo a cabeça e olhando o inferior cheio de severidade:

— Vai-te embora, senão mando-te prender! Já!

E apontou com o dedo a porta da saída num gesto marcial e enérgico. O cabo não se demorou mais. No pátio o instrutor coxo, veterano do Paraguai, continuava com solenidade a encher a arruinada estalagem com as suas vozes de comando: Om-brôô... armas! Meia-ãã... volta... volver!

Ricardo veio andando triste e desalentado. O mundo lhe parecia vazio de afeto e de amor. Ele que sempre decantara nas suas modinhas a dedicação, o amor, as simpatias, via agora que tais sentimentos não existiam. Tinha marchado atrás de coisas fora da realidade, de quimeras. Olhou o céu alto. Estava tranquilo e calmo. Olhou as árvores. As palmeiras cresciam com orgulho e titanicamente pretendiam atingir o céu. Olhou as casas, as igrejas, os palácios e lembrou-se das guerras, do sangue, das dores que tudo aquilo custara. E era assim que se fazia a vida, a história e o heroísmo: com violência sobre os outros, com opressões e sofrimentos.

Logo, porém, recordou que era preciso salvar o amigo e que era necessário dar mais uns passos. Quem poderia? Consultou sua memória. Viu um, viu outro e por fim lembrou-se da afilhada de Quaresma, e foi procurá-la na Real Grandeza.

Chegou, narrou-lhe o fato e as suas sinistras apreensões. Ela estava só, pois o marido cada vez mais trabalhava para aproveitar os despojos da vitória; não perdia um minuto, andando atrás de um e de outro.

Olga lembrou-se bem do padrinho, do seu eterno sonhar, da sua ternura, da tenacidade que punha em seguir as suas ideias, da sua candura de donzela romântica...

Durante um instante uma grande pena tomou-a toda inteira e tirou-lhe a vontade de agir. Pareceu-lhe que era bastante a sua piedade e ela ia de algum modo dar lenitivo ao sofrimento do padrinho; mas bem cedo o viu ensanguentado — ele, tão generoso, ele, tão bom, e pensou em salvá-lo.

— Mas que fazer, meu caro senhor Ricardo, que fazer? Eu não conheço ninguém... Eu não tenho relações... Minhas amigas... A Alice, a mulher do doutor

Brandão, está fora... A Cassilda, a filha do Castrioto, não pode... Não sei, meu Deus!

E acentuou essas últimas palavras com grande e lancinante desespero. Os dois ficaram calados. A moça, que estava sentada, tomou a cabeça entre as mãos e as suas unhas longas e aperoladas engastaram-se nos seus cabelos negros. Ricardo estava de pé e aparvalhado.

— Que hei de fazer, meu Deus? — repetiu ela.

Pela primeira vez, ela sentiu que a vida tinha coisas desesperadoras. Possuía a mais forte disposição de salvar seu padrinho; faria sacrifício de tudo, mas era impossível, impossível! Não havia um meio; não havia um caminho. Ele tinha que ir para o posto de suplício, tinha que subir o seu Calvário, sem esperança de ressurreição.

— Talvez seu marido — disse Ricardo.

Pensou um pouco, demorou-se mais no exame do caráter do esposo; mas, em breve, viu bem que o seu egoísmo, a sua ambição e sua ferocidade interesseira não permitiriam que ele desse o mínimo passo.

— Qual, esse...

Ricardo não sabia o que aconselhá-la e olhava sem pensamento os móveis e a montanha negra e alta que se avistava da sala onde estavam. Queria encontrar um alvitre, um conselho; mas nada!

A moça continuava a cravar os dedos nos seus cabelos negros e a olhar a mesa em que repousavam os seus cotovelos. O silêncio era augusto.

Num dado momento, Ricardo teve uma grande alegria no olhar e disse:

— Se a senhora fosse lá...

Ela levantou a cabeça; os seus olhos se dilataram de espanto e o rosto lhe ficou rígido. Pensou um pouco, um nada, e falou com firmeza:

— Vou.

Ricardo ficou só e sentou-se. Olga foi vestir-se.

Ele então pensou com admiração naquela moça que por simples amizade se dava a tão arriscado sacrifício, que tinha a alma tão ao alcance dela mesma e a sentiu bem longe desse nosso mundo, desse nosso egoísmo, dessa nossa baixeza e cobriu a sua imagem com um grande olhar de reconhecimento.

Não tardou que ela ficasse pronta e ainda abotoava as luvas, na sala de jantar, quando o marido entrou. Vinha radiante, com os seus grandes bigodes e o seu rosto redondo cheio de satisfação de si mesmo. Nem fez menção de ter visto Ricardo e foi logo direito à mulher:

— Vais sair?

Ela, afogueada pela ânsia desesperada de salvar Quaresma, disse com certa vivacidade:

— Vou.

Armando ficou admirado de vê-la falar daquele modo. Voltou-se um instante para Ricardo, quis interrogá-lo, mas logo, dirigindo-se à mulher, perguntou com autoridade:

— Aonde vais?

A mulher não lhe respondeu logo e, por sua vez, o doutor interrogou o trovador:

— Que faz o senhor aqui?

Coração dos Outros não teve ânimo de responder; adivinhava uma cena violenta que ele teria querido evitar; mas Olga adiantou-se:

— Vai acompanhar-me ao Itamarati, para salvar da morte meu padrinho. Já sabe?

O marido pareceu acalmar-se. Acreditou que, com meios suasórios, poderia evitar que a mulher desse passo tão perigoso para os seus interesses e ambições. Falou docemente:

— Fazes mal.

— Por quê? — perguntou ela com calor.

— Vais comprometer-se. Sabes que...

Ela não lhe respondeu logo e mirou-o um instante

com os seus grandes olhos cheios de escárnio; mirou-o um, dois minutos; depois, riu-se um pouco e disse:

— É isto! "Eu", porque "eu", porque "eu", é só "eu" para aqui, "eu" para ali... Não pensas noutra coisa... A vida é feita para ti, todos só devem viver para ti... Muito engraçado! De forma que eu (agora digo "eu" também) não tenho direito de me sacrificar, de provar a minha amizade, de ter na minha vida um traço superior? É interessante! Não sou nada, nada! Sou alguma coisa como um móvel, um adorno, não tenho relações, não tenho amizades, não tenho caráter? Ora!...

Ela falava, ora vagarosa e irônica, ora rapidamente e apaixonada; e o marido tinha diante de suas palavras um grande espanto. Ele vivera sempre tão longe dela que não a julgara nunca capaz de tais assomos. Então aquela menina? Então aquele *bibelot*? Quem lhe teria ensinado tais coisas? Quis desarmá-la com uma ironia e disse risonho:

— Estás no teatro?

Ela lhe respondeu logo:

— Se é só no teatro que há grandes coisas, estou.

E acrescentou com força:

— É o que te digo: vou e vou, porque devo, porque quero, porque é do meu direito.

Apanhou a sombrinha, consertou o véu e saiu solene, firme, alta e nobre. O marido não sabia o que fazer. Ficou assombrado e assombrado e silencioso viu-a sair pela porta fora.

Em breve, estava no palácio da rua Larga. Ricardo não entrou: deixou que a moça o fizesse e foi esperá-la no campo de Sant'Ana.

Ela subiu. Havia um imenso burburinho, uma agitação de entradas e saídas. Toda a gente queria mostrar-se a Floriano, queria cumprimentá-lo, queria dar mostras da sua dedicação, provar os seus serviços, mostrando-se coparticipante na sua vitória. Lançavam mão de todos os meios, de todos os planos, de todos os processos. O ditador tão acessível antes agora se esquivava. Havia quem lhe quisesse beijar as mãos, como ao papa ou a um imperador; e ele já tinha nojo de tanta subserviência. O califa não se supunha sagrado e aborrecia-se.

Olga falou aos contínuos, pedindo ser recebida pelo marechal. Foi inútil. A muito custo conseguiu falar a um secretário ou ajudante de ordens. Quando ela lhe disse a que vinha, a fisionomia terrosa do homem tornou-se de oca e sob as suas pálpebras correu um firme e rápido lampejo de espada:

— Quem, Quaresma? — disse ele. — Um traidor! Um bandido!

Depois, arrependeu-se da veemência, fez com certa delicadeza:

— Não é possível, minha senhora. O marechal não a atenderá.

Ela nem lhe esperou o fim da frase. Ergueu-se orgulhosamente, deu-lhe as costas e teve vergonha de ter ido pedir, de ter descido do seu orgulho e ter enxovalhado a grandeza moral do padrinho com o seu pedido. Com tal gente, era melhor tê-lo deixado morrer só e heroicamente num ilhéu qualquer, mas levando para o túmulo inteiramente intacto o seu orgulho, a sua doçura, a sua personalidade moral, sem a mácula de um empenho que diminuísse a injustiça de sua morte, que de algum modo fizesse crer aos seus algozes que eles tinham direito de matá-lo.

Saiu e andou. Olhou o céu, os ares, as árvores de Santa Teresa, e se lembrou que, por essas terras, já tinham errado tribos selvagens, das quais um dos chefes se orgulhava de ter no sangue o sangue de dez mil inimigos. Fora há quatro séculos. Olhou de novo o céu, os ares, as árvores de Santa Teresa, as casas, as igrejas; viu os bondes passarem; uma locomotiva apitou; um carro, puxado por uma linda parelha, atravessou-lhe na frente, quando já a entrar do campo... Tinha havido grandes e inúmeras modificações. Que fora aquele parque? Talvez um charco. Tinha havido grandes modificações nos aspectos, na fisionomia da terra, talvez no clima... Esperemos mais, pensou ela; e seguiu serenamente ao encontro de Ricardo Coração dos Outros.

Todos os Santos[293] (*Rio de Janeiro*),
janeiro-março de 1911.

293 Bairro do subúrbio do Rio de Janeiro onde Lima Barreto residiu. Em 1903, ele e a família mudaram-se para a rua Boa Vista, no bairro de Todos os Santos. Em 1902 a família passou a morar no bairro do Engenho Novo, também no subúrbio. A casa ocupada por eles era chamada por Lima de "Vila Quilombo". O bairro foi um dos mais retratados pelo autor em suas crônicas, com seus personagens e pequenos episódios. Em "Graças a Deus!" (*Careta*, 17 de setembro de 1921), Lima traça especial caracterização da casa, que, "com tanto sacrifício", mandou construir em estilo campesino português: "Tem dois pavimentos, tanto no edifício principal, como num secundário, onde está a casa das 'fornalhas' e outros aposentos de utilidade. Os dois corpos da casa são ligados por um passadiço do mesmo gosto que ela. Olha o 'Quilombo', a serra dos Órgãos e, dos fundos, por cima do casario que o meu 'Quilombo' se ergue na extremidade e uma pequena eminência sobre a velha Estrada Real de Santa Cruz: embaixo, na ponte, relinchando, zumbindo, chacoalhando, o bonde elétrico de Inhaúma, cujo cemitério vejo logo ao amanhecer, quando desperto, para bem me lembrar da minha perecível condição de homem".

Cronologia

1881 Afonso Henriques de Lima Barreto nasce no Rio de Janeiro, a 13 de maio.

1887 Em dezembro, morre sua mãe.

1888 Abolição da Escravatura.

1889 Proclamação da República.

1890 João Henriques, pai do escritor, é demitido da Imprensa Nacional em fevereiro. Em março é nomeado escriturário das Colônias de Alienados da Ilha do Governador.

1891 Deodoro da Fonseca fecha o Congresso Nacional; contragolpe de Floriano Peixoto leva-o ao poder para restaurar a ordem constitucional.

Lima Barreto matricula-se como aluno interno no Liceu Popular Niteroiense.

1893 João Henriques é promovido a almoxarife das Colônias de Alienados.

A Armada revolta-se no Rio; Revolução Federalista no Sul.

João Henriques é nomeado administrador das Colônias de Alienados.

1894 Prudente de Morais assume a presidência da República.

1895 Morre Floriano Peixoto.

Concluída a instrução primária, Lima Barreto entra para o Ginásio Nacional (novo nome dado para o antigo Colégio Pedro II).

1896 Lima Barreto conclui os primeiros preparatórios no Colégio Paula Freitas.

1897 Ingressa na Escola Politécnica do Rio de Janeiro.

1898 Campos Sales inicia seu governo como presidente da República.

1902 Rodrigues Alves assume o poder e começa a reconstruir e sanear o Rio de Janeiro.
Lima Barreto colabora em jornais acadêmicos, escrevendo para *A Lanterna*, a convite de Bastos Tigre.
Seu pai enlouquece.

1903 Com a loucura do pai, Lima Barreto é obrigado a deixar a faculdade para sustentar a família. Ingressa como amanuense na Secretaria da Guerra.
Colabora no semanário *O Diabo*, de Bastos Tigre, e é nomeado amanuense na Diretoria de Expediente da Secretaria da Guerra.

1904 Começa a escrever *Clara dos Anjos*.

1905 Passa a trabalhar como jornalista profissional, escrevendo uma série de reportagens para o jornal *Correio da Manhã* sob o título "Os subterrâneos do Morro do Castelo".
Escreve prefácio para *Recordações do escrivão Isaías Caminha*.

1906 Data do prefácio para *Vida e obra de M. J. Gonzaga de Sá*
Primeira licença para tratamento de saúde.

1907 Funda no Rio a revista *Floreal*.

1909 Morte de Afonso Pena; Nilo Peçanha o substitui.
Sai em Lisboa o romance *Recordações do escrivão Isaías Caminha*, publicado pelo editor M. Teixeira.

1910 Hermes da Fonseca inicia o governo.
Nova licença para tratamento da saúde.

1911 *O Jornal do Commercio* começa a publicar em folhetins o romance *Triste fim de Policarpo Quaresma*.

1912 Lima Barreto colabora no jornal *A Gazeta da Tarde*, onde publica, além de relatos folhetinescos, a sátira *Numa e a Ninfa*.
Nova licença para tratamento de saúde.
Publica dois fascículos das "Aventuras de dr. Bogoloff".

1913 Muda-se para a rua Major Mascarenhas nº 42, em Todos os Santos.

1914 Venceslau Brás chega ao poder em meio a grave crise econômica.

Lima Barreto começa a escrever uma crônica diária para o *Correio da Noite*.
Em agosto, Lima Barreto é recolhido pela primeira vez ao hospício. Nova licença para tratamento de saúde.

1915 *Numa e a ninfa* começa a ser publicado em folhetins no jornal *A Noite*.
Primeira fase de sua longa colaboração na revista *Careta*.

1916 Publica *Triste fim de Policarpo Quaresma*.
Por conta de um alcoolismo renitente é internado para tratamento de saúde, interrompendo sua atividade profissional e literária.

1917 Crises e greves operárias alastram-se pelo país. Lima Barreto atua na imprensa anarquista, apoiando a plataforma libertária dos trabalhadores.
Entrega originais de *Os bruzundangas*.
Declara-se candidato à ABL, mas a inscrição não é aceita.

1918 Colabora com *A Lanterna* sob pseudônimo de dr. Bogoloff. Sai na revista *ABC* seu manifesto maximalista.
Por ter sido considerado "inválido para o serviço público", é aposentado de seu cargo na Secretaria da Guerra.

1919 Epitácio Pessoa assume a presidência da República.
Lima Barreto é novamente recolhido ao hospício.
Primeira edição de *Vida e morte de M. J. Gonzaga de Sá* é colocada à venda. Lima Barreto vê sua candidatura à ABL novamente fracassar.

1920 Aparece nas livrarias *Histórias e sonhos*.
Entrega ao editor os originais de *Marginálias*.

1921 Publica um trecho do romance *Cemitério dos vivos*.
Novamente apresenta-se candidato à ABL, mas meses depois retira seu nome.
Entrega ao editor os originais de *Bagatelas*.

1922 Entrega os originais de *Feiras e mafuás* e publica o primeiro capítulo de *Clara dos Anjos* na revista *Mundo Literário*.
Semana de Arte Moderna em São Paulo.
Lima Barreto morre, no dia 1º de novembro, em sua casa, no Rio de Janeiro, de colapso cardíaco.
Morre, em 3 de novembro, o pai do escritor.

Bibliografia

ABREU, Maurício de Almeida. *Evolução urbana do Rio de Janeiro*. Rio de Janeiro: IPLANRIO/ J. Zahar, 1988.

ANDRADE, Mário de. *Macunaíma: O herói sem nenhum caráter*. São Paulo: Of. Graf. de E. Cupolo, 1928.

BARBOSA, Francisco de Assis. *A vida de Lima Barreto*. Rio de Janeiro: José Olympio, 2002.

BARBOSA, Marialva. *Os donos do Rio: Imprensa, poder e público*. Rio de Janeiro: Vício de Leitura, 2000.

BARRETO, Lima. *Diário do hospício/ O cemitério dos vivos*. Rio de Janeiro: Biblioteca Carioca, Prefeitura da Cidade do Rio de Janeiro, 1993.

——. *Diário íntimo*. São Paulo: Brasiliense, 1956.

——. *Recordações do escrivão Isaías Caminha*. São Paulo: Penguin-Companhia das Letras, 2010.

——. *Triste fim de Policarpo Quaresma*. Rio de Janeiro: Tipografia Revista dos Tribunais, 1915.

——. *Triste fim de Policarpo Quaresma*. São Paulo: Editora Brasiliense, 1956.

BASTOS TIGRE, Manoel. *Reminiscências: A alegre roda da Colombo e algumas figuras do tempo de antigamente*. Brasília: Thesauros, 1992.

BENCHIMOL, Jaime Larry. *Pereira Passos: Um Haussmann tropical*. Rio de Janeiro: Prefeitura da Cidade do Rio de Janeiro, Secretaria Municipal de Cultura, 1992.

BOSI, Alfredo. *História concisa da literatura brasileira*. São Paulo: Cultrix, 1970.

——. *O pré-modernismo*. São Paulo: Cultrix, 1973.

BROCA, Brito. *A vida literária no Brasil.* Rio de Janeiro: José Olympio/ Academia Brasileira de Letras, 2004.

——. *Naturalistas, parnasianos e decadistas: Vida literária do Realismo ao Pré-Modernismo.* Campinas: Unicamp, 1991.

CANDIDO, Antonio. *Formação da literatura brasileira.* Belo Horizonte: Itatiaia, 1981.

CARVALHO, José Murilo de. *Os bestializados: O Rio de Janeiro e a República que não foi.* São Paulo: Companhia das Letras, 1987.

CASCUDO, Luís da Câmara. *Antologia da alimentação no Brasil.* Rio de Janeiro/ São Paulo: Livros Técnicos e Científicos, 1977.

——. *História da alimentação no Brasil.* São Paulo: Global, 2004.

Catálogo da exposição comemorativa do centenário de nascimento de Lima Barreto organizado pela Seção de Promoções Culturais. Pref. Francisco de Assis Barbosa. Rio de Janeiro, 1981.

COSTA, Sérgio Corrêa. *A diplomacia do marechal: Intervenção estrangeira na revolta da Armada.* Brasília: Universidade de Brasília, 1979. 2ª edição.

CURY, Maria Zila. *Um mulato no Reino de Jambon: As classes sociais na obra de Lima Barreto.* São Paulo: Cortez, 1981.

DAMASCENO, Darcy. "Arquivo Lima Barreto". In: *Anais da Biblioteca Nacional*, vol. 105, pp. 3-87, 1985.

Dicionário de mitologia greco-romana. São Paulo: Abril Cultural, 1976.

EDMUNDO, Luiz. *O Rio de Janeiro do meu tempo.* Rio de Janeiro: Conquista, 1957. 5 volumes. 2ª edição

ENGEL, Magali. *Os delírios da razão: Médicos, loucos e hospícios (Rio de Janeiro, 1830-1930).* Rio de Janeiro: Fiocruz, 2001.

FIGUEIREDO, Carmem Lúcia Negreiros de. *Lima Barreto e o fim do sonho republicano.* Rio de Janeiro: Tempo Brasileiro, 1995.

FONSECA, Gondim da. *Biografia do jornalismo carioca.* Rio de Janeiro: Quaresma, 1941.

GERSON, Brasil. *História das ruas do Rio*. Rio de Janeiro: Lacerda, 2000.

GOMES, Danilo. *Antigos cafés do Rio de Janeiro*. Rio de Janeiro: Kosmos, 1989.

HALLEWELL, Laurence. *O livro no Brasil* (*Sua história*). São Paulo: Edusp, 1985.

HIDALGO, Luciana. *Literatura da urgência: Lima Barreto no domínio da loucura*. São Paulo: Annablume, 2008.

HOUAISS, Antônio e FIGUEIREDO, Carmem Lúcia Negreiros de (Coords.). *Triste fim de Policarpo Quaresma*. Madri/ Paris/ México/ Buenos Aires/ São Paulo/ Lima/ Guatemala/ San José/ Santiago: AALLCA XX, Coleção Archivos, 1997.

LINS, Ivan. *História do positivismo no Brasil*. São Paulo: Companhia Editorial Nacional, 1967.

LINS, Osmam. *Lima Barreto e o espaço romanesco*. São Paulo: Ática, 1996.

MARINS, Álvaro. *Machado de Assis e Lima Barreto: Da ironia à sátira*. Rio de Janeiro: Utópos, 2004.

MARTINS, Antonio Edmilson; FALCON, Francisco J. C. e NEVES, Margarida de Souza. *A Guarda Nacional do Rio de Janeiro — 1831-1918*. Rio de Janeiro: PUC, 1981.

MARTINS, Wilson. *História da inteligência brasileira*. São Paulo: Cultrix, 1978.

MENEZES, Raimundo de. *Dicionário literário brasileiro ilustrado*. São Paulo: Saraiva, 1969.

MEYER, Marlyse. *Folhetim: Uma história*. São Paulo: Companhia das Letras, 1996.

NEEDELL, Jeffrey D. *Belle époque tropical: Sociedade e cultura de elite no Rio de Janeiro na virada do século*. Trad. Celso Nogueira. São Paulo: Companhia das Letras, 1993.

PEREIRA, Lúcia Miguel. *Prosa de ficção* (*de* 1870 *a* 1920) — *História da literatura brasileira*. Belo Horizonte/ São Paulo; Itatiaia/ Edusp, 1988.

PRADO, Antonio Arnoni (Org.). *Lima Barreto: Histórias e sonhos*. São Paulo: Martins Fontes, 2008.

——. *Lima Barreto: Literatura comentada*. São Paulo: Nova Cultural, 1981.

PRADO, Paulo. *Retrato do Brasil: Ensaio sobre a tristeza brasileira*. São Paulo: Companhia das Letras, 1997.

RENAULT, Delso. *A vida brasileira no final do século XIX: Visão sociocultural e política de 1890 a 1901*. Rio de Janeiro: José Olympio/ INL, 1987.

RESENDE, Beatriz. *Lima Barreto e o Rio de Janeiro em fragmentos*. Rio de Janeiro/ Campinas: UFRJ/ Unicamp, 1993.

RESENDE, Beatriz e VALENÇA, Rachel (Orgs.). *Lima Barreto: Toda crônica*. Rio de Janeiro: Agir, 2004.

SCHWARCZ, Lilia (Org.). *Contos completos de Lima Barreto*. São Paulo: Companhia das Letras, 2010.

SENNA, Ernesto. *O velho comércio do Rio de Janeiro*. Rio de Janeiro: G. Ermakoff, 2006.

SILVA, Antonio Moraes. *Diccionario da lingua portugueza — recompilado dos vocabularios impressos ate agora, e nesta segunda edição novamente emendado e muito acrescentado, por Antonio de Moraes Silva*. Lisboa: Typographia Lacerdina, 1813.

SODRÉ, Nelson Werneck. *A história da imprensa no Brasil*. Rio de Janeiro: Civilização Brasileira, 1966.

SOUZA, Ricardo Luiz de. "Olavo Bilac e Lima Barreto, jornalistas". In: *Projeto História*, São Paulo, nº 35, pp. 201-19, dezembro de 2007.

TINHORÃO, José Ramos. *A música popular no romance brasileiro: Século XIX*. 1ª parte. Rio de Janeiro: Editora 34, 2002.

——. *Domingos Caldas Barbosa: o poeta da viola, da modinha e do lundu* (1740-1800). São Paulo: Editora 34, 2004.

1ª EDIÇÃO [2011] 7 reimpressões

Esta obra foi composta em Sabon por Alice Viggiani
e impressa em ofsete pela Geográfica sobre papel Pólen Natural
da Suzano S.A. para a Editora Schwarcz em setembro de 2022

FSC
www.fsc.org
MISTO
Papel produzido
a partir de
fontes responsáveis
FSC® C019498

A marca FSC® é a garantia de que a madeira utilizada na fabricação do papel deste livro provém de florestas que foram gerenciadas de maneira ambientalmente correta, socialmente justa e economicamente viável, além de outras fontes de origem controlada.